VIDAS REINVENTADAS

Boris Fishman

VIDAS REINVENTADAS

Tradução de Santiago Nazarian

Título original
A REPLACEMENT LIFE

Esta é uma obra de ficção. Qualquer referência a pessoas reais, acontecimentos, estabelecimentos, organizações, ou locais, destina-se somente a dar à ficção um sentido de realidade e autenticidade, e foram usados de forma fictícia. Todos os nomes, personagens, lugares, diálogos e incidentes retratados neste livro são produtos da imaginação do autor.

Copyright © 2014 *by* Boris Fishman

Todos os direitos reservados, incluindo o de reprodução
no todo ou em parte sob qualquer forma.

Direitos para a língua portuguesa reservados
com exclusividade para o Brasil à
EDITORA ROCCO LTDA.
Av. Presidente Wilson, 231 – 8º andar
20030-021 – Rio de Janeiro – RJ
Tel.: (21) 3525-2000 – Fax: (21) 3525-2001
rocco@rocco.com.br
www.rocco.com.br

Printed in Brazil/Impresso no Brasil

Preparação de originais
BRUNO FIUZA
SÔNIA PEÇANHA

CIP-Brasil. Catalogação na fonte.
Sindicato Nacional dos Editores de Livros, RJ.

F565v
    Fishman, Boris
        Vidas reinventadas / Boris Fishman; tradução de Santiago Nazarian. – 1. ed. – Rio de Janeiro: Rocco, 2015.

        Tradução de: A replacement life
        ISBN 978-85-325-3003-5

        1. Ficção americana. I. Nazarian, Santiago. II. Título.

15-22519   CDD–813
                                                    CDU–821.111(73)-3

O texto deste livro obedece às normas do
Acordo Ortográfico da Língua Portuguesa.

PARA MEUS AVÓS E MEUS PAIS

Toda escrita é vingança.
– REINALDO ARENAS

I

DOMINGO, 16 DE JULHO DE 2006

O telefone tocou logo depois das cinco. Inconsequentemente, o dia já se preparava para nascer, um azul-escuro se estendendo pelo céu. A noite não acabara de começar? Assim dizia a cabeça de Slava. Mas, no quadrado azul-cobalto formado pela janela, o sol buscava uma forma de subir, as grandes torres do Upper East Side prestes a refletir seu dourado.

Quem ligava por engano às cinco da manhã de um domingo? O telefone fixo de Slava nunca tocava. Até os operadores de telemarketing haviam desistido dele, uma conquista, é preciso admitir. Sua família não ligava mais, porque ele a havia proibido. Sua quitinete, milagrosamente acessível até para um funcionário júnior de uma revista de Midtown, ressoava em ecos, nada além de um *futon*, uma escrivaninha, uma luminária enrolada em vinhas de ferro fundido (passada a ele à força por seu avô), e uma televisão de tubo, que ele nunca ligava. De tempos em tempos, imaginava desaparecer nas paredes, como um espírito de Poe, e soltava uma risada amarga.

Pensou em se levantar, um ataque surpresa ao dia. Às vezes, ele acordava muito cedo para sentir o cheiro do ar no Carl Schurz Park antes de o sol o tornar uma mistura enjoativa de lixo, protetor solar e cocô de cachorro. Enquanto os caminhões de lixo agitavam o ar pesado com seus sinos, ele ficava apoiado na grade, de olhos fechados, o rio ainda torpe e ameaçador da noite, a salmoura de um oceano antigo e intocável em seu nariz. Levantar cedo sempre o preenchia com uma esperança especial que ocorria apenas antes das sete ou oito, antes de ele ir ao escritório.

O telefone tocou de novo. Deus do Céu. Derrotado, ele atendeu. Na verdade, ele não lamentava que ligassem. Mesmo que fosse telemarketing. Ele teria ouvido uma pergunta sobre títulos de crédito para escolas, escutaria seriamente.

– Slava – uma voz encharcada, sua mãe, sussurrou em russo.

Ele sentiu raiva, então algo menos certo. Raiva porque ele disse para não ligar mais. O outro porque ela costumava obedecer, nos últimos tempos.

– Sua avó não está – ela disse. E irrompeu em lágrimas.

Não está. Faltava verbosidade. No russo, você não precisava do adjetivo para completar a frase, mas em inglês, precisava. Em inglês, ela ainda poderia estar viva.

– Não entendo – ele disse. Não falava com nenhum deles havia semanas, se não um mês, mas em sua mente sua avó, que padecia silenciosa de uma cirrose, que havia anos vinha ganhando a batalha, estava presa à sua cama em Midwood, como se a forma como ele se lembrava dela fosse a forma como ela ainda estaria quando ele voltasse para vê-la novamente, até que ele autorizasse novos desdobramentos. Algo previamente bem alojado se soltou em seu estômago.

– Eles a levaram na sexta – sua mãe disse. – Achávamos que era apenas para hidratação novamente.

Ele olhou para o cobertor ao redor de seus pés. Estava tão puído e bom como uma camiseta velha. A avó o havia lavado e esfregado tantas vezes. Os Gelman o trouxeram de Minsk, como se cobertores não fossem vendidos nos Estados Unidos. E não eram, não dessa forma, com um ganso inteiro dentro.

A capa se abria no meio, não na lateral. Certa vez, uma menina ficou emaranhada lá num momento-chave. "Desculpe, acho que preciso de reboque", ela disse. Eles caíram na gargalhada e tiveram de começar de novo.

— Slava? — a mãe dele disse. Falava baixo e assustada. — Ela morreu sozinha, Slava. Ninguém estava com ela.

— Não faça isso — ele disse, grato pela irracionalidade dela.

— Ela não sabia.

— Eu não havia dormido na noite anterior, então fui embora — ela disse. — Seu avô deveria ter ido esta manhã. Daí ela morreu. — Ela recomeçou a chorar, soluços misturados a fungadas. — Eu a beijei e disse: "Te vejo amanhã." Slava, perdão, eu deveria ter ficado.

— Ela não saberia que você estava lá — ele disse numa voz impostada. Sentia o vômito subindo até a garganta. A manhã azul se tornara cinza. O ar-condicionado zumbia da janela, a umidade esperando lá fora como um ladrão.

— Ela foi levada totalmente sozinha. — Sua mãe assoou o nariz. O telefone rangeu do lado dela. — Então — ela disse com uma agressividade repentina. — Agora você virá, Slava?

— Claro — ele disse.

— Agora ele vem — ela disse cruelmente. A mãe de Slava tinha o recorde mundial de velocidade na passagem do terno ao brutal, mas este tom não havia sido usado nem mesmo nas brigas sobre ele ter abandonado a família. — Dessa vez é um bom motivo afinal? A mulher que teria dado a própria pele por você. A mulher que você viu o quê, uma vez, Slava, no último ano? — Ela mudou o tom para enfatizar a indiferença dela à opinião dele. — Vamos fazer o velório hoje. Dizem que tem que durar vinte e quatro horas.

— Quem diz? — ele perguntou.

— Não sei, Slava. Não me pergunte essas coisas.

– Não somos religiosos – ele disse. – Vão enterrá-la numa mortalha também, ou o que quer que eles façam? Ah, não importa.

– Se você vier, talvez possa dar palpite – ela disse.

– Estou indo – ele disse baixinho.

– Ajude seu avô – ela disse. – Ele tem uma nova empregada. Berta. Da Ucrânia.

– Tá – ele disse, querendo soar útil. Seus lábios tremiam.

Sua avó não estava. Essa possibilidade ele não havia cogitado. Por que não – ela esteve doente por anos. Mas ele tinha certeza de que ela iria superar. Ela havia superado coisas bem piores, passado pelo inimaginável, então o que era um pouco mais?

Sua avó não era dessas que só aparecem duas vezes por ano para fazer um cafuné. (*Não havia sido?* O novo tempo verbal, um embaixador hostil, mostrava suas credenciais.) Ela o havia criado. Havia ido para o campo, jogado futebol com ele até as outras crianças aparecerem. Foi ela quem o descobrira se agarrando com a Lena Lasciva no meio das amoreiras e que o arrastou para casa. (O avô teria esfregado as mãos e dado instruções, de Lou Duva para Slava Holyfield, que beijava a lona diante do busto formidável de Lena, mas a sem-vergonhice da avó não ia tão longe.) Quando o reator nuclear explodiu, a avó xingou o avô por se preocupar com a radiação, trocou um de seus casacos de vison (para ser justo, adquirido pelo avô no mercado negro) pelo Lada de um vizinho, e fez o pai de Slava dirigir por uma semana até a Lituânia, onde o casaco bancou abrigo e comida para eles.

Slava a conhecia pelo corpo. Sua boca a conhecia, pela comida que ela enfiava lá. Seus olhos a conheciam, pelo movimento inchado dos seus dedos. A avó estivera no Holocausto – *no* Holocausto? Igual a estar no Exército ou no circo? A gramática parecia errada. *Ao* Holocausto? Do, com, para, até? As preposições em inglês, anestesiadas por suas atribuições, eram rasas – no entanto ela não disse mais nada além disso, e ninguém a perturbou sobre esse assunto. Slava não conseguia compreender isso, mesmo com dez anos de idade. Já nessa idade ele havia sido contaminado pela convicção norte-americana de que saber era melhor do que não saber. Ela iria partir um dia, e então ninguém saberia. Porém, ele não ousava perguntar. Ele imaginava. Cachorros latindo, rolos de arame farpado, um céu sempre cinza.

– Adeus, Slava – sua mãe o interrompeu. Falava como se mal o conhecesse. A linha fez ruídos entre eles. Tinha a sensação de que apenas eles conversavam enquanto oito milhões dormiam. A irrealidade disso o provocava. Sem coração: a avó havia partido. A avó não estava.

Quanto tempo ficaram em silêncio? Mesmo enquanto conversavam, estavam em silêncio um com o outro. Finalmente, num tom distante, a mãe disse:

– Nossa primeira morte americana.

No andar de baixo, na portaria, Rich estava enfiado no armário de correspondências. Slava acelerou para chegar primeiro à porta da frente, já que não gostava de diminuir o passo enquanto Rich (nascido Ryszard, na Polônia), Bart (nascido Bartos, na Hungria), ou Irvin (nascido Ervin, na Albânia) se arrastavam em direção a ela. Slava gostava de abrir a porta para os mais velhos, não o contrário. Porém, Rich, Bart e Irvin estavam sempre prontos a interagir com ele, seus olhos com uma admiração ressentida – um colega imigrante que subiu às alturas. Certa vez Slava tentou mostrar a Rich que podia ele mesmo abrir a porta da frente, mas o velho apenas levantou o indicador em alerta.

– Slava, como *van* as coisas? – perguntou Rich das profundezas do armário.

Ele havia encerado o piso do saguão, e Slava, a doze passos da porta, tinha que sobreviver a cada passada. Com a precisão de um dançarino, o inconveniente polonês emergiu do emaranhado de caixas e entregas da lavanderia e deslizou a mão para a maçaneta da porta.

– *Ter* um bom dia, faz favor, *zim*? – ele diz com um tocante desdém.

Nossa primeira morte americana. *Ter* um bom dia, faz favor. Enquanto Slava saía do prédio, as possibilidades do dia novamente apresentavam suas tentadoras alternativas. Rich continuava alcançando a porta primeiro, o trem 6 continuava inadequado para a multidão do Upper East Side, e a avó continuava viva, coçando lentamente suas feridas, vestida num roupão de banho em Midwood. Claro, seus dutos biliares ainda estavam obstruídos, sua bilirrubina ainda estava alta – Billy Rubin, era um garoto metade judeu, não iria machucá-la! –, mas ela ainda estava lá, mordendo os lábios e olhando atravessado para o avô.

Desde a última vez que Slava fora a South Brooklyn – quase um ano antes; sua mãe poderia contar sem piedade –, uma nova torre residencial havia começado a crescer na esquina de seu prédio, dois restaurantes em seu quarteirão haviam fechado e reaberto com outros nomes, e o vereador da região foi forçado a se afastar devido a um escândalo sexual. Conforme o trem se agitava na superfície em Ditmas, Slava passava pelas mesmas oficinas de reparos e lojas de conveniência, a mesma música ecoando das janelas fumês de Camaros com aerofólios, um mesmo vereador corrupto nos outdoors (no caso, o vício deste é em propinas). Essas pessoas vieram para a América para não serem perturbadas.

Aqui era como uma cidade estrangeira, se você estivesse vindo de Manhattan. Os prédios eram menores e as pessoas maiores. Elas dirigiam carros e, para a maioria, Manhattan era uma dor de cabeça reluzente. Conforme o trem se aproximava de Midwood, a qualidade da comida aumentava e os preços baixavam. Aqui, uma tâmara tinha sabor de chocolate, e era um dever convencer o vendedor – chinês, não coreano; mexicano, não árabe – a fazê-la por menos do que as placas de papelão encaixadas na mercadoria diziam. Este era um mundo ainda em construção. Em algumas das vizinhanças, o tempo médio desde a chegada era menos de doze meses. Esses bebês americanos estavam apenas começando a engatinhar. Porém, alguns já estavam chupando o grande dedão da benevolência americana.

O avô vivia no primeiro andar de um prédio de tijolinhos marrons que abrigava velhos soviéticos e mexicanos que não o deixavam dormir. Seus benefícios de cidadão sênior não permitiam que ele constasse nas folhas de pagamento oficiais. Para os Kegelbaum, do 3D, ele vendia salmão que comprava dos atacadistas, pelos quais esperava em frente às mercearias russas. Por que pagar $9,99 o quilo lá dentro quando podia pagar $6 na calçada? Os garotos do caminhão do atacadista riam e jogavam para ele linguado e bacalhau grátis.

Na porta ao lado dos Kegelbaum estavam os Rakoff, judeus americanos. Eles ficavam horrorizados com os frutos do mar transbordando do saco de compras nas mãos do avô. Os Aronson (soviéticos, 4A) pagavam pelo excedente de nitroglicerina que o médico do avô prescrevia com uma garrafa de conhaque Courvoisier por mês. Dos mexicanos (2A, 2B, apartamento ilegal de porão) o avô cortava o cabelo, porque eles não pegavam nem do salmão nem da nitroglicerina. O caldeirão no qual essas novas chegadas cozinhavam mal tinha tempo de engrossar antes de ser reabastecido. Naturalmente, cada porção era mais rala do que a anterior.

Slava subiu a escada para o primeiro andar e ficou diante da porta do avô. Num dia normal, você poderia ouvir sua televisão desde as caixas de correio do térreo – vingança para os mexicanos do porão, que ficavam amassando latas de Budweiser em pedacinhos até o amanhecer nos finais de semana. Hoje não havia som deste lado da porta, a glória de um dia como qualquer outro.

Ela se abriu sem batidas. Geralmente o avô fechava as três trancas – nesta parte do Brooklyn, ainda eram comuns olhares de inveja diante de qualquer luxo soviético. Mas era um dia de luto. Como os aldeões de Tolstói acendendo as luzes externas depois do jantar, ele estava pedindo companhia.

Dentro, um doce verniz pairava no ar, pratos tilintando na cozinha. Slava tirou os sapatos e foi na ponta dos pés pelo corredor até avistar a sala. O avô estava no sofá bege, o ralo cabelo grisalho entre suas mãos. Na rua, as mulheres reparavam no avô – caxemira italiano, as mãos e os antebraços decorados com tatuagens da cor do mar – antes de reparar no neto segurando-lhe o braço. Agora o velho vestia calça de ginástica e regata, parecendo um velho. As unhas dos pés, ao ar livre, pareciam querer se certificar de que o mundo ainda estava lá.

O sofá rangeu quando Slava se sentou ao lado do avô. Yevgeny Gelman tirou as mãos do rosto e olhou para o neto como a um desconhecido e fosse uma afronta encontrar outra pessoa sem estar com a mulher ao lado da qual ele havia passado meio século. Slava era o sinal de que um milhão de diabólicas aflições o aguardavam.

– Foi-se, sua avó – o avô choramingou e roçou a cabeça na camisa engomada de Slava. Soltou um soluço, então recuou. – É um belo terno – disse.

— A mãe ligou? — perguntou Slava. As palavras russas soaram como se ditas por outro, nasais, curvas, não gramaticais. A última vez em que havia falado russo fora na última vez em que falara com sua mãe, um mês antes, apesar de continuar a xingar em russo e continuar a se impressionar em russo. *Ukh ty. Suka. Booltykh.* Para essas não havia versão melhor em inglês.

O avô observou o rosto de Slava para uma avaliação precisa da dor dele.

— Mama está em Grusheff — disse. — Ela pediu para ligar para as pessoas para avisar. Os Schneyerson estão vindo. Benya Zeltzer disse que vai tentar se liberar. Ele tem três mercearias.

— Tem alguém a ajudando? — Slava disse.

— Não sei. O rabino, Zilberman?

— Você sabe que Zilberman não é um rabino — Slava disse.

O avô deu de ombros. Certas perguntas ele não fazia.

Zilberman não era rabino. Assim como Kuvshitz não era rabino, nem Gryanik. Eles vagavam nas salas de espera dos hospitais, imigrantes soviéticos que aprenderam um pouco de hebraico e estavam convenientemente presentes para dignificar um falecimento como o da avó, com um serviço de funeral de acordo com a Torá por uma pequena quantia. E por que não? Seus irmãos e primos transportavam móveis, dirigiam ambulâncias desde o nascer do sol, raspavam paredes até os dedos cortarem e sangrarem — então quem era esperto?

E esses homens não estavam entregando exatamente o que seus clientes queriam? Não estavam simplesmente satisfazendo uma demanda do mercado, de acordo com o modelo americano? Seus compatriotas passaram tempo demais sob o ateísmo soviético para obedecer ao ritual judaico, mas agora, que estavam livres para fazê-lo, queriam um gostinho, um toque santo, um *forshpeis*. Veja Zilberman e outros, temporariamente transformados em Moshe, Chaim, Mordechai. Esses artistas da imprecisão escolhiam seletivamente os preceitos religiosos para funerais judaicos. Enterro imediato, como na lei judaica – sem dúvida. Quanto ao caixão de puro pinho sem adorno de flores – isso era realmente certo? O falecido podia não ter sido um milionário ou possuir fama internacional, mas ele ou ela fora o esteio da família, sofreu com as guerras mundiais, era detentor de pura sabedoria. Essa pessoa merecia mais do que pinho de segunda. "Funerária Grusheff" – Valery Grushev achou que os dois efes faziam o nome soar como se seus ancestrais tivessem vindo com a aristocracia que fugiu dos bolcheviques pela França, em 1917 – tinha caixões de bétula da Bielorrússia, sequoia da Califórnia, até cedro libanês. Aqueles que conheciam o falecido não mereciam uma oportunidade de dizer adeus uma última vez numa cerimônia? De cada símbolo do luto, Moshe e Chaim tiravam suas porcentagens.

– Ajudo a ligar, se você quiser – Slava disse ao avô.

– Já quase terminou – o avô disse. – Não há muita gente para ligar, Slava.

Na cozinha, uma panela batia na outra, interrompendo o fluxo da água na pia. Uma mulher ralhou consigo mesma pela bagunça. O avô levantou a cabeça, os olhos novamente alertas.

– Venha – ele disse, as mãos no antebraço de Slava. – As coisas mudam, você não vem há tanto tempo. – Levantando-se, ele se apoiou no braço de Slava com mais peso do que necessitava.

Eles se postaram na porta da cozinha de braços dados, como um casal de namorados. Os contornos azulados dos olhos do avô estavam tomados de lágrimas. – Berta – ele disse com voz rouca.

– Meu neto. – Com morte ou sem, o avô era capaz de se insinuar para a nova acompanhante apresentando formalmente o neto.

Como um edifício soviético, cada andar de Berta estava lotado além da capacidade. Esmalte prateado reluzia nos dedos dos pés, encaixados em plataformas que ela usava como chinelos; calças legging com estampas de flores envolviam num aperto mortal as coxas carnudas. Slava sentiu uma guinada traiçoeira na virilha. Ela não ouvira o avô.

– Berta! – o avô rosnou. Seu braço se retesou e ele bateu na parede com o nó dos dedos. Berta deu um giro. Por baixo das rugas e o conjunto preocupado dos olhos, o rosto preservava sua beleza jovem, irrepreensível. Um brilho amanteigado emanava da pele.

– O garoto! – ela berrou.

Levantando as longas luvas amarelas de serviço como se estivesse aplacando um agressor, ela bamboleou em direção a Slava e o envolveu nas banhas de seus braços. Berta também tinha de fazer uma demonstração para o avô. Um telefonema dele para o coordenador de serviços na agência de acompanhantes domésticas, que todos os meses recebia do avô chocolates e perfumes de presente, e Berta seria transferida para um paraplégico que precisava ter a bunda limpa e receber mingau de colherinha. A eslava Berta, cujo povo costumava aterrorizar judeus como o avô! Isso – mais do que a profusão de carne nos supermercados americanos, a total disponibilidade de tecnologia rara, até a indiferença com a qual os americanos falavam de seu presidente – era a grandeza misteriosa do país que havia recebido os Gelman de Minsk. Tinha o poder de transformar torturadores em ajuda na cozinha.

Berta segurava Slava como as abas de um casaco no inverno, provocando uma ereção dentro de sua calça. No fogão, uma frigideira chiava com manteiga e cebolas. Era essa a doçura no ar. A mesa pós-funeral iria impressionar de tanta comida. Os convidados tinham de ver: esta casa não carece de provisões.

Enquanto Slava abraçava na cozinha da avó uma mulher que ele nunca vira, com uma intimidade que nenhum dos dois compartilhava, o sentimento que ele havia começado a recuperar em relação à avó recuou, como alguém saindo do quarto errado na pontinha dos pés. No velório, ele seria acusado de indiferença, enquanto a mãe e o avô agarrariam um ao outro e se debulhariam. Os convidados tinham de ver.

Foram necessários dois anos fracassando em ser publicado pela revista Century para juntar os fatos. Nossas maiores realizações se cozinham lentamente, mas, quando ficam prontas, elas se anunciam tão repentinamente quanto o *timer* do forno. O avô havia ajudado. Slava foi visitá-lo numa tarde chuvosa. Haviam terminado de jantar, os pratos foram tirados da mesa pela acompanhante, a conversação cessara. A avó descansava. O avô se sentava de lado numa das cadeiras da sala de jantar, a palma da mão na testa. Slava o observava, recostado no sofá de dois lugares. Sua mente vagava para as tarefas do dia seguinte, para a ideia de história na ponta do lápis.

O avô abriu as mãos como se falasse com outra pessoa na sala, e disse: – O quê? É tarde demais para ele se tornar um homem de negócios? Não é tarde. De forma alguma. – Ele sacudiu o pulso. De forma alguma.

Estar próximo ao avô, dos vizinhos do avô, de toda a maldita vizinhança de russos, bielorrussos, ucranianos, moldávios, georgianos e uzbeques – Slava devia fazer isso se queria escrever para um jornal russo, dos quais havia muitos agora na vizinhança. Se quisesse viver entre aqueles que diziam "Nós não vamos à América", exceto ao Departamento de Trânsito ou à *Bróduei*. Se quisesse comprar nos mercados que vendiam aqueles ramos de bétula para se esfregar na sauna e os preciosos xampus turcos que curavam a calvície, mas não a *Century*. Se ele quisesse ter seu braço gentilmente quebrado por um ex-soldado para que pudesse alegar que aconteceu no gelo em frente à Key Food e conseguir indenização por invalidez. Se ele quisesse sair com Sveta Beyn, profissional do mercado financeiro que acabara de comprar um apartamento de trezentos metros quadrados com varanda. *Comprar.* (Na verdade, havia sido comprado por seus pais, que tomaram a liberdade de decorá-lo também: verniz, rococó, retratos da Mama e Papa.)

Mas, se Slava queria se tornar um americano, desnudar de sua escrita a poluição que a assaltava toda vez que ele voltava ao caldo pantanoso do Brooklyn soviético, se Slava Gelman – imigrante, bebê bárbaro, diante da bifurcação bem aberta na estrada – queria escrever para a *Century*, ele teria de ir embora. Submeter a si mesmo à diálise, como os rins da avó.

Ele parou de visitar, parou de ligar, deixou outra pessoa passar as noites ao lado da maca da avó enquanto as máquinas limpavam seu fígado. Não que ela pudesse perceber, na maior parte do tempo. Durante o exílio em Manhattan, que não trouxe de imediato a publicação que ele esperava, Slava pensava nela. Com o garfo sobre um prato de *kasha*; olhando o rio que separava Manhattan do Queens; enquanto ele mergulhava no sono.

Esse era o preço para suportar a divisão entre o *lá* e o *aqui*, ele dizia a si mesmo. Os fatos eram velhos, cansativos, bem conhecidos: esse imigrante mudou seu *nome* no caminho do sucesso na América. Esse abandonou sua *religião*. E esse temporariamente se afastou da família, grande crise. Slava não estava partindo para estudar a condição humana de uma cabana na floresta. Ele estava indo para a *Century* – a lendária e reservada *Century*, mais velha do que a *New Yorker* e, apesar de um declínio recente, um eterno paradigma. Não, Slava não estava faturando o que Igor Kraz faturava na proctologia, mas também não estava tocando retos tomados de merda o dia todo. A *Century* publicou a primeira reportagem sobre Budapeste em 1956. Foi a primeira a levar os expressionistas abstratos a sério. Havia condenado Ivan Boesky e salvado o Van Cortlandt Park. Isso não havia significado nada para nenhum Gelman – tudo bem. (Era a Honda das revistas americanas, ele havia tentado explicar, o Versace, a Sony.) Mas pessoas educadas e com discernimento do país todo – três milhões delas, de acordo com a última contagem de assinaturas – viam a *Century* como a mãe de Slava via a rainha da Inglaterra: com respeito, devoção e uma curiosidade selvagem. Slava não estava escrevendo lá, mas os Gelman não precisavam saber disso; eles nunca compraram a revista, de todo modo. Sorrateiramente, Slava iria se tornar um colaborador da *Century* – sucesso era sucesso, não era, mesmo que na literatura, em vez da proctologia; ele jamais teria pensado nessa hipótese –, e então eles iam ver. Havia um preço, mas haveria uma recompensa.

Dois dias antes de sua avó morrer, um golpe de pura sorte – não foi um golpe de pura sorte, foi Arianna Bock na baia ao lado, salpicando seu pó de pirlimpimpim – havia arrumado um artigo para ele na *Century*, depois de ter passado três anos tentando inutilmente por conta própria. Ele havia passado o último dia de sua avó na terra assistindo a um "explorador urbano" escalar o túmulo de Ulysses S. Grant, em Morningside Heights. Era um truque barato – todo mundo nesta cidade impossível tinha algum, e o desse homem era esse –, mas Slava extraiu do momento um grande ensaio sobre a política, os continentes, o amor. Foi por isso que ele acordou tão mal no domingo; ele passara quase toda a noite de sábado escrevendo, enquanto ela – ciente? alheia? – marcava suas últimas horas. Não havia garantias, mas seu nome na *Century*? Apenas o nome na *New Yorker* significava tanto. Contratos de livros haviam sido anunciados baseados na assinatura de um artigo na *Century*. Estava finalmente acontecendo. Só que ele não conseguiu a tempo.

A Funerária Grusheff ocupava meio quarteirão da Ocean Parkway, o nome Grusheff cobrindo as duas faces externas do prédio. A larga avenida repousava no calor do meio-dia, os poucos carros passantes se moviam sem qualquer desejo real. Os mastros da entrada coberta eram dourados, e as janelas ovais tinham vidros com sereias jateadas.

Dentro, o corredor para a área aberta, acarpetado numa mistura *disco* de zigue-zagues abstratos e traços, estava tomado com flores da altura de pessoas, aves-do-paraíso e anêmonas rosa-choque costuradas em *displays* verticais que davam à sala a aparência de uma feira de ciências. Valery Grusheff, com abotoaduras e um lenço de bolso, ia e vinha entre os presentes enlutados.

Tudo parecia criado para uma cena dez anos à frente – bolsas flutuam sob seus olhos e pneus circulam suas cinturas. O avô, com aparência desgrenhada, mas num luto crível vestindo sobretudo apesar do tempo sufocante, permanecia de pé num canto xingando-os para si mesmo. Na União Soviética – onde sua posição oficialmente insignificante como barbeiro do principal terminal de trens de fato o deixava no portão de boas-vindas de todo o comércio que corria para Minsk nos trens que vinham da noite para o dia de Moscou, Chisinau e Erevan –, ele havia conseguido melancias, conhaque, estantes, vistos para essas pessoas. Quando a necessidade surgia, eles encontravam seu número facilmente. Mas a democracia norte-americana lhes dera condições de garantir suas próprias melancias e consultas médicas. Agora ele tinha sempre que falar com algum fulano primeiro, só para conseguir ser convidado para o enterro dos ossos de uma festa para a qual ele *não* fora convidado. Ele não estava cobrando, mas onde estava a gratidão dessas pessoas? Eles nunca veriam a bunda *dele* na cadeira deles novamente.

Os indivíduos em questão cumprimentavam a mãe de Slava com a exagerada intimidade de gente que não a via fazia anos.

– Ela está no céu.
– Seja forte por causa de seu pai.
– Ela está melhor agora.
– Seja forte por causa de seu filho.

Numa cadeira dobrável de metal num canto, o pai de Slava puxou o colarinho da camisa, parecendo tão abandonado quanto uma criança na frente de uma escola ao anoitecer. Ele estava presente, mas sem ser notado, seu estado favorito. Ele não fizera qualquer objeção quando Slava recebeu o sobrenome da linhagem do avô, em vez do seu próprio.

– Yevgeny Isakovich – um homem chamou o avô. O requisitado levantou o olhar e assentiu ponderadamente, grato por ser afastado do fluxo de condolências. Seus olhos buscaram a sala. De alguma forma, Slava sabia que estavam buscando por ele. Quando o encontraram, o avô franziu as sobrancelhas. Slava se aproximou, o avô estendeu o braço, e ele o pegou.

– Minhas mais profundas condolências – o homem disse para o avô, colocando a mão sobre o coração. Usava uma jaqueta de couro, o rosto marcado de um operário da construção cingido por um curto rabo de cavalo. Uma minúscula argola dourada pendia de uma das orelhas. Ele estendeu uma cadeia de dedos peludos e pegou a mão frouxa do avô.

– Obrigado, Rudik, obrigado – o avô disse.
– Está procurando? – o homem disse.
– Sim, sim – o avô disse. – Precisamos.
– Vamos para o escritório?

– Este é meu neto – o avô disse, virando-se para Slava.
– Rudolf Kozlovich. – O homem estendeu a mão. – O que você...
– Estudante, ainda – o avô disse. – Em Harvard.
No escritório, Kozlovich desdobrou um mapa azulado do Cemitério Lincoln. Era uma pequena cidade, com avenidas e ruas com nomes de árvores – Nogueira, Bordo, Freixo. Uma larga avenida corria no meio, o trem trovejando acima dela.
– Nada perto da cerca – o avô disse.
– Eles têm grama sintética agora – Kozlovich disse. – Como aquele troço que colocam nos campos de futebol. Não dá para ver.
– Nada perto da cerca – o avô repetiu.
O dedo de Kozlovich traçou uma linha para a outra metade do terreno.
– O escritório fica deste lado.
– O que significa isso?
– Os funcionários entram por aqui. Mais gente por perto. O ruim é que não é muito longe do trem, também.
– Onde é mais silencioso?
– Silencioso é por aqui. – Kozlovich deslizou o dedo por centenas de túmulos. – Estão construindo novas alas deste lado, mas já está praticamente pronto. Alameda das Tulipas.
– Ela adorava tulipas – o avô disse.
Kozlovich abriu as mãos.
– Estava escrito.
Rudolf Kozlovich era famoso. Viera de Odessa em 1977 ou 1978. Ele olhou ao redor e estabeleceu um plano. Um dia, ele e alguns meninos contratados roubaram um caminhão de peles da Macy. Zibelina, vison, raposa. Eles as devolveram uma a uma pelas filiais, como um bando de maridos voltando com presentes

que não fizeram sucesso. Devolveram tudo, centenas de milhares de dólares, antes que a loja pudesse entender o que havia ocorrido. Com seus cem mil, Rudolf comprou uma centena de jazigos bem localizados, sob a linha suspensa do trem.

Lá estava ele no hospital, no velório. Ele tinha uma rede de contatos – oncologistas, enfermeiras, diretores de funerária – que a segurança da Macy podia apenas invejar. O negócio de Kozlovich não era oficial, claro, dividido entre diferentes proprietários que coletavam pequenas porcentagens em troca do uso de seus nomes nos contratos, e o cemitério ainda dispunha de alguns jazigos. Mas os de Kozlovich eram os mais raros e, quanto menos restavam, mais os preços subiam.

Além disso, Kozlovich estava vivendo sob pressão. Seu filho Vlad havia saído do armário, renunciara ao dinheiro do pai e se mudara com seu parceiro homossexual para Madri. Lá, Vlad reconsiderou e concordou em viver dos fundos do pai, que Rudolf provia sem objeções – quando se tratava dos filhos, seus instintos de cão de caça fraquejavam. Mas não havia chance de Vlad retornar para assumir qualquer parte do império funerário do pai, e a ex-mulher de Rudolf, a antiga Tatiana Kozlovich, fugira para Westchester com um operador de derivativos que fazia seu ex-marido parecer um assalariado. Rudolf estava só.

– Quero dois – o avô disse agora.

– Yevgeny Isakovich. – As sobrancelhas de Kozlovich se ergueram. – Um jazigo antecipado? Você está provocando o destino.

– Bem, é o que eu quero – o avô disse.

– Tudo bem, mas tenho apenas mais quatro desses. Um jazigo de família e quatro duplos. O resto é tudo individual.

– Então me dê um dos duplos.

– Com alegria. Vinte mil.

– Quinze – o avô disse. – Estou comprando dois de uma vez.
– Yevgeny Isakovich – Kozlovich franziu a testa. – Sinto muito por sua perda. Mas sabe que não negocio.
– Quinze e... seu filho está na Europa?
O rosto de Kozlovich mudou de expressão.
– Conexão? – ele disse impacientemente.
– Exatamente, Rudik – o avô disse, com o dedo indicador levantando didaticamente no ar-refrigerado do escritório. – Conexão. Por que estamos aqui? Por eles. – Cutucou com uma unha o peito de Slava. – Se esse daqui dissesse "Quero a Europa", eu construiria um avião eu mesmo. É esse tipo de avô que sou. Mas você sente saudades do seu garoto? Exatamente. Então faço uma oferta. Um tipo especial de telefone. Você pega no gancho e já está tocando em Paris.
– Madri.
– Que seja. Uma conexão especial apenas para você e seu filho. Essas coisas, provavelmente o único que tem uma dessas é o Bush. E não que o dinheiro seja uma questão para uma pessoa como você, mas: sem custo.
– Um *walkie-talkie* – Kozlovich disse. – Com alcance internacional.
– Exatamente. A grande novidade.
– E onde arrumou uma coisa dessas?
– Rudik – o avô disse. Rapidamente, o semblante de luto desapareceu de seu rosto. Os olhos reluziam. – Há coisas que não se perguntam. É autêntico, você só precisa saber disso. A marinha japonesa usa isso, ou algo parecido.

Quando os Gelman chegaram aos Estados Unidos, o avô encontrou um companheiro "quente", que sabia onde os caminhões do Eddie Maluco descarregavam. Os modelos de eletrônicos que o avô obtinha – micro-ondas, lava-louças, disquetes – eram tão novos e avançados que ninguém na família sabia usá-los. O avô gritava em seu telefone sem fio igual aos do Pentágono como se fosse uma latinha conectada à parede de Slava por um fio. Mas podia obter um *walkie-talkie* com alcance internacional da marinha japonesa em menos tempo do que Slava levaria para comprar o jornal.

Kozlovich o examinou.

– Ainda tenho um jazigo duplo na Alameda das Tulipas – ele disse finalmente.

O avô abriu as mãos.

– Estava escrito.

Do bolso do sobretudo, que agora revelava seu propósito, ele extraiu um tupperware contendo um rolo de notas de cem. Sussurrando para si mesmo, os três enlutados contaram até 150 – uma, duas, três vezes. O avô não havia trazido uma nota a mais.

Quando saíram do escritório, o avô deu o braço para Slava e soltou:

– *Homos*. Se você está indo para a Europa, quem vai para Madri? – Ele olhou com uma cara de quem bebeu leite estragado. – *Paris*, Slava. Não seja um aristocrata sovina. Vamos.

2

A cerimônia fúnebre foi conduzida por um fofoqueiro de chapéu Borsalino em traje ortodoxo que falava banalidades – mas em russo e com referências-chave a partes da Torá que ninguém da plateia havia lido – sobre a vida da avó.

Contra as gentis reprovações do rabino – "Nós, judeus, tentamos lembrar da pessoa enquanto viva", ele murmurou, gesticulando, tentando se justificar –, o caixão havia sido deixado aberto. Nele, a avó parecia inconvicta da morte. Vestida numa camisola longa azul, o rosto diplomático e cauteloso, ela parecia roncar educadamente num cochilo vespertino. À beira do caixão, Slava continha as lágrimas, uma fila de pranteadores zumbindo atrás dele. Então o tio Pasha chegou ao seu ouvido, seguido pela doce fragrância do conhaque que bebera:

– Você precisa se conter, pelo bem das mulheres – Pasha cochichou com uma reprovação solidária.

Quando foi sua vez, a mãe de Slava desmaiou. Fixado em seu banco, ele viu vários homens a levantarem do chão. Uma convidada que ele não conhecia – chapéu de penas lilás, um véu caindo da aba – sacudiu um frasco de sais e ela voltou a si, ofegante.

Mais tarde, sozinhos no carro, o pai mudo atrás da direção e o avô fitando o amplo vazio da Ocean Parkway com os olhos marejados, a mãe se virou do banco da frente e, como se olhasse Slava pela primeira vez naquele dia, corou. Ela teve de lidar sozinha com esses dois homens, um petulante e o outro mudo, e ele achou que poderia apenas aparecer? Os olhos dela queimavam; parecia que ela queria atacá-lo. Ele desejou que ela o fizesse. Em vez disso, seu rosto se acalmou como num sopro de alívio, e novamente pareceu amorosa. Do banco da frente, ela se inclinou em direção a Slava e começou a choramingar no ombro dele, duas almas consternadas, mas juntas.

Da avó, a mãe havia herdado os temperos, mas não a refeição. Ela se agarrava a Slava, mas não sabia o motivo e não queria saber. A avó se agarrara porque sua antiga família fora levada à força. A esta, ela iria se agarrar com unhas e dentes – com esta, ela se certificaria de morrer antes, na ordem natural. ("É uma bênção morrer na ordem natural" – Sofia Gelman.) A mãe se agarrava porque a avó se agarrava. Quando Slava parou de aparecer, apenas sua mãe ligava de Nova Jersey, atormentando e suplicando. A avó não podia, o avô era orgulhoso demais, e o pai de Slava havia se tornado dócil por influência dos sogros, apesar de ter chutado a televisão certa vez, porque não entendia por que essas pessoas controlavam suas vidas.

No cemitério, cada um dos Gelman restantes jogou uma pá de terra no túmulo, o rabino entoando uma seleção em hebraico que terminou com o avô passando a ele um envelope branco, e então o mensageiro de Deus desapareceu no calor borrado do fim da tarde. Os Gelman ficaram diante do buraco num silêncio súbito e terrível, quebrado apenas pelo voo distante de um avião abrindo caminho pela atmosfera. A mãe e o avô agarraram um ao outro, dois náufragos numa ilha. Slava e seu pai os envolveram sem palavras.

* * *

Berta expressou suas condolências da única forma que podia. Duas mesas dobráveis na sala do avô repletas de pratos de bordas de filigrana dourada: pato com ameixas; picles de melancia; panquecas de batata com endro, alho e queijo artesanal. Um garfo derrubado ou um copo esvaziado de seu famoso refresco de *cranberry* faziam Berta correr para a cozinha com impressionante presteza. A mesa zumbia com o som de luto misturado à fadiga.

– Uma mulher como ela não se encontra hoje em dia. Feroz como uma...

– Berta, esta *sopa*...

– ... preste atenção, não havia um só pingo de falsidade...

Slava costumava se sentar a uma dessas mesas uma vez por semana, a comida feita por uma Berta ou uma Marina ou uma Tatiana, igualmente farta e saborosa, como se todas tivessem frequentado a mesma Escola Soviética de Cozinha. Mulheres robustas, dando sinais de sobrepeso apesar de não terem chegado nem mesmo aos trinta, em calças legging de bolinhas ou manchas coloridas, os seios se projetando da camisa de marinheiro, as camisas cravejadas de brilhantes falsos, suas camisas escrito Gabbana & Dulce.

Berinjela ensopada; filé de frango empanado; pimentões marinados em mel de flor de trigo-sarraceno; arenque com batatas, beterrabas, cenouras e maionese; farfalle com *kasha*, cebolas caramelizadas e alho; *ponchiki* com geleia de frutas; conserva de repolho; conserva de berinjela; carne com *aspic*; salada de beterraba com alho e maionese; feijão-vermelho com nozes; *kharcho* e *solyanka*; couve-flor frita; peixe branco com cenouras ensopadas; sopa de salmão; feijão-vermelho com cebolas caramelizadas em vez de nozes; chucrute com carne; sopa de ervilha com milho; aletria com cebolas fritas.

No telefone, o avô queria saber quando Slava iria visitá-lo, mas, quando Slava esteve lá pela última vez, o avô saiu na ponta dos pés para ver televisão, a avó reclamando atrás dele. Então ela ficava cansada, também, pedia desculpas, ia para a cama, os sapatos de casa arranhando o parquê. Slava ficava com a empregada. Conforme o dia chegava ao fim e o avô fazia caretas para a televisão, eles trocavam impressões sobre os avós dele.

– Slava? – a mãe disse agora do outro lado da mesa. – Você está bem? – A pele sob os olhos dela estava ruborizada.

– Sim – ele assentiu. – Claro.

– No que estava pensando?

– Em nada.

– Me pergunto se alguém vai fazer um brinde – ela disse ressentida.

Slava inspecionou a mesa. O chamado do avô havia trazido todos os parentes significativos. Tio Pasha e tia Viv; as meninas da farmácia onde sua mãe trabalhava; os Schneyerson; Benya Zeltzer e clã.

Até dois Rudinsky. Os Rudinsky tinham um lugar especial no catálogo de relações instáveis do avô. Os Gelman e os Rudinsky emigraram juntos, foram encaminhados à mesma pensão na Áustria, onde seus documentos foram processados, e ficaram a um quarteirão de distância na Itália, onde os documentos foram processados de novo. Vera Rudinsky e Slava Gelman haviam brincado de supermercado juntos. Cortavam pepinos de papel colorido, faziam as protuberâncias na casca com caneta hidrográfica preta e os vendiam para os pais por preços pouco abaixo daqueles dos verdadeiros vegetais em Via Tessera. Seus pais e avós riam, contando as liras, e, quando as crianças partiam para repor as prateleiras do V&S Alimenti, faziam piadas sobre o dinheiro que seus filhos fariam na América, seguidas por olhares sem fala que diziam: Juntos? Talvez juntos.

O dinheiro funciona de ambos os modos. Após chegar à América, o pai de Vera pediu ao avô um empréstimo para investir numa frota de limusines. O avô não gostava de dar dinheiro a não ser que ele pudesse contar com juros, e não foi capaz de pedir isso aos Rudinsky, que haviam dividido com os Gelman meses de medo apátrido entre a perversa beleza da Mitteleuropa e a costa do Tirreno. Os Rudinsky se retiraram. Não houve brigas; apenas ligaram cada vez menos. O avô se recusava a ligar para quem não ligava para ele.

Os Rudinsky, no entanto, não iriam desrespeitar a memória da avó. Quando os homens foram ao brechó perto de Roma para penhorar o que haviam trazido de Minsk, e as mulheres para o mercado para gastar em provisões o que eles haviam arrecadado, foi a avó que ficou com as crianças, levando-as à praia pedregosa, onde elas mergulharam na água verde-garrafa do Mediterrâneo. Foi ela quem tomou conta das crianças enquanto elas enchiam a barriga com uvas moscatéis translúcidas, que pareciam ter capturado os raios do sol dentro delas. (A avó não tocou nas uvas. As uvas, caras, eram para as crianças.) Era a avó que botava as crianças para dormir, apesar de não ler histórias. Ela passava os dedos, a pele fina e frouxa, pelo cabelo delas, até se acalmarem e apagarem.

Ainda assim, para indicar desagrado, o alto-comando de Rudinsky mandara enviados de baixo escalão: Vera havia vindo com o avô. Os pais (Garik, motorista de táxi; Lyuba, contadora) se justificaram dizendo que trabalhariam à noite. Não era o suficiente para o avô. Slava via os olhos do velho passarem por Vera e seu avô, Lazar, os lábios franzidos em reprovação.

Slava observava Lazar. Ele era recurvado como um galho pesado. Na cidade perto de Roma onde imigrantes soviéticos eram instalados na rota para a América, por algum contrato geopolítico desconhecido, Lazar Timofeyevich Rudinsky permanecia uma lenda anos após os Rudinsky terem partido para o Brooklyn. O mercado de segunda mão era tal que iam pessoas até de Roma. Aqueles que haviam passado pela Itália antes dos Rudinsky e dos Gelman espalharam a notícia sobre o que os italianos queriam de seus estranhos invasores: lençóis de linho, broches de Lênin, água-de-colônia, câmeras Zenit. Também furadeiras elétricas, conhaque e bonés do Exército Vermelho. Toda manhã, os soviéticos se cobriam de linho soviético e latiam como vira-latas no ar suave do outono tirreno: "*Russo producto! Russo producto!*"

Lazar Timofeyevich teve uma ideia. Ele fez visitas aos lares de imigrantes, convidando os homens para a pequena vila destinada aos Rudinsky. Sua esposa, Ada Denisovna, passava com wafers e chá. Vera e Slava coloriam no quarto ao lado – a V&S Alimenti estava trabalhando num novo carregamento de toranjas. Depois que os homens terminaram o chá, Lazar Timofeyevich distribuiu manuais de conversação em italiano. Todo mundo deveria memorizar – ele não pediu, ele mandou – números básicos em italiano. *Diecimila lire, centomila lire.* Sempre que alguém estivesse prestes a fechar uma venda no mercado de pulgas, uma vítima italiana pronta a se lançar sobre um quepe ou uma furadeira, um ou dois dos outros caminhariam até lá e lançariam mão do italiano recém-aprendido como se fossem simples clientes. Para competir com o alvo italiano. Para subir o preço. *Capisce?*

Ficavam lá em círculo, dez homens de sessenta anos enrolando seus erres e agitando as mãos como os italianos. *Diecimila lire, centomila lire. Va fangul.* O que mais essa porra de vida iria exigir que eles fizessem?

No entanto, deu tudo certo. Houve alguns fracassos no início, Syoma Granovsky perdendo a venda de uma bela echarpe porque Misha Schneyerson ficou tão animado que ofereceu mais do que todos os italianos na multidão. Mas então eles se acertaram, e a renda de todo mundo aumentou.

Agora Lazar estava curvado até a cintura. Slava não tinha de perguntar sobre sua esposa. As casas do Brooklyn soviético estavam tomadas de homens que haviam sido deixados sozinhos pelas últimas pessoas que sabiam das necessidades deles. Os homens protegiam suas famílias num lugar propenso a se revoltar contra os judeus sem nenhum motivo, e as mulheres protegiam os homens. Elas morriam antes, deixando para os homens os restos mais assustadores: tocar a vida por conta própria. Ficavam aterrorizados por estarem sozinhos. Mais aterrorizados do que diante do novo continente, mais aterrorizados do que diante dos soviéticos, talvez até mais aterrorizados do que estiveram diante dos alemães.

Ao lado de seu avô, no canto da mesa oposto ao de Slava, longe o bastante para suas palavras serem perdidas, apesar de o rímel com o qual ela havia sobrecarregado os cílios ser visível do outro lado do pátio, estava sentada Vera Rudinsky. Vera. Em russo, Fé. Era o nome de uma pessoa adulta, o que explicava por que Vera ficara tão irritada com o ritmo infantil de Slava cortando berinjelas de papel para o supermercado deles. (Por fim, ela transferiu Slava para as etiquetas de preço e cuidou pessoalmente dos recortes.) Uma adulta numa criança – ela havia sido magra como um pau, o rosto desvanecido de tão pálido, como se a vida tivesse soprado dentro dela apenas uma vez – Vera era séria, como a avó de Slava. Verochka, Verusha – todos a chamavam por diminutivos, como que para tirar o peso da idade de seu nome. Ve-ra: os lábios se contraem, depois soltam o ar em questionamento. Vera – um nome de esposa.

Mas Slava não conseguia encontrar aquela menina na pessoa que se sentava diante dele, a primeira vez que a via em uma década. A pequena Vera Rudinsky, magricela e estudiosa, havia sido substituída por uma potranca com unhas compridas e cabelos esvoaçantes, o olhar de quem caçava um marido nos classificados russos (enquanto Mama vigiava por sobre seu ombro), apesar de, sob a grossa camada de blush em seu rosto, Slava ainda conseguir distinguir o produto surpreendentemente bem-acabado de Garik e Lyuba Rudinsky, dois pinguins, misturando seus genes em alguma praia da Crimeia um quarto de século antes.

Slava fechou os olhos. A área atrás de seu peito chiava como uma colmeia. Ele queria ir para casa. Iria se enrolar no cobertor, e esse dia terrível chegaria ao fim. E amanhã, quando sua história sobre o explorador fosse avaliada, talvez houvesse boas notícias. Ele abriu os olhos e viu Vera novamente. Sua transformação era tão macabra que ele não conseguia tirar os olhos dela.

O avô se levantou, um pequeno copo na mão. Levou algum tempo até todo mundo perceber. Berta estava descascando três vizinhos eslavos, que moravam no térreo. *Os judeus estão no meio de um funeral e vocês, idiotas, estão berrando como delinquentes.* Provavelmente o avô achou que seria rude não convidá-los.

Por fim, a mesa ficou em silêncio. As televisões dos apartamentos vizinhos uivavam através das paredes de papelão, a heroína chorosa de uma telenovela misturada com algum tipo de programa sobre a guerra civil russa. "Em nome da Revolução", uma voz invernosa dizia, "estou tomando este trem."

– Alguns de vocês devem saber – o avô disse –, vinte e cinco anos atrás, sofremos um acidente de carro. Um dia azul, azul como… não sei. – Ele apontou hesitante para o blazer de tio Pasha, azul desbotado com listras brancas. A mão livre do avô se moveu pela toalha, procurando migalhas invisíveis. – Isso foi na Crimeia. Ela perdeu muito sangue, então fizeram uma transfusão. Sangue ruim, como se revelou. Tudo que saiu de lá era ruim. Era como ter uma bomba-relógio dentro de você e não saber. Cirrose. Bem, pelo menos ela conseguiu escapar daquele lugar. Mas, então, é melhor que sua lápide seja numa língua que ela não conhecia?

Berta pousou a mão rechonchuda sobre o pulso do avô.

– Eu sei – ele disse. – Eu sei. E olhe... ela falava inglês. Falava. Quando tivemos de estudar para obter a cidadania... – Ele se virou para Slava. – Slavchik, conte.

Uma mesa de olhos e torsos virados observou Slava com um espanto bem ensaiado. Ele já havia contado essa história antes. Ele assentiu.

– Para se tornar cidadão – ele disse. Tossiu e se endireitou. Ele iria tentar. – Você tem de concordar em defender o país. Não importa sua idade. É o que chamamos de "pegar em armas".

As pessoas assentiram, sorriram cautelosas.

– Eu tinha treze ou catorze anos – ele continuou. Deu uma olhada furtiva para Vera. Ela o observou zelosamente, mas não deu sinal de ver nada além de uma mesa carregada de salmão defumado, batatas fritas e garrafas de cores vivas, mais um banquete sem sentido, apesar de saber que iria a quantos desses fossem necessários até o final de seus dias, sem contestar. Slava se repreendeu. Ele também havia esperado que Vera permanecesse igual a quando ele a deixou? Ridicularizou sua ingenuidade. Então espiou mais uma vez aquela criatura inusitada do outro lado da mesa, se comprazendo ao pensar no fim da história entre eles. – Mas eu falava inglês melhor, então pratiquei com ela para a entrevista. "Vovó, você pegaria em armas pelos Estados Unidos da América?" Ela fechou o punho, levantou-o no ar como Lênin e gritou: "Sim!"

A mesa irrompeu em risadas contidas. O avô assentiu, autorizando a diversão, e algumas pessoas gargalharam. Essas eram as histórias que Slava contaria até o fim dos seus dias – a história de "pegar em armas", a história da Lena Lasciva e a amoreira. Esse seria o resumo de sua avó, de acordo com seus descendentes.

– Ela era melhor do que todos nós – o avô disse, interrompendo o burburinho.

– Escutem, escutem.

– A nova geração continua nosso trabalho – Benya Zeltzer dizia, repetindo um velho bordão soviético. Os olhos se voltaram para Slava, para o neto de Benya, batizado esperançosamente de Jack.

– Que eles nunca passem pelo que passamos – a esposa de Benya disse. Braços ergueram copinhos de conhaque, mas ninguém tocou as bordas. Brindes eram apenas para comemorações.

– Mas que se lembrem.

– Mas que se lembrem, sim.

– Você conhece o ditado – tio Pasha disse, piscando para Slava. – A melhor forma de se lembrar é dar início a uma nova geração.

Alguém assobiou. Os olhos se voltaram aos jovens, largados em suas obviedades. Jack Zeltzer tinha o quê? Dezessete anos? Uma tira de penugem pendia sobre seu lábio.

Misericordiosamente, a mesa se dissolveu em conversas. Tio Pasha bamboleou para fora de sua cadeira e afundou as mãos de bolo de carne nos ombros de Slava. Este sentiu a enorme pança de Pasha em suas costas. Pasha era do tamanho de um armário, mas usava camisa de seda sob um belo blazer italiano.

– Slavchik! – Ele amarrotava o paletó de Slava como se fosse uma pilha de folhas de papel. O cheiro de conhaque envolveu Slava novamente. Pasha dirigia uma limusine para Lame Iosif e bebia de uma garrafinha de Metaxa camuflada durante todo o dia.

– Olhe para você, Slavchik – Pasha cochichou, o suor de seu lábio superior tocando o lóbulo da orelha de Slava. – Ombros como de um javali. As mulheres se atiram em você? Aposto que se atiram. Não precisamos falar sobre *prezervativ*, correto? Não interessa se já é um homem, ainda é jovem demais para ser pai.

Slava revirou os olhos.

– Está tudo em ordem, tio Pasha.

Tio Pasha era primo em segundo grau da mãe de Slava. Pasha dirigia um carro grande, dava boas gorjetas, e não descansava até ter dançado com cada mulher desacompanhada na pista de dança. Tia Viv só observava. Máquinas de fumaça lançando uma névoa fria, luzes estroboscópicas atacando a plataforma de dança, uma pavoa desengonçada com batom magenta cantando *hity* a plenos pulmões no palco ("Rosas amarelas, rosas amarelas! Vocês são minhas para sempre, rosas amarelas!"), e tio Pasha falando sem parar: as garantias de uma noite em Odessa ou Volga ou Krym, os restaurantes onde todos se encontravam para comemorar os aniversários, a última vez em que se reuniram sem ser por causa de uma morte.

– É o que eu gosto de ouvir – Pasha disse. – Sua tia e eu, nós podíamos ter esperado um pouquinho. – Ele apontou um dedo gordo para tia Viv, volumosa em faixas de crinolina preta decorada com margaridas. Seu nome era Vika, Vitória, mas na América, depois de ver *César e Cleópatra* com Vivien Leigh, ela decidiu que Viv era mais glamouroso.

– Talvez ela não seja mais uma rainha da beleza – Pasha disse –, mas quando era jovem? As pessoas se viravam para olhar. Não só os homens. *Mulheres*. É o maior elogio, por sinal, quando as mulheres notam. Os cabelos eram um escândalo. Costumavam ser, costumavam ser.

Slava assentia educadamente.

– O que eu quero dizer com isso? – Pasha disse. – *Tfoo*, você veio dizer uma coisa... – Seu papo balançou, e ele coçou o queixo, soltando um arroto. – O que quero dizer é: lá você não podia trabalhar como uma pessoa normal. – Ele apontou para a escuridão na janela e, além dela, sua antiga vida. – Não havia trabalho. Havia cinco pessoas para fazer um mesmo trabalho. Por que trabalhar? "Seja notado, arrume problemas", como costumávamos dizer. Mas o que temos aqui é normal? Acho que a próxima grande invenção americana será como viver sem dormir. Fico na limusine das cinco da manhã às nove da noite, e não sou quem ganha mais. Seu avô sempre me pergunta por que não venho visitá-lo. Estou naquele maldito carro! Acha que eu era tão gordo assim em casa? Eu era campeão de arremesso de disco no colégio. Às vezes eu me pergunto, *nu*, Pasha, valeu a troca? Aquilo por isso? No fim das contas, sabe? Mas veja bem. Quando volto para casa, vejo aquela mulher. – Um grande dedão peludo apontou para a tia Viv. Ela os estudou com o canto do olho. Tardiamente, Slava percebeu que era a imposição dela que fazia tio Pasha entrar em ação. – E ela deixa tudo em ordem. Lá fora – agora o lado de fora da janela representava a América – não é problema meu. Mas ela? Eu entraria numa toca de raposa com ela. Ela é dos nossos. Entende? – Os dedos de salsicha repousaram entre as ondas negras do cabelo de Slava. – Sabe do que estou falando, Slava. – Um dos dedões de tio Pasha se encaixou dentro da escápula de Slava até ele encarar Vera. – Você está ocupado cuidando de assuntos de homem, eu entendo. Acha que eu gostava de escutar minha mãe? Fui para o Exército Vermelho em parte para sair daquela casa. Seis da manhã, ela puxava minhas cobertas. Uma manhã, que Deus a tenha, ela virou um jarro d'água na minha cabeça. Mas sabe o que aconteceu quando entrei no Exército? Seis da manhã teria sido um presente dos céus. Que tal quatro e meia da manhã? E eles não jogam água se você fica na cama; eles quebram suas pernas, especialmente se você é um judeuzinho narigudo. Eles aproveitam qualquer oportunidade para dar a você alguma lembrança. Senti muita falta da minha mãe no Exército. A gente não dá valor ao que tem até perder, como um jovem idiota. Não seja um idiota, Slava.

Slava não disse nada. Só era preciso deixar o sermão seguir seu curso. O tio Pasha segurava os ombros de Slava como um leme. Eles olhavam vagamente para o estranho horizonte diante deles.

– Preciso ir ao banheiro – Slava mentiu.

– Slava, Slava – Pasha suspirou. Ele assentiu e beijou o sobrinho com grandes lábios azuis. Então bateu nos ombros de Slava e caminhou de volta para a tia Viv, o exército do amor em retirada.

Slava se levantou e se enfiou na cozinha. Abriu a torneira para que parecesse que estava fazendo algo e observou a água descendo, um sólido cilindro imperturbável. Com uma pontada de irritação, notou outro corpo entrar no cômodo.

– Não o vejo há uma eternidade – Vera disse num inglês que se vangloriava da Rússia e do Brooklyn ao mesmo tempo.

Slava levantou o olhar para ela, com uma expressão tola e selvagem.

– Você se lembra de mim – ele disse.

– O que quer dizer? – ela perguntou, confusa. – Você está igual.

– Você também – ele se apressou em mentir.

Vera tinha um rosto redondo com longos cílios alinhados, e a saia preta estava mais apertada do que recomendaria um livro de etiqueta para velórios. Slava podia ver a generosa protuberância do joelho dela por trás da meia-calça preta. Sentiu um líquido quente se revirar em seu estômago.

– Sua avó... – ela começou a falar, então levou a ponta das unhas à boca e, um segundo depois, irrompeu em lágrimas. Mais um segundo depois, ela estava chorando no ombro de Slava, um tremor a cada soluço. Suas mãos pressionando as omoplatas dele, os seios pressionando o peito, as lágrimas pingando na costura do ombro da camisa. Desconfortável, ele arqueou a bunda para colocar alguma distância entre a virilha dele e a dela.

Ela se afastou.

– Manchei sua camisa toda de rímel – ela disse, rindo através das lágrimas. Ele foi limpar, mas os dedos dela se fecharam sobre os dele. – Não, não – ela disse. Os cubos de seus saltos passaram ecoando por trás ele. Ela se inclinou na geladeira, dando a ele uma visão sem censura da retaguarda dela, pegou uma garrafa de água com gás, então começou a esfregar seu ombro com um papel toalha encharcado de bolhas. A ereção dele recuou.

– Devo estar um terror – ela disse e assoou o nariz no papel toalha frisante.

– N-não – ele gaguejou.

– Ela está no céu agora – disse enquanto assoava o nariz.

– Existe céu? – ele disse. Imaginou um elevador celestial transportando literalmente os falecidos.

– Não importa – ela disse. – Eu estou... – apontou para os olhos.

– Não, está bem – ele disse. Ela era experiente em maquiagem.

– Ei, você ainda fala italiano? – disse ela.

As palavras, havia muito não usadas, avançaram como um cão.

– *Dove la fermata dell'autobus?* – ele disse. Ela começou a rir, mas isso a fez chorar novamente.

– Fui lá ano passado – ela disse quando se recuperou. – De férias.

– Para Ladispoli? – ele perguntou. Passara a pensar em lá como um lugar que deixara de existir depois que os Gelman partiram.

– Não. Florença, Veneza. É lindo. Mas, cá entre nós? Você pode voar para Vegas por, tipo, metade da grana e metade do tempo.

– Vegas?

– O Bellagio Hotel? – ela disse. – O Venetian Hotel? Quero dizer, é tipo um cara num desses barcos, e ele te conduz, e pode cantar se você pagar. Igualzinho a Veneza. Em italiano ou inglês, na língua que você preferir. Quem precisa de Veneza? Lá fede, por sinal.

– Entendo – ele diz.

– Fico meio louca quando vou para Vegas – ela diz esfregando novamente os cantos dos olhos. – Divertido pra diabo. Já foi?

Recentemente, Slava pescou do *Las Vegas Sun* um artigo para "The Hoot", a coluna de humor que era oficialmente sua responsabilidade para a *Century*, mas ele achou que não conseguiria explicar isso a Vera. Ele balançou a cabeça.

– Você precisa ir – ela resumiu. – Tenho que ir me limpar, não posso ficar na sua frente assim. Mas escute: você tem que aparecer mais vezes.

Ele piscou.

– Por quê?

– Essa briga entre eles? – Ela apontou para a sala. – É loucura. Faz quantos anos já?

– Então por que vocês vieram essa noite? – Slava disse.

– Porque meu avô disse que vinha, ele não dá a mínima para o que minha mãe diz. Então ela disse que tinha que vir com ele, porque seria mau ele vir sozinho, como se ninguém o amasse.

Mas ela disse para não falar com ninguém. Parecer, tipo, quieta e irritada. Mas foi bom ver você, Slava.

– Bom ver você também – ele disse.

– Os filhos precisam corrigir isso, como sempre. Apareça para jantar, e pouco a pouco... Entende?

– Não sei – ele disse cautelosamente. – É assunto deles. – Ele não queria se envolver com a discussão deles. E com Vera?

Ela deu de ombros.

– Não há muitos de nós aqui. Precisamos ficar juntos.

Ela deu um passo à frente e colocou os lábios, fartos e macios, na bochecha dele. Ele sentiu o áspero da bochecha dele raspar o que quer que ela tivesse aplicado na dela. Quando ela se afastou, o pó bege se espalhou finamente entre eles. Então ela saiu da cozinha.

Quando ouviu a porta do banheiro se fechar, ele caminhou para o corredor que o separava da cozinha e ficou lá, não para bisbilhotar. Ela estava cantarolando. Então apertou a descarga, e a água escorreu pelos canos. Ele recuou num pulo, pouco antes de a porta abrir. O rosto dela recobrara a imobilidade anterior. Ela piscou para ele e seguiu adiante.

O banheiro nadava na doçura sutil do perfume de Vera. Berta havia enchido a parede com toalhas para convidados, a dela e a do avô escondidas de mãos estrangeiras. Slava se olhou no espelho. Quantas vezes o rosto murcho da avó aparecera no ponto exato onde ele agora mantinha o seu próprio? Slava sabia que espelhos eram cobertos após a morte de um judeu para evitar a vaidade. Mas que tipo de luto era esse se você precisava de truques para entrar nele? E, se deixar o espelho descoberto fazia Slava pensar nela, o que havia de errado? Não era esse o objetivo? Ele pegou uma toalha de um dos ganchos e a deslizou por sobre o espelho, prendendo os cantos com dois potes do creme facial de Berta.

Ele esperou que isso tivesse algum efeito, mas não sentiu nada. Apertou a descarga, caso alguém estivesse esperando. Sem saber por quê, queria que Vera estivesse esperando do lado de fora do banheiro.

Em vez disso, encontrou o avô, com olhar perdido.

– Slavchik – o avô disse sonolento. Suas mãos pendiam ao lado do corpo como um soldado, só que seus ombros estavam curvados.

– As pessoas estão indo embora? – Slava perguntou.

– Não, não – o avô disse.

– Você teve sorte com Berta – Slava falou.

– Ela é boa – o avô disse, cético. – Li no jornal sobre uma acompanhante doméstica da Ucrânia que morou com esse casal de idosos por cinco anos. Nossa gente, de Riga. Eram como uma família para ela; eles a levavam nas férias. Quando chegou a hora de ela voltar para a Ucrânia, ela disse: "Espero que vocês, judeus, queimem no inferno." Então, nunca se sabe.

Slava deu um abraço a contragosto no avô.

– Preciso que veja algo – o avô disse, apontando para o quarto.

– Estamos os dois cansados. Vamos fazer isso outro dia – Slava disse, querendo voltar à sala.

– Outro dia com você? – o avô indagou. – Outro dia com você é daqui a um ano. O prazo é curto. Só vai levar um momento.

O avô avançou em direção ao quarto, mas parou na soleira. Slava seguiu o olhar dele até a cama, a maior coisa do quarto. A maior e mais macia, o avô insistira com Marat na avenida Z, e aqui estava. Não se prestava atenção em mais nada. Agora que teria de dormir sozinho ali, parecia grotesca.

– Os chinelos dela estão bem ali, mas ela não está – o avô disse. – Que sentido isso faz?

Slava colocou o braço ao redor do ombro do avô, e trouxe os cabelos de seda do velho de encontro ao peito.

– Este dia não tem fim – o avô disse. – Estão conversando lá, mas não entendo uma palavra do que estão dizendo.

Slava esfregou o nariz no cabelo do avô, macio e liso como uma penugem de ganso, o cabelo de alguém com um terço da sua idade real. O velho assentiu, perdido, uma lágrima gorda e preguiçosa em seu olho. Finalmente, ele deu um passo no quarto e enganchou o dedo frágil no puxador da cômoda, pegando uma bolsinha de palha onde ele enfiava as correspondências até que a mãe de Slava viesse traduzir. *Ela* ia lá o tempo todo. O papel que ele queria estava logo na frente, seguido de circulares e formulários. Ele se sentou na cadeira ao lado da cama, contemplando sua colcha de cetim como um objeto intocável.

– Olhe, por favor – ele disse, estendendo o envelope.

Slava tirou dele os papéis mal dobrados e inspecionou a letra. Ele esbarrou no hebraico, blocado, mas ligeiro. Então viu o inglês e assobiou levemente. Ele ouvira gente no escritório falando sobre isso.

– "Prezado senhor" – ele traduziu –, "a Conferência sobre Danos Materiais contra a Alemanha..."

– Sei o que está escrito – o avô interrompeu-o. – Mama traduziu. Se você é uma vítima do holocausto, conte sua história, e você recebe uma indenização. Aí diz que, dependendo do que você passou, pode ser uma boa quantia de uma vez só ou parcelas menores, todo mês, pelo resto da vida. Fiz as contas na calculadora: se você receber por dez meses, sai na vantagem.

– Quem está dizendo isso?

– O pessoal do Centro Judaico. Na Kings Highway.

– Por que você dá ouvidos a eles? – Slava disse. – Aquilo é uma fábrica de fofocas.

– Quem mais tenho para ouvir?

A última folha dentro do envelope estava em branco, exceto pelo cabeçalho: "NARRATIVA. Por favor, descreva com o máximo de detalhes possível onde o Sujeito estava durante os anos de 1939 a 1945."

– Como eles sabem para quem mandar isso? – Slava perguntou, olhando o nome da avó na barra do endereço.

– A avó está registrada naquele museu em Israel. Vashi Yashi.

– Yad Vashem – Slava disse. – Diga corretamente.

– Day Vashem.

– Yad Vashem. Não é difícil; diga.

Ele olhou feio e pronunciou corretamente.

– Sessenta anos, eles tiveram – Slava disse –, para fazer isso justo quando ela acabou de morrer.

– Bem – o avô abaixou a cabeça.

Eles observaram a janela, South Brooklyn fervendo na noite densa de julho. Um varal com grandes roupas íntimas penduradas balançava na brisa.

– Então – o avô disse, virando o rosto para Slava. – Você pode escrever alguma coisa?

Slava quase riu. Esse era o avô – as regras eram bem claras, mas ele ia pedir de qualquer jeito.

– Ela... – Slava buscou as palavras. Partiu? *Não estava?* Eles ainda não haviam encontrado uma palavra aceitável.

– Não sobre a avó – o avô disse.

– Sobre quem, então?

– Sobre mim.

Agora Slava riu.

– Não acho que eles paguem indenização por fuga para o Uzbequistão.

O avô cutucou o papel com uma unha quadrada.

– Pagam, mas é imprevisível. Alguns sim, alguns não. De todo modo, é menos dinheiro. Mas guetos e campos de concentração são um campo fértil sem fim. Então, me dê um desses. Você é um escritor, não é?

Slava abriu as mãos.

– Agora eu sou escritor.

– Você escreve para o jornal onde trabalha – ele retrucou. – É o que você disse.

– É uma revista – Slava corrigiu.

– Então, é como se fosse um artigo para o seu jornal.

– Os artigos para o meu jornal não são inventados.

– Este país não inventa coisas? – o avô disse, com os olhos brilhando. – Bush não arrumou um motivo para cortar as bolas do Saddam? Quando as ações caem, não é porque alguém inventou números?

– Este país não tem nada a ver com isso!

– Você não sabe como fazer isso. É isso?

– Eu sei como fazer – Slava disse entredentes.

– Então faça – o avô disse. – Por sua avó. Faça.

Alguém bateu à porta. A cabeça da mãe de Slava – redonda, vulnerável – espreitou.

– Está tudo bem por aqui, rapazes? – ela disse.

– Tudo certo, filha – o avô respondeu com uma estranha formalidade.

– A sobremesa já está na mesa – ela disse. – Acho que em breve as pessoas vão começar a ir embora.

– Já vamos, já vamos – o avô disse.

– Encomendei as lápides – ela disse. – Vão colocar numa semana.

– A minha? – o avô perguntou.

— Vai ser em branco. Há um plinto conectando as duas. Escrito Gelman. Sua pedra é preta, a da Mama é mais clara.

— O epitáfio?

— Em russo. "Não fale deles com dor: Eles não estão mais conosco. Mas com gratidão: Estiveram." Um poema. Grusheff que sugeriu.

— Grusheff bebia chá com Pushkin, se você acredita no que ele diz — o avô disse. — Provavelmente ele mesmo escreveu isso. Deveríamos nos certificar de que não há outras pedras com esses dizeres. Mas as palavras são boas.

— Vou verificar, papa — a mãe de Slava disse e fechou gentilmente a porta.

O avô se virou para Slava.

— Preciso te lembrar que seu tio-avô Aaron, *meu* irmão, está numa cova coletiva na Letônia? Morreu sem nunca ter beijado uma garota. Queria que você pudesse ler as cartas dele, não estavam em iídiche. Fui atrás dele com uma faca de açougueiro quando o chamaram. Um dedo mindinho teria sido o suficiente para desqualificá-lo. Em 41, pelo menos. Meu ano? Todos os garotos foram recrutados em 43 — ele fez um movimento de cortar o ar com a mão —, ceifados como grama. — Ele se inclinou e cochichou. — Eu não ia me oferecer como voluntário para ser carne de canhão. Você não estaria aqui. Eu me mantive vivo.

— O que Aaron tem a ver com isso? — Slava perguntou. — Olhe. Aqui diz: "Guetos, trabalhos forçados, campos de concentração... O que o sujeito sofreu entre 1939 e 1945?" O sujeito. Não você. Você não sofreu.

— Eu não sofri? — Os olhos do avô reluziram. — Já tenho um túmulo, eu não sofri. Você é abençoado, sabia disso? — Ele bufou como se tivessem lhe pedido para vender um cavalo perfeitamente saudável pela metade do preço. — Todos os homens foram levados de pronto: Aaron, papai, todos os primos. O pai era velho demais para a infantaria, então o levaram para Trabalhos Pesados. Dois anos depois, bateram na porta. Vejo esse esqueleto em trapos, então grito para minha mãe: "Tem um mendigo na porta, dê comida a ele!" Não era uma visão incomum naqueles dias. E ele começa a chorar. Era o pai. Uma semana depois, nos informaram sobre Aaron. Morto pela artilharia. Queria poupar minha mãe de perder o último de seus homens, então, sim, fui para o Uzbequistão. Não para viver num palácio, mas para bater carteiras e mijar na calça no meio da rua, para que achassem que eu era retardado e não me recrutassem. – Ele afastou o olhar. – Olhe, eu voltei. Me alistei.

– Num navio em território liberto – Slava disse. – Veja, eu não criei as regras. Os papéis dizem: "Guetos, trabalhos forçados, campos de concentração."

– Quem é você, o neto do Lênin? – o avô disse. – Talvez eu não tenha sofrido da forma exata como eu devia ter sofrido – ele apontou um dedo para o envelope –, mas eles se certificaram de matar todas as pessoas que sofreram. Tivemos nosso mundo todo tirado de nós. Nada de danças, nada de férias, nada de comida preparada pelas nossas mães. Uma refeição assim? – Ele apontou para a sala. – Sabe o que significa ter uma refeição assim? Sabe para o que voltamos depois da guerra? Tomates do tamanho da sua cabeça. Eles os fertilizavam com cinzas humanas. Está acompanhando?

– Então agora quer se vingar – Slava disse. – Roubar o governo alemão.

– O governo alemão? O governo alemão deveria ser grato de se safar assim tão fácil.

– Esse governo alemão não matou ninguém.

– Então, todos nós deveríamos dizer obrigado? – O avô bateu suas mãos, o som ecoando no teto.

– O que *é* isso? – Slava disse. – Você precisa de mais dinheiro? – Ele apontou ao redor deles: a cômoda, a cama, os falsos candelabros de sentinela nos cantos.

– Dinheiro? – o avô disse, recuando. – Dinheiro faz o mundo girar. Dinheiro não é a única razão, mas não sei de ninguém que se feriu por dinheiro.

– Por que nunca me disse nada disso antes? Sobre a fuga?

– Não queríamos essas coisas feias na sua cabeça. Queríamos você acima de nós. Muitas mãos se sujaram para que você não precisasse sujar as suas.

– Então essa é uma rosa que você está pedindo que eu cheire?

– É família, Slavik.

– Vamos fugir das palavras de efeito, se não se importar. Não sou Kozlovich. Isso é crime. Essa é nossa família? Sabe qual é a punição se formos pegos?

– Eu te daria meu braço direito, se fosse necessário. Isso é família.

– Se fosse necessário?

– Você, seguro. Você, feliz.

O avô bateu na cômoda entre eles.

– Esta conversa acabou. Não preciso dos seus serviços.

– Não preciso do seu braço direito!

Eles ficaram sentados num silêncio amargo, escutando a conversa abafada que vinha da sala. Slava saboreou seu poder sobre o avô, como uma azeitona que você continua chupando para retirar cada fiapo de polpa.

Agora ele era um escritor. Quem era o responsável por esse desvio, acima de tudo? Nos Estados Unidos, ao contrário de casa, a correspondência chegava como uma nevasca. Os adultos a levavam para o andar de cima com rostos sombrios. Era uma carta de James Baker III alertando os Gelman de que um erro trágico havia sido cometido e que a família teria de voltar à União Soviética? Eles não podiam ler.

A carta era dada a Slava. Seus dedos eram pequenos o suficiente para manusear o dicionário tijolo com fonte de Bíblia e páginas finas que eles haviam encontrado na rua, alguém que já havia aprendido inglês. Enquanto os adultos remexiam os pés, encostando-se contra o batente da porta e mordendo os lábios, ele cuidadosamente abria os envelopes e desdobrava a carta, seu coração batendo loucamente. Ele era tudo que havia entre sua família e a expulsão por James Baker III. Os Estados Unidos eram um país onde você podia ter algarismos romanos após seu nome, como um imperador.

Enquanto os adultos olhavam, Slava verificava as palavras não familiares no tijonário. "Taxa de porcentagem anual." "A prazo." "Plano de prestações." "À vista." "Para clientes especiais como você." Os Gelman mais velhos esperando, Slava constrangido ao se perceber distraidamente preso a certas palavras no dicionário que não tinham nada a ver com a tarefa em mãos. No caminho de "cartão de crédito", ele havia esbarrado em "catedral", suas torres – t, d, r, l – como aquelas que os Gelman haviam visto em Viena. "Abatimento" o levou a "abalroado", que rolava em sua boca como uma bolinha de gude gorducha. "Especulação" o conduziu a "ostentação", os seios de uma *baba* russa cobrindo seus olhos enquanto colocava diante dele uma tigela de mingau matutino. Por fim ele conseguiu verificar o necessário para garantir aos adultos que, não, não parecia uma carta de James Baker III. Os Gelman mais velhos suspiraram, balançaram a cabeça, voltaram a fritar peixe.

Slava continuou com seu tijonário. *Pitoresco, polhastro, estuque. Taro, terrazzo, tchauzinho.* "Leviandade" tornou-se uma palavra judaica, porque Levy era um sobrenome judeu na América. "Bombom" – toc-toc – era uma batida na porta. Uma "quinquilharia" era um "cacareco", e um "cacareco" uma "bugiganga". "Sentencioso" podia significar duas coisas opostas, e não deveria ser confundido com "senescente", "tendencioso" ou "sensível". Assim como "escatologia". Nessa língua, era preciso tomar cuidado para não confundir extinção com excreção.

As palavras russas eram tão distensíveis quanto a carne sob o braço da avó. Você podia inventar novos finais, e elas ainda faziam sentido. Como camponeses remexendo em suas gravatas num casamento, essas palavras queriam se enlaçar em diminutivos: Mikhail em Mishen'ka (pequeno Misha), *kartoshka* em *kartoshechka* (batatinha). O inglês era mais frio, aparado, um jogo cerebral. Mas, ao mesmo tempo, brilhante. Por algum motivo, naquele quarto, tudo isso deu a ele couraça contra o avô.

O avô grunhiu e, evitando os olhos de Slava, se levantou. No andar de baixo, uma salsa havia começado, o baixo abafado tocando a mesma nota repetidamente. Caminhando em direção à porta, o avô estremeceu e perdeu o passo, buscando com os braços como se fosse cair, mas, sem ver ajuda de seu neto, colocou a mão na cômoda, endireitou-se e saiu.

3

O muro leste do Spartak Dance Club não era mais um muro, estritamente falando. Três quartos de Minsk haviam sido bombardeados em destroços, o que explica por que está tão feio hoje, reconstruído após a guerra no estilo socialista. Mas, mesmo antes de a vitória sobre os alemães ser declarada, os bailes de sábado à noite no Spartak Dance Club haviam retornado. As pessoas precisavam de dança tanto quanto de pão, Stalin dissera. O país todo correu para reabrir os salões de dança, aquelas vilas sem um salão buscando adaptar algum lugar, qualquer lugar, que pudesse manter um gramofone e uma pista de dança. Dois meses depois do Dia da Vitória na Europa, o Spartak Dance Club em Minsk voltou a funcionar regularmente, apesar de possuir apenas três paredes, o que significava que a irmã mais velha de Sofia Dreitser, Galina, não iria frequentar os bailes de sábado à noite porque, na visão dela, as outras paredes iriam desmoronar a qualquer momento, então seria uma dança de custo bem alto, não?

Mas Sofia adorava dançar. Tinha de ser mais cuidadosa atualmente, sem pai ou irmão ou mãe para tomar conta dela, e os homens de volta da guerra com um vazio no olhar e uma fome que faziam uma mulher empalidecer até as mãos. Então ela dançava sozinha ou com uma amiga. Essa foi a concessão que Galina conseguiu arrancar de sua rebelde irmã mais nova; Sofia iria às danças somente se acompanhada de Rusya, a vizinha eslava que caçoava de Galina com sua rispidez característica: "Você não se importa que sua irmã morra se as paredes desabarem, desde que ela não seja estuprada?" Mas Rusya aceitava isso, e ela e Sofia rodopiavam, lançando olhares desejosos para os capitães do Exército chegados do front em seus uniformes, e para os meninos da vizinhança, que no decorrer de quatro anos haviam se tornado homens. Havia Misha Surokin, com uma cicatriz em forma de meia-lua correndo pelo lado direito do rosto; Yevgeny Gelman, o brigão do bairro de Sofia, com a mesma aparência leviana que ela lembrava; e Pavlik Sukhoi, com um tique facial que ele havia adquirido na guerra que o fazia estremecer duas vezes a cada frase. Eles eram os mesmos, mas não eram os mesmos.

Então, quando as valsas começaram nessa noite de sábado, lá estavam Sofia e Rusya, aproximando os movimentos o melhor que elas podiam dos filmes que haviam visto antes da guerra, imaginando-se em algum grande castelo na Áustria, trocando de par mais ou menos a cada minuto, Sofia fingindo uma rígida indiferença em relação aos homens que espiavam das laterais do clube de dança, Rusya mandando-lhes sorrisos coquetes.

Mas era para Sofia que os homens olhavam, pele irrepreensível e dois rabos de cavalo como cabos – Rusya havia sido abençoada com o destemor de uma fazendeira, mas também com o rosto de uma. Durante um intervalo para o ponche de amora (álcool não era servido, o que significava que os homens tinham de levá-lo escondido em garrafinhas e sifões, saindo para bebericar em respeito às mulheres), enquanto Rusya era distraída por um tenente de pernas tortas, um dos capitães do Exército caminhou até Sofia.

Era como ditava a regra: são os corajosos que ganham a menina, e bravura não tem nada a ver com aparência; eles tinham a coragem de se aproximar. O capitão Tereshkin tinha um rosto bem comum, o queixo desaparecendo no pescoço, uma barba tímida coroando-lhe o papo. Apesar do calor abrasador de julho, de até mesmo refugiados famintos ostentarem uma aparência saudável e corada, Tereshkin era pálido como a neve. Quem sabe o que se apoderou de Sofia naquele instante; alimentamos nossas defesas e, num momento crucial, elas simplesmente não aparecem. Talvez ela quisesse sentir os braços de um homem ao redor de si; talvez sentisse pena de Tereshkin, porque provavelmente ele estava sem mãe, sem irmã, sem filhos; talvez ela simplesmente tenha se cansado de dizer não. Ela só sabia que iria dançar a próxima dança com ele, um jazz de Rosner, Rusya toda olhos para seu tenente, cujos próprios olhos começavam a vagar. Até Sofia, ocupada com Tereshkin, podia ver isso.

Quando o toque de recolher soou – eram dez da noite, as coisas ainda não estavam fáceis –, o capitão Tereshkin perguntou se podia acompanhar Sofia até em casa. Estava escuro, quase nenhuma luz da rua funcionava. Talvez fosse tudo o que ele quisesse, um cavalheiro, e Galina estaria em casa, caso ele tentasse insistir para entrar. No entanto, o caminho até lá era longo, e Sofia não estava disposta a arriscar. Ela havia dançado com ele, sim, mas por uma mulher dançar com um homem significava que tinha de agradecer a ele com seu corpo? Ao mesmo tempo, ela não queria insultar o capitão – porque havia dançado com ele a noite toda, porque talvez ele não quisesse dizer nada com isso, porque ela estava um tantinho assustada.

Foi quando lhe veio a ideia. Não gostou dela quase tanto quanto não gostara de pensar no capitão Tereshkin do rosto pálido acompanhando-a até em casa, e ela se empertigou, dando um sorriso bobo para Tereshkin enquanto tentava pensar em outra coisa. Mas nada vinha – sua esperteza tendia a abandoná-la naqueles dias, como se tivesse usado todo seu estoque durante a guerra para se manter viva. Que cota deplorável ela havia recebido, pensou. Não fora suficiente para salvar ninguém além dela e da irmã. Todos esses pensamentos – de modo cômico e idiota – cruzaram-lhe a mente. Oh, capitão, ela pensou, se você ao menos soubesse o que está pegando: uma órfã com um único vestido para ela e a irmã, porque o resto das roupas, dadas pela Cruz Vermelha, haviam sido roubadas e penhoradas pelo colaborador bielorrusso que continuava a ocupar metade da casa delas. Sofia o usava agora, não bem um vestido, mas um *sarafan*, o tipo de coisa que sua mãe usava antes da guerra enquanto limpava a casa.

Por fim, Sofia pediu licença para ir ao banheiro, o que significava os arbustos lá fora, mas os arbustos lá fora iriam fazê-la passar por Zhenya Gelman, rindo com seus amigos num círculo enquanto bebericavam de uma garrafa sem rótulo, tarde demais na noite para se importar com o que acontecia lá fora.

Zhenya Gelman era famoso na vizinhança. O motivo de sua fama era outra história. "Um filho do jardim de outro povo", as pessoas o chamavam antes da guerra. Um brigão, para não dizer um criminoso. Ele conseguia tudo de que precisava, fossem beterrabas do jardim do velho Ferbershteyn ou um conjunto de colheres de prata só Deus sabe de quem, e você faria um favor a si mesmo em não se importar com isso.

Sofia estava feliz em ver Zhenya vivo, tão feliz quanto ficaria por um irmão, mas ela não tinha nada a ver com meninos como ele antes da guerra, e teria menos ainda a ver com eles agora. Garotos como ele estariam na prisão antes de chegarem aos vinte. Conforme ela se aproximou dele naquela noite, sua mente divagou sobre que outra coisa ela poderia fazer, mas não havia nada. Sua mente era como um relógio quebrado. Estava impressionada consigo mesma por pensar naquilo. Além disso,

Zhenya tinha uma namorada. Ele tinha dez namoradas. Talvez ele não fosse querer nada dela em troca.

Ela ficou atrás dele por quase um minuto antes de os amigos dele a notarem e suas expressões mudarem. Ele se virou.

– Sofia Dreitser – ele observou, um sorriso sem graça pendurado em seu rosto.

– Posso falar com você? – ela disse.

Algumas risadinhas se seguiram dos meninos atrás dele, mas ele ameaçou se virar e as risadas caíram do rosto deles. Zhenya e Sofia se afastaram. Ele colocou a mão no ombro dela e se inclinou solenemente, mas ela lhe lançou um olhar que fez sua mão recuar.

– Há um capitão lá – ela começou.

– Tereshkin – ele disse.

Os olhos dela se arregalaram de surpresa.

– Os olhos de um especialista em reconhecimentos! – Zhenya disse com sua costumeira falta de modéstia.

Um comentário e tanto a se fazer, considerando-se que Zhenya havia fugido para o leste, então teve a idade reduzida em sua identidade até a guerra ter praticamente acabado, e, quando finalmente foi convocado, armou para entrar num navio em território liberado como operador de rádio. Zhenya Gelman conhecia tanto de operação de rádio quanto ela, mas como ir para os lugares seguros quando o mundo ao redor dele estava desmoronando, isso ele sabia melhor do que ninguém.

– Deixe-me adivinhar – ele disse. – O capitão quer te levar para casa.

Ela corou e olhou para baixo.

– Sabe, você parece um pintinho que acabou de sair do ovo nesse seu *sarafan* – ele disse.

– Muito obrigada, Zhenya – ela disse brava.

— Então você veio até o encrenqueiro do Zhenya buscar ajuda para se salvar de seu apuro — ele disse. — Nenhuma palavra para mim quando as coisas estão andando bem, mas quando vem encrenca... — A frase estava quase saindo da sua boca quando ele percebeu o que ia dizer, idiota, a família toda dela estava debaixo do chão, e ela nem sabia onde. Quando chegou a hora de liquidar o orfanato de Minsk, os nazistas levaram as crianças para um grande buraco na terra e cobriram seus corpos vivos com areia. Jogaram-lhes doces quando as mãozinhas se esticaram pedindo ajuda. Era isso que os nazistas faziam com as crianças. Então ela torcia para que seus pais e seu avô tivessem sido simplesmente fuzilados. Ela não sabia como eles haviam morrido, o que tornava suas noites intermináveis, e, se alguém soubesse, seria alguém em algum exército ou no escritório da KGB, e ela esperava nunca ver estes lugares.

— Sinto muito — ele disse. — Venha comigo.

— Zhenya — ela disse. — Sou grata por sua ajuda. Mas não posso te agradecer. Você entende o que quero dizer.

— Você já me insultou uma vez. Não me insulte duas.

Quando o capitão Tereshkin sentiu um braço ao redor da cintura, ele se animou, pensando que era o de Sofia; o sorriso mudou para surpresa quando se revelou pertencer a Zhenya Gelman, "um filho do jardim de outro povo", alguém que era conhecido na vizinhança, e conhecido dele, tendo Tereshkin crescido a alguns quarteirões de distância.

— Capitão! — Zhenya gritou. Ele pegou a mão de Tereshkin na dele. — Tenho de te servir um copo.

— P-por quê? — Tereshkin perguntou.

— Porque fez companhia para minha dama a noite toda. Foi mesmo um cavalheiro... nunca deixe uma dama ficar sozinha.

Devo essa a você. O que quer beber? Sabe que sou especialista em conhaque armênio.

Tereshkin ficou vermelho como uma beterraba. Tinha meia dúzia de anos a mais do que Gelman, e seus corpos eram de constituição similar, mas Gelman havia feito boxe antes da guerra e, em todo caso, não se brigava com Zhenya Gelman.

– Zhenya – ele disse, a cara no chão. – Sinto muito. Eu não fazia ideia. Sério. Tem de acreditar em mim.

– Mas é o que estou dizendo! – Zhenya disse. – Você é um bom homem e quero lhe agradecer.

Zhenya praticamente o obrigou a beber o conhaque. Eles chuparam o mesmo pedaço de limão depois, Zhenya galantemente oferecendo a primeira prova a Tereshkin. Eles brindaram à terra natal, e depois às mulheres ao redor. Não havia mulheres como as russas. As russas eram feitas de leite recém-ordenhado, e as mulheres do resto do mundo eram feitas de água. Não importava se eram judias ou não – Zhenya não pôde resistir a forçar o capitão a concordar com essa ideia. As mulheres russas eram como chocolate, como o solo fértil sob seus pés; eram a manteiga que ia no pão; as papoulas vermelhas que balançavam ao vento. Às mulheres russas!

– Parece que devo levar minha namorada para casa, não acha? – Zhenya disse para Sofia depois que Tereshkin se libertou de suas garras e, alegando o toque de recolher, saiu correndo. Zhenya piscou. Ele já havia adquirido em algum lugar um dente de ouro, como era a moda.

– Não sei se sua verdadeira namorada iria gostar disso – Sofia disse.

– Quem é essa? – ele perguntou.

– Ah, você não consegue levá-las a sério – ela disse. – Ida. Ou qualquer que seja o nome dela.

— Ida? — ele repetiu, erguendo as sobrancelhas. — Eu larguei Ida como um saco de batatas. Pedi que ela viesse comigo esta noite. Ela disse: "Meu dente dói." O que acha disso? Sumi como um cometa. Faíscas saindo debaixo dos meus pés. Dava para acender um cigarro na sola da minha bota. O dente dela doía!

— Ida. — Sofia fez uma careta. — Ida, cujo pai distribui cerveja e vodca para toda a cidade. A milionária Ida. Você a largou.

— Eu a larguei — ele disse com orgulho.

— Bem, até eu estou impressionada — ela admitiu.

— Então, o que diz? — ele insistiu. — É um insulto que eu tenha de dizer isso, mas não tenho nada em mente. Só quero vê-la em casa em segurança. Morávamos a catorze casas um do outro antes da guerra. Éramos praticamente uma família.

— Como pode saber a quantas casas vivíamos um do outro?

— Porque eu contei — ele disse.

Sofia estava certa a respeito de uma coisa, embora apenas em parte. Zhenya de fato seria preso, mas não antes de fazer vinte anos; foi com vinte e um. Alguns anos depois do baile, eles estavam voltando de outro clube com amigos quando ouviram do outro lado da rua:

— Olhe só esses *kikes*![1] Teria sido legal ter um pouco dessa energia no front, *kikes*!

— Zhenya, não — ela disse severamente, mas ele já estava atravessando a rua. Não era porque estava bêbado; ele teria feito a mesma coisa se estivesse sóbrio, como faria pelo resto da vida deles, então, de forma que ela nunca sabia se o marido iria passar a noite na cama ou numa cela, mas sempre tinha certeza de que seria sem perder o orgulho. Zhenya carregava uma navalha para ocasiões exatamente como essa. Ele cortou o sujeito bem

---

[1] Termo pejorativo para "judeu". (N. do T.)

feio. O pai de Zhenya subornou o juiz, então ele pegou um ano em vez de três. Estavam começando a construir o estádio de futebol lá por aquele tempo, foi assim que ele pagou sua dívida à sociedade. Apesar de Zhenya nunca ter mencionado isso para seu neto Slava, suas próprias mãos haviam despejado o concreto para os assentos onde eles se sentavam toda semana, gritando por Gotsman e Aleinikov.

Sofia Dreitser esperou fielmente até Zhenya Gelman ser solto da prisão. Suas piores expectativas sobre ele haviam se concretizado, mas, uma vez que Sofia Dreitser se dedicava a algo, ela não voltava atrás. Zhenya Gelman sabia como arrumar um lugar seguro quando o mundo ao redor dele estava desmoronando. E ele ainda tinha sua família, com exceção do irmão mais velho, que havia sido morto na guerra – uma família grande, barulhenta e falante que a aceitou da forma como uma onda aceita um corpo. Ela desejava essas coisas, e na maior parte do tempo isso significava desejá-lo também.

Então ela mandou que seu próprio orgulho recuasse e esperou pacientemente, fielmente, que ele voltasse da prisão para lhe dar boas-vindas em casa com seu prato favorito, costeletas de carneiro e "purê de batatas no estilo nuvem", chamado assim por ele porque era areado como uma nuvem, e não levava manteiga. Ela esperou até se tornar Sofia Gelman; até eles fazerem Tanya Gelman; até Tanya conhecer Edik Shtuts, um homem tão diferente de seu próprio marido; até Tanya e Edik fazerem Vyacheslav Gelman, apesar de ela, Sofia, chamá-lo pelo diminutivo Slava; até eles deixarem o lugar que estava encharcado com o sangue da família dela por outro que não significava nada para ela, a não ser o que ele poderia fazer por seu neto, por quem ela havia vivido desde o momento em que se aproximou de Zhenya Gelman no Spartak Dance Club em 1945 e lhe pediu ajuda.

* * *

Quando Slava abandonou o Brooklyn, ele trouxe um caderno, que tencionava preencher com detalhes sobre a vida de sua avó. Dessa forma, permaneceria próximo a ela. O problema é que ele não sabia muita coisa sobre a vida da avó. Mesmo quando estava bem, ela olhava para sua vida pessoal como alguém olha para um trágico engano. Algumas pessoas não conseguem parar de se ocupar de seus trágicos enganos – Slava era esse tipo de pessoa; ele não parava de pensar nos detalhes desconcertantes dos seus fracassos na *Century* –, mas outras preferem viver como se seus trágicos enganos jamais tivessem acontecido. A avó de Slava era esse tipo de pessoa. Ela queria saber se Slava havia terminado o dever de casa; se ele tinha namorada; se ele estava se alimentando: ela podia fazer uma carpa cozida que durava uma semana inteira. A vida de Slava parecia insignificante comparada à dela, e ele sentia muita vergonha em presenteá-la com o que cada menina lhe disse na escola, mas a avó seguia suas palavras com tal arrebatamento que seus lábios acompanhavam os dele conforme ele falava.

Com todos os outros, a avó era empertigada, implacável, impenetrável. Desde jovem, o avô resmungava de dores no peito, dores nas pernas, dores de cabeça; isso a irritava. Ela olhava feio para o marido como que para uma criança, constrangida e mal-humorada.

Então Slava aproveitava a vantagem da conexão deles e, no ensino médio, inventou um estratagema. Ele mentiu, dizendo que, na aula de história, haviam pedido que se compilasse uma história familiar, para elaborarem um pastiche com as histórias pessoais da turma. Nada havia sido pedido – o professor de Slava, o sr. Jury, era um beberrão de nariz vermelho que dava tarefas que duravam a aula toda e cochilava em sua cadeira –, mas a avó não ousaria colocar a perder uma boa nota para Slava.

– O que posso te contar, meu pepininho? – ela disse.

– Me diga por que me chama assim – ele disse.

– Pepininho? – ela repetiu e sorriu timidamente. Não sabia; nunca havia pensado nisso.

– Me conte sobre a guerra – ele pressionou cuidadosamente.

Ela sorriu novamente e começou.

– Bem...

A frase terminou ali. Sua língua se movia, mas nenhuma palavra surgia. Ele queria dizer, "Me diga, porque eu gostaria de contar aos meus netos um dia." "Me diga, porque aconteceu com você, então eu deveria saber." "Me diga, porque vai me aproximar de você, e eu quero me aproximar de você." Mas ele tinha quinze anos de idade e não sabia como expressar esses pensamentos. Só sabia que queria saber. Ele podia ver que ela iria contar qualquer coisa, qualquer coisa mesmo, desde que ele pudesse, por favor, conter-se para não fazê-la falar sobre *aquilo*. E, apesar de ter certeza sobre o quão importante era para ele saber – mesmo se todos na família tivessem concordado em não perturbar a avó sobre o assunto –, ele não conseguia obrigá-la. Então, disse a ela:

– Esqueça a guerra. Conte-me sobre como você e o avô se apaixonaram.

Ele escreveu a história do Spartak Dance Club em seu caderninho alguns dias após decidir não retornar mais ao Brooklyn. Sua família ainda não tinha entendido o que estava acontecendo, mas sua mãe tinha começado a deixar mensagens na secretária eletrônica, primeiro intimidando, então implorando, depois simulando um problema de saúde, fingindo ter boas notícias, alegando precisar de conselhos, e por fim fazendo um escândalo e desistindo. Mas a *avó* entendia por que ele teve que desaparecer, ele dizia a si mesmo. Por mais que ela nunca ligasse, de certa forma ela entendia, ao menos porque ela acreditava que tudo o que ele fazia era verdadeiro e irrepreensível.

Mas a história de como a avó e o avô se apaixonaram era a única que Slava possuía. Ele traçava e retraçava sua mirrada coleção de detalhes, o caderno de bolso grande demais para os poucos fatos que continha, como a cama de um viúvo diante de sua nova lista de ocupantes. Ele poderia ter expandido seu conteúdo, isso lhe ocorreu certa vez, inventando ou imaginando algo – a casa de onde a avó viera, a forma como as poucas luzes da rua que funcionavam brilhavam sobre a cabeça dela e do avô no caminho de volta para a casa. Para começar, ele não havia inventado um estratagema para fazê-la contar a história? Mas tudo isso deixara de ser constrangedor, agora que ele não a via mais. Nas páginas de seu caderno estava a verdade, que ficaria prejudicada se ele inventasse coisas a partir dela. Ele não iria mentir da forma que o avô fazia, da forma que eles todos tiveram de fazer. Pelo fato de ter as melhores notas, sua mãe havia conquistado o lugar de oradora da turma na Belarus State, mas a honra fora dada à segunda opção, uma eslava, porque como poderia uma judia estar no topo? Para cada mil alunos a Belarus State admitia apenas dois judeus, e justo um deles iria ganhar o posto de orador? Convidada para dizer algo na cerimônia, com uma medalha de prata no pescoço, a mãe de Slava simplesmente sorriu no microfone e disse: "Quero agradecer ao comitê..."

Histórias como essa Slava tinha de sobra. Elas circulavam na mesa do jantar sem problemas. Para cada história que sua avó se recusava a contar, o avô de Slava contava três. Ele podia falar até o amanhecer. A costumeira conversa de jantar quando todos viviam juntos – listas de compras, consultas ao médico, até os feitos de Slava – entediava o avô, e ele escapulia para pôr os olhos na televisão. Porém, se a conversa tocava em algo da vida soviética deles, seus olhos brilhavam, e ele se lançava numa descrição interminável. Essas histórias não tinham começo nem fim, nem o contexto que iria ajudar os ouvintes a se lembrar de quem era quem, como as coisas funcionavam. Apesar de se esforçar ao máximo, inevitavelmente Slava perdia o fio da meada, sentindo-se estúpido por deixar o ouro escapar pela correnteza do rio. Mas sua incompetência diante dos detalhes o deixava livre para observar como o avô contava histórias, como um rio correndo, de fato. *On zakhlebyvalsya*. Ele engasgava com tudo que queria dizer.

4

SEGUNDA-FEIRA, 17 DE JULHO DE 2006

— Estão todos em *shpilkes* – disse Arianna Bock, a vizinha de baia de Slava, seus olhos que pareciam moedas aparecendo acima da divisão de fibra de vidro entre eles.

– Grande dia – Slava disse, tentando soar casual.

– Grande dia para Slava Gelman? – ela disse, voando a ponta de seus dedos sobre seu teclado imaginário.

– Viu o que escrevi? – ele disse. – Está no banco de dados.

Ela assentiu, uma pontada de discordância passando por seu rosto. Ele a observou: pele pálida, uma pincelada vermelha formando os lábios, um risco de carvão, os cabelos. Uma grande marca de nascença cruzava a pálpebra de seu olho direito. Juntava-se e partia-se novamente quando ela piscava.

– O que foi? – ele disse.

– Nada, está ótimo – ela disse.

Ele notou a dissimulação, mas não insistiu.

– É hora da sua caminhada – ele disse secamente. Toda manhã, às onze, Arianna desaparecia para uma caminhada saudável, como ela dizia. O escritório poderia estar em chamas, mas tudo teria de esperar até ela voltar. Ele admirava e ao mesmo tempo se indignava com o talento dela para o alheamento.

Ela sorriu, desculpando a rispidez na voz dele.

– E para onde hoje? – ele disse.

– Não se sabe até sair – ela disse. – Essa é a graça. Você deveria vir.

A ideia de vagar sem um propósito editorial enchia Slava de ansiedade. Ao contrário de Arianna, ele tinha coisas a fazer. Slava devia risadas ao "The Hoot". Ao ascender ao editorial dois anos antes, Beau Reasons decidiu que a revista precisava de humor, então Slava foi incumbido de sondar jornais regionais por lapsos, falhas e duplos sentidos, aos quais a *Century* anexava um comentário irônico (a contestação, nas palavras do *Century*). Slava encontraria no *Provincetown Banner*:

> O cachorro Claude Monet, que foi perdido semana passada e cujo desaparecimento foi extensamente coberto neste jornal, foi encontrado ontem às margens do rio Pamet.

A *Century* acrescentava:

> *Ele deve ter achado a luz melhor por lá.*

Se Slava conseguia passar pela pilha de *Union-Tribune*s e *Plain Dealer*s em sua mesa antes da hora de ir embora, se lançava nas histórias que ele mesmo estava tentando escrever. Não havia tempo para caminhadas para... onde? Estavam em Midtown, uma fria floresta de arranha-céus, camisas listradas, saias retas, sandálias rasteiras, prendedores de cabelo, sanduíches em sacos de papel marrom amassados, do tipo que Slava usara para cobrir seus primeiros livros escolares americanos, corpos em perpétuo esquivamento, ordens latidas num celular... Não, Slava não queria sair. Sua vida tinha uma forma, fechada hermeticamente: numa ponta o escritório onde ele passava as horas do dia, na outra o apartamento onde ele dormia, entre eles o longo trilho subterrâneo da linha 6 do metrô. Sem caminhadas.

Ele estudou o traiçoeiro estilingue formado pelas clavículas de Arianna. Ela sabia tudo sobre isso – no verão, você podia contar em uma das mãos o número de vezes que ela usava blusas com manga. Não que Slava contasse. Diferente de Slava, que permaneceu no escritório para trabalhar em seus escritos, Arianna foi para casa às seis em ponto – "preciso arejar" foi seu pronunciamento, como se tivesse se exaurido ceifando um campo. Arianna, responsável pela checagem de fatos, tinha tanta energia quanto o lápis vermelho que prendia seu coque. Ele não tinha tempo para ela, do jeito que as coisas eram. Além do mais, Slava evitava qualquer hipótese de relacionamento. Ele tinha já um escasso e precioso tempo livre como era.

Porém, às vezes a curiosidade vencia mesmo a vontade leonina de Slava, e ele ouvia o ruído que ela fazia do outro lado da divisória. Dentes brancos robustos eviscerando a ponta ociosa de um obsoleto lápis. A batida oca de um bracelete contra o acrílico do qual suas mesas eram feitas. As costas estalando em ambas as direções, depois os dedos. O progresso de dentes passando como os de um coelho pelas bordas de uma semente de girassol. Botas chocalhando com algum tipo de espora. Risadas estrondosas, como se não houvesse mais ninguém na sala.

Às vezes, quando ela não estava em sua mesa, Slava dava uma espiadinha. Arianna não comia quase nada além de saladas, de vez em quando um par de ovos cozidos sem maionese. Os potes de plástico permaneciam sobre a mesa, inacabados e abertos, até o final do dia, quando ele ouvia as compras do dia atingindo as paredes da lata de lixo: copos de café, pote de salada, cascas de ovo. Às vezes esses itens erravam o alvo e aterrissavam no chão, ou ela os deixava na mesa mesmo. Arianna reproduzia a atitude dos americanos em relação à colaboração: isso era trabalho dos outros. Lembranças da salada do dia decoravam a mesa dela: um triângulo de alface, uma azeitona reluzente, uma anchova inteira. Depois que ela ia embora, Slava arrumava o lado dela.

Foi graças a Arianna que Slava se viu escolhido para testemunhar uma façanha inédita, feita por um explorador urbano. Beau havia aparecido diante do curral Equipe Júnior de redação – era realmente um curral; os dezesseis juniores se sentavam atrás de uma grade, como rinocerontes de zoológico – e jogou um convite para colaborar com a *Century* – *um convite para colaborar com a* Century – como se ele estivesse simplesmente ajustando o número de anúncios para o próximo número.

Enquanto todo mundo estava ocupado ficando chocado – exceto por Peter Devicki, naturalmente; Peter, o único júnior que havia publicado na revista, tinha a mão levantada antes de saber o que Beau estava pedindo –, Arianna lançou um olhar em chamas para a têmpora de Slava. Ele olhou em volta. Os olhos dela estavam fixos nele, como faróis. Ela teria levantado o braço para ele, se pudesse.

– Escute – ela disse agora, os braços apoiados sobre a divisória. Cinco braceletes de cobre chocalharam contra a fibra de vidro. Suas unhas eram masculinamente curtas e femininamente vermelhas. – Isso é cafona, mas às vezes cafona é a coisa certa. Imagine uma tarde perfeita para você. Fazer alguma coisa como se a vida estivesse ganha.

– Tipo o quê? – ele disse. – Um banho de champanhe na sala de Beau?

– Não seja debochado – ela falou. – Eu disse cafona. O que você vai fazer? Pegue o telefone, ligue para seus pais, diga a eles para comprar o número da próxima semana. Porque vai ter uma história sua lá.

— Dá azar celebrar de antemão — ele disse.

— A graça é fazer isso quando ainda é só uma hipótese.

— Eles acham que estou escrevendo nessa revista há três anos — ele disse. — Foi o que eu disse a eles quando fui contratado, para que não se sentissem mal.

— O que eles fariam você fazer?

Slava deu de ombros.

— Tá certo — ela disse. — Preciso ir.

Ele se sentiu frustrado por fazê-la desistir tão rapidamente.

— Como você sabia que eu iria querer fazer isso? — ele disse apressado. — A forma como olhou para mim quando Beau apareceu aqui.

— Eu teria de ser surda e muda para não saber — ela disse.

Ele a observou enquanto saía. Apesar de espioná-la, não lhe havia ocorrido que ela o pudesse espioná-lo de volta. Arianna Bock não era o tipo de pessoa atenta. Slava sabia disso como se fossem casados — no último ano e meio, ele havia passado mais tempo a meio metro dessa enigmática presença do que de qualquer outra, uma estatística melancólica. Ela marchava ao redor do curral da Equipe Júnior sem se importar com o silêncio sepulcral, esquecia o que lhe pediam e sua mente apagava qualquer coisa que se recusasse a esclarecer com eficiência. Nas reuniões de sexta à tarde da Equipe Júnior, ela respondia ao sr. Grayson, seu volumoso chefe, como se ambos fossem editores seniores, não como se ela fosse dependente da sua boa vontade e de seu desejo de mantê-la empregada. Uma vez, ele perguntou se ela estava interessada em verificar os fatos de uma história, e ela disse: "Isso é mesmo uma pergunta?" Todos riram. Até o sr. Grayson.

Ele olhou para o telefone de sua mesa. Estavam todos ainda lá, na casa do avô. Apenas Slava havia partido. Os acontecimentos do dia anterior, momentaneamente colocados de lado por

Arianna, retornaram à sua mente. Isso era preciso reconhecer: ela ocupava o espaço de seus pensamentos.

A ideia havia sido de Beau. Ele substituíra Martin Graves, o Patriarca, falecido após quarenta e seis anos no comando. (Na busca por uma história, o sr. Graves não ia ao seio de uma ama de leite, mas à cadeira de seu escritório, fazendo suas leves desaprovações numa cópia espiralada da revista.) A derradeira fase do sr. Graves apresentava algumas preocupações peculiares. Houve uma estranha matéria assinada por um canibal papuásio (em dani, a língua do canibal), transcrita por um linguista canadense, e uma mais estranha ainda de Frank Moy, o repórter de guerra, sobre novelas de TV. Mas ninguém iria tocar em Martin Graves até que ele fosse aposentado pelos anjos.

Em todo caso: uma pauta havia dado errado; o dinheiro já havia sido gasto; e se, para cobrir o buraco, Beau enviasse um Júnior? Esses, desconcertados pela privação e por sonhos, acreditavam poder escrever artigos mil vezes melhor do que aqueles que escritores bem pagos superestimados entregavam. E fariam de graça, também. A *Century* pagava aos escritores três dólares por palavra. Faça as contas. Beau iria enviar dois, só por precaução – duas vezes zero em honorários ainda era zero, e competição gera inovação. Ele fazia isso às vezes até com os redatores seniores, o que não causava confusão porque nenhum contrato de livro era oferecido para alguém que assinava "Redação". Os redatores seniores iriam fazer uma avaliação geral da situação: a reunião de segunda à tarde da equipe sênior seria aberta a todo o expediente, a escolha entre Peter e Slava colocada em votação.

Berta atendeu. Em sua fragilidade, o avô não podia ser importunado atendendo o telefone.

– Vou chamá-lo para você – ela disse.

– Sim – o avô disse um minuto depois, como se respondesse de fato a uma pergunta. Sua voz soava como cascalho revirado.

– Compre uma cópia da revista na próxima semana – Slava disse, sentindo-se idiota.

– O quê? – o avô disse. – Quando?

– Desculpe... Como está se sentindo?

– O quê? – ele disse novamente.

– Vamos. Você sabe o que estou dizendo.

– Quem está falando?

– Apenas compre a revista – Slava disse.

– Por quê?

– Vai ter uma história que escrevi.

– Onde posso encontrar? Como se chama?

– Chama-se *Century*. Você sabe disso.

– Sancher – ele disse. – Espere aí, me deixe anotar isso.

– Não, *Century*. Você não está se esforçando.

– Tenho oitenta anos, e minha esposa morreu ontem. Entende isso ou já seguiu com sua vida? Esse, como um esse russo?

– Não. Sim. Cê. Como um esse russo.

– Depois?

– E. O mesmo em ambas. Então um i russo revertido: ene. Daí um tê... o mesmo nas duas. Então aquela ferradura.

– Que ferradura?

– Apenas desenhe uma ferradura.

– Com a parte aberta para baixo?

– Não, para cima.

– Tive cavalos. Um se chamava Beetle, o outro era chamado Boy.

– Em seguida vem um erre. Um erre inglês. Como nosso *ya*, mas ao contrário.

– *Ya* ao contrário... – o avô repetia desanimado. – Preciso de Berta.

– Ela fala ainda menos inglês do que você – Slava disse. – Vamos, você consegue. *Ya* ao contrário. Então, essa é a última: um ípsilon. O mesmo em ambas.

Do outro lado da linha, o avô estudava o papel.

– Sancher – ele leu.

Nos anos anteriores, Slava havia tentado propor a seus superiores na Century *histórias do tipo que ele via na revista toda semana. Ele rezou e comungou com cinco jovens evangélicos de Ohio que haviam vindo para Nova York para testar sua fé no lugar mais depravado que podiam encontrar. Saltou numa cama elástica com um Ph.D. em semiótica que fugira com o Big Apple Circus e estava escrevendo uma semiótica da corda bamba. Num sábado, Slava arrancou noventa e um dólares dos dedos frios e mortos de sua conta bancária e pegou um ônibus da companhia Peter Pan para uma cidade de Massachusetts onde a quarta sinagoga construída nos Estados Unidos se tornaria a primeira Staples da região. Um padeiro, que havia se mantido* kosher *apesar de poucos judeus terem permanecido para noticiar – ele foi esperto em insistir; em pouco tempo os não judeus estavam comprando mais produtos* kosher *do que judeus, outra história que Slava iria tentar dar à* Century *–, apareceu na inauguração para protestar. ("Destruindo um patrimônio?", seu cartaz dizia numa letra vacilante: "Venha para a Staples! Aqui é mais fácil™".) O padeiro deu a Slava outro tema: um leilão internacional secreto do mapa pessoal de Hitler da Europa, realizado por um industrial belga com tendências neonazistas, e o judeu ortodoxo britânico (primo em terceiro grau do padeiro) que desejava arrematá-lo para poder destruí-lo.*

Nada disso funcionou, Slava não entendia por quê. Suas sugestões haviam sido recebidas? Slava questionava o departamento de TI, mas seu e-mail parecia estar funcionando; sr. Grayson estava conseguindo passar novas missões idiotas sem dificuldade. Archibald Dyson (o editor sênior) provavelmente nunca abria os e-mails de Slava. Slava poderia escrever a Arch que havia trepado com a esposa dele na frente de uma loja de bebidas na tarde de uma terça, e Arch nunca saberia. Arch achava que ele era spam.

Uma imagem do avô de Slava saiu da tela do seu computador numa tarde desesperançosa: *Soquei um cara até cegar por dizer "kike" em voz alta. Coloquei muitos goys no bolso para matricular sua mãe na Belarus State. Partimos apenas com o que pudemos carregar e agora seus pais têm um Nissan Altima e um Ford Taurus. Então levante a bunda de sua poltrona ergonômica de trabalho e coloque esse nariz de Dyson diretamente no que quer que você faça, com um pequeno beliscão na base do pescoço, se isso ajudar. Já vimos o seu tipo, sr. Archibald, e já vimos piores, então por que não dá uma lida nisso.*

Slava fez isso, tirando o beliscão do pescoço e acrescentando um jorro de diarreia nervosa, mas não obteve o resultado pretendido pelo gênio-avô.

Slava insistiu. Num fim de semana, sentindo-se desbravador, ele comprou um quadro branco e escreveu do lado esquerdo o sumário da edição anterior. À direita de cada item, ele atribuiu uma categoria à história:

- Perfil de personagem excêntrico
- Entrevista com uma pessoa famosa
- História de superação
- Reportagem internacional

- Análise de questão social
- Lembrança de uma experiência insignificante da infância

Quanto a gente famosa e assuntos internacionais, ele não podia fazer nada – não conhecia ninguém famoso e não tinha dinheiro para ir à guerra mais próxima. Mas o resto: eles tinham um personagem excêntrico, ele tinha um personagem excêntrico (o padeiro). Eles tinham superação, ele tinha superação (os evangélicos). E, embora o desaparecimento dos judeus de Rhode Island talvez não fosse um assunto tão urgente quanto a epidemia de mães menores de idade, ia no mesmo espectro, que não podia ser negado. Será que Slava teria de escrever memórias dos tempos do time de escola ou de aprender a cozinhar com sua mãe? Slava condenava sua mãe por nunca tê-lo ensinado a cozinhar, e todo o clã Gelman por mantê-lo ocupado traduzindo ofertas de cartão de crédito até ser tarde demais para entrar no time da escola.

Não, o problema não eram os assuntos. Tinha de ser o estilo. Slava voltou à revista e releu cada artigo. Então foi até uma caixa onde mantinha edições antigas e releu os últimos seis números, desta vez latitudinalmente: a história de abertura de todas as seis; a história seguinte de todas as seis; a história de encerramento. Ele experimentou o mesmo tremor de um egiptólogo ao se deparar com a tigela de almoço de Nefertiti: ele havia decodificado o padrão. Depois de preencher todo o quadro, Slava começou a prender cartões de anotações na geladeira, que arrotava em agradecimento por sua primeira decoração desde a compra.

Artigo A. Abertura: A Cena. Frase um: Data Específica. "Em 27 de janeiro de 2005, Avery Coulter saiu de casa para limpar a entrada da garagem após a pesada nevasca que havia coberto Rochester, Nova York, na noite anterior."

A prosa tornava o óbvio elegante – só costuma haver neve a ser removida do lado de fora de casa, é claro, mas as pessoas não se incomodam com uma frase tão tortuosa –, e apesar de não ser exatamente arrojado, o tom ponderado, tímido, era como um carinho de mãe no rosto. Na falta de uma mãe, um Beau Reasons.

Seguindo. Observamos Avery começar a tirar pás de neve da entrada da garagem; seu vizinho tem um Range Rover; o município recentemente limpou o transbordamento de detritos de um córrego próximo (a aleatoriedade dos detalhes apenas acrescentava algo à sua misteriosa elegância aristocrática); *booltykh*: Avery sente um repuxão na base da coluna. Ele sabe que há algo de errado. Quebra de parágrafo.

Parte Dois: A Questão. "A cada ano, dezenas de milhares de americanos distendem a coluna tirando neve com pás, levando a milhões de dias de trabalho perdidos e dezenas de milhões de dólares em contas de hospital. Muitos americanos têm sopradores de neve, mas máquinas de qualidade eram um luxo dispendioso, quinhentos dólares ou mais. Foi enquanto Coulter, um empreendedor, estava de cama após uma malsucedida limpeza – de acordo com a *Forbes*, Coulter tem dinheiro suficiente para um milhão de sopradores de neve, mas naquela manhã ele queria um pouco de exercício –, que ele pensou: 'Deve haver uma forma melhor de fazer isso.'"

Parte 2A: A Citação. "'Eu não limpava neve de uma entrada de garagem desde que tinha dezessete anos', Coulter disse numa tarde recente. 'Então acho que valeu a lição. Mas me derrubou por uma semana. Pensei nas pessoas que não podem se dar ao luxo disso. E foi quando eu pensei: SnowGlow.'"

"Coulter, que estuda o uso doméstico de energia nuclear, imaginou um campo radioativo desprezível que pudesse dereter a neve em nossos quintais [note a suave intimidade! não *um* quintal, mas *nosso* quintal] no ritmo de meio metro quadrado por segundo. Vista uma roupa protetora, avise os vizinhos, aperte um botão e *voilà*: neve derretida."

E encerramos. Uma parte biográfica sobre Coulter, citações do atual (lisonjeiras) e do antigo (passivo-agressivas) sócios, um comentário cético sobre escoamento feito por alguém do Departamento de Energia, um panorama sobre o estado atual da tecnologia nuclear, e então a desaceleração quase autista da conclusão: "O inverno foi especialmente persistente em Rochester este ano. Numa tarde recente, Coulter estava na entrada de sua garagem pulverizando neve com SnowGlow. Na contagem dele, era a décima sexta vez nesta estação. Ele havia passado mais tempo em casa do que nunca. Em seu traje de proteção, ele lembrava um pouco um figurante de *Amanhecer violento*. Estava quase escuro quando sua esposa o chamou para jantar. 'Num minuto!', ele gritou. Ele soava como uma criança relutante em largar um brinquedo."

Era fácil demais. Por que Slava esperara até agora para fazer isso? Para comemorar, serviu-se um copo de conhaque de uma garrafa que o avô, que reagia com desalento a lares sem álcool de alta qualidade, o havia feito pegar. Slava brindou tocando a taça na garrafa. O tinido ecoou pelo cômodo e liberou mais uma vez o gênio do avô. Novamente o gênio rosnava para Slava. Como um sábio aspirante sela a certeza do sucesso iminente?, ele perguntou. Slava bateu na testa.

Na segunda, ele chegou ao trabalho levando quatro garrafas de conhaque: uma para Paul Shank, o editor de "The Hoot"; uma para o sr. Grayson (é preciso manter o front doméstico bem azeitado); uma para Arch Dyson; e uma para – que diabos – o próprio Beau Reasons. Gaguejando, Slava estendeu as garrafas às secretárias deles, derrubando só uma por nervosismo, apesar de, infelizmente, isso ter sido diante da secretária de Beau, e justo no pé dela. Um pequeno presente da adega de sua família, ele explicou, por ocasião de...? Ele olhou para as secretárias, que aguardavam uma explicação com um desprazer intrigado. Slava não conseguiu inventar uma razão plausível para os presentes: seu avô não teria cometido um erro tão de principiante, mas o gênio havia voltado para dentro da garrafa e não falara novamente.

– É um suborno! – Slava disse histericamente, mas sua tentativa de humor falhou, e ele não ousava repetir; seu único consolo era que ele a havia lançado diante do assistente de Paul Shank, que no firmamento da revista não era a estrela mais brilhante, apesar de Shank *ser* o editor de "The Hoot", que *deveria* ser uma coluna de humor. Talvez o assistente fosse solidário e não dissesse nada. Talvez fosse ficar com a garrafa para ele mesmo! Não era o czar que frustrava seu povo, mas os ministros, os intrometidos intermediários! Slava retornou para sua mesa encerrado num misto de expectativa, confusão, ressentimento e vergonha. Nenhuma palavra imediata veio da ala dos editores. Isso podia ser bom – ele não havia ferrado tudo completamente. E permanecia animado pelo segredo de suas descobertas editoriais, como uma mulher que sabe que está grávida, e mais ninguém. Poucos dias depois, a *Century* solicitou a Slava (pela metade, com Devicki, mas ainda assim) uma história. Coincidência? Tire suas próprias conclusões.

A sala de reunião, tomada de quatro vezes mais pessoas do que o normal, formigava com a atmosfera delirante de um feriado iminente. Corpos se espremiam sobre o chão de ardósia e os painéis dos dutos de ar-condicionado, assistentes editoriais chegavam com cadeiras extras, dedos dos pés eram pisados com desculpas, e no geral todo mundo vivenciava (1) a embriaguez de estarem mais perto uns dos outros do que era normal e (2) o colapso repentino da hierarquia. Em seu canto, avistando Arianna a vários assentos de distância, Slava sentia-se cheio de orgulho por ser, em certa medida, a causa da comoção.

Na cabeceira da mesa de reunião, com os braços apoiados nas costas da cadeira, estava Beau. Às vésperas de sua ascensão a rei do expediente, o suplemento Page Six do *New York Post* havia publicado a coisa mais lasciva que se poderia arrancar das pessoas que ele havia encontrado em seu caminho até o topo: "Beau tem 60 anos, parece ter 40 e age como se tivesse 20", disse uma mulher anônima. Isso era uma inverdade – rugas haviam se estabelecido ao redor de seus olhos e duas asas prateadas flanqueavam o capacete cor de caramelo dos seus cabelos –, porém isso de forma alguma anulava sua determinação. Ele usava uma camisa Winchester pêssego e rolava um pedaço de chiclete no mar rosa de sua boca com um controle incrível. O chiclete era um pedaço da notícia que ele iria abrir e chegar até o fundo. (Ele era um velho fumante.) Apesar de seu nome – sua mãe tinha um fetiche pelo Sul –, Beau era tão nortista quanto a União. Ele havia começado nos jornais: editoria policial em Cape Cod, editoria policial em Boston, editoria policial em Nova York, até chegar à *Century*. Aparentemente, o artigo de revista que o fez conquistar Martin Graves era utilizado em aulas nos cursos de jornalismo, uma complicada peça de vinte mil palavras em duas partes, uma das primeiras peças sobre absolvição por análise de DNA, que havia libertado um homem preso durante onze anos por assassinato.

Slava havia lido a famosa história de Beau muitas vezes, mas ele não conseguia construir a ponte entre isso e a história de Avery Coulter. A história de Avery Coulter entregava seus segredos bem prontamente – era quadriculado, como Manhattan. O artigo do DNA era uma espécie de Moscou ou Paris – travessas por todos os lados, becos sem saída, parábolas, e apesar de a conclusão chegar com nova força cada vez que a lia, o mistério por trás dos motivos era apenas mais frustrante. Slava estudou Beau na cabeceira da mesa de reunião como se isso fosse desalojar da alma do velho algum tipo de pista que escapasse ao mais jovem. Mas não.

Beau estava conversando com Kate Tadaka. Ela segurava um telefone em cada mão e ria no ouvido dele, as maçãs de seu rosto queimando de coradas. Kate editava as críticas e colecionava National Magazine Awards no tempo livre. Mesmo a sete metros de distância, ficava claro que era o tipo de pessoa que ao final de um longo dia de verão cheirava tão bem quanto no início. Isso o preencheu com um desejo fútil, sem foco.

Ele passou para Arch Dyson, em linho creme. Aqui estava um homem que fazia linho creme ficar bem num homem. Agora, Arch podia estar em qualquer ponto entre quarenta e setenta e cinco. Um dia, no ano anterior – havia passado tanto tempo desde o constrangimento de Slava? –, enquanto Arch se empoleirava no escritório do sr. Grayson, Slava tomou notas do traje do editor até o cinto. No fim de semana seguinte, em vez de ler e digitar, Slava fez compras. No caminho para casa, as sacolas puxavam suas mãos com o peso de duas semanas de salário, e ele se sentia como um avestruz ao avançar no escritório da *Century* na segunda-feira, mas havia forjado para si uma versão da máxima americana "a roupa faz o homem". De fato, vários juniores assoviaram e exigiram saber qual era a ocasião para o paletó lilás e gravata com estampa de caxemira. Porém, não importa quantas vezes Slava tenha passado pelo escritório de Arch, o editor não tomou conhecimento de seu correligionário sartorialista vagando pelos corredores. No final da tarde, Slava, desesperado e frustrado, desistiu de Arch e, numa ave-maria final, se dirigiu para a suíte repleta de janelas de Kate Tadaka. Conforme Slava se aproximava da entrada pomposa, foi diminuindo o passo, o mundo restringindo-se ao rugido de avião em sua cabeça, e enquanto ele entrava no campo de visão dela, lançou o olhar mais significativo de sua vida em direção a Kate Tadaka. Em direção à mesa de Kate Tadaka, para ser exato – ela estava fora naquele dia. Quando, de volta a seus afazeres, Avi Liss se tornou a centésima júnior a perguntar sobre o traje insano de Slava, ele rosnou que sua prima havia morrido dando à luz. O ricto encerado do rosto de Avi derreteu, e Slava sentiu a primeira satisfação do dia.

Archibald Dyson, Kate Tadaka, Paul Shank: eles gritavam com seus filhos por terem se esquecido de jogar os saquinhos de chá na composteira, doavam suas roupas velhas para os semteto com um fervor sangrento, e, nas páginas da revista (não deixando espaço para Slava), quebravam as pontas de suas penas defendendo a democratização do acesso à saúde, os direitos dos homossexuais, e alimentos feitos com grãos integrais. Isso significava que Slava não conseguia atrair a atenção deles, talvez todos estivessem soterrados de trabalho. Agora, na sala de reunião, ele tinha a sensação familiar de estar diante de uma informação óbvia para todos, menos para ele mesmo.

Finalmente, chegou a hora. Beau tomou um longo gole de sua água com gás. Um sol hiperestimulante bateu nas janelas do escritório, mais um aspirante a colaborador. Do outro lado da rua, o andaime havia acabado de desaparecer da frente de um prédio comercial *beaux-arts*, que ficou lá, sem saber o que fazer, uma velha dama em meio a contornos afiados de aço se acotovelando ao redor dela.

O leve rugido de um caminhão emergiu da rua. Vinte e sete andares abaixo, pontos se agitavam pela calçada com um desprendimento elegante. A equipe da *Century* estava fechada num frio contêiner de cromo, vidro e acrílico – pelo centésimo aniversário, no verão anterior, a matriz a havia presenteado com uma recauchutada. Sem mais marcas de cigarro nos carpetes. Agora a equipe caminhava num concreto radiante.

– Eu diria que tivemos sucesso com essa ideia – Beau disse, limpando a boca. – Minha sobrinha me disse no outono passado. Ela acabou de se formar na faculdade, admira o que eu faço: "Tio Beau, devo entrar para a faculdade de jornalismo?" E sabe o que eu disse? Eu disse: "Venha trabalhar na *Century* por um ano. É como uma faculdade de jornalismo, só que você é paga por isso."

Vários editores riram levemente, Arch Dyson mostrando suas presas como uma foca na praia.

– Tudo bem – Beau disse. Ele forçou a vista na página em suas mãos e leu em voz alta: – Fred Duncan é um explorador urbano.

Fred Duncan escalava e explorava construções municipais. Certa vez, ele caminhou pela linha D do metrô, incluindo os túneis, de Coney Island até a última estação, no Bronx. Depois veio Ulysses S. Grant, em Morningside Heights. O mausoléu de Grant – com meros 55 metros – estaria bem abaixo da maior conquista de Duncan (o Manhattan Municipal Building, com 177 metros), mas sua fachada cinza de calcário era mais lisa do que qualquer coisa que ele havia subido. "Tente escalar a superfície lisa de uma parede", Duncan disse irritado quando Slava perguntou ao telefone por que a tumba era um desafio. Slava decidiu não apontar que era de fato administrada pelo National Park Service.

Morningside Heights havia sido um lugar sereno e arborizado, assim como o Upper East Side, exceto pelo fato de que negros e dominicanos também perambulavam por lá. Duncan parecia ter cerca de cinquenta anos, um amontoado de cabelo cinza-marinho reunido na base do couro cabeludo, um ninho de calvície no meio. Ele estava cercado de cordas e mosquetões. Peter Devicki estava jornalístico num blazer xadrez bem apresentado.

– Que bom que vesti *isso* – Peter disse, segurando o colarinho. Canastrão. Slava o olhou com ódio: o corte despojado do colmo de cabelo ruivo; o nariz de batata; a boca levemente aberta; leves bigodes brotando pelos campos não cultivados de seu pálido rosto manchado.

– Tente usar quinze quilos de equipamento – Duncan disse e cuspiu. Seus dentes eram separados por parêntesis de nicotina. Ele apontou com a cabeça para o mausoléu, a duzentos metros de distância. – Isso é o que você precisa saber – ele disse. – Talvez um de vocês queira escrever sobre isso e o outro fica segurando a mão?

– É uma experiência – Peter o alertou animadamente.

– O maior mausoléu na América do Norte – Duncan disse. – Nunca foi escalado, até onde eu sei. Não é, repito, *não* é ilegal. Não claramente, de qualquer modo. Não que isso me desestimule. Metade dos juízes da cidade sabe quem eu sou. Prontos? – Os jovens assentiram e sacaram cadernetas de repórter novinhas. Duncan, a pelve tão embalada quanto a de um bebê, saiu gritando em direção ao mausoléu.

Slava reviu as notas que fizera na noite anterior. Um histórico do mausoléu e seus ocupantes; um texto do *New York Post* sobre a infância de Duncan, surfando trens do metrô no Bronx; o equipamento que Duncan disse que iria usar. (Beau gostava quando as marcas eram mencionadas: atraía publicidade.) Os dois observaram Duncan começar sua subida.

Assim como muitos outros. Eles apontaram, deram de ombros, continuaram. Até um pombo iridescente aos pés de Slava – como uma criatura voadora, possivelmente inclinada a ter curiosidade sobre o cavalheiro invadindo seu espaço aéreo – estava mais preocupado com um triângulo de pizza no chão, aproximando-se dele tão timidamente quanto uma menina num baile.

Slava se maravilhou, em russo. Havia um famoso túmulo na União Soviética, também. O Mausoléu de Lênin na Praça Vermelha. Os Gelman estiveram lá *en famille* quando foram a Moscou para ajeitar a papelada de imigração. Deixando a Rússia ou não, parecia uma heresia visitar a capital sem visitar o "Avô Lênin", e apenas o avô de Slava se ressentia de ter de desperdiçar tempo com aquele "idiota morto".

Eles aguardaram na chuva fria e penetrante. Apenas uma pequena quantidade de enlutados podia fazer fila de cada vez, e não havia nenhuma consideração com aqueles que tinham de esperar do lado de fora para ter um vislumbre do Grande Professor. Quando os Gelman finalmente chegaram ao interior, com o peito de Slava chacoalhando no ensaio geral para um resfriado e a avó chiando sobre a injustiça, Slava ficou impressionado em se ver completamente sem medo do idiota morto dentro do vidro. Lenin era tão pequeno quanto um velho avô, os lábios de cera à beira de uma piada que apenas ele entendia. Os *militsionery* que o guardavam é que eram assustadores. Slava esperava que fossem jovens, cheios de frescor e de peles limpas, mas eram homens pesados com olhos lentos e ébrios, cercados por ondas de gordura.

Do outro lado da caixa de vidro, um jovem – da idade de Slava, com cabelo amarelo cor de palha e olhos azuis límpidos – também estudava o rosto do homem morto. Slava havia largado a mão de sua mãe para demonstrar ao homem sob o vidro como ele era adulto, e notou com uma solidariedade consternada que o outro menino ainda agarrava a mão da sua.

O avô dissera que os eslavos eram ferozes e vulgares, mas lá estava o duplo eslavo de Slava, e ele o amava. Eles entendiam um ao outro. De tal forma que, quando se aproximaram de Lênin, o outro menino levantou o dedo. Slava sabia, como se fosse a sua própria mão, que ele simplesmente queria apontar a expressão curiosa de Lênin para sua mãe, e não tocar no vidro, como o policial mais próximo supôs, os olhos brilhando de determinação e o cassetete descendo de seu ombro. Como Slava, o menino tinha dedos pequenos, que se retraíam facilmente. O bastão deslizou pelo ar vazio e atingiu a própria coxa do policial. Ele gemeu. Slava quase aplaudiu. "Escória!", a mãe do menino gritou para o policial. Era como se ela tivesse dito em voz alta a ladainha de desaprovação que estava vindo do avô de Slava a manhã toda. "*Tikho tikho tikho tikho*", o avô cochichou em direção ao alvoroço do outro lado da tumba. Quieto quieto quieto quieto. O avô nunca seguia diretamente a lei, mas não podia resistir de se fazer útil.

Compare Ulysses S. Grant, do ponto de vista das praças recém-pavimentadas de Riverside Park: um fracasso ambulante por todas as profissões que tentou – fazendeiro, corretor de imóveis, ignorado como engenheiro municipal – antes de cair por acaso no campo de batalha e conduzir seu país a permanecer unido, como uma mãe cabeça-dura. No entanto, esses desastres iniciais apenas tornavam mais cara a seus compatriotas sua renascença tardiamente conquistada. Enquanto isso, a sífilis de Lênin era um segredo de estado, sua falta de filhos com a esposa Krupskaya supostamente o resultado de sua devoção irrestrita à Revolução. Não se podia tocar o sarcófago do homem sem punição física. Porém, nos Estados Unidos, o amor não requeria cassetetes.

Quando Slava se lembrou de Duncan, ele estava de volta ao chão, rosnando suas impressões, enquanto Peter rabiscava em seu caderno, e assentia efusivamente. Slava notou a brancura de seu caderno. Ele se adiantou e tentou registrar um pouco do que Duncan estava dizendo, mas sua mente continuava vagando.

Naquela noite, não se podia dizer que Slava obedecia a cada pedacinho do guia que ele havia compilado de sua exegese do vislumbre da alma empreendedora de Avery Coulter publicado na *Century*. Não era nada difícil começar com uma cena, mas, quando Slava se lembrou do resto das regras, já tinha quase terminado e estava à deriva num mar distante de lembranças ensaísticas. Slava deu de ombros: esta era a tirania impulsiva de seu coração artístico. Aqui estavam as memórias que eles queriam! Beau não havia especificado o formato; por que não um ensaio? Com um pouquinho de patriotismo brilhando em seu coração – isso não faria mal.

Agora, no escritório, Beau posicionou um par de óculos de casco de tartaruga na ponta do nariz.

– Então, e quanto a esses dois? – ele disse.

Não debateram por muito tempo. A cada comentário, Slava afundava mais em sua cadeira. Os trinta e quatro membros da equipe editorial presentes naquele dia, sem contar Peter Devicki e Slava Gelman – catorze juniores, oito editores e os doze redatores presentes naquele dia –, votaram. Não houve abstenções. Quando Beau anunciou "Artigo número um", relendo sua frase de abertura, trinta e duas mãos se levantaram no ar. Quando Beau seguiu com "Artigo número dois" – por que isso era necessário, pelo amor de Deus –, os dois restantes levantaram: Arianna Bock, algum outro pateta. Quando os olhos de Slava correram até Peter Devicki, algo mais terrível do que trinta e duas mãos contra começou a se delinear. Não, Peter, não, Slava implorou silenciosamente, mas nisso também Peter iria humilhá-lo, sua mão se levantando para se juntar aos outros dois para votar em Slava.

– *Vou te levar para sair – ela disse.* – Você precisa beber para esquecer.
– Assim como eu precisava visualizar a vitória? – Slava disse. – Tenho metade do Brooklyn saindo para comprar a edição.
Ela baixou os olhos.
– Não, não – Slava disse, acenando com as mãos. – Me desculpe.
– O que você escreveu estava lindo – ela disse. – Mas o que tinha a ver com Fred Duncan? Eles gostaram! Mas não foi o pedido.
Instintivamente, ele olhou ao redor para ver quem poderia ouvir.
– Você viu isso assim que leu o texto hoje de manhã. Por que não falou nada?
– Não sou editora. A reunião era dali a uma hora.
– Você saiu para caminhar, em vez disso.
– Você teria dado ouvidos a mim? – ela perguntou. – Duvido. Teria olhado para mim e pensado: ela não tem ideia do que está falando.
Ele afastou o olhar.
– Você tem duas opções – ela disse. – Leitura de poesias. – Ela contou nos dedos de uma das mãos: – Poemas ruins, bebida ruim, mas seja como for, funciona. Pessoalmente, acho um pouco devagar para essa noite. Número dois. – Os dedos da outra mão: – Banda, bar, música, bebida. Ganha um prêmio se conseguir dizer o que os dois têm em comum.
– Poesia? – ele disse.

– Poesia, poesia.
– *Você* escreve poesia?
– Não sei – ela disse. – Talvez. Vamos para o bar. Você precisa de um drinque.
– Sinceramente, Arianna – ele disse. – Não preciso de caridade.
– Slava. – Ela se aproximou, tão perto que ele afastou o olhar. Ela esperou até o olhar dele voltar a ela. – Haverá outras chances.
– Valeu – ele disse desanimado.

Ela se inclinou sobre a mesa de Slava, dando a ele uma vista temporária de sua retaguarda, e escreveu algo em seu bloquinho.

– Endereço – ela disse, voltando-se de costas para ele, seus olhos se erguendo para encontrar os dela um pouco tarde demais.
– Tenha uma boa noite. – Enquanto ela se afastava, ele espiou o que estava escrito: "Bar Kabul. Little Darlings. 361 East 5th St."

Slava examinou o escritório. Nem mesmo pagando os outros juniores olhariam em sua direção agora, então ele olhou livremente. Quantas noites ele havia gastado ficando depois que todos eles haviam partido. Não havia impressora ou fax em seu apartamento, e aqui os bloquinhos de anotação eram grátis. Enquanto Consuela (Honduras), Piotr (Polônia) e Ginger (São Cristóvão) aspiravam os resquícios da vida editorial do dia, restituindo ao escritório a irretocabilidade com que ele recebia todos pela manhã, Slava clicava e rolava páginas, buscando ideias de histórias. Ele ia atrás delas nos finais de semana, ou pelas manhãs quando podia inventar uma consulta médica. ("Você é o menos saudável da equipe júnior, sr. Gelman", informou-o certa tarde o sr. Grayson, que não era nenhum triatleta.) Slava havia mentido repetidamente.

E se, afinal, ele fosse para o Bar Kabul? Kate Tadaka estremeceria de decepção com sua falta de empenho? Arch Dyson sacudiria a cabeça em repreensão quando passasse pela cadeira vazia de Slava? Beau Reason gemeria por suas esperanças frustradas em Slava Gelman, aquele garoto promissor da Equipe Júnior? Slava queria pendurar cada um deles no terraço junto à sala de Beau. Então eles iam perceber.

Ele saltou da cadeira e correu atrás de Arianna, esbarrando em Avi Liss, que avançava contemplativamente pelos redatores da Equipe Júnior, a boca estufada de maçã verde. Avi quase foi ao chão, uma expressão magoada nos olhos.

– Desculpe – Slava murmurou, tentando ajudá-lo a se levantar. Os dentes de Avi permaneceram enfiados na maçã durante toda a provação. Quando Slava irrompeu no corredor, as portas do elevador se fechavam com um tinir tranquilo.

5

O Bar Kabul havia importado do Afeganistão nada mais do que um nome: uma espelunca com paredes irregulares, em cores vivas, e um pequeno palco com fundo de pesadas cortinas aveludadas. Felizmente, não havia tapetes *kilim* no chão ou *kebabs* no cardápio.

Do lado de fora, dois jovens embriagados fumavam cigarros enrolados. Um usava jeans rasgado, uma regata furada e um par de botas, o outro, sapatos sociais que não combinavam e jeans preto apertado com um zíper da canela até o tornozelo. Slava os cumprimentou com um aceno de cabeça. Eles levantaram o cigarro.

– Little Darlings? – Slava disse como um especialista.

– Little Darlings – Skinny Jeans assentiu, com um triângulo de cabelo caindo em seu olho. – Belo blazer. – Arriscando um atraso fatal, Slava havia passado em seu apartamento, enfiando uma roupa que ele havia copiado de Arch Dyson. Estava em seu armário desde aquele ignominioso dia, ressentido e sem uso.

– Belo jeans – Slava disse, só para dizer algo.

– Brechó – Skinny disse. – Setenta e Sete com a Três.

– Moro perto – Slava disse.

– Dá uma passada – Rasgado se intrometeu. Ele chutou o asfalto com a ponta da bota. – Te arrumo uns Clarks. Alguns dos

Earthkeepers que eles têm são bem foda também. Praticamente tirados da caixa.

– O povo aqui tem ótimas roupas, de que eles se livram depois de usar duas vezes – Skinny disse. Ele gritou "Ponto!", e os dois bateram as mãos num cumprimento.

– Trinta e quatro? – Skinny disse, olhando a virilha de Slava.

– Como é? – Slava deu um passo atrás.

– Sua cintura.

– Ah – Slava disse na defensiva. – Não.

Ele fechou a cara.

– Odeio quando erro.

Slava se moveu em direção à janela. Não levou muito tempo para identificar Arianna em meio aos corpos misturados na pista de dança; o lugar era pequeno, menor do que parecera online. Ela estava bem junto do palco, o coque solto, os ombros balançando. A banda tinha um tecladista, uma tuba, e uma caixa de bateria presa a um dos instrumentistas. Um pequeno círculo se abriu enquanto Arianna e um rapaz alto e magro como um tuberculoso num chapéu fedora dançavam juntos. Ele tentou enfiar os joelhos entre as pernas dela, mas Arianna o afastou para longe e deslizou de volta à multidão, agradando Slava.

– Como ela é? – Rasgado disse. Sua mão estava na maçaneta, Skinny atrás dele. – Vamos ficar de olho pra você.

Slava fez uma careta.

– Acho que ela não precisa de ajuda – ele disse. – Aquela com cabelo preto comprido na frente. De cinza…

– É um Balenciaga – Skinny disse, reverente.

– Não diga que me viu – Slava disse.

Ele os observou seguirem em passos decididos para a pista. O estilo de dança de Skinny envolvia um eterno olhar de surpresa, a boca num formato oval. A dupla abria caminho em direção a algumas mulheres e as encurralava com movimentos acrobáticos.

Slava ficou por ali, tentando parecer ocupado com alguma coisa, mas isso dava mais trabalho do que simplesmente entrar na pista. Ela logo o viu, o olhar entregando que não ficara surpresa. Avançou em meio ao público e o abraçou, os seios pressionados contra o peito dele. Era mais contato do que eles jamais tiveram. Aparentemente, teriam de estabelecer novas regras de relacionamento aqui, fora do escritório. Ele cheirou o pescoço dela: perfume, xampu, suor que até pouco tempo era vodca.

– Que diabos de roupa é essa que você está usando? – ela disse.

Ele corou: ela não se lembrava do dia em que ele se arrumou todo. Mesmo naquele dia, ela não dissera nada. Por um momento, ele se arrependeu de ter ido.

– Você se trocou também – ele disse na defensiva.

Ela o puxou em direção à pista de dança, parando no bar para abastecê-lo com um copo alto de vodca com limão, servido generosamente porque ela conhecia o barman. Skinny e Rasgado ergueram os polegares.

Little Darlings era composta por quatro jovens magrelos em jeans apertados e camisetas, tudo preto, exceto pelas gravatas-borboletas rosa no pescoço – eram mesmo uns queridinhos –, e cabeças raspadas de um lado só. Tocavam um tipo de rock'n'roll que era difícil de se dançar, apesar de Slava dar tudo de si, tentando se lembrar dos movimentos que o avô exibia nas pistas de dança dos restaurantes russos onde Slava costumava acompanhá-lo. Na marinha soviética, no finalzinho da guerra, o avô serviu com uma panóplia completa de nacionalidades soviéticas e aprendeu o *kazachok* ucraniano, o *lezginka* georgiano, o *chechetka* de toda a União Soviética. Às vezes, para enfatizar um ponto de vista, ele começa uma dessas danças, sem motivo. No parco quadrado da pista de dança do Kabul, Slava se contorcia numa aproximação mental. Arianna balançava e pulsava com uma graça exasperante.

– Por que aqui é chamado Kabul? – Ele fingiu querer saber, o nível de barulho exigindo outra visita ao pescoço dela.

– Não sei! – ela gritou de volta. – Por causa de "Rock the Casbah" ou algo assim? Não sei!

– Casbás são marroquinas, acho – ele disse, aproximando-se novamente.

– Você devia trabalhar com verificação de fatos, Slava – ela gritou. – Não se preocupe com isso! Dance, beba. Você tem coisas a esquecer!

– Como, com você me lembrando?

– Ah, eu sei que não tenho nenhuma influência no seu cérebro. – Ela bateu na cabeça dele com a ponta do dedo. – Não sinto nada nessa ponta de dedo. Certa vez o cortei usando um fatiador.

Ele apertou a ponta do dedo como um botão. Ela o deixou fazer isso.

– Não deixe nada ao acaso – ela confirmou.

No palco, os Little Darlings resmungavam sobre diversão e cerveja, o rosto de Arianna brilhando, ora visível, ora não, sob a intermitente luz vermelha. Por fim, ele a convenceu a se sentar. Ela respirava pesadamente, como uma patinadora saindo do gelo. Havia um borrifo de sardas ao redor dos olhos dela.

– Mostre-me como você pega uma menina num bar – ela disse.

Ele grunhiu em recusa.

– Você é solteiro, Slava? Por favor, não me diga que você nunca participa de nada no trabalho porque está ocupado demais correndo atrás de mulher.

– É exatamente isso – ele concordou.

– Me passa o resumo – ela disse.

Resumo: Slava entrou na sua primeira sala de aula americana com o cabelo repartido como um velho, um suéter de listras aveludado e o cheiro de papel do sabonete Ivory (o mais barato, setenta e nove centavos por quatro barras) que os Gelman usavam. Trinta pares de olhos americanos avaliaram esse novo aluno esquisito e continuaram com bolas de cuspe e anotações. Slava não conseguia esquecer de si mesmo tão facilmente. Só no ano seguinte foi capaz de pedir a atenção de Diana Gencarelli, cujo pai era dono de uma padaria em Bay Ridge, onde Slava foi certa vez na esperança de avistar Diana coberta de farinha. Ele a ajudaria a sacudir o pó e então dariam as mãos enquanto caminhassem passando pelos mercados árabes. Infelizmente, Diana não estava lá. Diana não estava lá nem quando estava na frente dele na Escola Pública 247. O resumo era um desastre.

Nos anos seguintes, Slava Gelman não deixou de chamar a atenção do sexo oposto. Ele era diferente da maioria das pessoas em South Brooklyn. (Ele imaginou que deixar a vizinhança aceleraria a alteração física, como se a natureza funcionasse de outra forma em Manhattan.) Não havia nada que ele pudesse fazer sobre sua altura – ele era das planícies estéreis –, mas ele havia granjeado de Deus a pele azeitonada que o salvava de ser identificado como um bárbaro do Leste Europeu, passando mais por um turco manchado de sol ou mesmo um espanhol, olhos pretos completando o semblante mediterrâneo. Sua mão trazia uma longa cicatriz de um caco de vidro que ele havia arrastado por sua pele macia aos seis anos de idade; a linha de pelos em sua mandíbula sustentava uma prontidão em reagir a qualquer interrupção com impaciência. No entanto, ao lado de Arianna, provocativa com suas belas roupas, ele se sentia como uma mancha. Tirou o blazer. Segunda bola fora. Estava quente demais, de todo modo.

A vodca fluiu pelo cano enferrujado de sua garganta. Os acontecimentos das últimas quarenta e oito horas seguiam na direção oposta. Tudo se fundia, se coagulava, se fixava, escoava, fugia. Ele se sentia um pouco perdido. Coçou o queixo, então deu um pulo e se retirou para a mesa mais próxima. Saboreou a expressão intrigada de Arianna. Ela o escutou indicar a uma namorada imaginária a direção do banheiro. Então ele se inclinou.

– Tenho sessenta segundos – ele disse. – Ela é uma garota adorável... *adorável*. Mas não somos a pessoa certa um para o outro. É um *quase*. Você já passou por isso; não é culpa de ninguém. Então você se senta à mesa ao lado. Me diga seu nome. E seu número. Trinta segundos.

Arianna o observava, boquiaberta.

– Vinte – ele disse. – Vamos. Ela mija rápido.

Arianna irrompeu numa risada e começou a aplaudir.

– Pode me pegar a qualquer hora – ela disse. Enrolou a língua de um jeito engraçado quando bebericou do drinque.

Ele não queria deixar escapar o sentimento que tivera um momento antes, ele avançando em direção a ela em vez de o contrário. Música clamava de um alto-falante do tamanho de um carrinho de mão diretamente sobre eles, então era difícil pensar com clareza. Mas ele não tinha de pensar. Tudo que havia acontecido no escritório estava agradavelmente se desfazendo – apenas por aquela noite, ele sabia, mas já era bom o suficiente.

– Leve-me para outro bar – ela disse. – Aqui, não consigo ouvir nem meus pensamentos.

Eles pegaram uma rota sinuosa através da vizinhança, infame e gentrificada ao mesmo tempo. Slava estivera ali apenas uma ou duas vezes, sempre por causa de uma história que estava pesquisando. Eles paravam a todo momento, porque ela ficava indicando referências. Trabalhara como voluntária naquele jardim.

Alguma boate de renome havia existido ali. Aqui – ela anunciou com um gesto exagerado –, ela havia transado num beco escuro. Intencionalmente, ele não dizia nada.

– Então você não é o único caçando um rabo de saia num bar – ela acrescentou desnecessariamente, e ele saboreou sua vitória.

Ele perguntou-lhe sobre o traje dela, na esperança de que ela notasse o dele com maior fascinação. Era uma calça *ponte-knit*, ela disse. Supostamente, emagrecia.

– "Você poderia assaltar um banco com esses quadris, Arianna", como minha querida mãezinha costumava dizer – ela falou. Eles desviaram para evitar uma falange de mulheres quase nuas comendo na calçada.

– Ela não está mais entre nós? – Slava disse cuidadosamente.

– Minha mãe? – Arianna disse. – Ah, está. Bem entre nós. – Passou o braço pelo de Slava, e ele tentou acompanhar o passo dela. – Brentwood – ela disse. – Mãe Bock teve de equacionar sozinha a alegria de ter uma filha "com quadris de parideira" versus uma filha "com quadris mais largos do que as outras meninas da sinagoga". – Ela esperou. – Essa é a parte em que você diz que não parece.

Slava sorriu.

– E seu pai?

– Fábrica de elastano. Metade da minha classe de ioga é vestida pelo Águia.

– Por que Águia?

– El Aguila – ela disse num encantador sotaque espanhol. – É como as moças da Nicarágua no andar o chamavam. – Ela tocou o nariz com a ponta do dedo morto. – Ele tinha uma napa impressionante.

– Mas você, não – Slava disse.

– Mexi no nariz, querido.

– Não parece.

– Aí está.

– Você é próxima deles – ele disse.

– Minha mãe me chamou de diletante um dia desses, porque não sou completamente *kosher*. E eu, tipo, "Mãe, *que* palavra importante! Aparentemente, o rabino tinha todo um sermão sobre diletantes". – Ela enfiou o braço mais fundo no de Slava. – Mas gosto de poemas graças ao meu pai. Robert Frost era o favorito dele. "Frost é como a vida, Arianna, tão profundo quanto você quiser ver." Então minha mãe destruiu isso nele. – Eles se aproximaram de um cruzamento e pararam, apesar de o semáforo estar aberto para eles. Slava não se importava. – Eles se mudaram para uma vizinhança mais religiosa. Não se fala sobre Frost nessas mesas. O Águia é um fiscal agora.

– Não precisamos falar sobre isso – Slava disse.

– Não me importo – ela disse, voltando-se para ele. – Não me importo em contar para você.

– Quero ouvir um poema seu – ele disse.

– Negativo. Não escrevo poemas.

– Mentira.

– Não seja bobo – ela disse.

Ele retraiu o braço e o colocou sobre o ombro dela, virando-a para ele. Sob seus dedos, a pele dela parecia firme e submissa ao mesmo tempo. Era grossa, como se a pele descesse fundo nela, o centro enterrado em algum lugar bem abaixo.

Ela revirou os olhos.

– Você não tem classe. Zero de classe. Você insiste em me envergonhar.

– Desculpe – ele disse. – Hoje você não é dona da vergonha.

Ela revirou os olhos novamente.

– Ninguém te obrigou a escrever aquilo. Você devia levar numa boa. – Ela se afastou e olhou para ele. Sua respiração estava suave, com sabor de algo humano, mas agradável. – Adorei o que você escreveu. Soube que era seu quando li a primeira frase.

– Por isso que ficou do meu lado? – ele disse.

– Claro que não – ela disse. – A maioria dos judeus nos Estados Unidos... é de onde viemos. Cresci ouvindo as histórias da minha avó. E você forma uma certa imagem. Então você lê algo como o que você escreveu, e não é nada como você pensava.

– Então esse é o motivo.

– Não – ela grunhiu. – Você é cansativo. Sim, em parte, mas a razão número um é que era bom, muito bom mesmo. Você deu vida a tudo aquilo. Só que não é o tipo de coisa que sai na *Century*. Não era o certo para Beau... mas isso não é tudo, né?

Ele assentiu. De repente, se sentiu muito cansado. Sentiu um peso longo, extenuante sobre os ombros. Ele se imaginou sentando na calçada e ficando lá um longo tempo.

– Por que a gente não foi à leitura de poesia? – ele perguntou.

– Essas coisas são maçantes. Só vou para ver se as pessoas estão melhores. Se estão ruins, sou a pessoa mais satisfeita da sala. Satisfeita, satisfeita, satisfeita. – Ela bateu as palavras no peito.

– Você diz em voz alta coisas que os outros só pensam – ele disse.

– Sou Humana 2.0 – ela disse. Eles riram, então ficaram em silêncio.

Observaram um ao outro sem comentários, tempo demais para querer significar qualquer coisa além do que significava. Ele abaixou os lábios em direção aos dela, a mão em seu rosto. Eles se beijaram lentamente, o trânsito humano na Primeira Avenida levando-os em braços indiferentes, a combinação de curiosidade e ressentimento tão particular da cidade. Ele sentiu o corpo formigar com uma estranha sensação; também não dava a mínima para os pedestres ao redor dele, mas de uma forma amigável.

Ao se afastar, ele disse.

– Vamos. Quero ouvir.

– Meu Deus! – ela disse. – Tudo bem. – Segurou o braço dele e o puxou, dobrando a esquina. O brilho e ruído da avenida diminuíram. Slava sentiu o muro do prédio nas suas costas, os tijolos ainda quentes do dia. Ela era mais baixa do que ele apenas por uns três centímetros; se usasse salto, seria maior. Estava ao lado dele, o seu braço com a mão espalmada.

– É um poema sobre o clima – ela disse exasperada.

– O clima – ele repetiu.

– O clima, o tempo – ela disse. – Aquilo sobre o que as pessoas conversam quando não têm nada o que dizer.

– Céu de brigadeiro, esse tipo de coisa.

– Slava! – ela disse. – No dicionário, ao lado de babaca: você.

– Ela bateu com o punho no peito dele.

– Desculpe – ele concordou.

– Você me deixou irritada, agora estou com tesão de dizer o poema.

– Diga – ele pediu.

Os olhos dela se fixaram no pescoço dele. Ele tentou levantar o queixo dela, mas ela afastou seu braço. Falou num tom tão monocórdio, acelerado e baixo, que ele teve de fazê-la parar e recomeçar.

– Me deixe só terminar – ela disse.

– Não. – Ele fez com que ela olhasse para ele. – Por favor. Mais devagar.

Então ela recomeçou. Ela falou claramente dessa vez, e ele escutou com atenção, mas mal conseguia se concentrar nas palavras.

* * *

O *bar para o qual eles estavam indo, Straight Shooters, chegou* cedo demais. Aqui também Arianna conhecia o barman. Eles realmente eram *straight shooters*, honestos e sem enrolação, no que tangia às doses, ou talvez fossem as amizades de Arianna que lhes garantiam copos tão cheios. A música era mais suave, do Sul, se ele tivesse de adivinhar, e havia uma fileira mais empenhada de bebedores solitários no bar. Ela o fez rodopiá-la antes de se sentarem. Com a cabeça pesada de bebida, ele tentou, em meio ao barulho, compreender por que estava lá – para estar com ela ou simplesmente para não estar consigo mesmo? Slava não era de beber muito, mas olhando os fregueses solitários sentados ao longo do bar, afastados uns dos outros e do mundo pelas bebidas geladas em suas mãos, ele sentiu claramente o poder de atração do passatempo americano deles. Suas pernas se enroscaram com as de Arianna em dois tamboretes no bar.

– Você não me contou coisa nenhuma – ela disse. – Eu te falei até dos meus quadris, pelo amor de Deus.

– Minha avó morreu ontem – ele deixou escapar.

– Merda – ela disse, como se tivesse algo de errado. – Está falando sério? Você está bem? Não responda isso. Não sei por que as pessoas perguntam isso.

– Já vinha de muito tempo – ele assegurou.

– Sinto muito. – Ela pegou as mãos dele.

Ele balançou a cabeça para dizer que estava tudo bem.

– Vocês eram próximos?

– Sim. Não. É difícil de responder. – A cabeça dele pesava duas toneladas. Ele soltou uma das mãos e tentou chamar a atenção do barman.

Ela deslizou para fora do banco e voltou um minuto depois com *shots*.

– Não se brinda – ele disse.

Ela assentiu e bebeu tudo num gole. Ele bebericou o drinque dele.

– Me conte algo sobre ela – ela disse.

Slava olhou além do ombro de Arianna. Os bebedores do bar soterravam suas nobres solidões observando as telas azuis de seus celulares.

– Não precisa, se não quiser – ela acrescentou.

A boca dele ficou seca.

– Meu avô – ele disse –, é preciso dar crédito a ele. Aos oitenta, suas engrenagens ainda rodam. – Ele terminou a bebida, uma queimação marrom.

Ela esperou por mais.

– Ela é uma sobrevivente – ele disse. Bateu na testa para deixar o significado claro, sobrevivente do Holocausto, mas Arianna não pediu esclarecimentos. – Apenas ela e sua irmã – ele continuou. – O resto da família se foi. Levou sessenta anos para ela ter direito à restituição. Como eles calculam isso? Cinco mil por uma mãe, quatro por um pai, três por um avô? E se você foi criado por seus avós? E se os avós forem os pais? Você precisa concordar: é complicado.

– Não diga coisas assim.

Ele a estudou. Questões desse tipo deixam de existir porque você não as traz à tona? Ele pegou as mãos dela. Para conter a própria irritação? Porque iria ligá-la a ele? Seus dedos pareciam lisos e secos. Ela deixou que fossem segurados.

– A questão é – ele disse – que a carta de restituição chegou poucos dias antes de ela morrer. – Ele abriu as mãos. – Não é?

– Sinto muito – ela disse.

– Meu avô disse: "Mande mesmo assim. Escreva sobre mim."
Mas ele conseguiu fugir.

– Você não pode fazer isso – disse ela.

– Não posso? – repetiu. – Você sabia que eles fertilizaram plantações com cinzas humanas? Depois da guerra, os tomates eram do tamanho da cabeça de um recém-nascido. – Ele deu às palavras a mesma inflexão que seu avô dava, só que em inglês. Elas tinham um som novo, mas não menos familiar em sua língua. Ele sabia como dizê-las. Ela afastou o olhar.

– Alguém pode culpá-lo? – ele continuou. – Você acha que ele tinha planos de deixar Minsk em 1941? Não, ele fugiu dos alemães. Então voltou e foi um judeu sob o regime soviético por quarenta e cinco anos, o que quer dizer uma forma inferior de vida. Daí, os Estados Unidos. Aqui você não é mais judeu. Aqui você é um imigrante. *Volte para o lugar de onde veio, seu comunista.* Você não acha que ele merece? – A enumeração dos argumentos do avô veio com uma facilidade incrível para Slava. Ele descansou a mão contemplativamente na testa para ver como se sentia.

– Quero te contar uma história – Arianna disse cuidadosamente. – Havia uma família soviética que se estabeleceu perto de nós. Nós os apadrinhamos, na verdade. Eu havia me correspondido com o filho antes de eles serem liberados; você sabe como é. Então a mãe Bock diz: "Harry, providencie o ingresso deles na sinagoga." E meu pai, ele não é tão rápido quanto minha mãe, mas então ele te surpreende. Ele diz: "Não acho que isso é para eles, Sandy." O que significa que eles não são religiosos. E Sandra diz: "Como eles vão se tornar religiosos a não ser que gente como nós..." e por aí vai. Harry, como sempre, no final faz o que Sandra diz, e os torna membros da sinagoga. Cento e cinquenta por pessoa, vezes três, e isso quinze anos atrás. Além disso, a sinagoga tinha assentos limitados, ele teve de falar com o escrivão, conseguir uma permissão especial. Mas nós não os vimos; os Rubin, era o sobrenome deles. Em vez disso, vimos outra família, também três: americanos. Eles vão conversar com meus pais, é o serviço de sexta à noite, todo mundo toma alguns tragos. E contam que essa família russa vendeu a admissão a eles. A Sandra: você devia ter visto o rosto dela. Depois de todos os *liftings*, aquele rosto não consegue mais transmitir emoções, mas naquele momento ela poderia atuar numa ópera. Ela se manteve calada apenas porque estava humilhada. Harry apenas ria para si mesmo. Ela queria chamar a polícia! E ele disse: "Deixe-os pra lá. Pense no que eles passaram. Dê a eles trinta anos, então eles vão pedir por isso."

– Que elegante generosidade.

– Slava, eu estou do seu lado.

– Por que você chama seus pais pelo nome?

– Não sei, é como sempre foi. Não chamo sempre.

– Seu próprio pai burlou as regras, conseguiu um favor especial do escrivão.

– Vai mesmo comparar? – ela disse. – Foi por uma boa causa.

– Quem decide o que é uma boa causa? Você disse: uma dispensa de trinta anos. Deixe os selvagens mentirem um pouco para os alemães.

Ela colocou a mão no antebraço dele.

– *Você* não pode.

– Você é toda autoritária.

Ela se afastou.

– Me desculpe – disse ele. – Esse não sou eu. Esse é...

– Eu sei.

Ela sabia. Não havia mais nada que ele pudesse dizer que ela já não soubesse. A irritação dele não iria diminuir, mas ele se forçou a ignorá-la.

– Seus avós ainda estão vivos? – ele perguntou.
– Só minha avó – ela cedeu ao esforço dele. – Noventa e quatro anos de juventude. Nada toda manhã, envia e-mails com mensagens zen.
– Por exemplo.
Ela se animou.
– "Oi, minha bonequinha Ari." É assim que ela me chama. "Eu finalmente estou velha demais para dar a mínima ao que todo mundo pensa. Queria ter chegado aqui cinquenta anos antes." Então, no dia seguinte: "Ari, bonequinha, você acha que uma mulher de noventa e quatro anos não pode rebolar? Sim, ela pode." Meu avô se foi, todos os amigos dela se foram, e de repente ela gosta de um gole de Maker's e então já está na *jukebox*. Conhece aquele poema: "No caminho passamos por uma longa fileira de olmos. Ela olhou para eles por um tempo pela janela da ambulância e disse. O que essas coisas confusas estão fazendo aí? Árvores? Bem, estou cansada delas, e rolou a cabeça para longe." Meu Deus, estou apenas tagarelando.
– Você cobriu o espelho quando seu avô morreu?
Ela deu de ombros.
– Eu tinha cinco anos. Tive um recital de dança naquele final de semana, então estava fazendo piruetas como uma idiota. Estava tão triste que todos os espelhos estavam cobertos. Fui batizada em homenagem ao pai dele. Ariel. E você?
– Não sei – Slava disse. – Slava significa "glória". Ou "fama". Depende do que você quer dizer. Eu cobri um espelho. Não senti nada.
– É como fumar maconha... você não sente nada nas primeiras vezes – ela riu, conduzindo a estridência para fora da conversa. Desta vez ele riu junto. – A shivá dura uma semana – ela continuou. – Você mantém os espelhos cobertos. Então vê o que sente.

– Entendo – disse ele.

– Ou não – disse ela. – Você suporta muita coisa, logo é muita coisa, e você não quer mais nada disso. Prefere não fazer nada a ter de fazer *tudo aquilo*. Mas pode escolher sua própria proporção.

– Eu gostaria de te ensinar algo também – ele disse.

– Por favor – disse ela.

– Quer dizer, eu também gostaria de encontrar algo para te ensinar.

– Eu não estaria aqui se não achasse que você pode.

– Você só está fazendo um favor para um colega.

– Se você acha isso, Slava, não é tão esperto quanto eu esperava. Mas finalmente, sim, eu te arrastei. Seria mais fácil ser contratada pela *Century*.

Um sorriso pastoso apareceu no rosto dele.

– O lado bom da humilhação profissional. Por que eu?

– Você não é como os outros.

– É um fato incontestável.

– O que você quer, Slava? Quer tanto assim publicar na *Century*?

– Acho que não. Eu me lembro da primeira vez que vi uma edição dela. Estava apenas matando tempo na biblioteca. Muito tempo para matar na biblioteca na Hunter. Tinha passado por metade das revistas na prateleira de periódicos. E, então, a *Century*. Havia um artigo sobre um estupro na África do Sul, e Sheila – Sheila Garbanes (arrogante, mordaz, bacana) era uma redatora da equipe – tinha um artigo sobre esses dois filósofos da Universidade de Chicago. Eu não sabia absolutamente nada sobre filosofia, mas li o troço todo.

– Deus, li o mesmo número – disse ela.

– Que coincidência...

— Sobre os fazendeiros. O pai que cultivava orgânicos e o filho agroindustrial – ela disse. – É capaz que estivéssemos lendo a mesma coisa ao mesmo tempo, a cinquenta quarteirões de distância.

— Quero escrever algo que as pessoas leiam. E que digam: Lá vai aquele sujeito que escreveu aquilo.

— Então faça isso – ela disse. – Acorde amanhã e escreva algo novo. E mande para outro lugar. Não para a *Century*. Algum outro lugar. Está ouvindo? Olhe para mim?

— Farei isso – disse ele, endireitando-se.

— E outra coisa – ela disse. – Não pense mais nisso de agora em diante. Não vai adiantar.

— Tudo bem – disse ele.

— E a terceira coisa.

— Sim. – Ele tentou focar o olhar vidrado para longe.

— Me leve para casa.

No táxi, ele rasgou a manga do Balenciaga na altura do ombro. Ele se retraiu, lembrando-se da avaliação de Skinny Jeans, mas ela deu de ombros. A língua dela estava fria e grossa, seu hálito esfumaçado e limpo, apesar de tudo o que eles beberam. Morderam os lábios um do outro, respirando um ao outro. Ele imaginou o ar se espalhar em cada canto dela, até a ponta morta do dedo, onde parava.

Na direção, Hamid Abdul estava tentando não observá-los. Hamid, seu irmão imigrante. Observando como Slava ia além do recomendado a um imigrante com esse espécime americano de boa pele. Veja Slava pegar o leite dessa pele americana em sua boca, Hamid. Olhe os dedos dela desaparecerem de seu espelho retrovisor. Estamos miscigenando com os nativos, Hamid, estamos nos assimilando, não estamos?

Irvin, o porteiro, não compartilhava o interesse de Hamid pela presa de Slava. Ele só queria saber das partes baixas de Slava por causa de uma entrega de calça da lavanderia a seco. Slava disse que ia comprar um jeans *skinny* e acabar com esse negócio de calça social. "Sem dúvida", Irvin assentiu obedientemente.

– Que cobertor engraçado – Arianna disse quando entraram no apartamento, olhando o rombo na cobertura do edredom. Slava parou na porta do banheiro.

– É velho – ele disse antes de entrar.

Quando saiu, ela estava dormindo ainda vestida sobre seus lençóis limpos, a ponta dos joelhos despontando por baixo do tecido. Ele apagou as luzes, deixando apenas a luzinha de cabeceira, que estava suspensa sobre uma pilha de rascunhos. Arianna dormia inocentemente, sua irritante vigilância finalmente em repouso. Ele se perguntou como teria estado sua avó quando deu o último suspiro. Estava consciente ou perdida em delírios? Estava com dor ou o contrário de dor? Estaria conversando agora com a mãe, o pai e o avô mortos? *Olá, depois de tanto tempo. É você. Por onde começo? Deixe-me contar sobre todo mundo que apareceu depois que partiram: Zhenya, e o salão de festas, e Zhenya, e a prisão, e Zhenya, e Tanya, e Edik, e o pequenino Slava, e a Crimeia, e o acidente de carro, então os Estados Unidos, mas antes a Itália, aquelas uvas gordas, o mar – nunca aprendi a nadar! – e então, sim, os Estados Unidos...* Ele se deteve. As memórias dela eram as memórias dele. Mas quais eram as memórias dela?

Ele se sentou e ficou olhando para o telefone por um longo tempo. Era tarde, tarde demais para ligar, mas ele pegou o telefone sem fio mesmo assim, entrando no banheiro para evitar acordar Arianna. Claro, Arianna, ele escreveria algo mais.

– O que há de errado? – o avô disse. – O que aconteceu?

– Desculpe ligar tão tarde. Estava dormindo?

– O que foi?

– Me conte sobre a avó no gueto – Slava disse.
O avô ficou em silêncio, tentando entender.
– Não sei – ele disse. – Por que está perguntando?
– Você queria que eu fizesse algo. Então estou perguntando sobre ela.
– Ah – o avô disse espantado. – Mas seria sobre mim.
– Não posso escrever muito bem sobre o que era o Uzbequistão. Pense.
– Ah – o avô disse. – Entendi. Ela não gostava de falar sobre isso.
– Para nenhum de nós – Slava disse.
– Bem.
– Bem.
– Não sei o que você quer que eu diga.
Slava estava cansado demais para conversar. A embriaguez o havia deixado, como se ele fosse um anfitrião inóspito. Apenas o esgotamento permanecia. Era um tipo especial de esgotamento, que o dominava raramente, de acordo com reações químicas internas que ele não entendia. Era difícil lutar contra ele, mas também era difícil disfarçá-lo.
– Ela esteve no gueto – o avô disse finalmente. – Ela escapou. Não pesava nada… os *partisans* viviam de cascas de batata nos bosques. Eles abriram caminho através de pântanos por tanto tempo que a pele dela saiu com as botas. Eles a fizeram cuidar de um rebanho de vacas.
– Vacas? – Slava repetiu.
– Vacas. Não sei.
– Que mais?
– Que mais. Ela assistiu a uma mulher num abrigo sufocar o filho até a morte. Havia fascistas no andar de cima. O bebê estava chorando, entregando todos. – Ele concluiu: – Não é agradável.

Slava pigarreou.

– E quanto aos pais dela?

– O pai dela pediu que ela voltasse ao gueto para buscá-los, mas sua mãe disse que não. "Saia, encontre sua irmã, não volte." Sua irmã já havia fugido. Imagine deixar os pais e eles serem mortos um mês depois. – Ele parou. – É tudo o que sei. Ela não queria falar sobre isso.

Ficaram em silêncio por um minuto.

– Não conte isso pra ninguém – Slava disse.

– Para quem eu contaria? – ele disse.

– Jure – Slava pediu.

O avô jurou.

– Família – Slava disse amargamente.

– Ei, escute. Liguei para algumas lojas… ninguém tem essa Sancher. Até onde quer que eu vá?

– Não se preocupe com isso – Slava disse.

– Não, eu consigo para você.

– Não se preocupe – Slava repetiu e desligou.

Vacas. O que *partisans*, que têm de se esconder e se mudar com frequência, iriam querer com vacas? Leite, obviamente. Eles as matavam por comida? Mas por que iriam colocar uma garota da cidade de quinze anos encarregada de um rebanho de vacas? Castigo? Até *partisans* antifascistas careciam de afeição especial por judeus.

O que mais ela fez durante aqueles dias e noites, o tempo cada vez mais frio, a abóbada celeste assumindo um tom negro irregular sob seu colar de estrelas? Vigília noturna. (Por que não?) Sim, ele continuou: durante os dias, ela cuidava das vacas, e de noite, ela ficava de vigia para o acampamento. "Tenha pena da jovem menina", Slava imaginou um homem mais velho, que a conhecia da vizinhança, apelando para Zelkin, o comandante.

Zelkin retrucou: "Você acha que há coisas como crianças e adultos numa guerra?" Ele era respeitado porque não se aproveitava de jovens meninas da mesma forma que outros comandantes, então o vizinho não disse mais nada.

Slava emergiu do banheiro e ficou momentaneamente chocado de redescobrir Arianna Bock em sua cama. Os últimos dois dias haviam trazido uma estranheza para sua vida.

– Eles abriram caminho através de pântanos por tanto tempo que a pele dela saiu com as botas – ele disse ao contorno de Arianna, que oscilava suavemente. – Ela comia cascas de batata. Sua primeira refeição normal, ela vomitou. Comeu tão rápido, enfiando tudo na boca, que vomitou.

Arianna não respondeu. Ele assentiu e se dirigiu a sua mesa. Ligou o laptop e afastou a luzinha da cabeceira de Arianna. Ela deixou escapar um ronco assustado e logo voltou a um sono silencioso.

Vacas, vacas, vacas. Agora sua avó iria falar com ele. Agora não havia imposição. Agora ele iria seguir os movimentos da *sua* boca. Agora ele iria abraçá-la e não a soltaria até poder falar por ela, até se tornarem a mesma pessoa.

Sofia Dreitser, quinze anos, originalmente da rua Karastoyanova, número 45, então, depois de ser enclausurada no gueto, de Vitebskaya, número 111, e agora da *zemlyanka* camuflada, número 6, contando a partir da árvore torta com o casco que parecia pele esfolada. Não que ela ficasse muito na *zemlyanka*. Durante o dia, ela cuidava das vacas, os polegares rígidos de puxar tetas e os quadris roxos das batidas anêmicas de seus cascos, depois ela se sentava nas cercanias do acampamento na noite limpa, tremendo sob o sobretudo esfarrapado de alguém, ao seu lado uma carabina que ela não saberia como usar. Dormia por uma hora ou duas de manhã, depois de ser rendida, os sonhos povoados por seu pai, que entregava alimentos numa carroça puxada a cavalo antes da guerra, galopando no sonho com enormes blocos de gelo, cada vez mais rápido, porque o gelo derretia no ar quente da manhã. O dia livre dela era domingo. Ela dormia o dia todo.

Uma tarde, várias noites sem sono acumuladas, ela cochilou enquanto as vacas pastavam a um quilômetro do campo...

"NARRATIVA. Por favor, descreva com o máximo de detalhes possível onde o Sujeito estava durante os anos de 1939 a 1945."

... Achei que eu estivera dormindo por um minuto, mas, quando acordei, o sol havia viajado metade do arco do céu. Os animais todos haviam partido.

Um dos *partisans*, um bielorrusso chamado Piotrus, disse que, por eu ter perdido as vacas, deveria morrer. Uma boca a menos para alimentar, sem vacas para fornecer o rango. Piotrus era um pária em Khutorka, sua vila, porque ele havia ido embora com os *partisans*. A maioria dos bielorrussos, que foram jogados de um lado para o outro pelos russos e poloneses por mais tempo do que se podia lembrar, ficavam felizes em se enturmar com os alemães. Mas Piotrus tinha idade suficiente para ter visto os russos terem seus membros arrancados por metralhadoras alemãs na Primeira Guerra. Então, ele foi com os *partisans*. Para os aldeões, ele se tornou um amante dos judeus, porque os *partisans* às vezes incorporavam combatentes judeus. Piotrus não podia nem voltar para uma refeição com sua mãe. Então passava todo o tempo pensando em formas de restaurar suas credenciais como antissemita.

Na nossa unidade, nunca tivemos de matar um dos nossos. Uma vez, emboscamos um caminhão alemão de provisões, os pneus da frente estourados pelos dentes de um forcado que Livshitz passara metade da noite enterrando na terra morta. E havíamos executado um colaborador bielorrusso. Ele estava bebendo seu chá, com um cubo de açúcar ainda nos dentes, quando foi ao chão, seus pais observando a cena com uma lúgubre resignação. Mas nunca um dos nossos.

Zelkin (o comandante), Piotrus e vários outros estavam em reunião dentro da pequena tenda onde Avdosya assava pão. Haviam me levado a uma cela improvisada. Tsadik, uma das crianças que pegamos depois que os nazistas dispersaram o orfanato de Minsk, escutava e relatava tudo para mim. Balas eram preciosas, então a ideia de fuzilamento foi abandonada. Construir uma forca no meio da floresta quando poderíamos ter de nos mudar a qualquer momento parecia absurdo.

Enquanto estavam lá sentados e virando a aguardente artesanal que havíamos pego do colaborador bielorrusso, ouviu-se um mugido distante. Estavam voltando sozinhas! Levantei do banco num salto; Piotrus saiu correndo de sua barraca, apertando os olhos. (Ele se considerava um grande atirador e estava sempre mirando nas coisas, mesmo num pedaço de pão antes de parti-lo.) Então, por trás dos lentos mugidos das vacas, houve aquele som aterrorizante. Cortou o ar, então se alongou como um fio de seiva. Alemão.

Naquele momento, estupidamente, não pude evitar pensar em como o alemão soava parecido com o nosso iídiche. Eu não havia falado uma palavra em iídiche desde a noite em que saí do gueto. De repente – que pensamento idiota quando sua vida está prestes a acabar –, senti uma saudade terrível. *Fargideynk di veg*, meu pai disse antes de eu partir. Lembre-se do caminho. "Volte para nos buscar. Somos jovens ainda, podemos trabalhar. Podemos ser úteis." Pela primeira vez, nas minhas lembranças, minha mãe o interrompeu. "Vá e não volte nunca mais. Encontre sua irmã, fiquem juntas. Não quero ver você aqui novamente." Ela estava se esforçando muito para parecer severa, e não discuti porque não queria envergonhá-la.

O gueto de Minsk foi liquidado um mês depois. "Liquidado" – que palavra estranha. Me faz pensar em dilúvios, águas correndo num córrego, claras e purificadoras. Mataram até a última pessoa. Até hoje não consigo me lembrar claramente do rosto da minha mãe. Do rosto do meu pai consigo lembrar cada vinco e deformação. O rosto da minha mãe é um vazio.

Os alemães soavam como se estivessem a centenas de metros de distância. Dois dos nossos patrulheiros irromperam na clareira onde havíamos feito o acampamento, gesticulando loucamente no código familiar. Alguém puxou as alavancas da armadilha que mantinha a fogueira sobre uma cova, como um túmulo. Vários garotos colocaram seus corpos atrás de um monte de terra e o empurraram sobre o fogo como cavalos guiando o arado. Mulheres recolhiam freneticamente a roupa lavada. Em minutos, toda nossa equipe estava debaixo do solo, os *zemlyankas* inocentemente sob camas de folhas de bétula. Os alemães, seguindo as vacas, passaram ao largo da clareira. Aquela lenda sobre vacas conhecerem o caminho de casa é um blefe. Depois de algum tempo houve tiros e objeções dos animais. O sangue quicava no meu coração. Tsadik estava agarrado a mim, a calça encharcada e gelada contra meu braço. Da barraca ao lado, escutei o som de golfadas abafadas.

Ninguém saiu até bem depois de a noite cair. Correntes de fumaça chiavam pela terra onde a fogueira havia estado. Eles nunca haviam passado tão perto. Alguns diziam que eram os patrulheiros que deviam ser repreendidos, não a vaqueira, mas a maioria, tendo se passado por morta por horas, não estava muito a fim de delegar isso a ninguém além dos Fritz. Até Zelkin se afastou, fumando, constrangido. E, dessa forma, me pouparam. Que ironia, alguém ser salvo pelos alemães de ser morto pelos seus.

A carta, esta nova vida, havia tomado quarenta e cinco minutos. O que os nazistas haviam levado, Slava restaurou. Ele colocou números num bloquinho de papel. Fazer isso para cada pessoa que eles mataram iria levar 513 anos, sem pausa. Relendo a carta, ele sentiu satisfação misturada a desconforto. Na página, era a avó, mas também a não avó. Ele não podia dizer por quê, apesar de reler a carta várias vezes. Finalmente ele desistiu, verificou duas vezes que não incluía referências ao gênero do candidato, e colocou o nome do avô no topo.

Ele cochilou apenas quando o familiar azul-escuro começou a surgir no céu. Sua cabeça tomada por estranhas imagens e sons: um homem se lavando num poço, a camisa ordinária e os suspensórios pendurados sobre as pernas; um caminhão militar cinza chacoalhando sobre uma sulcada estrada de terra; o estouro alto de um tiro na floresta. E a avó. A avó abrindo caminho através do pântano, a avó sufocando uma criança. A avó botando as tripas pra fora no gramado de tanta casca de batata.

A cama estava vazia quando ele acordou. Um bilhete estava grudado no espelho do banheiro. "Fizemos? Deveríamos. Bjs."

6

SEXTA-FEIRA, 21 DE JULHO DE 2006

Manhã de sexta-feira na *Century:* dezesseis pares de pés impacientes batendo no concreto atrás da Equipe Júnior, atiçados em expectativa para o fim de semana. Em seu escritório, o sr. Grayson mexia inquieto no relógio de pulso, ansioso pelas matinês de sábado e domingo. Os redatores se esgueiravam a todo momento para fora de suas salas quando Beau não estava vendo, as portas chiando ao abrir e fechar.

Decifre isso: Slava não havia dormido em sua cama desde que a dividira com Arianna, mas não havia dormido com mais ninguém. Eles haviam estado juntos todas as noites desde Kabul. Ela vivia do outro lado do parque, no Upper West Side, uma rápida viagem de ônibus. Podia estar de volta em casa em menos de trinta minutos, ele se assegurava sempre que pensava no quanto havia se desviado de sua rotina. Na noite de terça, ela havia ficado parada ao lado da mesa dele até ele prestar atenção.

– São seis, hora de ir – ela disse.

– Arejar? – ele disse. Ela riu.

Eles pretendiam pegar o trem, mas caminharam os cinquenta quarteirões. A cidade estava cheia de bairros que Slava não conhecia, e novamente Arianna apontava marcos conforme andavam. Seu primeiro apartamento em Nova York, onde ela se sentava no peitoril fumando um cigarro atrás do outro ouvindo Madonna, ficava aqui. Seu primeiro beijo fora nesta esquina. Esta era a *deli* onde ela havia esbarrado com Philip Roth. Ele perguntou se ela estava bem, e ela não conseguiu dizer nada.

Das janelas altas de seu apartamento, você podia ver o leito vigoroso do rio. Era como o rio a um quarteirão da janela de Slava, só que mais marrom.

– E agora? – ele perguntou, inseguro, de pé no meio da vasta sala de estar dela, o gato passando entre as pernas deles. Ela apoiou os ombros nas mãos dele, então saiu de sua saia. A calcinha foi despida como se fosse a casca de uma fruta, o perfume salgado dela atingindo o nariz dele, suas coxas úmidas sobre ele quando caíram na cama. Mais tarde, eles comeram sobras de comida na cama, o gato tentando alcançar o frango da salada dela.

– Não durma tão longe esta noite – ela disse antes de apagar a luz. Não eram nem nove.

Na casa do avô, os Gelman seniores leram o depoimento falso na manhã seguinte. A mãe de Slava, recorrendo ao dicionário para traduzir as palavras difíceis. Quando terminaram, ligaram para Slava e irromperam em lágrimas para mostrar o quanto apreciaram. Então a aguaceira acabou, e eles saíram para encontrar um notário.

– Você escreveu, porque aconteceu com você, precisa começar a pensar assim. E seu neto traduziu para você – Slava disse para o avô antes de desligar. – Entendeu?

– Entendi – ele disse.

Slava espiou melancolicamente o relógio da parede. Onze e meia da manhã. Ele devia três entregas para a "The Hoot" até o final do dia. Depois de uma manhã arrastada, Slava havia garimpado apenas um único artigo, no painel editorial do *Times-Picayune*, de Nova Orleans.

Com a suspensão da brecha indigente, a assembleia deixou a lei do serviço de saúde de calças curtas.

Isso era um problema duplo: um clichê em cima de um erro. Ele fechou os olhos, inspirou e expirou, contou até três... e lá estava: "Porém, a lei para cardigãs permanece totalmente intacta." Ficava mais fácil depois de se fazer uma ou duas.

Slava não precisava bolar uma réplica. Paul Shank fazia isso. Em outros tempos, Slava havia sutilmente desconsiderado essa regra não escrita, pensando que mandaria algo brilhante para Paul Shank, o impressionaria *e* tornaria sua vida mais fácil, e então Paul Shank iria se sentar e pensar: Esse filho da mãe é *bom*; vamos deixá-lo escrever algo mais longo. Mas, quando Paul Shank não agiu dessa forma – uma vez, sim, publicou o que Slava havia proposto, mas sem falar sobre isso com o brilhante jovem da Equipe Júnior, fazendo-o se sentir como se tivessem dormido com ele e não telefonado no dia seguinte –, Slava decidiu executar uma modesta rebelião e desistir de uma vez de mandar réplicas para Paul Shank. Isso também passou despercebido por seu superior.

Então Slava escrevia as réplicas "para a gaveta", como costumavam dizer sobre os grandes escritores proibidos durante o período soviético. Ele era Mandelstam, Pasternak e Bulgákov. Gargalhava sozinho numa diversão amarga. Então notou que estava pensando alto com uma frequência cada vez maior.

Com os olhos turvos, voltou aos jornais. Uma cidade do Texas havia trocado o próprio nome pelo de um canal por assinatura em troca de serviço gratuito de TV por satélite (*The Paris News*, nordeste do Texas). Um sujeito de Vermont havia inventado esquis para cadeiras de rodas (*Rutland Herald*). Mas nada de erros. O relógio avançava. Ele teve a ideia cínica de inventar um erro. Será que o *Rutland Herald* ligaria para reclamar? Não se ele inventasse o jornal também. Gargalhou novamente. Por dois anos, ele havia gastado seus dias da semana passando pelas notícias de Fayetteville, Champaign, Westerly. Inicialmente, ele se indignava com essas cidades provincianas e as notícias que elas produziam – o Westerly Yacht Club passara um ano inteiro debatendo antes de decidir construir um pequeno cais –, vasculhando ruidosamente até avistar a agulha no palheiro que daria a ele a entrada ao "Hoot" necessária para chegar mais perto da liberdade de fazer suas próprias coisas. Em algum ponto, no entanto, ele havia começado a enxergar seus proeminentes personagens, e os homens e mulheres que escreviam neles, como uma espécie de confederados. Lubbock, você de novo! Ele conhecia muitas de suas ruas, ainda que só pelo nome. Às vezes se perguntava como seriam, na vida real. Nunca estivera a oeste de Nova Jersey.

Houve uma comoção no final do corredor. Através do nó dos dedos com que esfregava os olhos, ele registrou Beau seguindo em direção à redação da Equipe Júnior. Conforme Beau passava, cabeças de redatores e editores se projetavam das salas que tomavam o corredor, vários decidindo se unir à procissão do chefe, como se ele estivesse conduzindo um coro. Quando Beau chegou à frente da Equipe Júnior, tinha um séquito.

– Bom-dia – Beau disse, inspecionando os juniores. Com dois polegares ele puxava os suspensórios. Segurava um estilete.

– Sr. Grayson? – ele chamou. Com um grande suspiro, o capitão de gravata-borboleta da Equipe Júnior saltou de sua cadeira. (O sr. Grayson fumava três maços de Merits por dia. Em seu aniversário de setenta anos, os juniores se juntaram para comprar para ele uma caixa de Nat Shermans da loja da 42nd St., e ele ainda tossia elogios ao belo fumo dois anos depois, apesar de todos saberem que eles permaneciam intocados na última gaveta de sua mesa.)

O sr. Grayson abaixou o globo careca de sua cabeça.
– Sr. Reasons?
– Quantas páginas de anúncio neste número?
– Ho, ho, ho – o sr. Grayson disse, olhando para o chão.
– Terei de contar para ter certeza. Sessenta e quatro, creio, sr. Reasons. Sessenta e quatro. Mas me deixe confirmar.
– Sessenta e quatro! – Beau gritou. – Quanto era há dois anos?
Os olhos da Equipe Júnior giraram de volta para o sr. Grayson.
– Por volta de vinte ou trinta –, sr. Grayson disse obedientemente. – Se bem me lembro.
– Vinte a trinta – Beau disse, reprovativo. – E o que aconteceu dois anos atrás?
– Creio que foi quando o senhor começou, sr. Reasons – sr. Grayson confirmou timidamente.
– Eu duplico as páginas de anúncios, mais que isso, e que tipo de cartas recebemos? – Beau perguntou. – "Anúncios demais". Eles levam uma hora para encontrar a primeira história. – Ele levantou as mãos. – Mas tudo bem. Estamos no negócio para atender nossos leitores. Vamos mudar os layouts. A partir do próximo mês, a revista estará disponível em três versões: normal, com poucos anúncios e sem anúncios. Como leite. Mas terá de ser feito manualmente por um número ou dois antes de os layouts serem reprogramados. Quem é o responsável pelo de layout entre vocês?
Cabeças se viraram para Avi Liss, que levantou a mão temerosamente.
– Então, você vai ficar na linha de frente – Beau disse. Ele segurou o estilete. – Isso é de alta qualidade, tá? Uma passada e basta, bem na margem. Cuidado com os dedos... esse troço corta vidro.

Avi permaneceu sentado, então Beau acenou impacientemente com o estilete para o empregado.
– Mas... – Avi disse.
– Você não tem de fazer em todos os três milhões! – Beau disse, rindo.
– É apenas uma experiência. Uns vinte mil. Por alto.
Avi caminhou até Beau, fechou os dedos ao redor do estilete, e voltou cheio de vergonha para sua mesa. O silêncio tomou conta do ambiente, apenas o toque dos telefones preenchendo o vazio. Beau olhou para os juniores. Os juniores olharam para seu chefe.
– Foi uma piada – Beau disse decepcionado. Voltou-se para os editores atrás dele. – Foi divertido lá atrás. – Ele se virou para Avi. – Me dê essa lâmina.
Avi, com a cabeça baixa, devolveu o estilete, vários risinhos condescendentes, levantando da multidão.
Slava espiou o próximo jornal da pilha, desejando que Beau continuasse com aquilo. Na página da frente, havia uma foto de escavadeiras na margem de um rio. Daquela imagem brotou a ideia de um erro, junto com a de um jornal para culpar:

Paiute (Col.) Star-Bulletin: "*Durante a noite, as pilhas de concreto feitas para segurar o rio cederam. 'Não estou conseguindo me conter', Mac Turpentine, o engenheiro-chefe, disse ao avistar o caos de manhã.*"

Century: "*O rio também não.*"

– Será uma boa edição a da próxima semana – Slava ouviu Beau dizer, acenando para Peter. Slava queimou um pouquinho em seu assento. – Preciso saber onde estamos em algumas coisinhas.

Rinkelrinck (Ark.) Gazette: "Motoristas que seguiam no sentido leste da rodovia federal 36 no final de semana disseram ter visto um homem pelado no acostamento da saída 11, perto do Fran's Fry-Up. Ele brandia uma espada de samurai para os motoristas que passavam, apesar de não cruzar o trânsito. Foi levado sob custódia, mas quase foi solto devido à falta de um artigo para o delito em questão. Por fim, foi acusado de atentado ao pudor e portar uma arma perigosa."

Century: "Além disso ele tinha uma espada samurai."

O telefone da mesa de Slava tocou: 718. Brooklyn. Ele não reconheceu o número. Na breve pausa do monólogo de Beau, o toque foi agudo e estridente. Slava agarrou o fone e o colocou de volta no gancho.

— Sr. Headey — Beau disse. — Em que pé está a história sobre alimentos aromatizados?

Você só tinha de dar algum detalhe específico — Fran's Fry-Up — e soava real. Podia até se safar inventando uma cidade chamada Rinkelrinck. Deixe que Paul Shank repare. Alguma hora ele ia reparar.

Charlie Headey respondeu a Beau com muitos detalhes. Beau o escutou educadamente, sentindo-se mal pelo estilete. Então se voltou para Avi Liss e perguntou sobre o layout, apesar de ter sido informado perfeitamente bem pelo Departamento de Arte. Com segurança, Ari desprezou a oferta de reabilitação, murmurando por uma eternidade sobre fontes e prazos.

— Sra. Bock... "Leonardo Perdido"? — Beau perguntou.

Arianna entregou uma falsa alegação de progresso, rápida e brevemente; ela mal havia começado. Os olhos de Beau agradeceram sua silenciosa eficiência.

Fanning (Dak. Norte) Advertiser: "Em resposta à alegação do prefeito de que a empreiteira é que comeu mosca, a Dakota Properties protestou. 'Eles querem um bode expiatório', Jim Foulbrush, o diretor-executivo, disse aos repórteres. 'Estão atrás de mim como uma matilha faminta de lobos porque deram com os burros n'água.'"

Century: "Tire o cavalinho da chuva, McCoy."

O telefone tocou novamente. Slava teria de trocar realmente o toque de campainha. Ele espiou o visor – mesmo número. Vendo Beau recuar pelo corredor, pegou o fone.

– Allo? – uma voz áspera disse em russo. – Allo?

– Sim? – Slava respondeu obedientemente.

– Você está recebendo uma ligação de Israel Abramson – anunciaram. – Allo? É muito difícil de ouvir. – Ouviu-se um pigarrear do outro lado. – Com licença. – Então, com uma mistura de desculpas e decepção: – Está ocupado?

– Ocupado? – Slava disse. – Não. Me desculpe, quem está falando?

– Ouvi sobre a carta que escreveu para seu avô – Israel disse. – É muito boa.

Atordoado, Slava ficou em silêncio. Não podia ser.

– Não escrevi nenhuma carta para o meu avô – ele disse rapidamente.

– Vai com calma, jovenzinho – Israel disse. – Seu segredo está a salvo comigo. Por sinal, Israel não é meu verdadeiro nome. Adotei-o quando viemos para cá, para mostrar meu apoio. Era Iosif antes, mas você sabe quem mais tinha esse nome.

Slava não disse nada, sua mente estava confusa. A *Century* mantinha registros de telefonemas?

– Stalin! – Israel disse. – Não conhece história? Aquele carniceiro. Em 1952, meu primo trabalhava no Segundo Hospital Infantil...

– Espere, espere, espere – Slava disse. – Israel... me desculpe, qual é seu sobrenome?

– Ainda há boas maneiras, que bom – ele disse. – Arkadievich. Israel Arkadievich.

– Você... você... – Slava disse.

– Você quer que eu vá direto ao ponto – Israel disse. – Entendo completamente. Quero que você escreva uma carta para mim também. Escreveu uma bela carta para seu avô. Precisa trocar uns detalhes aqui e ali, mas só isso. Eu também escrevo um pouco, sei como são essas coisas.

– Talvez você mesmo devesse escrever – Slava disse. – Só para se certificar de que fez tudo certo.

– Ah, não aja como uma menininha.

– Não quero conversar sobre isso por telefone – Slava disse. – Como conseguiu meu número?

– O colega de gueto deu para mim.

– Eu te ligo de volta – Slava disse, e desligou.

Ele ouviu os dedos de Arianna batucando na divisória. Na última semana, eles haviam se acostumado a passar bilhetes por ali. Slava ouvia uma batidinha, e surgia um quadrado de papel dobrado entre dois dedos se esticando do canto da parede.

A: Verdadeiro ou falso: Leonardo da Vinci tinha seis dedos na mão esquerda.
S: Falso.
A: Verdadeiro ou falso: não estou usando calcinha.
S: Verdadeiro.

A: *Verdadeiro ou falso: fico até mais tarde se trepar comigo no escritório.*
S: *Onde?*
A: *No sofá da sala do Beau. Vingança.*

Agora um pedaço de papel dizia:

A: *Está tudo bem?*
S: *100 por cento. Só vou fazer uma ligação.*
A: *Hmmmtá.*

Slava começou a digitar o número. Continuava ligando errado. Se ele tivesse a perspicácia do avô para tomar decisões, se Arianna não tivesse interferido, provavelmente ele não teria ligado do telefone de sua mesa. Provavelmente ele teria ido para a biblioteca e ligado do celular. Mais tarde, ele iria se perguntar sobre esse momento.

– Sim – o avô disse num tom cansado.
– Acabei de ter uma conversa incrível no telefone – Slava rosnou em russo no telefone.
– Com quem? – o avô perguntou numa voz enrolada.
– Ah, deixe disso – Slava disse. – Você entende o que pode acontecer se alguém descobrir?
– Por favor, não grite comigo.
– Não estou gritando, estou sussurrando alto.
– Estava orgulhoso do meu neto, o que mais posso dizer.
– Não venha com essa. Quem é ele, afinal? Precisa dele para alguma coisa?
– Preciso dele para alguma coisa? Ele mal pode andar.
– Você não tem consciência da lei aqui – Slava disse. – Mas eles levam essa merda a sério.

– Me escute *aqui* – o avô disse, com a voz endurecendo. – Sua avó morreu não faz nem uma semana. Você se lembra disso, ou já seguiu com sua vida? Porque aqui, nós ainda nos lembramos...

– Isso não tem nada a ver com o que estou dizendo!

– Aqui, ainda estamos de luto – ele continuou. – E suas questões filosóficas... Sua avó está num caixão. Eis a sua filosofia, Einstein. Então não sei o que te dizer.

– Quem é ele?

– Quem?

– Israel. Iosif. Qualquer que seja o nome dele.

– Ele é de Minsk também. Crescemos juntos. Vamos juntos ao dr. Korolenko. Tenho gota, e ele tem um troço no joelho ou sei lá o quê.

– Você não tem gota.

– Apenas não se preocupe. Ele não pôde vir no domingo, então ligou para dar as condolências. Achei que você fosse escritor. Parece que é só uma história.

– Você quer tornar ser preso uma tradição familiar? – Slava gritou. Ele se arrependeu imediatamente. O avô não sabia que ele sabia.

O velho tossiu dolorosamente. Era frágil demais, e Slava insistia em desferir ataques. Então, ele disse suavemente:

– Não sei ao que está se referindo.

– Preciso ir – Slava disse o mais bravo que pôde, e desligou.

O coração apertava em seu peito. Ele se forçou a inspirar e expirar. Estava exagerando. A *Century* não mantinha registros de ligações – por que faria isso? Ele diria não a Israel, um equívoco, seu avô fabulista, os esquemas de sempre, Israel iria resmungar e estaria acabado. Ele não podia fazer. Podia? A *Century* mantinha registros de ligações?

Suor na testa. Slava abriu o navegador. Em resposta a "pedidos de restituição do Holocausto", ele viu uma longa lista de histórias de jornal sobre desdobramentos recentes no programa de restituição. Algum grupo estava se formando para pedir a expansão de elegibilidade. Nada do que ele precisava. "Pedidos de restituição do Holocausto", ele redigitou, então acrescentou "fraude". Ele tinha um álibi, se terminasse como réu em alguma coisa. Ele podia estar buscando um artigo ou uma notícia engraçada para "The Hoot". Fraude no pedido de restituição do Holocausto: afe.

Ele conseguiu uma fonte promissora. Professor Andrew Morton, Faculdade de Direito de Stanford, "uma autoridade sobre acordos, apelações e abusos relativos à restituição do Holocausto". E aliterações, podia acrescentar. Passava um pouco das nove da manhã na Califórnia. Ele esperou para ouvir o que Arianna estava fazendo. Estava ocupada numa ligação, então ele se levantou e saiu em direção à biblioteca de verificação de fatos. Fora de vista, num canto escuro, havia permanecido intocada durante a reforma. Enquanto revirava os recônditos do pessoal da *Century*, ele se lembrou de que havia deixado o monitor ligado com a janela de busca aberta e, correndo de volta à mesa, quase trombou com Arianna.

– Que há *com* você? – ela disse, franzindo o rosto.

– Te conto depois – ele disse.

– Escritório do professor Morton – uma voz jovem, enérgica, disse quando ele finalmente ligou. Tinha um ar senhorial, seu dono encarregado de guardar os portões tempestuosos da vida de Andrew Morton.

Slava se forçou a parar de andar de um lado para o outro e se sentou numa cadeira rasgada.

– Professor Morton, por favor – ele disse.

– E quem devo dizer que está ligando? – O sol brilhou, protetor, do outro lado da linha.

– Peter Devicki – Slava disse. – Da revista *Century* – ele acrescentou significativamente.

– Ah – ela disse. Aquelas palavras mágicas sempre abriam portas. – Só um segundo. É a revista *Century* – ela anunciou ao professor, como se tivesse pedido que Slava ligasse. Ele murmurou algo, e eles riram.

– Olá? – uma voz estridente apareceu na linha. – Peter? Em que posso ajudar?

– Devicki – Slava enfatizou. – Temos uma matéria sobre as restituições do Holocausto sendo preparada agora, e um especialista de sua envergadura... – Ele aguardou, então acrescentou cuidadosamente: – É mais sobre se houvesse algum tipo de fraude.

– Tudo bem – Morton disse.

– E a questão principal é que tipo de penalidade haveria se, você sabe, alguém estivesse inventando as histórias que vão com esses pedidos.

– Aconteceu algo assim? – Morton perguntou.

– Com quem? – Slava disse.

– Você estava falando sobre alegações inventadas.

– Ah – Slava disse. – Não, não. Estritamente hipotético. Gostamos de cobrir nossas bases... você sabe.

– *Century* – Morton disse timidamente.

– *Century* – Slava repetiu.

– Cresci lendo a *Century*, sabe. Eu roubava da prateleira do meu pai, porque ele as colecionava.

É preciso dar a eles um momento de fã.

– Em todo caso, a questão é o dinheiro – Morton se recompôs. – Essa pessoa lucrou? O solicitador trapaceiro foi indiciado?

– Como? – Slava disse.

– Indiciado. O solicitador trapaceiro foi indiciado?
– Indiciado – Slava repetiu.
– Bem, sim – Morton disse. – Existe um precedente na legislação penal. Não tenho tempo para entrar em detalhes agora, mas isso seria dinheiro obtido por meio de falsidade ideológica. Então é roubo... fraude. Portanto, vale o código penal. A questão aqui é se existe uma lei federal ou estadual que trata desse precedente? Onde isso está acontecendo?
– Nova York? – Slava disse. – Se eu tivesse de chutar. Existe?
– Não sei, sr. Devicki – Morton disse, impressionado. – Estou na Califórnia.
– Então, apuramos se há precedente na legislação de Nova York – Slava disse desanimado. Processo? Precedente criminal?
– Então há a lei alemã, claro – Morton continuou. – Se for crime sob a legislação alemã, pode haver um pedido de extradição. Sinto muito, isso é hipotético demais. Nada disso aconteceu, então não há jurisprudência.
– Extradição – Slava repetiu. Desanimado, ele acrescentou: – Mas como você pode ser julgado pela lei da Alemanha se você for um cidadão...
– É roubo de um governo estrangeiro – Morton disse. – Você não tem de ser cidadão alemão para ser responsabilizado.
– Entendo – Slava disse. Ele bombeou energia para sua voz. – Isso é muito útil.
– Foi um prazer – Morton disse. – Não é todo dia que a *Century* liga.
– Uma última coisa – Slava disse. Seu dedo cutucava uma ranhura na lateral de uma velha prateleira de madeira que continha livros de referência de vírus e bactérias. "Bactéria também é cultura...", alguém havia escrito à mão sobre "Cultura de Bactérias". – Como eles descobririam? – ele disse. – Que é falso?

– Todo fundo tem seus próprios métodos de verificação – Morton disse.

– Há algum registro? – Slava disse. – Da guerra?

– São muito irregulares – Morton disse. – Os alemães destruíram muitos, e os russos sempre mantiveram os seus fechados. Então meio que se resume a quão convincente é a história. Se os fatos acendem algum alerta vermelho.

– Entendo – Slava disse soturnamente. – Bem, agradeço por seu tempo. – Morton começou a perguntar quando sairia o artigo, então Slava desligou. Sentou-se imóvel, então desejou ter perguntado o que Morton queria dizer com alerta vermelho.

– Ei... – Arianna o assustou. Estava na entrada da biblioteca, mantendo a porta aberta com o quadril. Há quanto tempo ela estava ali? Ele se maravilhou novamente com quão adorável ela era. Os dedos longos e esguios como lápis, tão esguios que ficavam azuis de frio pela manhã, mesmo que estivesse quarenta graus lá fora. Ele os esfregava entre os seus, o dobro da espessura.

– Tudo bem com você? – perguntou.

– Entre – ele disse.

– O que está fazendo aqui?

– Venha cá. – O celular dele ainda estava piscando com o número de Morton, chamada encerrada. Ele puxou o pescoço dela em direção a ele e a beijou, afastando-a do telefone.

– Slava, Avi está dando um passeio pelos corredores *nesse exato momento*.

– Na poltrona, então. – Ele apontou para um assento esfarrapado no canto com uma tela de bambu, o "Lar para Idosos Austin Miller". Austin, um assistente editorial, dava um poderoso e indulgente cochilo ali todas as tardes.

– Pare – ela disse. – Em casa. – Ela se afastou e endireitou a saia.

Tendo se certificado de que ela não o havia escutado, ele aceitou. – Estava indo dar uma volta, se quiser vir – ela disse.

Ele estava prestes a recusar quando pensou: Arianna deve saber algo sobre alertas vermelhos. Ela era verificadora de fatos; era o trabalho dela.

– Quero – ele disse.

– Você vai mesmo me acompanhar.

– Bastou você dormir comigo.

Lá fora, estava menos decididamente abrasador do que no dia anterior. A vassoura das estações estava começando a varrer o verão para debaixo do tapete. Emergindo na luz forte, eles espalmaram as mãos contra os olhos. Arianna tirou grandes óculos da bolsinha cheia de fivelas.

– Quando eu sair daqui – ela disse –, vou escrever um romance sobre uma equipe editorial que trabalha horas sem fim e se transforma em vampiros à noite.

– Para onde? – ele perguntou.

– Você escolhe – ela disse.

– Não sei como jogar esse jogo. Só não quero ficar parado aqui.

– Nós somos os únicos neste quarteirão que estão parados.

Ele seguiu o olhar dela: a rua ao redor deles estava amontoada de pessoas, tensas e atiçadas. Ela disse para ele fechar os olhos. Ele foi acertado por trás por alguém que saía do prédio, e recebeu um olhar embaraçoso.

– Feche os olhos – ela repetiu, alheia. Ele fez um gesto de desalento e se afastou das portas rotativas, indo em direção a um muro triste onde os fumantes do prédio se reúnem.

– Se esperar apenas mais um minuto, ela virá – ela disse, se juntando a ele.

– Estou esperando – ele respondeu impacientemente.

– Às vezes não vem – ela admitiu.

Ele revirou os olhos.

– Se estou com alguém que é impaciente e irritante, e ela insiste em não vir, então eu fecho os olhos – ela disse. – Daí sinto como se eu estivesse numa pintura de Van Gogh. Tudo ao redor é um redemoinho, e sou um ponto parado no meio.

Ele levantou um dedo e tocou a marca de nascença na pálpebra dela. Ela estremeceu, mas seus olhos permaneceram fechados. A pálpebra estava macia e cansada. Ela nunca usava maquiagem.

Ele viu o sr. Grayson sair dos elevadores, com um maço de Merits em sua mão como um guia.

– Tudo bem, vamos nessa – Slava lhe disse.

– Para onde? – ela perguntou, abrindo os olhos.

– O parque – ele disse. – As pessoas sentam-se imóveis no parque.

– O que você sabe... – ela começou a dizer, mas ele colocou a mão sobre sua boca. Ela se desvencilhou, e ele a seguiu. Correram pela Sexta Avenida.

No Bryant Park, Midtown estava suando em meio às saladas. Na esperança de passar a hora do almoço fingindo num canto qualquer que a humanidade de fato não estava, inegavelmente, se espremendo por todos os lados, os visitantes do parque não tinham outra escolha agora a não ser se juntar a estranhos nas mesinhas de café que pontilhavam a área. Por trinta minutos, ficavam sentados uns ao lado dos outros, evitando olhares.

Slava e Arianna se acomodaram na grama, ainda quente, como no verão. Apesar de estar portando uma bolsa de mão e vestindo uma saia atrevida, Arianna se sentou com uma eficiência silenciosa e discreta. Projetadas contra o verde, suas pernas eram pálidas como gesso.

— Como está lidando — ela disse. — Quero dizer, quanto a sua avó. Você não falou nada sobre isso. Desculpe se eu não devia ter lembrado.

Ele recostou a cabeça nas coxas dela. O ar estava engordurado do verão.

— No Uzbequistão — ele disse, lembrando-se de algo que o avô certa vez lhe contara —, quando faz calor, eles bebem chá quente, em vez do contrário.

— Sempre que pergunto sobre ela, você fala sobre ele.

Ele pensou nisso.

— Ela ficou doente por seis anos. Sofreu um acidente de carro, e o sangue da transfusão era ruim. Ela contraiu cirrose. O fígado não queria funcionar. Todas as toxinas que o fígado libera... elas ficavam dentro dela. Metade do tempo, ela estava apagada. A pele coberta de manchas que coçavam terrivelmente, ela quase arrancava a pele. Tinha de ir ao hospital para se hidratar o tempo todo. Mês sim, mês não, depois todo mês, depois toda semana. E durante tudo isso, ela não reclamava. Você perguntava como ela estava, e ela dizia: "Muito bem." Dizia em inglês, eram as duas palavras que ela conhecia, e dizia dessa forma, então podia ser uma piada, e você riria, e isso ia tirar a atenção dela. Que tipo de pessoa é essa? — Ele olhou para Arianna. — Enquanto isso, se meu avô achar que você esqueceu dele por um minuto, ele vai lembrar você. É ele quem fala. Então eu o conheço. Não a conheço. Gostaria de conhecer. Gostaria de *ter conhecido*.

Ela não disse nada, apenas colocou uma das mãos no peito dele. Ele ficou grato por ela não dizer nada.

— Então, o que tenho de fazer agora? — ele disse. — Depois de cobrir o espelho.

— Não precisa fazer nada — disse ela.

— Mas há regras — ele disse.

Ela sorriu.

– Há regras, sim. Você fica de luto por sete dias. Que já devem estar terminando. Você se senta em banquinhos baixos.

– Por quê?

– Para que não fique confortável – disse ela.

– Assim se lembra da pessoa.

– Sim. As pessoas trazem comida para que você não tenha de cozinhar. Companhia, para que você possa passar pelo pior.

– É orgulho pensar nisso diretamente?

– Não, acho que isso seria um problema cristão. É apenas doloroso. Em *yeshiva*, tive um professor que disse: "O judaísmo pede que você enxergue além de si mesmo e te ajuda quando você não consegue." É como quero viver. É um Deus misericordioso.

– Achei que era um Deus bravo – Slava disse.

– Ele está lá também – ela riu. – Na forma da minha mãe. Mas você realmente não tem de pegar tudo isso. Você se afoga nisso e só pensa em fugir.

– Isso aconteceu com você?

– Não, mas posso imaginar. – Ela correu a mão por dentro da camisa dele.

– Esse calor é insano – ele disse.

– Agosto – ela disse. – Você é uma alucinação erótica.

– Uma das suas?

– Quem dera.

Um trompete solitário soou num microfone no palco do lado oeste do parque. Haveria um concerto mais tarde naquele dia.

– Vai tentar publicá-las? – ele disse.

Ela balançou a cabeça.

– São só para mim.

– Talvez você seja apenas tímida.

– Talvez você seja um exibicionista.

– Você sabe o que quer fazer?
– Verificar fatos não é uma carreira convincente? – ela perguntou. – Não sei ainda. Estou esperando um sinal. Eu te invejo... você sabe exatamente o que quer.
– Isso me trouxe uma grande conquista.
– Você não é paciente.
– Pode me falar sobre verificação de fatos? – ele disse cuidadosamente.
– Claro – ela concordou. – O que quer saber?
Ele deu de ombros.
– Qualquer coisa. Estou sentado ao seu lado há um ano e meio; durmo com você há uma semana... e não sei coisa nenhuma sobre isso.
– Vai dormir comigo este final de semana?
– Depende de como vai responder às minhas perguntas.
Ela riu, os blocos brancos de seus dentes reluzindo no sol.
– Verificação de fatos? – ela disse, inclinando-se e se apoiando na palma das mãos. – Não sei. Você verifica os fatos da história. – Ela deu de ombros.
– Que matéria você está verificando agora?
– Um quadro perdido num museu na Itália. Mas na maior parte do tempo você não consegue chegar a ninguém por causa das sestas *farkakte* deles. Além do mais, quem disse que eu falo italiano? E Sheila, Deus a abençoe, não se lembra do nome do curador. Mas está envergonhada de passar uma cópia incompleta, então ela *inventa*. Em vez de deixar em branco, ela *inventa* o nome do curador. Oh, Arianna vai encontrar. Sabe quantas horas passei esta manhã caçando o Massimo, o Curador Falso?
– Mas como funciona, entende? – disse ele. – Tipo, o que gera um... alerta vermelho?

– Um alerta vermelho – ela repetiu. – Bem, eles escrevem a história. Ou vamos dizer que eles *relatam* uma história. Por exemplo, semana passada: Lehman Brothers. Companhia da década, blá-blá-blá. Simons relata a história. Preciso passar pela coisa toda e sublinhar tudo que parece que pode ser um fato. Então verificar.

– Mas o que conta como um fato?

– Um fato? O sr. Grayson me mataria se me ouvisse dizendo isso em voz alta, mas um fato é qualquer coisa que possa irritar alguém ao estar errado. É por isso que as histórias sobre um assassinato na tribo esquecida de Waka-waka na ilha perdida de Wango-dango é na verdade mais fácil de verificar, de certa forma. Aquelas pessoas não leem a *Century*. Não se importam se você contou errado quantas faixas de estrume de vaca eles têm no rosto.

– Mas há algo que você não precisa verificar?

– Impressões pessoais. Suposições. Coisas que não podem ser verificadas não podem estar erradas, entende? Se não há registro, não pode ser verificado. Desculpe... *por que* está tão interessado nisso?

Ele não podia ver o rosto dela, mas sabia qual era a expressão, a forma como ela apertava os olhos quando estava cética.

– Estou interessado em você – Slava disse rapidamente e se inclinou para beijá-la.

7

SEXTA-FEIRA, 28 DE JULHO DE 2006

Israel morava num apartamento que parecia uma gruta, em Quentin Road, em frente a um mercadinho russo e perto de uma versão atarracada e periférica da biblioteca pública. A sala atravessava uma cozinha conjugada coberta com o linóleo terrível de sempre. Pacotes de biscoito água e sal do tamanho de caixas de correio e arranha-céus de latas de atum espiavam de armários empoeirados – provisões complementares da sinagoga local. A mesma porcaria se empilhava nos armários do avô, só que suas auxiliares domésticas ucranianas faziam milagre com isso. Na parede de Israel havia um calendário de farmácia com um frasco de Lipitor apoiado de maneira provocativa, em vez de uma modelo. Havia quatro calendários idênticos de outras farmácias russas cuidadosamente empilhados abaixo desse, como se Israel fosse repetir os mesmos anos.

– Meu pequeno castelo – Israel disse, abrindo os braços e entrando na sala. Era uma frase de um velho filme soviético sobre um sujeito que erra de apartamento ao voltar para casa, porque os blocos de apartamentos de concreto eram todos iguais, e ele se apaixona pela mulher que vive lá. Israel era baixo e redondo, uma calça de ginástica azul-escura mantendo no lugar sua barriga em forma de bola de basquete. O rosto era tão marcado quanto um mapa topográfico, o promontório curvado do nariz mantendo a paisagem junta. Acenou levemente quando Slava se apresentou.

Slava havia ignorado Israel por uma semana. Seu plano original era ignorá-lo para sempre. Mas na semana após sua ligação, em vez de vasculhar o *Charlotte Observer* e o *East Hampton Patch*, Slava inventou três barrigas e foi buscar sua avó na floresta da Bielorrússia. Na noite em que Arianna adormeceu em sua cama, sua avó havia vindo visitá-lo. Uma visita misericordiosamente breve, mas por quarenta e cinco minutos o tempo parou para que ele entrasse num vazio e conversasse com a velha senhora. Desde que ele continuasse escrevendo sobre a avó, Arianna iria permanecer adormecida em sua cama, o sol permaneceria exilado do lado de fora da janela, e a cidade seria impedida de alcançar o dia seguinte. Mas então a história chegou ao seu fim natural. Isso mostrava o quanto histórias são inclementes; não se podia ir além de onde elas queriam terminar, mesmo para manter sua avó viva. Então, ele quis viajar mais uma vez com sua avó. Porém, quando tentava escrever algo sobre ela sem a intenção de construir uma narrativa para o fundo de restituição, sem o avô fornecendo a faísca para alguns detalhes verdadeiros, nada vinha. A história não tinha propósito, não tinha estrutura. Isso fazia Slava se sentir miserável; que tipo de escritor era ele se não podia criar por conta própria?

No terceiro dia de inércia, ele pegou o telefone. Israel não ligara de volta, e Slava preferiria bater em cada porta do Brooklyn a perguntar ao avô, por cujo desdém ele pretendia permanecer furioso. O avô lhe dissera que tanto ele quanto Israel haviam ido a um certo dr. Korolenko. "Korolenko gota problemas joelho Brooklyn nyc", Slava digitou, e lá estava o número: 718.

— *Escritório do dr. Korolenko, você está sendo atendido por Olga.*

– Oi, Olga. Meu avô me pediu para ligar e confirmar sua consulta.
– Claro. Que dia?
– Ele não se lembra, é claro. Ele acha que é na próxima quarta ou sexta. Com certeza não é o início da semana.
– O nome dele?
– Israel Abramson. Consegue achar?
– Israel Arkadievich! É um dos nossos favoritos. Mas não, nada na agenda para Abramson na próxima semana.
– Não, ele com certeza disse quarta ou sexta.
– Talvez tenhamos nos enganado – Olga disse. – Tenho uma vaga na manhã de quarta, se servir para ele.
– Bem, para quando ele está marcado?
– Não está marcado até setembro.
– Quer saber de uma coisa, deixe como está. Vou explicar pra ele. Não, ele deveria se lembrar dessas coisas. Comprei de aniversário pra ele um caderninho só pra isso, e acha que ele sequer abriu?
Ela riu.
– Pegue leve com seu velho! Só se passaram duas semanas desde o aniversário dele!
– Sim, claro – Slava disse, se repreendendo pelo arabesco desnecessário. – Às vezes eu me esqueço de que ele é um homem de idade. Você sabe como é, a gente não quer que eles fiquem velhos. Enfim, Olga, só mais uma coisa. Ele disse da última vez que o carro que foi buscá-lo estava esperando por ele a um quarteirão de distância. Pode me dizer se tem o endereço correto?
– Tenho aqui Quentin Road, 2.070, está errado?
– Não, está certo. Não sei por que o motorista estava no quarteirão errado.
– Temos outra pessoa no 2.130, talvez tenha havido uma confusão, vou verificar.

– Oh, tudo bem. Só uma confusão. Sabe, ele se preocupa sem motivo, esse homem. Vou dizer a ele para se acalmar.
Ela riu novamente.
– Tudo bem. Se ao menos todos os netos fossem preocupados assim! Venha nos visitar qualquer dia com o vovô, certo?

– Sou tipo o mestre aqui – Israel disse com um arroto, apontando para a janela da sala, que se afastava da calçada por uma dúzia de polegadas. Um par de pés passou estalando, acrescentando um pouco mais de poeira à fina névoa no vidro. – *O mestre e Margarida*. Já leu?
Slava assentiu.
– Na escola.
– Estou relendo Gógol – Israel disse. – "Para onde te elevas, Rússia?" Ele sabia para onde eles estavam se elevando. Direto num balde de merda. – Israel se virou de volta para a janela. – Pode-se ver o ânimo das pessoas pela forma como elas andam – ele observou. Viram uma perna manca fazer sua passagem arrastada. – O ânimo dele é: "Quero minha velha perna de volta" – Israel disse e irrompeu numa risada rouca. Tossiu brutalmente em seu punho, os pelos das suas sobrancelhas tremendo e saltando. – Quando você tem apenas um pequeno fio – ele anunciou grandiloquente após se recuperar –, você tem de saber como fazer um cobertor inteiro com ele. – Colocou as mãos na cintura como se prestes a começar uma ginástica. – Como eu disse, escrevo um pouco também. – Ele tossiu novamente. – Minha garganta é um deserto, sinto muito. Sente-se, sente-se, não fique de pé como um inspetor. – Ele fez sinal para o sofá, seus quadris de camurça apertados com fitas plásticas douradas. – De um escritor para outro, quero dizer: admiro o modo como você trabalha.

– O que quer dizer? – Slava perguntou, deixando-se cair no sofá.

– Você não precisa que eu invente a história – ele disse. – Para o formulário de solicitação, quero dizer. Mas aqui está você. Queria xeretar. – Israel torceu o nariz. – *Textura*, você queria.

– Onde está sua família, Israel Arkadievich? – Slava disse.

– Pode me chamar de Israel – ele disse. – Estamos nos Estados Unidos agora, você pode ser informal. Lá em casa, podia se salvar alguém do afogamento e não conseguir um obrigado, mas sempre te chamariam de Israel Arkadievich. Aqui, é aquele "e-aí-como-vai" o tempo todo, mas não te salvariam do afogamento, correto?

– Acho que sim – Slava disse, pensando sobre isso.

– Minha esposa morreu há dezoito meses – ele disse. – Que Deus a tenha. Tenho certeza de que você pode perceber isso. – Seus dedos tortos varreram o cômodo. – "A frigideira não está chiando nem o bule está apitando", como costumávamos dizer.

– Sinto muito – Slava disse. – Eu não sabia.

– Meu filho... – Ele indicou tristemente a janela, como se o filho estivesse do lado de fora. – Alguns anos depois de chegarmos, Yuri se misturou com aqueles chapéus pretos. Eles organizaram o mundo todo para ele na sinagoga. Ele parou de comer na nossa cozinha, colocou aquele chapéu. Minha esposa ainda estava viva para ver isso, lamento que estivesse. Então... *puf*, ele foi embora. Está em Israel agora. – Israel mostrou a língua. – Eles têm esses cachos caindo pelos ombros como dois pintos balançando, me desculpe. Como fazem essas coisas encaracolarem assim? Modelador de cachos? Canalhas vaidosos. – Ele quase cuspiu, então se lembrou de que estava em sua sala. – Olhe. – Ele revirou numa tigela de latão na prateleira até achar um quadrado gasto.

Slava desdobrou a fotografia com a ponta dos dedos, o papel esfarrapado como uma folha seca. No verso, uma borrada letra de mão em tom violeta dizia: "Yuri – tarde demais." Na frente, sorria um rosto jovem e redondo, envolto numa barba rala de um mês, o sorriso dentuço e inocente. Os dentes não haviam aproveitado as vantagens de um aparelho. Seu dono já estava usando o traje dos devotos. Um paletó preto, flocos de caspa visíveis, apesar da qualidade medíocre da foto, sobre uma camisa branca com colarinho caído, por baixo uma camiseta branca com um chumaço de pelos no peito subindo acima do pescoço. Por trás dele, havia pesadas cortinas borgonha que só podiam pertencer a um salão de banquetes russo na vizinhança de Israel.

– Por que você mudou de nome? – Slava perguntou.

– Não é culpa de Israel – ele disse. – Não há o suficiente desses chapéus pretos por aqui? Além do mais, mudei antes de qualquer coisa dessas ter começado, logo que chegamos. Eu queria mostrar meu apoio. Quem é Iosif? Iosif era eu na União Soviética. Aquela pessoa acabou.

– É bacana conhecer alguém que conheceu meu avô quando jovem – Slava disse.

– Isso é uma história – disse Israel.

– Ele não gosta de falar sobre isso.

– É um fardo. Ele diria a um cavalo como trotar.

– Então não acredito no que ele diz – Slava disse.

Israel fez uma careta.

– Por que acreditaria no que eu digo?

– Se mentir, não escrevo a solicitação para você.

Ele riu.

– Muito bem! Você está ficando esperto. Está no sangue.

– O que quer dizer com isso?

– Não quis ofender – Israel disse.

– Mas o que quer dizer?
– Quero dizer... Israel se inclinou para a frente. – Sabe como seu avô arrumou aquelas auxiliares domésticas dele? – Ele bateu palmas a cada nome. Ele foi listando os nomes: Marina. Berta. Olga. Mudavam toda hora. – Sua avó, que Deus a tenha, tinha direito a doze horas de cuidados por dia por conta do município. É muito, por sinal. Você tem essas avós americanas vagando por aí, sacos de ossos, elas pagam previdência por cinquenta anos, e não têm ajuda nenhuma. Parte o coração ver essas pessoas. Eu me sinto como um saltador de vara perto delas.

"Enfim, seu avô decidiu que doze horas por dia não eram suficientes. Ele queria que sua avó tivesse alguém o dia todo. Então ele dá à auxiliar de doze horas algum dinheiro e diz a ela para ligar para a agência e pedir uma extensão das horas. 'O marido ficou mal por ajudar a cuidar da esposa', ela diz. 'Eles precisam de alguém em tempo integral.'

"Então o assessor vem da cidade. Tudo isso veio da boca de seu avô, por sinal, porque ele é um fanfarrão. O assessor vem, e seu avô está sentado lá como um vegetal. Babando, cabeça baixa como se não estivesse conectada ao resto dele. O assessor começa a chamar por ele... 'Yevgeny, Yevgeny', e então seu avô começa a grunhir e ranger os dentes. Ele interpretou a coisa toda na frente do escritório de Korolenko. Menos soltar os intestinos. Seu avô devia ter se mudado para Hollywood."

– E conseguiram as vinte e quatro horas – Slava disse. – Berta.
– Sabe quem arruma vinte e quatro horas geralmente? – disse Israel. – Tetraplégicos, veteranos de guerra e psicóticos. Mas ele queria para sua avó, e conseguiu. Seu avô conquista coisas.
– Ele me conquistou – Slava disse. Através da pequena janela, a luz estava começando a fugir do céu.
– Você é esperto demais para isso – Israel falou.

– Não tenha tanta certeza – Slava disse.

– Eu o conheço há sessenta anos – Israel disse. – "Um filho do jardim de outro povo", eles o chamavam. Ele conseguia tudo que precisava. O salame, o caviar, o conhaque, os casacos de pele. Ninguém tinha acesso a essas coisas além de gente do Partido com privilégios especiais. Nem eu sei explicar como ele, um barbeiro, conseguia o que conseguia. Sabe quão abastada sua família era na terra natal? Em segredo, mas ainda assim. Nem todo mundo tinha estômago para isso. Quanta gente ele comprava com perfume Climat, bananas, viagens de graça para a Crimeia, então suas bocas ficavam fechadas sobre o que ele conseguia para ele mesmo, para sua avó, sua mãe, você. Eu o vi na rua uma vez. Estava mais quente do que uma fornalha, e ele usava um sobretudo. Parecia que ele tinha um leitão lá dentro. Eu perguntei: "Zhenya, o que há com o casaco?"

– Ele tinha algo enfiado lá – Slava disse.

– Quinze salames presos por dentro! – Israel abafou o riso. – Como lançadores de foguetes! Aquele salame estava tão fresco que podia falar. Entende o que significava ser parado com quinze salames? Configurava "intenção de vender", "empreendimento privado", prisão.

"Um salame ia para a mulher das passagens no escritório da Aeroflot na Karl Marx Street. Um ia para o diretor do jardim de infância onde sua mamãezinha estava matriculada. Um ia para o pediatra da clínica local, para que sua mãe não tivesse de esperar três dias por uma visita do médico, se, Deus me livre, ela ficasse doente. Você o observava com admiração. Nunca me mexi para tentar algo similar.

– Por que não?

– Por que não? Não sei. Apenas meu jeito de ser, creio eu. – Israel tossiu na manga. Slava se levantou e pegou um copo d'água para ele. Faltava uma arruela na torneira, e a água se espalhou pela bancada. Slava enxugou com uma toalha.

– Eu o invejava – Israel disse quando Slava retornou. Bebeu a água sofregamente. – Ah, isso é bom. Obrigado. Depois da guerra, você estava num restaurante com uma menina, e aqueles *zhloby* bêbados vinham cambaleando: "Olhe esses *kikes* se empanturrando!" E você tinha de abaixar a cabeça porque não queria encrenca, porque havia milhões de onde aqueles tinham vindo. Mas você estava fervendo por dentro, porque até então talvez estivesse tentando impressionar a garota.

"Mas seu avô, ele nunca ficou apenas sentado lá. Ele se levantava e surrava aquele *zhlob*, no ato, enquanto todo mundo olhava, mesmo a polícia. Todo mundo ficava quietinho quando Zhenya Gelman entrava num restaurante."

Israel esvaziou o copo e limpou a boca com um guardanapo.

– Durante a guerra, houve sete tentativas de insurreição nos guetos, lideradas por judeus – ele disse. – Agora, pergunta quantas vezes soldados soviéticos tentaram se revoltar em campos de prisioneiros de guerra alemães? Dá pra contar nos dedos de uma das mãos. Mas vinham sempre com: "Lutou no Uzbequistão, não foi, *kike*?" Porque a guerra nunca foi ao Uzbequistão. No final da guerra, havia mais do que uma centena, talvez mais de duzentos judeus condecorados como Heróis da União Soviética, e você pode imaginar quantos mais haveria se aquele pentelho do Stálin não fosse um antissemita. Quero dizer, você tinha veteranos de guerra judeus sem as *pernas*. Mas a forma como as pessoas olhavam para você era como se pensassem que você mesmo as amputou para fazer parecer que você lutou.

– Você esteve no Uzbequistão durante a guerra? – Slava perguntou.

– Eu estava tomando estilhaços de artilharia na perna em Carcóvia – Israel disse. Deu um pequeno passo de balé e puxou a calça de ginástica, revelando para Slava uma canela venosa toda marcada. – Uma nova perna viria bem a calhar também.

– Bem, seu destemido Yevgeny Gelman esteve no Uzbequistão – Slava disse.

– Estou velho demais para rancores, Slava – Israel acenou. – Isso me mata mais do que tudo.

Slava suspirou.

– Preciso pegar o caminho de casa logo – ele disse. – É uma longa viagem.

– Eu ia preparar um jantar para nós – Israel disse. – Microondas, mas nada mau.

– Fica para a próxima – Slava respondeu.

– Nunca estive em Manhattan – Israel disse. – Gostaria de ir algum dia. Todas aquelas luzes. Eles mostram na televisão. Consegue dormir, com todas aquelas luzes?

– Você disse que o que eu escrevia precisava melhorar – Slava disse.

– Ah, está bom, Slava – ele assentiu. – Tem esse nosso silêncio característico. O terrível silêncio russo que os americanos não entendem. Estão sempre fazendo barulho porque precisam se esquecer de que a vida tem fim. Mas nós nos lembramos, então temos silêncio, mesmo quando estamos gritando e rindo.

– Então? – Slava disse. – Você quer silêncio, eu te darei silêncio.

– Mas pense sobre isso, Slava – Israel disse, estalando a língua. – Você é Fritz Fritzovich revendo essas alegações, todas essas pessoas querendo ser restituídas da cabeça aos pés. E você recebe essa solicitação. Onde estava o indivíduo entre 1939 e 1945. E você tem esse... esse... Adolf vai acreditar que um homem de oitenta anos, um bosta de um imigrante, escreveu o que você escreveu?

– Ele pode ter pedido para o neto traduzir para ele – Slava disse bruscamente. – Não é inimaginável. O inglês é do neto, e o neto é fluente. Não significa que a história tem de ser falsa.

– O neto é fluente, certo – Israel concorda. – Mas a história. Você está tentando evitar ser descoberto ou não está? É como um teatro de fantoches, sabe? Como eles chamam? Não teatro de fantoches... com as marionetes.

– Não sei o que quer dizer.

– Tem a cena daquele filme. Lindo momento, lindamente escrito, as vacas. Mas sem começo, sem meio, sem fim. Quem somos nós, onde vivemos? Veja alguns livros. O gueto de Minsk foi formado em tal e tal data. Moramos em tal e tal endereço dessa data a essa data. É para onde nos mandaram quando colocaram o arame. Então pode escrever suas belas frases. Mas precisa de mais do que isso. Belas frases são como uma mulher bonita que não sabe cozinhar. Não é a sua história. Esqueça sobre você mesmo por um momento.

– E onde devo colocar todo esse seu silêncio nessa versão de enciclopédia? – Slava questiona.

– Ah, é você quem tem de descobrir! – Israel riu.

– Um fato não pode estar errado se não é um fato – Slava disse com propriedade. – Você começa a alimentar números e datas aqui e ali, vão pegar os registros deles. É como verificam fatos, Israel. Ouvi de uma autoridade no assunto.

– Você saberá o que fazer.

– Por que *você* não escreve – Slava disse. – Eu traduzo. É a solução.

– Não, não – Israel recusou, acenando para ele ir embora. – Não se irrite. Escute, não se pode ensinar um velho judeu a ganhar dinheiro. Vou te contar uma piada, daí você pode ir para Manhattan. Dois caras estão mendigando numa rua em Moscou. Um tem uma placa que diz: "Meu nome é Ivanov", ou seja, um eslavo. "Por favor, ajude um pobre mendigo." A outra placa diz: "Meu nome é Abramov", ou seja, um judeu. "Por favor, ajude um pobre mendigo." E quem quer que passe só dá dinheiro para Ivanov, cada vez mais. É como se dessem dinheiro para Ivanov apenas para mostrar para Abramov. Finalmente um judeu vem até Abramov e diz: "Abramov, o que há de errado com você? Mude sua placa para um nome eslavo!" Nesse momento, Abramov se vira para Ivanov e diz: "Olhe, Moshe, esse paspalho está me ensinando a ganhar dinheiro." – Israel se dobra de rir. – O que esses *shvartzes* colocam no metrô: "Perdi meu emprego e estou tentando me recuperar"? Patético! Um velho russo pode dar dez voltas neles.

– Acho que você subestima seu talento para agir no mercado negro – Slava disse.

– Até um homem sem pernas sabe como correr quando precisa – Israel disse dando de ombros. – Somos todos formados na mesma academia. Mas é tarde demais para alguns de nós. No entanto, estou interessado no que pode acontecer com você.

– Vou ser preso por forjar formulários de restituição para meus avós – Slava disse.

– Não precisa falar tão alto assim – Israel disse, olhando para a janela.

– Estou indo – Slava se despediu.

– Para sua informação – Israel disse, espiando-o; ele era mais baixo do que Slava, mas seu olhar era forte –, não me iludo quanto ao motivo pelo qual ele mencionou a carta para mim. Ele não dá nada por dar, mas para mostrar a você que ele dá. Olhe, é uma espécie de privilégio dever algo a Yevgeny Gelman, um homem como ele julgar que você pode dar algo a ele em troca. Eu mal consigo respirar três vezes sem tossir. Mas Slava, não finja que está fazendo isso para ser um bom neto.

– Não finja que você é um escritor – Slava revidou.

– Opa! – Israel disse. – Você pode ser neto do seu avô, mas também é neto da sua avó. Ela era feroz. É a coisa boa em ter filhos. Eles pegam o melhor de ambos. Dois pelo preço de um.

– Você ganha a carta, e eu ganho ficar com minha avó por mil palavras – Slava disse.

– Oh – ele disse. – Entendo. Bacana.

– Não se preocupe, será com seu nome.

– Não estou preocupado.

– Deveria estar – Slava disse. – Estamos cometendo uma fraude. Fraude internacional, aparentemente. Sei que não significa nada para nenhum de vocês.

– Estamos sempre atrás de você, Gógol. – Ele bateu no braço de Slava. – Vá em segurança.

Enquanto Slava saía, ele se perguntou o que Israel quis dizer. Atrás de Slava, na retaguarda, ou atrás de Slava, escondidos?

A caminho do metrô, Slava se pegou olhando em volta casualmente – alguém estaria interessado no progresso dele? A última luz do dia se esvaía, então era difícil dizer. A rua tomada das figuras de sempre, avós com sacolas de compras, um mexicano de pernas tortas, um policial mascando chiclete, todos em movimento, ninguém parando porque ele parava. Slava se sentiu ressentidamente aliviado.

No trem para casa, Slava repassou os detalhes de sua conversa – visões de pintos balançando, tetraplégicos, Carcóvia e estilhaços eram peneirados por sua mente, recusando-se a ficarem presos a qualquer galho ou inflorescência do cérebro – mas tudo isso era irrelevante ou amplo demais para uma carta de solicitação. O que havia acontecido com sua avó depois de escapar dos alemães por um triz? Mais tempo perambulando na floresta? Não, essa não era a direção certa. Narrativas verossímeis demais – Slava tinha certeza de que isso era um alerta vermelho.

Isso o perturbava desde a primeira noite. Ele não havia encaixado a avó da maneira certa na história do avô. Israel estava certo que melhorias podiam ser feitas, mas estava errado sobre quais. Na carta do avô, Slava havia descrito as ações da avó, mas não havia descrito *ela própria*. Como ela era? Ele não conseguia encontrá-la numa cena antes ou depois da guerra, porque aquilo não importava para a narrativa. E já era duro o bastante invocá-la como uma indigente de quinze anos sem ter de disfarçá-la de menino.

Faltavam três estações antes de entrar no túnel subterrâneo. Slava suspirou e ligou para o avô.

– Oi – Slava disse cuidadosamente.

– Oi você – o avô respondeu.

– Novidades? – Slava perguntou.

– A cama nova está aqui – ele disse. – É boa. Menor, mas boa. Madeira japonesa. Primeiro trouxeram uma de solteiro, mas é a largura de uma cama de hospital. Não vou dormir numa cama de hospital. Ah, não importa. Não posso mais viver aqui. Como posso viver aqui se eu vivia aqui com sua avó?

O avô se esquecera da discussão deles havia muito tempo. Ele não guardava rancores. Eles eram inescrutáveis.

– Como se sente – Slava disse, ganhando tempo.

– Como um cavalo de corrida. E você?

– Falou com a mãe?

– Com mais frequência do que você – o avô disse. – Ela esteve aqui todas as noites.

– Precisa de algo?

– Preciso estar em 1975 – ele disse. – Sua avó e eu na praia em Yevpatoriya. Sabe quão difícil era arrumar um *voucher* de férias para marido e mulher ao mesmo tempo? A maioria das pessoas tinha de tirar férias uma de cada vez. E as autoridades estavam sempre se perguntando por que o país tinha tantos problemas com o adultério. Degenerados. Você se lembra de quando o levamos lá, você achou que era água no copo, mas era vodca, e adormeceu debaixo da mesa na praia?

– Pode me contar mais alguma coisa sobre a avó? – Slava disse. – Algo sobre o gueto?

– Eu te disse tudo o que sei.

– Tente se lembrar de algo mais. Eu preciso.

– Para quê?

– Só preciso.

O avô levou um momento ponderando.

– Ela não gostava de falar nisso – ele disse finalmente.

– Eu sei, você disse isso. Mas com certeza ela contou algo mais. Como pode viver com alguém por cinquenta anos e não saber!

– Então agora você vai me ensinar sobre como viver com uma mulher. Por que não aprende a limpar o ranho do nariz primeiro?

– Estou prestes a entrar no túnel.

– Bom pra você.

– O telefone não funciona no túnel.

– Havia pogroms – o avô disse. – No gueto. Diminuir o rebanho, eles chamavam.

– E?

– Isso é tudo!

– Tudo bem – Slava disse.

– Ligue com mais frequência – ele disse. – Lembre-se de seu avô.

8

SÁBADO, 29 DE JULHO DE 2006

Ela dormia sem nenhuma roupa. De manhã, Slava gostava de tocar as marcas deixadas pelo travesseiro no rosto dela. Quando ela estremecia, ele a deixava em paz. Então esperava e começava novamente. O gato colaborava subindo na cabeça dela. Seu nome era Tux, mas Arianna sempre o chamava de Fera. Não parecia uma grande fera, apenas pontos pretos e brancos que se deslocavam junto com seu corpanzil quando ele se movia. De vez em quando, Slava e o gato olhavam por sobre o corpo adormecido de Arianna, avaliando um ao outro.

Finalmente ela abriu os olhos.

– Sabe, se você parasse, ele iria parar – ela disse.

– Não podemos parar – Slava disse. – Somos animais diante de você.

Ela riu.

– Se gostam tanto de mim, me deixem dormir.

– Você é quente como uma fornalha dentro desse cobertor. Podia alimentar uma fábrica.

– Então é por isso que você dorme tão longe – ela disse. Ela jogou o cobertor fora e saltou sobre Slava. O gato, ressentido, desistiu de sua posição. O peso de Arianna parecia sólido e reconfortante.

– É sábado? – ele disse.

– Espero que esteja certo, ou estou atrasada para o trabalho – ela disse.
– Então você não... Sabá?
– Na sinagoga? Não todo sábado, não. Alguns sábados. É problema da minha mãe. Eu escolho.
– Por que não está indo hoje? – ele perguntou.
– Porque estou feliz aqui mesmo.
Slava olhou para o teto.
– Quem é você? – ele disse.
– Eu sei – ela riu.
– De onde você veio? – disse ele.
– Los Angeles. Uma cidade no oeste.
– O que pensou quando saiu do avião na primeira vez?
– Bem, já tinha estado aqui antes.
– Sabe o que quero dizer.
– Pensei: aqui é um lugar onde tudo vai ser diferente amanhã.
– Acho que é por isso que não gostei – Slava disse.
– Você não conhece nada além da sua vizinhança – ela disse.
– Por isso que não gosto – ele disse.
– Algo me diz que não é esse o motivo.
– Vamos falar sobre você – ele disse.
– Era tudo muito solitário – ela disse. – Por algum motivo, eu não conseguia falar com ninguém na escola. Às vezes, você tem sentimentos muito fortes e precisa obedecê-los, mesmo que não saiba por que se sente assim. E eu não queria falar com ninguém. É como se tudo fosse um segredo meu e eu não quisesse dividir com ninguém.
– Você se sentava perto da janela e fumava.
– É. Mas então parou um dia. Eu me cansei de cigarros. Queria mesmo ser saudável. No dia em que tive essa ideia pela primeira vez, fui a uma aula de ioga. Quando terminou, fui para outra. E quando terminou...

– Foi para uma terceira.
– Fui para metade de uma terceira. No meio, estava acabada. Eu me levantei e saí.
– Você é iluminada.
– Longe disso. Eu só parei de querer revirar essas coisas. – A ponta morta do dedo dela indicou o ponto entre as sobrancelhas. – Vou voltar para isso. Há coisas que não tenho, e tudo bem. Há coisas que eu quero que minha mãe também quer para mim, e tudo bem também. Você sabe o que quero?
– Me diga.
– Que você faça o café da manhã.
– Não posso – ele disse.
– *Pourquoi?* – ela disse, recuando. – Achei que passaríamos o dia juntos.
– Não passamos a semana? Tenho uma tarefa.
– O que você tem pra fazer às dez da manhã de um sábado?
– Uma coisa – ele disse, afastando o olhar. – Alguns de nós trabalham no final de semana.
– Não, Slava – ela disse e rolou para longe. Ficaram deitados sem falar enquanto ela verificava seu telefone. O bolor perto do teto começava a descascar num canto.
– Como começou a trabalhar com apuração? – ele perguntou cautelosamente.
Ela olhou para ele.
– *Por que* isso é tão importante para você? – disse ela.
– Ah, eu fico só escutando você todo dia – ele disse. – "Sr. Maloney, seu balcão é feito de pinho ou álamo? Pode perguntar ao fabricante?"
– É. Acho que soa estranho pra quem está do outro lado.
– Sr. Maloney passou a vida toda sem saber se era pinho ou álamo. Quando alguém perguntou a ele do que seu bar era feito?

– Qual é sua questão?
– Isso importa de verdade? – ele disse.
– Acho que sim – ela disse, soltando o telefone. – Mas pense nisso. Maloney está em Nova Jersey. Digamos que eles não tenham álamos em Nova Jersey. Quer dizer, eles têm... eu verifiquei. Mas vamos dizer que não. Alguém por acaso sabe disso, eles veem o erro, e se perguntam: o que mais está errado? Perdem a confiança. Não se pode dar ao leitor motivo para perder a confiança.
– Tá – ele disse. – Mas não é sempre uma situação de isso ou aquilo.
– O que quer dizer? – ela franziu as sobrancelhas.
– Digamos que a *Century* não empregue mulheres. Você iria soltar os cachorros.
– Tá – ela disse.
– Agora pegue... não sei... uma mulher árabe. Uma mulher árabe pode dizer: "Se Deus quiser, vão contratar uma mulher alguma hora." O que lhe parece...
– Ingenuidade baseada no medo.
– Certo. Ela é... pouco esclarecida. Mas pode não ver assim. Ela pode ser mais feliz do que você.
– Porque não sabe distinguir.
– Mas para ela é um fato mesmo assim.
– Então você escreve que mulheres americanas e árabes veem isso de formas diferentes.
– Você seria uma mãe que não trabalha fora?
– Não.
– Mas não está tendo sua direção escolhida por você como as mulheres árabes? Se você tem uma matéria que diz "Mulheres árabes não são livres", isso pode ser factualmente verdadeiro do ponto de vista americano. Mas não é verdadeiro do ponto de

vista de um marroquino. Ou pelo menos, não é uma questão de sim ou não.

— Ela pode ser mais feliz do que eu, mas ainda não está livre, não importa como você olha para isso. Não quero ser uma mãe que não trabalha, mesmo que isso seja uma resposta mecânica a como foi com minha mãe, mas sou livre para escolher. Não vou ser incomodada por isso.

— Não fisicamente — Slava disse.

Ela rolou de costas.

— Slava!

— Durante a guerra — Slava disse —, meu avô escapou. Segunda Guerra Mundial. Quando ele chegou à idade de ser recrutado, teve sua carteira de identidade diminuída em um ano. Então pegou um trem e fugiu novamente, ainda mais para o leste. Se ele não tivesse feito isso, provavelmente estaria morto. E eu não estaria aqui. O que a faria menos feliz. — Ele a espiou, mas sua piadinha inconveniente falhou. — Ele é um herói ou um covarde? O que é afinal?

— Não sei. Um pouco das duas coisas, creio. Um herói para você, um covarde para outra pessoa. Um herói para mim.

— A escolha é sua — Slava disse.

— Por que não?

— Quando "escolher" se torna "ignorar fatos inconvenientes"?

— Quando você está tentando me pegar.

Ele abanou a mão para ela. Depois de um momento, ele disse.

— Não entendo. A testemunha da vez coloca a mão na Bíblia, então tudo o que vem da sua boca é tratado como fato a não ser que haja prova de que é mentira? Haja ingenuidade! Porque ela colocou a mão na Bíblia? Agora um raio caiu e de repente ela é incapaz de mentir?

– Continua sendo possível checar se uma mulher tem dois filhos, não três – ela disse. – Essa vila foi fundada em 1673, mas aquela outra em 1725. Galinhas botam ovos. Nós aterrissamos na Lua. Há um vídeo! – Ela o encarou. – Você tem que enxergar o limite dos seus questionamentos.

Ele deu de ombros e observou o ventilador girar acima deles. Arianna não tinha ar-condicionado. Lá fora, o sol diminuiu sob nuvens que passavam.

– Talvez faça um dia mais fresco – ele disse.

– Você vai mesmo falar sobre o tempo.

– É coisa de poesia – ele disse amargamente. O gato levantou a cabeça, sentindo uma abertura.

– Isso é bom – ela disse. – Não é pra valer até estarmos discutindo. Por que você não pode fazer o café da manhã?

– Preciso fazer um trabalhinho – ele disse objetivamente. Então acrescentou. – Para minha avó.

– Ah – ela disse. – Claro. Me desculpe. Vai voltar depois?

– Não, preciso ir pra casa.

– Tudo bem. Posso ir lá mais tarde.

– Arianna.

– Dia livre – ela disse. – Entendi.

– Não que eu...

– Tudo bem. Você está certo.

– Amanhã...

– Só me dê cinco minutos.

Ela apoiou a perna esquerda sobre a direita dele e se levantou sobre ele. Ele podia sentir na virilha a fina linha de pelos entre as pernas dela. Mesmo azedado pelo sono, o hálito dela era perfumado – sabão, almíscar, sementes de girassol. Ela o embalou em suas mãos enquanto os lábios dela desceram aos dele. Rapidamente ele ficou duro, e ela se abaixou sobre ele, fechando os olhos. Ela balançou sobre ele de forma regular, como se ele não estivesse lá. Quando se aproximou do orgasmo, ela se inclinou à frente até seus peitos se tocarem, ambos suando. A palidez dos seios dela estava translúcida contra o peito dele. Aproximando-se, ela colocou as mãos ao redor da cabeça dele e começou a se projetar ainda mais sobre ele. Ele nunca havia fodido dessa forma antes. Ele nunca havia sido fodido.

Ela não abriu os olhos até gozar. Então beijou-o na testa e disse.

– Obrigada, querido.

Ele foi para casa com Arianna secando em suas pernas. Tomou uma ducha por um longo tempo, apenas pensando. O ranger violento da porta da escada quando ele saiu novamente despertou Irvin de um devaneio nos vinhedos da Albânia.

– Olá, sr. *Gellma* – ele suspirou. – *Caminar?* – Ele passou dois dedos pelo ar. – Um pouco de chuva. – Ele apontou para o teto, franzindo a testa.

– Acho que está abrindo – Slava disse.

Irv, forma para a qual o nome do porteiro havia sido reduzido por alguns dos locatários, assentiu com o entusiasmo de um albanês avistando um sérvio no jardim. *Seu idiota desgarraçado, podia relaxar em casa num dia de folga, mas vai sair nas chuvas.*

– *Esperre, porr* favor – ele disse.

Abriu o armário de entregas e vasculhou pelos casacos. Tirou um longo guarda-chuva robusto com um cabo entalhado com a cabeça de uma zebra.

– Sr. Seetrick *esquecer* – ele disse. – Mas sábado de sr. Seetrick é sair para jantar somente... você traz de volta, tá?

– Obrigado, Erv. – Em deferência a valores liberais ou solidariedade de imigrante, Slava insistia em chamar o albanês por seu verdadeiro nome, e frequentemente se perguntava se o porteiro escutava a sutil distinção. Quanto a isso, Erv/Irv mantinha Slava em suspense, o que o levava a se esforçar de maneiras cada vez mais deformadas, de modo que acabava se dirigindo ao homem por alguma variação de "Eeeeirv..." O perplexo desgosto dele em reação a isso *era* claro, apesar de não se sentir no direito de corrigir um locatário. Os Estados Unidos haviam provocado nele grandes indignidades.

– *Esperre, esperre.* – Irvin erguia uma das mãos. – *Esperre.*

– Ele desapareceu sob a bancada e emergiu com metade de um pão numa sacola plástica. Ele a bateu contra a bancada. – Para pássaros – ele disse. – Você dá.

Slava hesitou.

– Talvez você devesse dar, Erv.

– Estão com fome *agorra* – Irvin disse, decepcionado. – Tarde... fome.

Slava obedeceu e pegou o pão.

– Pequenos pedaços, dê pequenos pedaços – Irvin explicou, juntando polegar e dedo indicador. – Bom apetite.

Slava *caminou. Caminou* até o rio, fechou os olhos e farejou o sal no ar. Ele era um objeto de indiferença para os milhares de pombos que saltavam pela calçada, mas, quando abriu a sacola plástica de Irvin – após dez minutos tentando desfazer o nó impossível, proferindo obscenidades, e finalmente rasgando-a –, seus sentimentos mudaram. Seguindo as instruções de Irvin, ele arrancou pedacinhos e os espalhou gentilmente. Os pombos bambolearam em direção ao pão e bicaram, cutucando uns aos outros.

Na cama de Arianna, uma hora antes, ele só queria ir embora, mas agora, sem ela, ansiava por vê-la, como se tivesse uma pergunta e apenas ela pudesse respondê-la. Ele havia discutido com ela porque realmente discordava ou porque ficava ofendido em receber ordens? Se ela o achava mesmo interessante como dizia, por que se esqueceu de pedir a opinião dele? E quando ela pediu, discutiu com ele. Frustrado, atirou o pão pela grade. Ele caiu no chão, fazendo os pombos se espalharem. Eles se reagruparam e olharam para ele de forma ressentida. Slava mostrou-lhes o dedo do meio e foi em direção à biblioteca.

A divisão de Yorkville da Biblioteca Pública de Nova York nadava numa preguiçosa luz amarela. A seção infantil estava cheia de criancinhas engatinhando em tapetinhos e gritando ocasionalmente para protestar contra o confinamento, enquanto suas mães murmuravam sobre as mesas tamanho bebê. Slava encontrou o bibliotecário e pediu bons livros sobre o Holocausto no Oriente. Livros com datas, números, nomes de ruas. Livros para fazer uma carta de solicitação inventada ser lida como uma bela mulher que também sabe cozinhar, se Israel Abramson fosse o juiz.

– Tem certeza de que não quer Baby Einstein? – o bibliotecário perguntou. Ele lançou um olhar fulminante em direção às crianças que berravam. – Projeto de pesquisa?

– Ficção – Slava disse.

– Está na moda agora. – O bibliotecário assentiu.

Começava a anoitecer quando Slava ligou para Israel. Enquanto o telefone chamava, ele observou um homem e uma mulher na bancada da cozinha de um apartamento do outro lado do pátio, acordes de metais saindo do aparelho de som. Por um momento, a música aumentou, e ela bateu o bumbum no dele.

– Alô? – Israel disse novamente.

Slava sentenciou.

– Você está errado.

– Essas são as palavras favoritas do meu filho.

– Estou sentado aqui com metade da biblioteca, Israel. O gueto de Minsk, formado nas datas tais e tais. – Slava espiou seu bloco de notas. – Vinte de julho. Cem mil internos. O maior gueto em território ocupado pelos alemães na União Soviética. Et cetera.

– Ok. Muito bem.

– Primeiro de tudo, alguém pedindo por restituição não é um historiador. As pessoas que escreveram esses livros sabem quantos internos havia. As pessoas no gueto não recebiam uma ficha técnica com esses dados.

– Tudo bem, mas elas sabem quando começou, elas sabem onde viveram.

– Você já solicitou alguma coisa, Israel? Yuri já pediu uma bolsa de estudos? Imagine que você é o cara lendo as solicitações: *todas* vão dizer que começou em vinte de julho, vivíamos em tal e tal endereço. Mas você não pode dar a ele um endereço. Eles têm registros para isso. Você tem de... não sei... *distraí-lo*. Você tem de fazer com que ele não se importe que não haja endereço, que não haja de fato um detalhe verificável. É como eles verificam os fatos, eu te disse. Soube por alguém que sabe. Conte uma história e eles vão esquecer que é uma história. É nossa melhor chance.

– Slavchik, meu menino, não estamos tentando entrar em Harvard aqui. Queremos uma historinha entediante sobre judeus pobres no Holocausto. – Israel assoou o nariz. – Outro judeu, que pena, vamos dar a ele uns trocados. Se ele começa a ler *Anna Karenina*, ele vai ter perguntas. Bábel está morto, meu amigo. Todos os melhores judeus foram mortos. São os judeus entediantes que sobraram. Vamos dar uns trocados pra eles. Está acompanhando?

– Você está errado – Slava disse. – Eu acho.

– Você quer hipnotizá-lo. Quer contar a ele um belo conto de fadas.

– Algo assim.

Houve uma pausa.

– Não sei – Israel disse. – Estamos seguindo você agora, Gógol. Faça o que achar melhor.

– Por sinal, Gógol era antissemita – Slava disse.

– E você acha que os judeus são um bando de sorte?

Slava desligou com a satisfação pírrica de uma criança que consegue o que quer. O problema permanecia. Em toda história que lia, não conseguia inserir sua avó. Navegando pelos infinitos parágrafos em letras miúdas nos livros que o bibliotecário lhe dera, ele podia sentir o cheiro da lona encharcada pela chuva dos caminhões que transportavam prisioneiros para passarem o dia quebrando concreto nos arredores do gueto, mas não podia farejá-la. Que tipo de cérebro era esse que podia lidar tão sem esforço com uma coisa, mas não com outra? Ele precisava de algo para despertá-lo, mas não sabia o quê. A despeito das anotações que fazia num dos bloquinhos que roubara do escritório, o exercício terminava com Slava encarando uma parede ou o casal do outro lado do pátio.

Finalmente eles deixaram a cozinha. Provavelmente foram para a sala de jantar para comer o jantar que prepararam. Então para o quarto, num torpor lubrificado, meio sonho, meio realidade, a maciez de corpo contra corpo até caírem no sono, risivelmente cedo, a televisão tagarelando alto, a luz da cama descuidadamente acesa até a manhã.

Ao redor do pátio, janelas estavam piscando. Arianna não havia ligado. Estranho estarem juntos toda noite da semana, mas separados no sábado. Slava ligara para o celular dela, mas ele tocou até cair na caixa postal. A noite era dele, bem como ele havia pedido.

Ele visualizava Arianna no gueto em vez da avó. Arianna em meio a uma rua empoeirada do gueto, cercada por canteiros de flores do lado de fora das janelas e pequenos jardins nos fundos – lares, de certa forma, mesmo dentro de um gueto. A facilidade com que Arianna se opôs à ideia de que o dinheiro da avó fosse redirecionado ao avô. (Ela se opôs? Ela na verdade o proibiu – gentil, reprovadora: Você não pode.) Nem um vislumbre de dúvida passou pelo rosto dela. Mas e se Arianna tivesse comido cascas de batata de café da manhã e jantar (sem almoço) por um ano? E se ela tivesse observado a pele pálida descolar de suas belas pernas por desbravar pântanos dia após dia? Ela hesitaria? Poderia passar sessenta anos sem falar do que havia perdido, seis anos sem reclamar enquanto seu corpo se desfazia? E se, por sua vez, a avó tivesse nascido nos Estados Unidos, ela contestaria da mesma forma que Arianna? Aqui a imaginação dele não ousava avançar, um sacrilégio imaginar tão casualmente a anulação de tantas mortes.

Ele tinha o que o avô dissera: uma fábrica, um ataque, corpos num porão, uma criança morta, uma garrafa de leite. Ele tinha o que os livros na sua frente diziam. Ele tinha o que tinha sobre a avó. O resto teria de ser encontrado ao longo do caminho. Havia uma camada extra de confusão no fato de que seu protagonista teria de ser disfarçado como Israel Abramson, mas isso era só um nome no topo da página. Havia um motivo pelo qual Israel não poderia ter uma irmã? Não era a beleza da invenção que ele poderia mesmo ter?

Por favor, descreva com o máximo de detalhes possível onde o Sujeito estava durante os anos de 1939 a 1945.

Israel Abramson

Foi após o pogrom de quatro dias em julho de 1942 que decidi que tentaria escapar do gueto, a qualquer custo. Na verdade, foi minha irmã que decidiu.
Nosso trabalho no gueto era organizar as roupas dos assassinados. Saias aqui, calças ali. Após um tempo, os alemães ficaram mais espertos e faziam as pessoas se despirem primeiro. No final de 42, as roupas não tinham buracos ou sangue. No entanto, você podia sentir o cheiro das pessoas no tecido: suor, feno e leite azedo, e algo mais que devia ser medo. Tornou-se comum segurar as roupas de uma pessoa morta nas mãos, ver um corpo morto na rua. Uma vez, Sonya – essa era minha irmã – viu uma criança tentando tirar leite do seio da mãe, mas a mãe estava morta, completamente morta. E você tinha de passar por isso e seguir em frente.
Um dia, voltávamos para casa do depósito onde eu arrumava as roupas. Éramos eu, Sonya, duas outras meninas e um guarda atrás do caminhão. Quando estávamos virando em Komsomol'skaya, o guarda se inclinou para mim e disse: "Haverá um ataque esta noite. Não vá para casa. Esconda-se em algum lugar." Eu disse que não poderia ir embora sem Sonya, mas ele deixou claro que a oferta era só para mim. Eu não sabia o que fazer, mas Sonya esbugalhou os olhos e balbuciou VÁ. "Agora", o guarda disse. Então saltei. Vou sempre me lembrar dele. *Herr* Karitko. Ele era velho. Magro, rosto enrugado. Não era alto. Talvez ele gostasse de meninos. Havia diferentes tipos de alemães.

Já havia corpos nas ruas. Os bielorrussos que trabalhavam como policiais para os alemães eram até mais sádicos. Mesas foram montadas nas ruas. Eles iam de rua em rua, sentando-se para um copo de cerveja e um prato de coxas de galinha entre as execuções. Você sabe o que uma coxa de galinha representa quando não vê uma há um ano? Eu tinha escorbuto; havia perdido metade dos dentes da boca. Eu sempre a mantinha fechada e só murmurava porque eles te matavam na hora se você não fosse saudável.

Minha mente estava acelerada porque onde estava Sonya? A guerra faz você tomar decisões que nenhuma pessoa deveria tomar. Mas também ela era o tipo de garota que, se ela te falasse para saltar do caminhão, você saltava. Ela era mais durona do que todos nós meninos no pátio. Na verdade, ela era a única menina que tinha permissão de brincar com os meninos; não que ela pedisse permissão para ninguém. Uma vez, os meninos da outra rua jogavam futebol e derrubaram Khema de um jeito bem feio. Ele tinha catarro e sangue saindo do nariz. Sonya foi até o menino que havia feito isso, um verdadeiro imbecil, um metro e oitenta e não tinha nem treze anos, e disse: "Cuidado com o galho", e apontou para cima. Quando ele levantou o olhar, ela deu uma joelhada no saco dele e o chutou na canela. Enquanto ele berrava, ela o levou até Khema pela orelha e o segurou assim, até ele se desculpar e limpar o catarro de Khema com o próprio blusão. Ela era assim.

Eu não sabia para onde além da casa de nosso vizinho Isaac, porque a mãe e o pai não tinham voltado da fábrica ainda. (Eles costuravam uniformes alemães.) Isaac vivia com sua jovem esposa e uma criança. Eles tinham um porão duplo e diziam que éramos bem-vindos lá sempre que precisássemos, que D-us nos livrasse de precisar.

Quando cheguei lá, Sonya estava batendo seu pé nas vigas do chão.

– Não precisar correr, irmão – ela disse e piscou. Eu estava prestes a perguntar, mas não havia tempo.

Havíamos acabado de fechar a porta da casa de Isaac quando os alemães apareceram na rua. Estávamos com tamanha pressa para entrar no porão que Isaac fechou mal o alçapão. E aí já era tarde demais para fechar direito; estavam entrando na casa. Mas o que foi nossa sorte – um deles saltou pela janela. E aterrissou em cima da tranca do chão, fechando até o fim.

Nós os ouvimos sobre nossas cabeças. "Saiam, *Juden*, chu-chu-chu." Eu não estava respirando e agarrei a mão de Sonya. Mal conseguia ver, no escuro, quantos de nós estavam apertados no porão. Uma dúzia, talvez. A esposa de Isaac, Shulamit, estava ao meu lado, segurando seu bebê. Alguém chorava abafado.

Quando ouvi o som, meu sangue gelou. Inicialmente era suave, um chorinho de cólica, como um resmungo, mas então ficou mais alto, doloroso. Shulamit cobria o rosto do filho com o dela e começou a beijar freneticamente seus lábios para parar com o ruído. "Silêncio, *mein liebe*, silêncio, *ikh bet dir*, silêncio." Posso ouvi-la dizendo isso agora. Ela teria engolido aquela criança se pudesse. Mas o bebê continuou a chorar. Fez-se silêncio lá em cima. Por um momento, havia apenas um som no mundo.

Naquele ponto, meus olhos haviam se ajustado à escuridão, e eu podia ver Sonya encarando Shulamit. Assustou-me notar aquela expressão no rosto dela, descobrir que ela era capaz daquele olhar. Não posso dizer quanto do que aconteceu em seguida foi porque Sonya encarou Shulamit como apenas

Sonya podia encarar. Ela teria arrancado a criança do peito de Shulamit e feito ela mesma se Shulamit não o tivesse feito? Talvez meus olhos estivessem simplesmente me pregando peças. Talvez eu estivesse com tanto medo que imaginei que Sonya tinha algo a ver com aquilo. Nunca contei essa história a ninguém, e só estou contando agora porque Sonya está morta, como meus pais – השם יקום – estão mortos. Assim como todos os meus amigos estão mortos. Sou o Último dos Moicanos, como meus netos me chamam.

Não vi Shulamit fazer aquilo. Ela estava bem ao meu lado, então não havia como eu não ter visto. Devo ter fechado os olhos, incapaz de olhar. Quando eu os abri, o choro havia parado. Shulamit segurava um travesseiro branco sobre a criança. Ela parara de se mover.

Finalmente os soldados jogaram cada louça no chão e irromperam para fora. Quando a escuridão caiu, alguns de nós rastejaram para fora para o pequeno jardim do outro lado do porão e enterraram a criança. Isaac cavando a terra com as mãos, os olhos vazios. Shulamit não respondeu nem a Isaac. Ela perdeu a cabeça. Sobreviveu à guerra, mas nunca mais ficou bem da cabeça.

Comemos da horta por quatro dias, beterrabas e cenouras, a um metro de distância da criança sepultada. A horta nos manteve vivos.

Após quatro dias, espiamos lá fora. Estava silencioso. Por todo lado, corpos. Ambas as famílias que dividiam a casa onde minha família vivia foram mortas. O massacre havia começado durante o dia de trabalho, então mãe e pai ficaram na fábrica, escondidos num *bunker* de aço. Quando voltaram para nossa rua e viram os vizinhos assassinados, meu pai caiu de joelhos pensando que seus filhos estavam entre eles. Isaac caminhou até ele, quase inconsciente, e tocou-lhe o ombro. "Os seus estão vivos", ele disse.

Eles tiveram de nos puxar do porão pelas axilas. Fiquei envergonhado de precisar de tanta ajuda. Alguém dera ao pai um litro de leite. Em suas mãos, estava branco e limpo como neve fresca. Ele o deu primeiro a mim, por ser menino, mas passei para Sonya, apesar de não conseguir olhá-la nos olhos como antes. Ela bebeu da garrafa com a fome de um animal. Eu a odiei naquele momento.

Quando ela terminou, olhou para mim e disse: "Temos de sair. Não importa se morrermos fazendo isso." Os alemães estavam espalhando histórias de que os judeus que escapavam do gueto eram espiões nazistas, infectados com doenças venéreas, então os *partisans*, que não precisavam exatamente de ajuda para desgostar dos judeus, às vezes executavam internos que escapavam do gueto ao avistá-los. Mas, se iríamos morrer, ela disse, iríamos morrer pela mão de um russo e não de um alemão. Ela convenceu a mãe e o pai também.

Eu queria discordar, mas escutá-la falar também me fez querer ser mais homem. Fechei os olhos quando Shulamit colocou o travesseiro sobre a criança, mas não fecharia os olhos agora. O que quer que acontecesse, nós escaparíamos.

9

SEGUNDA-FEIRA, 31 DE JULHO DE 2006

Slava chegou cedo ao escritório na segunda, sua única companhia sendo o sr. Grayson, afundando sua gravata-borboleta num bagel amanteigado. Ele acenou animadamente para Slava. Quando escutou Arianna chegar, ele rastejou sobre a divisória. Ela levantou o olhar e sorriu.

– Não conversamos ontem – ele disse.

– Eu não estava realmente disponível ontem – ela disse. – Peguei pesado demais no sábado. Cheguei em casa às quatro? Dormi até de tarde.

– Ah – ele disse. Em sua mente, Arianna havia esperado em casa ele estar pronto para vê-la novamente. Ele menosprezara sua inexperiência.

– Qual é o problema? – ela disse.

– Nada, nada. – Ele se apressou em dizer. Eles dividiram um silêncio sem graça. Uma tosse soou ao lado deles. Avi Liss estava de pé junto à mesa de Slava, segurando uma pilha de impressos.

– Sinto muito, casalzinho – ele disse. – Posso falar? O layout quer saber se Sheila vai deixar você cortar a seção do Vaticano. Daí o beisebol pode ficar maior.

– Sheila está no deserto se desintoxicando – Arianna disse objetivamente. – Há uma piscina com borda infinita.

– Tenho certeza de que você sabe tudo sobre isso – Avi disse.

– Eles têm essa massagem? – Arianna continuou. – Seis pessoas trabalham em você ao mesmo tempo. *Doze* mãos.

– Quando descobrir, apenas avise-os diretamente? – Avi disse.

– E Louboutin está abrindo uma butique lá no próximo outono – Arianna disse. – Sabe, com as solas vermelhas? – Ela desapareceu de vista e levantou um dos sapatos sobre a divisória, a sola diabolicamente vermelha. Era tudo o que você podia ver: o salto com a ponta desaparecendo, o pálido tornozelo, e a teia de dedos do pé apertados no bico do sapato. Ela estava de vestido... qualquer um que passasse pela baia de Arianna ia dar uma boa olhada.

Avi e Slava permaneceram ali, apáticos. O salto desapareceu, e Arianna saltou de volta à vista.

– Preciso ir – Avi disse asperamente e saiu.

Slava tentou obstruir a ampla expansão de sua virilha.

– Que foi isso? – ele disse, um pouco rouco.

– Avi, o Judeu, acha que sou uma princesa judia americana. Não quero desiludi-lo. – Seus olhos piscaram insolentes. Estava aprendendo o significado de sua expressão. Esta dizia: eu não me importo, mas eu me importo. Ele sentia uma pontada de satisfação diante dessa penetração na invencibilidade dela, então instantaneamente se sentiu culpado por isso.

– Obrigado por me defender – ela piscou.

Slava encarou-a, surpreso. Não lhe havia ocorrido que ela podia precisar de defesa. Ela manteve a expressão por um momento, então riu. Estava brincando.

Slava passara o domingo traduzindo a carta de Israel para o russo, para que Israel pudesse ouvir o que Slava havia escrito.

– Bem, você certamente não sabe falar russo – Israel disse –, mas soa como se você pudesse saber o que está fazendo com o inglês. É lindo. Quem é a menina?

– Sua irmã – Slava disse. – Por assim dizer.

– Estou querendo dizer quem é a modelo na vida real.

– Ninguém – Slava retrucou. – Minha imaginação.

– Ela parece feroz. Deve ser uma das nossas.

– Ela não é uma das nossas – Slava disse.

– Então é alguém! – Israel riu. – Te peguei. Ah, seu enxerido. Eu mal posso andar pelo quarteirão, mas ainda posso dar algumas voltas em você.

– Existe uma expressão americana, Israel, que diz: "Você consegue mais com mel do que com vinagre." Tente qualquer hora.

– Meu Deus, você é um osso duro. Espero que encontre uma menina americana, Slava. É mais fácil para você do que para nós, mas é inútil para você mesmo assim. Um pouco menos para seus filhos, principalmente se for com uma menina americana. Então seus netos nem vão saber onde fica Minsk, e caso encerrado.

Slava agradeceu o sermão.

– Então, falou com sua avó? – Israel perguntou. – Era ela: olhando para Shulamit, devorando o leite.

– De certa forma – Slava disse.

– Da próxima vez que a vir, diga olá por mim. Pode lhe dizer que, antes de o valentão Yevgeny Gelman meter as garras nela, tinha outro admirador em Karastoyanova. Espero que encontre uma mulher como ela, Slava.

– E o que isso significa?

– Ela não era uma pessoa fácil. Guardou rancores por décadas. Pessoas de quem ela não gostava? Ela não media palavras. E nunca fez nada que não quisesse. Mas o coração dela era grande. Nunca conheci uma mulher que amasse assim, e eu incluo nessa declaração minha querida falecida Raisa. Não havia um pingo de falsidade em sua avó. Para o bem e o mal.

– Isso é o oposto do meu avô – Slava disse. – O que eles viram um no outro?

– O casamento é um mistério – Israel disse. – No fim das contas, uma explicação lógica é impossível. Tolstói estava errado: são as famílias felizes que são felizes em todas as formas diferentes, e as infelizes que são infelizes da mesma forma deprimente e previsível. É como um pequeno milagre quando duas pessoas conseguem fazer uma vida.

– Então não está em nossas mãos – Slava disse.

– Não, não – Israel discordou. – Bem o oposto. Você precisa trabalhar isso.

– Então não entendo – Slava disse.

– Estou quase morto – Israel admitiu –, e ainda não entendo.

Ao longo do dia, Arianna tendo subitamente se transformado numa presença desconfortável do outro lado da divisória, Slava ficou olhando para o telefone, desejando que tocasse com o número do avô. A essa altura ele saberia que Slava havia escrito uma carta para Israel. Então, ligue. Quando você não queria ter notícias dele, ele te encontrava, e, quando você queria, ele se calava.

Slava pegou o fone, escutou o tom de linha, devolveu-o ao gancho. O telefone parecia algo que o avô iria apreciar: um console de espaçonave revestido como antigo aparelho de teclado. Slava não sabia para que servia a maioria dos botões. Conferência, transferência, algo chamado ABS. Era esse o botão para registro de telefonemas? Seu restrito campo de ação na revista era suficientemente provido pela sequência de um a nove. Ele tirou o fone do gancho e apertou os botões.

– Como ele está? – Slava perguntou a Berta quando ela atendeu.

– Ele fala de noite – ela disse impassível.

– Diz o quê?

– Negocia, conta. Não sei. É falta de educação ouvir.

– Sinto muito que mantenha você acordada – ele se desculpou.

– É meu trabalho – ela disse. – Nós honramos nossos idosos.

Eles empacaram num silêncio desconfortável. Após uma eternidade, o avô pegou o telefone do quarto.

– Então? – ele disse. – Olá.

– Nada. Como você está?

– O médico diz que é normal.

– O que é normal?

– Falar com Deus em seus sonhos depois que... você sabe. Um falecimento. Eu acordo, não sei em que planeta estou. É como se eu tivesse dois corpos. Tudo cai das minhas mãos. Fácil para ele dizer que é normal. Não é ele quem está sentindo.

– Tenho certeza de que é temporário – Slava disse.

– Foi o que ele disse, "temporário" – o avô repetiu. – Temporário como a vida ou o quê? Valha-me, esses médicos sabem como se proteger. Soube que você escreveu algo para Israel.

Slava sorriu para si mesmo.

– Escrevi – ele disse.

– Aquele pobre homem. A esposa dele... não está. Seu filho... o telhado caiu na sua cabeça. O homem tem duas medalhas por bravura, estilhaços no corpo, e vive sozinho num cubículo subterrâneo. Não dá para comparar o apartamento dele com o meu.

– Sim, ele não fingiu ser um vegetal – Slava disse. – É aconchegante, na verdade. Como *O Mestre e Margarida*. – Ele mencionou o livro como uma aliança com Israel. Seu avô não lia.

– Li a primeira e a última página desse aí. O apartamento dele não é tão legal quanto este. Olhe o tamanho da minha cozinha.

– E você tem uma mulher preparando suas refeições. Ele esquenta sopa de uma lata.

– Exatamente.

– Você vive muito melhor do que ele.

– Fazemos o que podemos, Slava, fazemos o que podemos.

– Você é bem esperto, e ele é idiota – Slava disse. Ele censurou a si mesmo por sua baixeza. Não era útil se ele estava ligando para pedir alguma coisa. Ele tinha de pensar como o avô.

– Eu sempre digo a ele no consultório: "Me deixe ajudá-lo a pensar nessas coisas." Mas ele não tem cabeça para isso, é o que ele diz.

– Acha que ele está dizendo a verdade? – Slava pergunta.

– Por que ele não estaria dizendo a verdade?

– Todo mundo diz a verdade? – Slava insiste.

– Eu digo. Não tenho nada a esconder.

– Ah, entendo – Slava disse.

– Escute, um passarinho veio aqui hoje – o avô falou.

Slava se animou. Talvez ele não tivesse de perguntar.

– Disse que Vera Rudinsky vai reunir alguns amigos para jantar.

– Ah – ele disse, surpreso em ouvir o nome de Vera. Desde o velório, Arianna havia preenchido a mente dele. – E que tipo de passarinho era?

– O tipo que sabe o que precisa saber. Ela quer que você os conheça. Os amigos.

– Ela é vulgar – Slava disse de modo pouco convincente.

– Ela não é búlgara, é uma de nós. Essa menina tem uma bunda como um tomate. Vi a forma como você estava olhando para ela... todo mundo viu. Não estou dizendo que você tenha de se casar com ela. Vá passar uma noite junto. Sabe como se faz isso?

– Você, que está deprimido demais para sair, está bancando o casamenteiro?

– Eu faço o que é preciso. E então, você ligou para saber como está seu avô?

– Por que não?

– Porque sou alguns dias mais velho do que você. Você quer outro nome.

– E o que o faz pensar isso?

– Porque você é meu neto – o velho disse com satisfação.

– E um neto seu...

– Agarra a oportunidade pelos colhões.

– Qual é a oportunidade aqui? – disse Slava. Ele não ouviu uma resposta e perguntou novamente.

– Ajudar pessoas – o avô disse.

– Sua especialidade – Slava falou.

– Sim, minha especialidade – ele zombou de Slava. – Ah, levante aquela saia de uma vez. Você está demorando demais no flerte. Quer um nome ou não?

Agora Slava o fez esperar.

Sim – ele disse finalmente.

– Então por que todas essas preliminares? Alguns de nós têm um tempo limitado na terra. Saia com Vera esta noite. Eu te dou um nome amanhã. Só me avise se eu tiver de ligar para você no apartamento dela. – Ele começou a rir maliciosamente. – Se eu fosse da sua idade, ela já seria coisa do passado.

– Não preciso de você – Slava disse sem convicção. – Vou pedir ao Israel. Ele vai me dar nomes. Sua vizinhança está cheia de gente que quer dinheiro de graça.

– Faça isso – o avô disse. – Só cuidado para não dizer algo à pessoa errada.

– O que isso significa?

– Tenho de ir, pepininho – o avô disse.

– Era como a avó me chamava. Não me chame assim.

– Sinto muito – disse ele, repentinamente sério. Ficaram em silêncio enquanto esperavam que a sensação ruim se dissipasse. Era impossível escapar um do outro. Outras pessoas poderiam largar o telefone, se mudar para outra parte do país, trocar de nome, mas o avô e Slava estavam selados um com o outro como marido e mulher. Estavam casados como nos velhos tempos, sem poderem se separar. Eles podiam ser terríveis um com o outro, esperar até a dor passar, começar novamente. Eram incansáveis.

– Sua avó teria passado por baixo de um tanque por você – o avô disse. – E esse é o tipo de mulher que Vera é. Uma de nós. Uma menina que vai pensar em você primeiro. Mas nenhum tipo de vaca idiota também, pintando suas unhas o dia todo. Ela tem um salário, um apartamento.

– Você é orgulhoso demais para fazer as pazes por você mesmo?

– Você não sabe de *nada*. – O avô chiou. Slava viu o cuspe voando de seus dentes de ouro do outro lado da linha. Era a mesma expressão que o avô tinha quando cortou aquele homem em Minsk, cinquenta anos atrás, uma expressão da qual Slava foi protegido.

– Ótimo – Slava disse. – Me dê um nome.

– Acha o quê, que tenho dois anos de idade? – o avô disse, agradável novamente. – Encontro primeiro, nome amanhã. Boa sorte, Don Juan. – E com isso, ele desligou.

* * *

Vera ligou pouco depois de Slava falar com o avô, como se ele tivesse dado um sinal. O avô tinha arranjado aquilo:

O avô de Slava para o avô de Vera: "Ele quer sair com a Vera esta noite, mas ela pode ligar para ele? Ele não quer se impor."

O avô de Vera para Vera: "Slava quer sair com você, mas parece que esse aí é tímido. Você tem de pedir a ele."

Vera para Slava: "O que está fazendo, Slava? O avô me deu seu número. Comecei a contar aos meus amigos sobre nossas aventuras italianas. Eles querem te conhecer."

Vera usava uma jaqueta de couro de cor âmbar sobre uma blusa de gola solta e jeans sobre sapatos de salto pretos com bico fino. Estalavam como cascos pelos degraus do prédio dela. O cabelo, levantado numa onda capturada no meio da quebra, e as pálpebras fatigadas com uma sombra azul, brilhavam, dando uma aparência devassa a um rosto que ainda parecia jovem e informe.

– Aonde estamos indo? – ele disse. – Você está bonita.

– Obrigada, Slava. – Ela sorriu. – Avenida I. Ao lado da *banya*.[2]

– Podemos pegar a linha F – ele disse.

– Não, não, táxi – ela disse. – Pede, for favor? – Ela buscou na bolsa e passou um cartão a Slava. – Peça para falar com Vova.

Vova era um antigo boxeador, a amplitude de suas mãos quase do tamanho da direção. Um corte militar coroava sua cabeça quadrada.

– Onde esta noite, Verochka? – ele perguntou depois de os jovens se acomodarem na parte de trás.

– Avenida I. Na casa de Lara – ela disse.

– Vou te levar de volta? – Vova perguntou.

---

2 Sauna russa. (N. do T.)

– Sim, por favor.

– É só me ligar quando estiver pronta.

Seguiram num silêncio festivo, as ruas escorregadias após uma breve e indecisa chuva.

– Seu amigo, ele fala? – Vova finalmente disse.

– Sinto muito, Vovochka – Vera disse. – Foi falta de educação não apresentá-lo. Diga a Vova algo sobre si mesmo, Slava.

– Trabalho numa revista – Slava grasnou.

– Uma das nossas? – Vova questionou. – Revista de boa forma?

– Revista americana – Vera disse com orgulho.

– Revista americana! – Vova estalou os lábios. – Gente importante neste carro, ao que parece. Isso te garante o pão, trabalhar numa revista?

– Estou pensando em dirigir um táxi – Slava disse. Ele odiava esses russos cujos reinos eram do tamanho de seus táxis.

Vera acotovelou Slava e lançou um olhar gelado para ele. Com vergonha, ele se lembrou de que o pai dela dirigia um táxi. Seu comentário, entretanto, teve o efeito pretendido de diminuir o interesse do boxeador em seguir com a conversa.

Eles pararam num prédio que parecia com o do avô – tijolos numa entrada em arco com camadas de tinta demais. Slava não havia percebido que jovens russos continuavam a viver nessas vizinhanças mesmo que tivessem idade suficiente para viver onde quisessem. Eles continuaram sentados no carro até Slava perceber que ele iria pagar.

– Quanto é? – ele questionou.

– Dez – Vova suspirou.

Slava estava prestes a passar treze dólares para o banco da frente quando os olhos de Vera lhe enviaram uma explosão azul de perturbação. A mão dela alcançou a carteira dele e pegou outros cinco. Sem falar, Slava passou dezoito dólares para o banco da frente.

– Ele toma conta de mim – ela disse vagamente, enquanto caminhavam para o abraço fluorescente do prédio do amigo dela.

Os convidados tinham vinte e poucos anos, todos casais, e falavam russo, normalmente penoso para Slava, mas o seu andava recebendo um exercício pouco familiar nas últimas semanas. Ele ficou ao lado de Vera enquanto ela trocava elaborados cumprimentos labiais com sua amiga Lara e o namorado de Lara, Stas.

– Gente? – Vera disse pegando Slava pelo braço e puxando-o para a sala. Seu desconforto diminuiu ligeiramente, com a mão quente e familiar. – Este é Slava. Slava é escritor. – Os reunidos urraram de admiração. – Ele trabalha na melhor revista americana.

– *Playboy?* – disse um jovem com barriga de chope vestindo blazer. Os outros meninos riram. A garota cujo braço estava enlaçado no dele deu-lhe um soco na barriga.

– Esse é Leonard e sua Galochka – Vera disse. – Leonard é nosso literato residente. Vocês vão ter o que conversar. Aqui está Lyova, e esse é Oslik. Todo mundo se apresente e faça Slava se sentir em casa, por favor. Meninas, vamos pôr a mesa.

Com a namorada se levantando, Leonard sacudiu seus cachos poéticos e deu um tapinha no assento recém-liberado ao seu lado. Ao todo, havia meia dúzia de rapazes, bebidas nas mãos.

– O que vai beber? – Leonard questionou.

– Vodca? – Slava propôs.

– Resposta errada! – Leonard anunciou, e os garotos racharam de rir. Ele era o líder da patota, ao que parecia. Cada copo tinha um líquido cor de caramelo. – Galina Mikhailovna, minha gatinha! – Leonard gritou para a cozinha, usando o sobrenome da namorada, da forma como esposas e maridos faziam nos velhos tempos.

Galochka, que estava colocando um prato de arenque em óleo sobre uma toalha de renda, levantou o olhar. As meninas trabalhavam com assombrosa destreza. Uma punha a mesa com pratos com borda dourada, outra distribuía copinhos filigranados, e uma terceira espalhava tigelas de salada de maionese e batatas cozidas. Slava queria poder estar no círculo delas. Vera captou seus olhos e balbuciou: "Tudo bem?". "Envergonhado", Slava assentiu.

– Gatinha, arrume um copo de conhaque pro nosso convidado – Leonard grunhiu.

– Eu cuido disso – Vera cochichou para Galochka e foi abrir uma das garrafas.

– Então, que tipo de escritor é você? – Leonard se virou para Slava. – Eu leio bastante. Diferentemente desses cabeças ocas. John Grisham, James Patterson. Suze Orman é bem boa. Ano passado, li *O conde de Monte Cristo*.

Os demais rapazes assentiram, reverentes.

– Por que te chamam Oslik? – Slava disse hesitante para um garoto magrelo de jeans e moletom. "Oslik" significava "asno".

– Oslik? – Leonard respondeu por ele, sorrindo. – Oslik! – ele disse e urrou: – Por que te chamamos de Oslik?

– Não tem elevador no meu prédio – Oslik disse, segurando o riso. – Nós voltamos de umas compras um dia e tivemos de carregar até o quinto andar.

– Como um asno! – Leonard disse.

Oslik riu com todos.

– Se Oslik acha que vou casar com ele nessas condições – disse uma garota baixinha e corpulenta que ajudava a pôr a mesa –, ele está redondamente enganado. – Todo mundo riu novamente.

– Meninos! – Vera gritou. – Pros lugares, por favor! – A mesa está quase pronta. Leonard, por favor, você serve a bebida? Meninas, quem está bebendo o quê? Vodca pra mim.

Enquanto todos seguiam em direção à mesa, o celular de Slava tocou. Ele já o tinha aberto quando se deu conta de que não deveria: seria o avô exigindo uma atualização. Se você deixasse, ele ficaria em cima de você contando as bombadas.

– Ei – Arianna disse. – Você está em algum lugar.

Slava congelou. Após tempo demais sem falar, ele saltou para um canto da sala.

– Funeral – ele soltou.

– O quê? – ela perguntou.

– A shivá? – Ele se arranjou com o que tinha. – Estamos experimentando. Como você disse.

– Ah... tudo bem... só faz sete dias... Ah, não importa. Bom pra você. Sem problemas. Desculpe interromper. Dê minhas condolências a todos. De sua colega de trabalho. – Ela riu baixinho.

– Mas o que era? – Slava perguntou. Erguendo os olhos, viu que Vera o observava com ceticismo. Ele percebeu que estava se enfiando num canto, a mão cobrindo o telefone. Ele se endireitou, como se estivesse falando com ninguém mais a não ser o avô.

– Um clube, uma banda – ela disse. – Nada demais.

– Tudo a ver com a gente – Slava disse, tentando soar casual.

– Sla-va! Está tudo pronto – Vera gritou em inglês. Várias pessoas atrás dela berraram, risadas se seguiram. Slava olhou para ela com ódio.

Uma longa pausa incisiva do outro lado. Então Arianna disse:

– Preciso ir.

– Espere...

– Te vejo na segunda, tá? – ela disse, e desligou.

Slava se repreendeu. Então Vera. Então a si mesmo. Vera o chamou novamente.

Quando todos estavam sentados, e os copinhos foram enchidos pela mão rosada de Leonard, Vera levantou a taça.

– Os anfitriões, Verochka, devem fazer o primeiro brinde – Leonard disse.

– Leonard – Lara gemeu. – Você sabe que não me importo com isso. Vera é como uma irmã.

– Obrigada, Larochka – Vera disse. – Esse aí tem lido *O conde de Monte Cristo* demais, com essa etiqueta de mesa dele. – Todos riram, enquanto Leonard franziu a testa, e Slava entendeu que Vera era a única pessoa na mesa que podia contradizê-lo. – Eu gostaria de dar as boas-vindas a Slava em nossa mesa – Vera continuou em russo. – E gostaria de dizer uma palavra em homenagem à avó de Slava, que faleceu há uma semana. Uma mulher orgulhosa e forte. Me lembro dela de quando eu era criança. Ela era tão bondosa, mas ninguém mexia com ela!

Novamente todos riram. Oslik bateu na mesa.

– Às avós! – ele anunciou.

– *Babushka*, ah, *babushkha* – Leonard recitou num cauteloso devaneio. O tom significava que as palavras vinham de um poema. Ele esperava recuperar a vantagem na conversa. Todos se viraram para ele, mas Leonard não conseguia se lembrar do restante das frases. – E tal, e tal! – ele se safou, e todos riram.

– Slava, como é estar numa mesa russa? – Vera perguntou enquanto todos bebiam. – Diferente de seus amigos americanos?

– É muito íntimo – Slava disse, torcendo para que estivesse fornecendo a resposta que ela queria.

Todos irromperam numa risada histérica, os olhos de Leonard reluzindo com sua agora indiscutível restauração ao topo da pirâmide masculina. Vera colocou a mão no braço de Slava. Ele sentiu o hálito dela no canto do lóbulo da orelha.

– *Intimno* é só para a cama – ela disse em russo. – Numa mesa assim, você diz que é muito caloroso ou próximo.

Slava arregalou os olhos para deleite do grupo. A risada se repetiu. Então ele colocou uma das mãos no antebraço de Leonard e lhe lançou um olhar sedutor. Oslik achou tão engraçado que teve de afastar a cadeira da mesa para que pudesse se dobrar de rir.

– A Slava! – Oslik disse.

– Para Slava! – todos ecoaram, até Leonard, batendo tão forte nas costas dele que Slava quase cuspiu um pedaço do arenque.

– Então, nos prometeram histórias sobre a Itália – Lara disse depois que todos se acomodaram em seus lugares.

– Vamos comer – Slava tentou encorajar a todos.

– Vamos!

– Os burgueses olham para o passado e o proletariado para o futuro – Slava disse, pensando que uma frase de efeito soviética pudesse distraí-los, mas ele estragou parte disso.

– Eu me lembro – Vera disse em russo, olhando para Slava –, a família de Slava havia finalmente sido chamada no consulado. Para a entrevista para ver se deixavam você entrar nos Estados Unidos. E ninguém falava uma palavra de inglês. Mas não se podia deixar uma criança de sete anos responder. Então eles todos tropeçaram nas palavras do jeito que dava, e daí o cônsul pergunta: "Por que querem ir para os Estados Unidos?" – ela disse essa parte em inglês. – E ninguém o entendia. Momentos como esse... quero dizer, vocês entendem... o suficiente para acabar com a requisição. Porque a essa altura eles já estavam rejeitando gente. Vá para Israel, eles diziam.

"E Slava entendia, mas como podia responder? Então ele disse: 'Quero encontrar minha tia Frida.' E o cônsul riu. E todo mundo riu. E enquanto isso, sua mãe ou pai... quem foi, Slava... entendeu. Porque eles treinaram essa resposta, sabe. 'Por que vocês querem imigrar para a América?' *Svodoba*. E como você diz *svoboda*?"

– *Freedom!* Liberdade! – a mesa gritou.
– Como se lembra da palavra?
– Tia Frida! – a mesa gritou em uníssono.
– Então, depois que Slava disse "tia Frida", um deles se lembrou e disse: "*Freedom*." E eles passaram. Pode-se dizer que sem ele sua família não estaria aqui. – Ela sorriu orgulhosa.

A mesa berrou e se agitou em meio aos aplausos.
– A Slava! – Oslik gritou.
– A Slava – todos gritaram.

Slava cedeu e sorriu timidamente. Copinhos bateram no dele, entornando conhaque em seu pulso. Palmas, apertos em seus ombros, e Leonard lançou a Marselhesa. Ao lado dele, Vera brilhou com milhares de luzes.

Três horas depois, um último pedaço de arenque reluzindo indesejavelmente num pequeno lago de óleo e um maço de cigarros esmagado num cinzeiro de porcelana, o grupo havia trocado de posições. Os meninos estavam na mesa, terminando o conhaque, e as meninas fumavam no sofá. O blazer de Leonard pendia frouxamente atrás de sua cadeira. Ele havia desabotoado os dois últimos botões da camisa e colocara os braços sobre o ombro de Slava, como se os dois tivessem servido juntos em Carcóvia. De vez em quando, Slava ouvia seu nome no círculo de meninas e espiava sobre os cachos pushkinianos de Leonard para identificar o que estava sendo dito. Era difícil, porque Leonard respirava pesadamente sobre suas têmporas. Slava olhava para Vera, que olhava para ele, como se ela tivesse vindo equipada com um mecanismo que a alertava cada vez que ele queria sua atenção. Ela assentia e sorria.

A namorada de Leonard, Galochka, aproximou-se de Leonard e Slava:

— Popochka — ela disse para Leonard. Bundinha. — Já terminou de comer? — Ela se encaixou no colo dele, provocando um grunhido. — Vou te alimentar até que sua barriga fique tão grande que nenhuma outra mulher vá te querer. Daí você será todo meu.

Leonard se virou para Slava:

— Quem disse que mulheres não são diretas? — Ele voltou-se para Galochka: — Gatinha, por favor, estamos conversando. — Galochka bicou a testa de Leonard e voltou para o sofá.

— Há quanto tempo vocês estão juntos? — Slava perguntou, por perguntar.

— Não sei — Leonard disse, forçando a vista com olhos empapuçados para o relógio. — Nossos pais têm consultórios médicos perto um do outro.

— Entendo — Slava disse. Leonard virou dois dedos de conhaque e olhou contemplativamente para a parede. — Que especialidade? — Slava perguntou mecanicamente.

— Gastro? — Leonard respondeu de modo distraído. — O meu é gastro, o dela é pés. Você e Vera?

— Nós acabamos de nos reencontrar — Slava explicou.

— Ela é especial — Leonard disse.

— É o que todos dizem — Slava concordou. — Não conversamos de fato. Ela limpa meu prato e sai correndo.

Leonard tentou focar em Slava para além da embriaguez em seus olhos.

— Ela não quer interromper.

— O quê, isso? — Slava disse.

— Quer saber? — Leonard disse. — Você é legal, Slava. Sabe por quê?

Ele ergueu dois dedos — Slava ficou espantado com a aliança dourada em sua mão esquerda; ele e Galina não podiam ter mais de vinte e cinco, mas eram casados — e enumerou:

– Um: você não sai abrindo a boca. Você observa. É um dom. As pessoas falam demais. Elas gostam de ouvir a si mesmas falando. E dois: quando Vera disse que o famoso Slava vinha, vou ser honesto... estou bêbado, então sou honesto... pensei, esse cara vai ser um puta pentelho. E você é um pentelho, um pouco. Você se acha melhor do que nós. Mas você é legal. Gosto de você.

Apesar de tudo, Slava sorriu. Leonard – barriga frouxa, dedos gorduchos, o rosto começando a ter rugas – já era uma pequena versão do homem que ele seria em trinta anos, para ele uma conquista. Algumas questões – Estados Unidos, mas um Estados Unidos distintamente russo; Galina; o consultório médico que ele iria herdar de seus pais – ele já havia respondido e nunca teria de ser perguntado novamente.

– Você é um pentelho encantador também – Slava disse.

– Bom. – O rosto de Leonard se abriu em prazer. – Vamos beber às nossas mulheres. – Ele pegou a garrafa novamente.

– Galina está dirigindo? – Slava perguntou.

Leonard levou um dedo aos lábios e piscou. Então os dentes se fecharam ao redor da rolha da garrafa. Ele a extraiu com a boca e cuspiu do outro lado da mesa.

– Seu selvagem! – Galina gritou do outro lado da sala. – Não vou te levar pro dentista quando acabar com seus dentes.

– Levante-se, levante-se – Leonard aconselhou Slava, com uma garrafa em uma das mãos e um Slava na outra. Todos prestaram atenção de onde estavam. Leonard olhou para Oslik, que imediatamente saltou de seu assento e avançou para o aparelho de som. Uma música pop russa emergiu dos alto-falantes. – Opa! – Leonard gritou, girou a garrafa e entregou-a a Slava, que a segurou ao lado. – Beba, beba – Leonard insistiu baixinho, puxando Slava, cujo braço direito agora descansava no seu quadril, para uma parte desocupada da sala.

"A neblina lilás", cantava o crooner, "paira sobre nossas cabeças." Slava observou um dos pés vacilantes de Leonard, calçando mocassins, chutar o ar, as chaves em seu bolso produzindo um ritmo metódico, e seu centro de gravidade trocando de posição até que Slava estava quase abraçando-o por trás.

– Amo essa música! – a namorada de ancas largas de Oslik gritou.

A perna de Leonard voltou ao chão, e ele se virou para olhar para Slava.

– *Nu?*

Obedientemente, Slava levantou a perna esquerda.

– É isso aí, garotão! – Leonard rugiu, esfregando a cabeça de Slava para mostrar admiração por seu equilíbrio, apesar de ter consumido quase tanto conhaque quanto ele.

Agora estava no refrão: "Condutor, por favor, não se apresse/ Você não entende/ Estou dizendo adeus/ a ela para sempre." A sala toda gritava em uníssono e balançava no lugar. O número de Leonard: ele chutou com a perna direita. Slava chutou com a direita. Leonard bebeu, Slava bebeu. Eles seguiram pela sala, os outros cantando e gritando. Slava deve ter revelado uma desconhecida aptidão para a manobra primária, pois logo estava sozinho no meio da sala, com Leonard buscando um descanso nos braços de Galina e empurrando Vera para a pista de dança.

– Ve-ra! Ve-ra! – o povo cantava, dividindo o nome dela em sílabas que Slava havia balbuciado diversas vezes quando menino. A sala rodando, ele a chamou com a mão aberta. Revirando os olhos, ela se levantou para se juntar a ele, girando e rodopiando, levemente sedutora, enquanto ele chutava e pulava. Eles não haviam planejado, mas de alguma forma se encaixavam. A tutela do avô, tão inútil no Bar Kabul, dirigia seus braços e pernas, e ela, ela dançava nos saltos como se estivesse descalça, apesar de depois de um tempo ter chutado os sapatos para longe, recebendo aplausos. Finalmente, a música terminou, e eles despencaram no tapete. A sala explodiu, com pés batendo no chão.

Depois que terminaram, todos queriam experimentar, a mesa de jantar puxada para trás e o tapete enrolado até a sala parecer uma pista de dança.

– Amanhã o povo no andar de baixo vai pedir minha cabeça.

– Lara balançou a cabeça.

– Leve isso lá, peça desculpas e tudo vai ficar bem – Vera disse, segurando uma garrafa fechada de conhaque.

– Vê o que começamos? – Leonard grunhiu para Slava, mesmo estando enterrado nos avultados peitos de Galina.

Slava caminhou até a forma caída de Leonard e depositou um beijo úmido em sua bochecha.

– Oh, Galinochka, sua levada, levada… – Leonard murmurou, e todo mundo começou a rir. Eles dançaram até o relógio mostrar meia-noite.

Lá embaixo, esperando com Vera pelo táxi do boxeador no ar sufocante da rua, Slava se eriçava com uma empolgação infantil. Ele repetiu a manobra do *pas de deux* deles.

Ela sorriu.

– Fico feliz que esteja feliz – ela disse.

Ele ficou na ponta dos pés no meio-fio, lembrando-se da noite, e riu para si mesmo.

– Então, escute – ela disse. – Tenho uma ideia para como juntá-los. – Ela voltara ao inglês.

– Quem? – ele piscou.

– Nossos pais.

– Ve-ra! – ele disse, tentando ser brincalhão. – Deixe disso. Não é da nossa conta. Eles são adultos.

Ela deu de ombros e afastou o olhar, decepcionada.

– Contei à minha mãe que conversamos.
– Ela ficou brava? – Slava perguntou.
– Não, ficou feliz – ela disse. – Ela não podia fazer isso ela mesma, mas se eu fiz, tudo bem. Estamos pequenos demais aqui para dividir discussões. Eu disse isso certo?
– Claro.
– Você fala como um americano, como se tivesse nascido aqui.
– Nós viemos para cá com a mesma idade – ele disse.
– Mas eu fiquei no Brooklyn. Falo russo a maior parte do dia. Às vezes, passo dias inteiros sem falar inglês. Na Itália, meus pais sempre queriam que eu brincasse com você. "Slava é um bom menino, ele estuda seu livro de tradução." Você fugiu e eu fiquei, e meus pais ainda sempre dizem: Por que você não pode ser mais como Slava?

A empolgação de Slava estava diminuindo no ar superaquecido. Houve uma buzina, e um segundo depois Vova parou no meio-fio com um floreio. Slava, até o momento longe de ser amigo do boxeador, sentiu um tremor de gratidão.

– Como foi? – Vova perguntou animadamente quando o jovem par estava novamente alojado em seu espelho retrovisor.

– Muito bom – Vera disse calmamente.

– E onde está meu pacotinho da mesa? – Vova disse sedutor. Slava queria espremer os miolos dele.

– Ai, meu Deus, estou tão envergonhada – Vera disse cobrindo a boca. – E foi uma boa mesa. A mãe da Lara veio mais cedo e cozinhou tudo. Me deixe ir lá em cima.

Vova arrancou antes que seu martírio pudesse ser resolvido. Eles seguiram o resto do caminho em silêncio. Slava pensou em Arianna. Apesar de ter sido tomado de culpa depois que ela ligou, não pensara novamente nela durante toda a noite. Apenas uma semana havia passado desde o Bar Kabul. Ele não podia ver amigos uma noite? Então por que mentiu sobre onde estava? Ele resmungou irritado, levantando um olhar de Vera.

– Nada, nada – ele disse.

– Chegamos, boneca – Vova disse quando eles pararam na frente do prédio de Vera.

Vova e Slava captaram os olhos um do outro pelo retrovisor e partiram para a ação ao mesmo tempo. Vera estava sentada perto de Slava, no lado oposto ao de Vova, então os cavalheiros começaram juntos. A porta do motorista (Vova) e a esquerda traseira (Slava) abriram ao mesmo tempo, os dois emergindo para circundar o veículo – Vova ao redor do capô, Slava do porta-malas – para abrir a porta de Vera. Chegaram ao mesmo tempo. Vova abaixou a cabeça com um sorrisinho provocativo, reconhecendo a derrota.

– Obrigada, Slava – Vera disse, os lábios na bochecha dele.

– Noite muito boa. Divertiu-se?

O rosto cansado dela indicava que não esperava uma resposta. Ela desceu, as lajotas lisas da chuva levando à sua entrada. Slava sentiu como se devesse correr atrás dela e se desculpar, mas pelo quê? Vova, ao lado dele, olhava como um irmão lunático do noivo. Ao entrar no saguão, Vera acenou. Como um par num musical, Vova e Slava acenaram de volta. A vizinhança flutuava num silêncio de outro mundo.

– Entre – Vova disse.

– Não, vou andando – Slava disse. – Vou pagar, claro.

– Entre, entre, namorado – Vova disse. – Você precisa do trem para Manhattan, certo? Nesta hora, precisa do Q. Vamos nessa.

Pateticamente, Slava obedeceu.

– Belo desempenho, Romeu – Vova disse quando estavam dentro do carro. Talvez ele tivesse insistido em levá-lo, Slava pensou, para que pudesse atormentá-lo até a estação de metrô.

— Não se sinta mal — Vova prosseguiu. — Com uma garota dessas, não vai acontecer na primeira vez. Os pais têm de te conhecer, a dança toda. Mama tem de dar o sinal verde.

— Está falando por experiência própria? — Slava disse.

Vova estudou Slava no retrovisor.

— Estou tentando te ajudar, Casanova — ele disse. — Ajuda se houver competição. Para despertá-las um pouco.

— Muito obrigado — Slava disse.

— Não precisa se encabular — ele disse. — Estamos apenas conversando aqui, como homens.

Uma leve chuva voltou para marcar as janelas do táxi. Slava olhou as ruas vazias das vizinhanças que ele não via fazia anos. Ele estivera errado sobre elas parecerem iguais. Aqui as coisas mudavam também, só que mais imperceptivelmente. Ele se perguntou se Arianna havia ido ao clube sozinha. Ele viu o cabelo dela batendo em seus ombros enquanto ela dançava ao som dos Little Darlings. Ele pensou brevemente em seguir no táxi de Vova até o Upper East Side, mas não podia fazer isso agora, com o perfume de Vera nele todo.

Pulando do táxi de Vova na estação Q, Slava deu a ele oito dólares acima do total devido. Eles se cumprimentaram através da janela, a mão de Slava como um amendoim engolido pela bocarra estilizada de Vova. — Não tema, *chuvak!* — Vova disse e soltou uma massa de catarro na calçada. — Estamos do mesmo lado. — E com isso saiu dirigindo.

10

AGOSTO DE 2006

Mesmo frágil e de luto, o avô aprontava. Após alguns dias, Slava desistiu de tentar entender, mapear e estabelecer as conexões. Em quarenta e oito horas, ele recebeu ligações de um judeu de Bucara chamado Lev, que nunca havia estado além da fronteira oeste do Cazaquistão, menos ainda em território ocupado pelos nazistas; uma jovem que queria que Slava pegasse a história de seu pai, um oficial de aquisições no Ministério Soviético de Florestas; um aposentado de Perm que começou a reclamar de uma neta teimosa (que, por sinal, era solteira); e um casal de Bashkiria que queria que Slava soubesse que o governo soviético havia criado um lar especial para judeus soviéticos no Extremo Oriente, o qual eles haviam visitado duas vezes na condição de poeta laureado de Ufa (ele) e editora da revista literária *Kalibr* (ela). Slava disse sim para quase todo mundo. Ele colocou um limite numa avó que queria uma carta para o presidente Bush pedindo um apartamento maior, e um senhor de idade que precisava simplesmente de uma carona até o supermercado. Todos os outros ele aceitou.

 Nas histórias deles, sua avó foi limpar destroços de danos de bombas. Ela remendava uniformes alemães, os dedos evitando aqueles dois raios hediondos. Ela fervia seringas no hospital. Ela se revelou uma jovem cabeça-dura. Não muito boa na escola.

Obediente. Gostava de roupas. Teve sorte de seu pai ser alfaiate. Slava a observou saborear um pedaço de pão escuro com óleo de girassol.

Com uma montanha de jornais e revistas em sua mesa escondendo a pilha de livros de história, ele assistia ao relógio do escritório rastejar com uma lentidão impossível. Quando os ponteiros concordaram com seis da tarde e Arianna saiu em direção à parte alta, acreditando que ele ficaria trabalhando, ele correu para o metrô que ia para o Brooklyn. Estava se tornando conhecedor de sotaques dos despachantes, dos variados tipos de balanços e grunhidos do trem, das fachadas de armazéns, do céu noturno e do humor regional do Brooklyn.

Com Lev, o judeu de Bucara, ele usou o inglês falho de Irvin ("Muro de campo era como gigante, maior que árvore. Escale se quiser suicídio e ninguém que diz bela polonesa da vila deu food secreta sobre muro diz preciso. Muro era impossível. E não havia polonesa boa.") O oficial de manejo florestal, sempre um burocrata soviético, anexou à sua solicitação uma lista de recortes de jornal e mapas. Ele tinha um prazer acadêmico em apontar que as florestas selvagens do Oeste da Bielorrússia e Leste da Polônia onde os *partisans* se escondiam e os alemães temiam entrar – Perelaz, Zabielowo, Chrapiniewo, Lipiczanska, Jasinowo, Nalibocka, até seus nomes eram impenetráveis – eram refúgios tão inacessíveis para aqueles inclinados à sedição que, após a guerra, os soviéticos transformaram a administração das florestas num ramo da segurança do Estado.

A caminho do lar da noite vindo do metrô, Slava parava numa confeitaria russa e comprava marzipãs, chocolates, uma *babka* redonda, às vezes uma garrafa. Na loja – Net Cost, Smart Cost, Low Cost –, ele gostava quando a fila do caixa era longa. Os pratos estavam esfriando na mesa de jantar do apartamento aonde ele tinha de ir, mas era um pecado chegar de mãos vazias e, mais importante, ele extraía um toque da velha vizinhança em nome da pesquisa. Ele ouvia conversas na fila, ucranianos se os "gs" eram proferidos como "hs", georgianos se enfatizavam a vogal errada. Essas pessoas diferentes eram misturadas como salada pela cobiça do governo soviético, e agora, nos Estados Unidos, eram forçadas a continuar falando russo, sua única ligação, se queriam entender uns aos outros, e realmente queriam, porque o ódio de um ucraniano por um russo era ainda mais forte do que seu amor por um americano. Os parentes que permaneciam no velho mundo haviam seguido em frente na história – eram agora cidadãos de países independentes, suas línguas nativas retiradas de debaixo do tapete, espanadas, enceradas com cuspe, devolvidas ao primeiro lugar, mas, aqui no Brooklyn, eles estavam presos para sempre aos tempos soviéticos. Haviam sido abandonados numa nova ilha, a menos que seus filhos fizessem alguma coisa. A julgar por Vera e seus amigos, os filhos não fariam nada muito diferente.

Às vezes, vagando por Bensonhurst, Midwood, Brighton, Slava contava quão longe ela estava. Ela despertava sentimentos confusos dentro dele. Aos sete anos, ela havia sido como uma irmã, mas agora era uma mulher, e, apesar de ele se envergonhar com o sentimento – comparar Las Vegas com a Itália! –, não conseguia pensar nela sem um reconhecimento especial tomando seu peito. Então ela permanecia no fundo de seus pensamentos como uma lua pálida, nem aqui nem ali. Toda vez que o avô estava prestes a lhe dar um novo nome ou endereço, como um traficante alimentando seu viciado, Slava prendia a respiração, se perguntando se o nome seria o de Vera, também desejando que não fosse o dela – assim como seu avô não podia se fazer ter interesse pelos Rudinsky, Slava não ousaria levar apenas para cama uma Rudinsky. A razão escapava-lhe, e ele raspava isso como se fosse uma bolha numa pintura na parede. Era algo psicológico? – ela era a infância perdida dele... Ele iria parar por ali: afastado ou não de seus ancestrais, assim como eles, não tinha paciência para conversas psicológicas.

Tendo chegado ao lar daquela noite, Slava era festejado e alimentado, interrogado sobre sua situação romântica (a inconclusão era então lamentada), e ouvia queixas sobre o avô. Ele conduzia a conversa de volta à guerra, a infinita guerra. Os reunidos – as famílias apareciam diante dele completas – sentavam-se à sua frente como diante de um juiz, as crianças agarrando as mãos sarapintadas dos velhos enquanto escutavam histórias que nunca tiveram a ousadia de vasculhar por si mesmas. O dólar americano iria trazer à superfície histórias que o amor e a consideração haviam preferido não suscitar. Slava, trabalhando em conjunto com a filosofia da nação que os havia aceito – o bem funciona como um subproduto do interesse próprio –, foi capaz de dar aos descendentes na mesa, os filhos e netos, o dom de saber, ao menos, os cantos desconhecidos de seus ascendentes, tudo porque seus ascendentes queriam fazer dinheiro. Quão baixo eles desceram – os maiores terrores do coração por um punhado de euros. Slava não era juiz: era um intermediário, um agiota, um alquimista – ele transformava mentiras em fatos, palavras em dinheiro, silêncio em conhecimento, finalmente.

Arianna havia falado de Nova York como um segredo durante os primeiros meses dela aqui. Agora Slava tinha um de seus próprios. Era um segredo popular. Não se referia a uma cidade gloriosa. Quem compartilhava desse segredo eram os feios e de mau gosto, não iniciados e rudes. Protuberantes e curvados, com bafo, coloridos como beringelas, peludos e carecas. Mas ele estava escrevendo toda noite – para uma publicação que ninguém veria, a leitura de não mais do que um punhado de gente, quem quer que a Conferência sobre Danos Materiais usasse para avaliar os pedidos. Mas o conhecimento de que alguém, *em algum lugar*, num momento que ele desconhecia (Slava estaria escovando os dentes, ou sentado na privada, ou comendo ausente o seu almoço), estava lendo algo que ele havia escrito, era erótico para ele. Sim, dava a ele uma ereção. Pensava em Beau e Arch Dyson com indiferença. E daí que eles não soubessem; *ele* sabia. Toda palavra que ele registrava, cada carta que terminava, ele se imaginava caminhando no escritório deles e jogando uma pilha delas aos seus pés. Ele marcava cada carta – nº 7, nº 11, nº 20 – como as mulheres de Don Juan na armação de sua cama.

As famílias não queriam deixá-lo ir. Imploravam que ficasse mais tempo depois que o trabalho estava terminado. Geralmente mártires – uma chuva havia encharcado apenas a roupa deles, os wafers aumentaram de preço apenas na loja onde eles compravam –, finalmente foram autorizados (não, solicitados) a falar, o que baixou suas guardas e os deixou tagarelando imprudentemente, como se não tivessem vizinhos inquisidores do outro lado do muro. Ocorreu a Slava – escutando desatento o que aqueles reunidos ao seu redor haviam de fato passado durante a guerra, para que depois pudesse saquear os detalhes estranhamente específicos que ele veio a aprender que faziam uma narrativa parecer *autêntica* – se certificar de que as janelas estavam fechadas, e uma vez ele até bateu numa parede para testar sua espessura.

Uma noite, retornando ao metrô em direção a Manhattan depois de estar com os Dolin em Gravesend (carpa recheada, salada de arenque, carne com *aspic*), Slava sentiu que estava sendo seguido. De início, afastou a suspeita, mas não, estava mesmo acontecendo. Cada esquina que ele virava, a jaqueta de couro virava com ele. Slava fez uma virada desnecessária; o mesmo fez a jaqueta de couro. Não havia mais ninguém na rua àquela hora, apenas televisões piscando por trás de cortinas e os banhos em Neck Road emitindo vapor pelas saídas de ventilação. Slava não podia se virar para dar uma boa olhada sem se tornar óbvio. Seu coração batia infeliz. Ele sabia que isso iria acontecer, só que não havia acontecido, então talvez não acontecesse. O mapa daqueles apartamentos para os quais ele havia escrito cartas – eram pontos num mar de almas sem carta, almas que queriam saber o que o 4C estava conseguindo e por quê. Mas por que ele seria seguido *indo* para o metrô, em vez de vindo dele? Eles não iriam querer saber para qual casa ele estava indo?

Finalmente, virando numa esquina desnecessária, Slava arriscou uma espiada. Era um garoto, de uns dezoito anos. Espantado, Slava parou sem planejar, entregando-se. O garoto parou também. Eles olharam um para o outro a meio quarteirão de distância, os dedos de Slava perdendo a circulação por conta dos sacos de comida com os quais ele sempre era mandado para casa, que ele teria de jogar em alguma lata de lixo suficientemente longe, porque não poderia levá-los para Arianna, apesar de partir seu coração jogar comida fora. Sem entender seu próprio plano, Slava girou nos calcanhares e começou a marchar em direção ao menino.

O garoto não correu. Slava parou a um metro de distância. Na luz fraca, ele viu uma penugem reluzindo sobre os jovens lábios. As mãos do menino estavam enfiadas na jaqueta – o que ele segurava ali?

– O que você quer? – Slava rosnou em russo.

O menino saltou para trás. Ele não esperava russo. Hesitou.

Slava ergueu a cabeça, exigindo uma resposta. Sentia uma estonteante falta de incerteza. Deixe que venham até mim, ele pensou. Mas então seus sentidos voltaram. Seu perseguidor seria um menino de dezoito anos?

– O que é? – Slava disse cansado.
– Você escreve as cartas? – perguntou o menino.
– Quem disse?
– No final do corredor – disse ele. – Disseram que você viria hoje.

Slava amaldiçoou os Dolin consigo mesmo. Quando se tratava dos próprios segredos deles, nem um pé de cabra resolveria, mas em outras situações eram ingênuos como crianças de escola.

– O que é isso, uma chantagem? – Slava disse. – Você não tem provas. – Ele tentou sorrir em escárnio, mas não acreditou em si mesmo. Não se precisava de provas para pelo menos chamar a Conferência sobre Danos Materiais.

– Uma chantagem? – o garoto disse. – Para quê?
– Não importa – Slava disse rapidamente.

O garoto olhou ao redor e revirou o bolso traseiro do jeans. Slava se empertigou, o que apenas aumentou o nervosismo do garoto. Ele avançou até Slava e enfiou um impresso grampeado, dobrado ao meio, na mão livre dele.

Oleg Smeshko, a folha de rosto dizia. Slava examinou o resto – vinte páginas, mais ou menos. A fonte era grande e barroca. Slava viu uma frase de que não gostou: "Seu cérebro achou que fosse explodir." Então algo mais promissor: "A fumaça se encaracolava de seu cigarro como meia-calça prateada."

– Consegue ler? – Oleg perguntou, estudando a calçada.
– Você escreveu isso? – Slava perguntou.

Oleg assentiu.

– Por que simplesmente não bateu na porta quando eu estava lá? – Slava quis saber.

– Eles iriam contar aos meus pais – Oleg respondeu. Ele esfregou uma das mangas sob o nariz.

Slava olhou novamente para a história. As sacolas em sua outra mão eram uma pedra, apesar de não exalarem um aroma desagradável: pãezinhos, frango, picles. Iria tudo para o lixo.

– Não está com fome, está? – Slava disse.
– Fome? – Oleg piscou. – Posso comer em casa.
– Vamos nos sentar – Slava sugeriu.
Oleg olhou ao redor.
– Onde?
– No meio-fio. – Slava apontou. – Não vão se perguntar onde você está?
– Não, eles acham que fui pra casa de um amigo.
– Você ligou para o amigo e disse a ele para te dar cobertura? Oleg franziu a testa e balançou a cabeça.
– Tome. – Slava estendeu-lhe o telefone.
Enquanto Oleg ligava, Slava se sentou na beira da calçada e olhou para a história. "Viagens caras para lugar nenhum" era o título; isso podia ficar. Slava pescou um pãozinho de cebolinha de uma das sacolas, um pouco de picles de um pote plástico e um pedaço de frango, juntou tudo e passou para Oleg quando ele largou o telefone.
– Não vai comer? – Oleg perguntou.
– Não por vários dias – Slava respondeu. – Eles matam seu corpo com essa comida. Eu tinha três quilos a menos antes de começar, sabe.
– É difícil? – Oleg disse, mordiscando o sanduíche.
Slava olhou para ele.
– As cartas? É difícil descobrir o que escrever. Mas a escrita compensa.
– Você é pago? – Oleg perguntou, mastigando.
– Pago? – Slava repetiu. – Não.
– Então, por que faz?
Slava riu e não disse nada. Eles ficaram sentados olhando a rua, um carro ocasionalmente passando com estrondo, deixando o eco das músicas russas no ar. De braços dados, dois homens velhos de pantufas passaram arrastando os pés, a caminhada da noite.

– Eles vão congelar as bolas sentados na calçada assim – um deles disse para o outro quando passaram.

– Sobre o que é a história? – Slava perguntou. Ele apontou para as sacolas. Oleg assentiu, e Slava começou a fazer outro pãozinho.

– É esse chip que vai na sua cabeça – Oleg disse. Os grandes olhos se tornaram maiores. – É uma viagem que você pode fazer para onde quiser. Outro país, outro planeta. Na sua mente, quero dizer... é como se você estivesse realmente lá, e quando volta, tem a lembrança de ter ido lá. Sem seu corpo nunca ter estado lá, entendeu? – Slava assentiu. – Você entendeu? – Oleg repetiu.

– Entendo, entendo – Slava disse.

– Mas esse cara fica preso – Oleg continua. – E é sobre ele tentando voltar para a Terra.

– Como Odisseu – Slava observou. Isso não provocou nenhum reconhecimento por parte de Oleg. – E o que acontece? Ele volta para casa?

Oleg deu a Slava um sorriso lupino, mordeu o novo pãozinho e disse:

– Você precisa ler!

Slava assentiu com admiração. Estava gostando de ficar ali sentado – o dia tinha perdido um pouco de seu calor; ele não era esperado em nenhum lugar; era brevemente invisível.

Oleg parou de mastigar.

– Posso ler uma? – ele disse. – Uma carta.

Slava o examinou.

– Claro. Mas precisa ficar só entre nós.

– Prometo – Oleg disse, os olhos cheios de seriedade, então estendeu a mão, e Slava a pegou. A pele era úmida, a de um recém-nascido.

– Se você tiver boas notas – Slava disse –, seus pais não vão incomodar você por suas histórias.

Oleg assentiu melancolicamente.

– Você vai para a faculdade, não vai? – Slava perguntou.

– Só estou indo para o Brooklyn College.

– Vá mais longe.

– Com que dinheiro?

Slava jogou na rua um fragmento de calçada que ele soltava com a unha.

– Escreva uma carta – ele disse. – Vai ser o suficiente para um semestre em algum lugar. Você pode resolver o resto.

– Meus avós não se qualificam – Oleg disse. – Não somos nem judeus.

Os Dolin tinham convenientemente deixado de contar que eles estavam inventando as histórias deles, pelo menos isso.

– Nessa carta, você pode ser o que quiser – Slava disse cuidadosamente.

Oleg, com o rosto obscurecido pela dúvida, assentiu. Se Slava dissesse para ele parar de comer, voltar para casa imediatamente e confessar a seus pais que a pessoa prática que eles estavam criando estava traindo seus planos, Oleg teria feito isso. Então ter um irmão mais novo era assim.

Slava trouxe os papéis aos olhos de Oleg.

– Vê isso? – ele disse. – 'Se encaracolava de seu cigarro como meia-calça prateada'? Mude meia-calça por meia. Não fica melhor?

Oleg assentiu.

– Você não tem de concordar só porque eu disse – Slava falou. – Ficou melhor?

Oleg assentiu novamente.

– Por quê?

– Não sei – Slava disse. – Apenas ficou. Melhor ainda: "Uma meia de fumaça encaracolava-se de seu cigarro." Tudo bem, termine esta frase: "O calor pendura-se no ar como..."
– Como uma meia – Oleg disse obedientemente.
– Não, não, algo novo. A fumaça do cigarro se encaracolava como uma meia; o calor não parece uma meia. Não parece com nada. É invisível, mas não vai embora.

O garoto sorriu acanhado.

Durante esse período, Slava continuou a terminar suas noites na 322 West 9th St. Arianna não se ofereceu para passar a noite em seu apartamento, e, apesar de lembrá-la ocasionalmente da injustiça desse arranjo, na verdade ele passou a preferir o apartamento dela, exceto pelo fato de que seu refrigerador vivia cheio, já que Slava tinha de economizar no almoço, e o dela era vazio de nascença. Ela sempre pedia comida em casa, e Slava acabava gastando mais numa noite juntos do que numa semana sozinho, embora ele não falasse disso com Arianna, e ela parecia nunca pensar no assunto.

O resto do apartamento, no entanto, estava tomado de irrefutável evidência de habitação humana. Nada lá era neutro – até a treliça de madeira que a construção original havia instalado para dar ao estúdio uma ideia de um quarto, Arianna havia pintado de branco e entalhado os topos numa coroa de linha do horizonte. Então ela pontilhou os vidros com caneta preta até o chão – janelas.

– Isso é o que eu faço quando que arejar – ela explicou. – Gosto de pensar sobre o que está acontecendo nas janelas. O que está havendo nessa janela? – Sua unha bateu num ponto preto.

– Estão discutindo – ela mesma respondeu.

Ela amava a cidade. A cidade a acalmava – palavras dela –, uma ideia inconcebível para Slava, porque era tão incrivelmente barulhenta, apesar de ter sido esse comentário que o fez notar, voltando tarde do Brooklyn uma noite de domingo, a planície de pedra na qual o Upper West Side se transformava naquela hora, as vitrines iluminadas reluzindo loucamente para ninguém. Nova York fica cansada, e Nova York dorme sim. Ela voltava a Brentwood duas vezes por ano: *Pessach* e *Rosh Hashanah*. Não podia suportar fazer isso com mais frequência – suas ruas vazias a faziam se sentir sozinha demais, preenchida com o desconfortável ruído de sua infância e juventude. Embora tivesse vivido em Nova York por sete anos, e conhecesse as partes dela que queria conhecer – ela raramente deixava Manhattan –, continuava as caminhadas introdutórias que fizera como recém-chegada.

Ele invejava o amor dela por Nova York, um sentimento que ele nunca teve por essa cidade, ou por qualquer outro lugar, tendo deixado Minsk cedo demais para alimentar quaisquer sentimentos em relação a ela, salvo um medo impreciso de ferimentos corporais por ser judeu e o perfume mágico de arbustos de lilases que tomavam o quintal. Talvez fosse por isso que ele não se importava em vir à casa dela, refletira ao se deitar na cama ao seu lado, enquanto ela dormia havia muito tempo. No pequeno espaço de seu lar, o gato avançando como um demônio, a televisão sem propósito discernível exceto derrotar o silêncio, ele conseguia extrair a sensação de lar que ela sentia pela cidade, do mesmo modo como pessoas pobres em países pobres conseguiam eletricidade puxando-a da rede pública. Ele nunca falou sobre isso com ela. Ele era ressentido até certo grau; não era como se ela tivesse nascido lá. Ela era uma imigrante também, em parte. Mas sua realocação tinha sido para um lugar que sempre fora destinado a ela – de certa forma, ela farejou o destino certo desde

Los Angeles. Slava não havia nem gostado nem desgostado do lugar em que nasceu. Ele o percebia como uma truta percebe a água. Ele entendeu que estava em algum *lugar* apenas quando desembarcou no JFK. E esse lugar ele não havia escolhido, da forma como Arianna escolhera Nova York. Isso significava que ele tinha de continuar procurando? Mas ele não podia farejar qual lugar era certo para ele. Em vez de exauri-lo até dormir, esse pingue-pongue forçava uma vigília ainda maior, e muitas manhãs ele acordava absurdamente cansado.

A única coisa que Slava preferia lá do seu lado da ilha era seu rio. Às vezes, antes de ir para o trabalho, ele fazia um desvio e cruzava o parque antes de seguir para o escritório na parte baixa. Do outro lado desse rio, se você continuasse para além do Queens e de Long Island, finalmente você chegava à Europa e, então, um pouco além disso, à Minsk de Slava. Seria ela hoje mais particular a ele do que Nova York? Lá, ele já teria terminado o serviço militar, provavelmente estaria casado, provavelmente com um filho, provavelmente dois. A avó ainda estaria viva nessa vida substituta?, ele se perguntava. Talvez o sangue da transfusão só ficasse ruim quando saía da União Soviética. Talvez o sangue não funcionasse em nenhum outro lugar.

Arianna uma vez perguntou no que ele estava trabalhando em todas essas noites no escritório. Tentando olhá-la nos olhos, ele disse que não queria falar muito sobre isso, tudo bem? Era uma história de família, mas ainda sem forma, e ele não queria atrair o azar. Ela assentiu e passou uma das mãos pela bochecha dele. Ela nunca mais perguntou. Ele ardeu de culpa misturada com satisfação com a maestria da mentira: ele a havia olhado nos olhos, pedido permissão para não explicar, ostensivamente deixou nas mãos dela; claro que ela teria feito o que ele pediu. Ele pensou que cortando o mais perto da verdade que a mentira poderia permitir – uma história de família – iria diminuir seu fardo, mas aquilo ficou maior, como se ele a estivesse provocando sem que ela soubesse.

Se Slava alguma vez voltava do Brooklyn antes de ela dormir, o jantar tardio dos dois juntos frequentemente terminava com ela dando uma curta caminhada.

– Para onde? – ele dizia. – Acabei de chegar.

Ela nunca o lembrava de que havia passado horas esperando por ele.

– Só uma caminhadinha – ela dizia com um sorriso, e saía, a cabeça já na rua. Voltava meia hora depois, café na mão (não a mantinha acordada), ou um jornal, ou bananas, ou nada. Uma vez, ela voltou com uma pequena pintura que um vendedor noturno havia insistido que ela pegasse, porque ele queria saber que ela possuía algo dele. Retratava em vivas cores tropicais uma menina de maria-chiquinha saltando sobre uma poça.

Slava a chamou do sofá uma noite, as mãos dela nos cadarços do tênis.

– Quero ir com você – ele disse culpado. – Para onde quer que esteja indo.

– Só para o parque e depois voltar.

– Gostaria de ir.

– Claro que pode – ela disse. – Eu não sabia que você queria.

– Por que pensaria isso? – ele disse.

– Você não tem de fazer o que eu faço.

– Não tenho?

– Slava, não vamos discutir. Quer vir? – Ela se deteve, um joelho no chão, um tênis sem amarrar. O rosto dela se animou.

– Posso te levar a um lugar? Acho que você iria amar.

– Para o parque?

– Você vai ver. Precisamos de uma lanterna.

— Uma lanterna?

— Apenas venha comigo — ela disse.

Caminharam para o leste. Ele pegou a mão dela, e ela respondeu: eles iriam tentar. As ruas do Upper West Side estavam ficando silenciosas, com a exceção temporária da Broadway. Cruzaram a avenida Amsterdam, depois a Columbus — estavam indo ao Central Park. Mas quando chegaram à beira, ela continuou: atravessou o perímetro.

— No escuro, Arianna? — ele disse.

— Não seja fresco.

Ele tentou suavizar seu desconforto.

— Estamos descobrindo sua cápsula do tempo de escola?

— Você precisaria ir para Brentwood School para isso. A arquibancada mais perto do final à direita, se você está de costas para a escola. — Ela marchou pela escuridão como se fosse luz do dia, gravetos quebrando sob seus tênis.

Slava olhou ansioso para um poste de luz se apagando.

— O que você colocou lá? — ele disse, seus sapatos estalando por Walden.

— Um maço de Marlboro Lights. Mal posso esperar para ter um quando desencavá-los daqui a vinte anos.

Não estava totalmente escuro, devido aos postes ocasionais, mas Arianna se afastava das luzes, buscando a cobertura das árvores.

— Sabe por que amo o parque? — ela disse. — É o único lugar em Manhattan sem placas de rua. Aqui pode ser 85th ou 95th. Agora eles começaram a colocar mapas nos postes de luz, dizendo onde você está. Quero arrancá-los.

Slava olhou para um poste próximo: lá estava ele, emplacado. Seguindo o impulso — ele quis fazer algo heroico para ela —, avançou para o poste e arrancou o mapa do suporte.

– Slava! – ela gritou. – Coloque de volta.

Ele conhecia a expressão – uma surpresa desconfortável – mesmo a distância, e colocou o mapa de volta. Eles andaram em silêncio pelo resto do caminho. Finalmente, Arianna parou à beira de um bosque de carvalhos, a luz mais próxima trezentos metros atrás.

– Isso é o melhor possível – ela disse. – Não faço isso há um tempo.

– Será que já posso saber qual o plano? – ele perguntou.

Ela o encarou.

– Outra coisa sobre o parque: os sem-teto têm a melhor vista de Nova York. – Ela apontou para o Central Park West, cujos picos brilhavam fracamente além do perímetro. – E nós – ela acrescentou.

Eles caminharam pelos carvalhos até uma clareira, protegida da ciclovia por uma série de rochas. A grama descia suavemente. Slava olhou ao redor, desconfortável.

– Não, para cima – ela disse.

Ele seguiu os olhos dela. Levou um momento para entender o que ela queria que ele visse, mas lá estavam elas, como em nenhum outro lugar da cidade: estrelas. Não muitas, e aquelas que você podia distinguir eram tênues, ocasionalmente apagadas por um fio de nuvem passando, mas então apareciam mais uma vez, encantadoras em sua verdadeira apresentação júnior, como crianças brincando de adultos. Arianna estava sorrindo – eram as crianças dela.

– Você vem para cá sozinha de noite? – Slava disse, incrédulo.

– Quando eu era jovem e idiota o suficiente para caminhar sozinha no Central Park de noite – ela disse. – Não faço isso há anos. Venha para a grama comigo.

Slava olhou ao redor. Não viram nem uma alma desde que entraram no parque. Seus olhos estavam se ajustando, a escuridão transformando-se de preta em azul. Nervoso, ele se aninhou ao lado dela. A grama estava cuidada, os cortadores do Departamento de Parques chegavam mesmo até lá.

– Quando eu era pequena – ela disse –, meu pai me levava para o quintal, nós nos deitávamos assim, e ele me fazia encontrar formas nas nuvens. Um dinossauro, uma maleta, um pedido de desculpas. Ou íamos para a praia, e eu contava histórias sobre as ondas. O mar é uma língua cuspindo sementes. O mar é uma cabeça correndo com pensamentos. A primeira vez que escrevi um poema foi num desses dias.

– Como é a aparência de um pedido de desculpas?

– Retorcida. Curvada.

– Você sente saudades dele – Slava disse.

– Ele está diferente agora. Ficaria envergonhado em olhar para ondas com a filha.

– Por quê?

– Não sei. Eles não te dizem por que mudam.

Eles escutavam o zumbido da cidade em algum lugar, para além da fileira de luzes que aguardava nos limites do parque. Esperavam como um mau pensamento, Slava pensou, lembrando-se de Oleg, e sorriu. Na história de ficção científica dele, Oleg havia inconscientemente misturado a história de Odisseu e o fracassado *putsch* anti-Gorbachev de 1991, no qual o líder do mundo não liberto descobriu, ao chegar a seu recanto de férias na Crimeia, que o poder havia sido tomado na capital. Quando o herói de Oleg, arrojado, mas rusticamente chamado de John Strong, de acordo com o futuro tecnológico, porém agrário, chegara ao seu destino mental de Usuria (uma mistura bizarra de "usura" e Ilíria – Slava estava tendo um vislumbre analítico na mente do escritor), os códigos haviam sido reescritos por toda parte, suspendendo temporariamente as viagens mentais e deixando "expedicionários" como John Strong à deriva. Slava havia enviado anotações editoriais para Oleg e, como prometido, uma das cartas falsas. Oleg enviou de volta uma revisão, uma segunda história sobre o gerente de uma franquia japonesa de cafés na Lua, e uma sugestão nada tímida de como melhorar a carta do Holocausto, para a felicidade de Slava. Vinte quilômetros ao sul do Central Park trabalhava um parente recém-encontrado de Slava, um operador secreto.

– Dizem que se você consegue vislumbrar a Sétima Irmã, a menorzinha – ela disse –, você tem visão vinte por vinte. Lá em cima. – Arianna estendeu um dedo, mas a visão dele não era vinte por vinte. – Depois que Atlas teve de carregar o mundo, Zeus transformou suas sete filhas em estrelas, para que elas pudessem lhe fazer companhia.

Slava se apoiou num cotovelo, como para ter uma visão melhor, mas na verdade ele a estava estudando. De tênis, calça legging cinza e casaco com capuz, por algum motivo sentindo frio até nesse calor, estava mais bonita do que uma mulher arrumada. Apesar da tensão confusa entre eles, esse fato se apresentou sem reservas. Ele desejou abraçá-la, mas não conseguiu se levar a fazer isso. Se ele mantivesse distância, pelo menos estaria sendo verdadeiro quanto ao fato de sua traição, sem fingir dar enquanto refreava tanto.

Ele se jogou de volta na grama e olhou para as estrelas – para onde mais olhar? Elas iam desaparecer logo que ele e Arianna readentrassem a luz, ao mesmo tempo em que iriam permanecer lá, algo em que só era possível acreditar sem evidências.

– Saleiro – ele disse.

– Hã? – Ela olhou para ele.

– As estrelas, são como se alguém tivesse balançado um saleiro. – Ele olhou de volta. – Sua vez.

Ela riu pelo nariz, tímida e grata. Pegou o braço dele, e ele se deixou segurar.

– Um colar – ela disse. – Um colar de estrelas.
– Cerejas brancas.
– Grãos de arroz.
– Grãos de arroz com tinta.
– Esta noite, temos o prazer de oferecer grãos de arroz em tinta de lula.
– Apenas o céu da noite tem sardas.
– A biópsia mostrou uma profusão de luz.
– Uma brotoeja celestial... esporos celestes.
– Eca.
– Uma placenta.
– Quem é o pai?
– Só Jerry Springer pode dizer.
– E as crianças? As Sete Irmãs?
– Não, as crianças somos nós.

Eles se beijaram.

11

QUINTA-FEIRA, 24 DE AGOSTO DE 2006

O bloco de tijolos de dois andares dos Rudinsky se espremia ao lado de um porta-pílulas desconjuntado que pertencia a judeus ortodoxos. Meia dúzia de crianças, que se espremiam num dos lados vestindo trajes de gabardine combinando, rodopiavam ao redor da grama queimada na porção de jardim delas. A metade dos Rudinsky era perigosa por causa dos produtos para a grama. Para as crianças barulhentas, o jovem abrindo caminho pelo jogo delas era tão invisível quanto um fantasma.

A batida de Slava foi atendida com pés tempestuosos, então Vera abriu a porta. Tinha uma expressão miserável em deferência ao desajuste do último encontro deles, mas abriu um amplo sorriso neutro. Usava uma bermuda de tecido aveludado, estampada com personagens da Hello Kitty. Ao longe, passando por um corredor ornado em estilo persa e um flamingo esmaltado brotando uma espuma de rebentos rosa, uma televisão grande saltava com astros pop russos.

– Ver-ka! – retumbou do andar de cima. – Quem é?

– Sla-va! – ela gritou de volta.

Slava abriu um sorriso e entrou. As solas nuas de Vera batendo nos ladrilhos, minúsculas marcas do controle remoto em sua coxa. Suas pernas ainda tinham de perder a rechonchudice adolescente. Ele sentiu uma pontada momentânea – ela não havia se importado em se arrumar. Ficaram num silêncio desconfortável ao pé da escada. Na sala, cartuxas e vasos castanhos de cristal da Boêmia tremiam no tom dos cantores de permanente saracoteado na televisão. Finalmente a voz de cima da escada fez sua pesada descida: tia Lyuba. Slava sentiu uma segunda pontada ao ser passado para a adulta. Afinal, fora Vera quem havia ligado e pedido que ele viesse, não que ele não tivesse pensado em pegar o telefone ele mesmo, muitas vezes.

– Slava! – Tia Lyuba chegou ao primeiro andar e o abraçou com macios braços cheios de dobras. Ele correspondeu, seus braços dando a volta ao redor da bunda enrugada dela. Eles ficaram se agarrando como se ele tivesse acabado de voltar da guerra. Nos braços de tia Lyuba, Slava viu Vera se retirar para a sala.

– Você viu meus tementes a Deus da porta ao lado? – Lyuba disse, soltando-o. – Um ano e três meses desde que compramos esta casa, acha que aquela mulher... Malka, Schmalka... veio dizer "Olá, bem-vindos à vizinhança"? Cometi o erro de ir lá uma vez... precisava de farinha! Seu rosto ficou da cor da neve. Ela apenas transporta aquele exército de crentes dia e noite, até Moshe voltar para casa. Então você não a vê. Andei pedindo a Garik para por favor ir lá; aquelas crianças pisoteiam meu gramado todo dia. Mas tenho de fazer tudo eu mesma.

Tia Lyuba pegou Slava pela mão e avançou para a cozinha.

– Você viu nossa Vera? – ela disse. – Querida? – ela chamou brutalmente na sala. Vera espiou. – *Lá* está ela. – A voz de Lyuba se tornou terna novamente. – Não a menina de que você se lembra, hein? – Vera corou.

Lyuba instruiu Slava a se sentar no banquinho cor-de-rosa junto à mesa da cozinha e se meteu até os ombros na geladeira, o traseiro se projetando para fora. Um presunto selado a vácuo emergiu, coxas de frango defumadas, uma tigela de vinagrete cor de beterraba.

– Slava, você está meio metro mais alto do que te vi da última vez – ela disse lá de dentro. – Me diga como as coisas estão. Não te vejo há anos.

– Nada demais, tia Lyuba. Trabalho numa revista...

– Bem, estamos levando – ela o interrompeu. – Garik está dirigindo o táxi. Ele queria começar uma empresa de limusine – ela parou de remexer na geladeira para avaliar quanto Slava sabia sobre a discussão, apesar de apenas sua retaguarda poder julgar –, mas não deu certo. Ele é um geólogo por formação, você sabe. Acostumado com esses espaços grandes, rochas maiores do que esta casa. Agora está doze horas por dia num táxi. Você devia ver os olhos dele quando ele volta para casa. – Ela fechou a geladeira e se virou. – Sabe o que meu marido geólogo faz agora? Canta para seus passageiros. Por gorjetas maiores. Músicas russas de guerra. Ele era geólogo-chefe do Instituto Estadual de Materiais Terrestres, em Minsk. – Ela apontou para o apertado quadrado no quintal, onde pedras com belas estrias se erguiam em diferentes tamanhos como pássaros caindo. – Um dia ele recebeu uma multa porque estava carregando para casa esse pedaço de obsidiana. Só Deus sabe onde ele arrumou isso. Não é um belo nome, obsidiana? É como um nome armênio. Vera!

Vera reapareceu na porta.

– Sim, mãezinha.

– Vista-se – Lyuba disse. Então para Slava. – Vá com ela, Slavchik.

– Vá com ela para onde? – ele disse.

– Bem, não *entre* no quarto, seu sedutor. – Tia Lyuba riu, mostrando os dentes de satisfação. – Fique do lado de fora da porta e fale com ela enquanto ela se troca. Vocês jovens têm muita coisa a pôr em dia.

– Estampa de oncinha ou saia jeans com blusa de babados? – Vera perguntou da porta.

– Deixe Slava decidir – Lyuba respondeu.

Ele seguiu Vera escada acima, a pele de suas coxas perto do nariz dele.

– Bom ver você de novo – ele disse, para dizer algo.

– Também acho – ela disse meio ausente.

– Vou deixar você se vestir – ele disse. – Conversamos lá embaixo.

– Não, tudo bem – ela insistiu. – Converse comigo. – Ela entrou no quarto decorado de rosinha e coração de menina. Saltou na cama, uma perna dobrada sob a outra, e apoiou o queixo no joelho. Na frente dela, havia um fichário repleto de trajes de festa à fantasia: marinheiros, princesas, prisioneiros. Ela fez sinal para ele entrar. – Converse comigo por dois minutos, daí eu me visto.

Ele perguntou sobre o fichário.

– Trabalho. – Ela desferiu um golpe no ar. – Um grande evento na segunda. Então, oncinha ou saia jeans?

Ela saltou da cama e passou por uma centena de cabides. Um monte de sapatos caídos ao redor de seus tornozelos. *Kitten heels*, salto agulha, rasteirinhas, sapatilhas, plataformas, sandálias, botas, de cano longo e cano curto.

– Mas você não mora com eles – ele grasnou, pensando no lugar onde Vova, o Boxeador, a havia deixado.

– O quê? Fale mais alto. – A massa de roupas era como um bosque encantado: matava o som.

– Você mora aqui? – ele gritou.

– Não, tenho aquele lugar.

– Por que ligou? – Slava gritou. O armário era tão grande quanto o resto do quarto.

O rosto redondo dela espiou do guarda-roupa.

– O que quer dizer? Precisávamos da sua ajuda.

Slava viu as minúsculas sobrancelhas de Vera juntando-se da mesma forma que ela fazia quando o espiava colocando os preços nas cebolinhas e ameixas de papel do supermercado da infância deles. Que estranho os pais dela o recomendarem – em sua lembrança, ela era a séria. Suas mãos estavam sempre úmidas quando ela dava a ele uma tarefa. Mas podia ser brincalhona, também. Um dia, no caminho para o mercado, ela encontrou um disco de ópera, uma sofredora gorda coberta de ruge chorando na capa. Vera o tocou seguidamente, vocalizando sem som no ouvido dele, enquanto os cantores rugiam no aparelho de som de terceira mão. Ele mesmo não estava encantado com a música, mas amava observá-la.

Depois de pressionar por uma opinião de Slava, Vera decidiu pelo vestido de oncinha. Ela se apertou dentro dele, enquanto Slava esperava do lado de fora. Seus saltos afundavam no tapete felpudo enquanto ela descia a escada na frente de Slava, os olhos dele fixos na esfera geometricamente essencial de sua bunda. Como um cavalheiro, ele havia insistido que ela seguisse pela escada na frente.

Enquanto eles desciam, duas vozes masculinas entraram na casa. Garik, marido de Lyuba, carregando materiais de um taxista cantor: uma garrafa de dois litros de Pepsi cheia pela metade de água, uma almofada e várias partes desalinhadas de *Novoye Russkoe Slovo*. Com a mão livre, ele empurrava Lazar, avô de Vera. O velho parecia não reconhecer Slava, apesar de eles terem se visto no jantar do funeral da avó semanas antes, mas o tio Garik se animou.

– Slava, você é como um carvalho! Olhe para ele! – Ele se aproximou e o abraçou. – O que é mais histórico, os alemães nos dando dinheiro ou Slava Gelman aparecendo na nossa casa? Essa é ocasião para um copo. Venha, vamos comer. Lyuba, por que a mesa não está posta? Papa, vamos comer. Papa, é o Slava!

Enquanto todos seguiam para a mesa, o celular de Slava tocou. Ele pediu licença para ir ao corredor.

– Liguei para a grandona, mas ninguém atendeu – o avô disse.

– Que grandona? – Slava disse.

– A linha da terra. Você disse que eu podia procurar você na linha pequena se ninguém atendesse na grande. O que você está fazendo, dormindo?

– Não estou em casa – Slava disse.

– Eu já te falei sobre Misha Grandé?

– Quem? Não.

– Tinha um cara na minha barbearia, na minha terra natal, Misha Grandé. Deram a ele um apartamento que era uma verdadeira caixa de sapato, e ele teve de morar lá com a esposa e a mãe. Ele implorou por algo maior, até tentou subornar um cara. Claro, ele encontrou o único cara em Minsk que não aceitava subornos. Então o xá do Irã vem para uma visitinha.

– Isso é uma piada? – Slava disse.

– Não, é uma história real, me escute. O xá do Irã vem a Minsk. E Misha sabe que o comboio tem de passar pela casa, porque fica a uma rua de distância do aeroporto. Então, no meio da noite, Misha arrasta sua cama para a rua. E, quando o xá passa de manhã, eles todos veem Misha Grandé roncando. Naturalmente, o xá quer saber por que há um homem dormindo ali fora.

– O que fizeram com ele? – Slava perguntou.

– Deram um apartamento maior para ele.

– Oh. Achei que fosse algo pior. Olha, não estou em casa. Eu te ligo mais tarde.

– Com uma moça?

– Sim, com uma moça. Preciso ir.

– Vamos falar como homens... ela vai passar pela sua cama?

– O quê? Não sei.

– Precisa usar uma camisinha. Porque se está se deitando com você, está se deitando com Ivan, e com Sergei, e Isaac.

– É a Vera! – ele gritou.

– A-rá! – o avô disse. – Grande garoto. Uma bunda de pera. Acho que vamos nos ver.

– Não um tomate? – Slava disse. – Como vamos nos ver? Preciso ir para casa depois.

– Deixe para lá. Tenho más notícias.

Slava se endireitou.

– O que houve?

– Volodya Kleynerman. Tio do tio Pasha por parte de mãe. Você não o conhece.

– Que tem ele?

– Eles receberam uma carta. Enviaram a solicitação há muito tempo. Entraram cedo nessa.

– E?

– E acabaram de receber uma resposta.

– Meu Deus, diga de uma vez.

– Receberam uma rejeição. "Inelegível." O que isso significa? Não podem apelar? Se puderem enviar informações diferentes? Não entendo.

– E a história deles era... verdadeira?

– E a história deles era verdadeira. No Centro Judaico, eles me disseram que estão tentando estender o prazo final. E as regras mudam para quem é elegível? Não entendo. Precisa vir aqui e falar com alguém. Esses alemães desgraçados... Volodya Kleynerman era um comandante de tanques. Sabe o que isso significa? Quantos comandantes de tanque judeus do Exército Vermelho acha que existiram?

– Mas você sabe que o Exército Vermelho não se qualifica – Slava disse, sentindo-se aliviado. – Se é isso que eles disseram, é claro que não conseguiram. Disseram a verdade?

– Ele tem metal em duzentos lugares do corpo.

– Tenho certeza de que não são duzentos.

– Ah, quem te disse?

– Já parou para pensar no que vai acontecer se nos pegarem?

– Slava disse.

– Sou um velho, Slavik. Minha esposa acabou de falecer, e a Seção 8 está aumentando o aluguel em doze dólares este ano. Eu te disse isso? A carta chegou outro dia. – Ele acrescentou ressentido: – Mama traduziu.

– Você é um velho, não fala inglês. Está apenas babando na manga de sua camisa.

– Eu *sou* um homem idoso.

– Já pensou no que aconteceria comigo? Sabe o que é um *processo*? *Extradição?* – Ele teve de dizer as palavras em inglês.

– Sei bem mais – ele disse sem forças.

– É, sabe bem mais. Está preocupado com seus doze dólares. Que tal as taxas de mercado? Não sabe o que são taxas de mercado. Podem tirar tudo o que você tem. Seção 8, Berta, tudo.

– Tá, não vamos molhar as calças ainda. Não é o seu nome no troço. Eu digo a eles que eu mesmo escrevi e uma agência traduziu.

– Por que precisa disso? – Slava disse. – Israel vive como um prisioneiro político. A cozinha dele parece que não tem comida feita lá desde que a esposa dele morreu. Ele tem aqueles blocos de *cheddar*; dá vontade de se matar olhando para aquilo. Você tem um apartamento de um quarto por cem dólares ao mês, e tem uma mulher que cozinha sua comida. O que mais você quer?

– Preciso que você entenda essa coisa da elegibilidade. Pode conseguir mais gente se eles a aumentarem e adiarem o prazo final. Slava fechou os olhos.

– Se eles expandirem a elegibilidade – ele disse fracamente –, talvez você consiga entrar com honestidade. – Mas isso não mudaria nada. Sempre haveria alguma trapaça por mais. Mais, mais, mais.

– Berta mandou sua carta e a declaração juramentada esta semana – o avô disse. – É tarde demais. – Ele usou a palavra em inglês para declaração, *affidavit*. – Os Katznelson apareceram dia desses. Disseram que você escreveu uma boa para eles. Não os via há dois anos. Eles nem ligaram depois do velório.

– Você viu gente que não ligou depois do velório?

– A gente perde um pouco do vigor nos últimos anos, Slavik. Há trinta anos, eles teriam ouvido umas boas. Teriam ouvido da sua *avó*. Mas eles apareceram, estou te dizendo. Trouxeram flores, trouxeram sua carta, queriam ver a minha. Um dos netos deles traduziu a carta, disseram que ele não conseguia tirar o nariz do dicionário! Mas ainda gosto mais da minha, com as vacas.

"Vieram os Kogan, os Rubinshtein – ele continuou. – Você se lembra dele, o vesgo. O filho deles acabou de ter um menino, me convidaram para o *bris* na semana que vem. E está me dizendo que você não quer fazer isso."

– Você não percebe? Que se dane tudo isso, é o que estou tentando explicar – Slava disse.

– Sempre fui seu maior apoiador, Slavik. Quem é seu apoiador número um?

Slava abaixou as mãos.

– Deixa pra lá.

– Como está o progresso com a Vera? – o avô disse conspirador.

– Me deixe – Slava disse.

– Você está falando com alguém que pode descobrir qualquer coisa. Aquela menina tem um brilho no olhar.

– Foi um quilo de rímel que você viu, não um brilho.

– Então ela sabe se cuidar, o que há de errado nisso? Escreveu a carta deles?

– Ainda não.

– Por que ainda não?

– Acabei de chegar aqui! – Slava disse. – Não é como um pão, que você junta os ingredientes e a massa cresce. Olha, preciso ir.

– Boa sorte – o avô disse. – Você é minha única alegria nesta vida.

Na cozinha, Garik e Lazar estavam sentados enquanto Lyuba e Vera se ocupavam com os pratos e talheres. Cruzando a cozinha, Lyuba parou para admirar sua filha. Vera colocou os braços ao redor da formidável circunferência da mãe e beijou o antebraço dela três vezes.

– Me deixe em paz, sua safadinha marota – tia Lyuba disse, rindo. – Slava, quantos anos você tem agora? – Ela começou a colocar os pratos com um falso frenesi na frente dos homens. – A mesma de Vera?

– Vinte e cinco – Slava disse. – Meu aniversário é mês que vem.

– Eu já estava embalando essa aí quando tinha vinte e cinco – tia Lyuba disse. – Agora olhem para ela. – Todos investigaram Vera. Ela ajustou o vestido, os brincos de arcos balançando.

– Não se pode comparar a vida lá – tio Garik disse. – Aos vinte e cinco, você já tinha todas as perguntas respondidas.

– Essa comida é para hoje? – Lazar Timofeyevich reclamou.

– Já vai, já vai – tia Lyuba gritou. – Só tenho duas mãos. Verochka, minha princesa, você não quer me dar uma ajuda?

Vera puxou a barra do vestido.

– Coxas de frango? – ela disse.

– Sim, por favor. Use a faca no escorredor. – Tia Lyuba se virou para Slava. – Eu achei que você viesse um pouco mais tarde, Slava. Mas vou preparar um cordeiro que vai fazer você esquecer até o próprio nome. Só para que você saiba, Vera sabe cozinhar um pouco também, vez ou outra, quando não está muito ocupada com o trabalho. Salsichões e purê de batata, por enquanto, mas estamos trabalhando nisso.

– Há um lugarzinho perto de onde eu trabalho – Slava disse.

– O cara faz cordeiro como se ainda estivesse vivo.

– Um dos nossos? – tio Garik perguntou. – Da Ásia Central?

– Não – Slava disse. – Libanês.

– Ah – Garik disse. – Ali Babá. – Ele ergueu as mãos e rodopiou imitando um dervixe.

– Só há uma solução para esse problema – Lazar Timofeyevich disse.

– Mate todos eles! – Vera gritou um pouco histérica demais, obviamente repetindo algo que ela havia ouvido na mesa de jantar. Slava viu os dedos dela trabalhando nas coxas de galinha, manchas de gordura decorando seus pulsos. Com os dentes, ela puxou as mangas do vestido.

– Nunca falei em "matar" – Lazar Timofeyevich disse. – Por favor, não coloque palavras na minha boca. Eu disse "remover". Apenas dê a eles dinheiro e por favor vão a outro lugar. Nosso povo já sofreu o bastante, temos de lidar com isso também? Apenas nos deixe em paz.

– Onde é o Líbano, afinal? – tia Lyuba disse. – Estou sempre curiosa agora quando falam sobre a guerra no rádio. É o mesmo que a Líbia?

– É no Oriente Médio – tio Garik disse. – Porém eles fazem boa comida.

– Ele tem essa técnica especial de fazer camadas com pão árabe que aprendeu com os judeus marroquinos – Slava disse, tentando guiá-los a impulsos de solidariedade.

– Ouvi uma vez no rádio que os árabes são famosos por sua hospitalidade – Garik disse. – Eles te convidam para tomar um chá na tenda, mas, quando você está dentro, eles te matam.

– Acho que é uma lenda de muito tempo – Slava disse. – Não vivem em tendas.

– Não seja ingênuo, Slava – Garik disse. – O que espera, eles te dizem para colocar tulipas em canos de armas neste país.

Vera depositou uma travessa repleta de coxas de frango no meio da mesa. Tia Lyuba sacudiu a cabeça.

– Boneca, quem serve um prato assim? – Ela pegou a travessa e começou a enfeitar os cantos com ramos de salsa. – *Voilà!* – disse um minuto depois, devolvendo-a à mesa.

Todos comeram numa contemplação ocupada, os homens empurrando a comida para dentro das bochechas com os polegares, Vera limpando o prato dela com pão. Lyuba estava apenas meio sentada: mais pães, mais guardanapos, mais alho. Ela comeria em paz quando os homens tivessem terminado. Uma revoada de gritos surgiu lá fora, as crianças brincando.

– Acho que é hora das luzes – Lyuba disse, erguendo-se novamente. – Verochka, nos conte algo. Como está o trabalho?

– É dia claro lá fora – Lazar Timofeyevich disse. – Você gosta de desperdiçar eletricidade.

– Então devia ter comprado uma casa com janelas – Lyuba retrucou.

– Nada especial – Vera disse. – Butique de moda na avenida X. Concurso para a estação de rádio.

– Ela trabalha em *piar* – Lyuba disse. – Ela conecta clientes russos aos negócios americanos. Não é mesmo, minha gatinha? Recebe mais de cinquenta mil dólares por ano.

Vera empalideceu.

– Eu conecto clientes russos a negócios *russos* – ela disse. – Só tenho uma conta russa para os Estados Unidos. Neste país, mama, salário é um assunto particular.

– Slava é um de nós – Lyuba acenou para ela.

– Completamente sem sentido – Lazar Timofeyevich disse. – Se você precisa de pasta de dente, você vai e compra pasta de dente. Não entendo por que alguém tem de anunciar pasta de dente.

– Eles têm cinquenta tipos de pasta de dente aqui – Vera disse. – Você precisa de ajuda para decidir.

– Não preciso de ajuda para decidir – ele respondeu. – É só comprar a mais barata.

– Então seus dentes caem – Lyuba defendeu a filha.

– Já caíram mesmo – Lazar disse.

– Como se algum anúncio dissesse qualquer coisa confiável – Garik disse. – Eles só mostram uma mulher sacudindo os cabelos no chuveiro.

– Daí não tenho problema – Lazar disse. Ele apontou para os restos dizimados da refeição. – Lyuba, por favor, limpe. Precisamos ir trabalhar. Podemos tomar o chá mais tarde. E desligue essas malditas luzes.

Lyuba largou o garfo e se levantou para limpar os pratos.

– Vão, vão – Lazar dispensou todos. – Dê aos homens algum tempo para conversar.

Slava observou Vera, que ainda comia, levantar-se e se retirar. Ela não se virou para olhar para ele. Lyuba não iria sair até que todos os pratos estivessem empilhados na pia.

– Quero deixar uma mesa limpa para vocês! – ela gritou em sua defesa. Finalmente, ela também saiu.

Lazar estava tão curvado que não conseguia olhar diretamente para Slava. Seus lábios eram violeta, o rosto como um campo se escurecendo sob uma nuvem.

– Vinte e cinco é idade de adulto – ele disse, debochado.

– Vocês querem que sejamos os dois – Slava disse. – Adultos e crianças, ao mesmo tempo.

– Fale neste ouvido – ele disse, virando-se. Slava repetiu.

– Mesmo quando menino, você queria, acima de tudo, justiça – Lazar disse. – Você não deixaria seu avô pegar o bondinho para a praia na Itália sem um bilhete. Quando todos nós pegávamos o bondinho para o mercado para vender, comprávamos bilhetes não pelo condutor, mas por você. Teria dado um bom Garoto Comunista, se eles tivessem te pego. Quando você falava, a mesa toda se calava. Quatro adultos ficavam em silêncio para que você pudesse falar. É uma diferença entre você e Vera. Ela não espera que o mundo seja o que não é.

– Vamos falar sobre a guerra – Slava disse.

– Chegaremos lá – ele disse. – Como estão as coisas na frente pessoal?

– Tranquilas – Slava disse. – Vamos falar sobre a guerra. Sei que você não esteve no gueto ou campos de concentração, mas me diga algo mesmo assim. Ajuda.

– Estive num batalhão de trabalhos pesados, cavando trincheiras. Então me alistaram na infantaria. Lutei em Stalingrado. Perdi metade da audição. Fim da história.

– Diga mais. Detalhes ajudam.

– Como podem ajudar se você não pode colocar? – Lazar bateu na mesa. – Se você esteve no gueto, você recebe fundos. Se você teve três membros amputados no front, não recebe nada. Não posso te dizer como era o gueto, não estive lá.
– Me diga outra coisa, então.
– Neste ouvido!
Slava repetiu, gritando.
– Tudo bem, vou te dizer outra coisa – Lazar disse. – Vou te contar uma história, apesar de não saber se você sabe o que fazer com isso. Foi nos anos 50. Cinquenta e dois, pouco antes de aquele maníaco morrer. A coisa estava ficando bem feia, se você era judeu. Meu irmão Misha voltava para casa uma noite, e esses bêbados começaram a berrar: "*Kikes, kikes*, uma cova para todos os *kikes*." Misha não é de ficar quieto... ele e seu avô teriam bastante assunto. Ele arrancou certinho um dos olhos deles. *Bam*. – Lazar Timofeyevich estalou o dedo perto do olho de Slava com uma energia repentina. – Esse tipo de coisa te deixa dez anos no xilindró – ele disse. – Então, o que o irmão mais velho dele faz? Eu tinha um amigo com um uniforme militar da Revolução, um item de colecionador. Peguei emprestado. Outro amigo meu estava numa bandinha militar; eu disse a ele para enfiar o uniforme. E fomos para a casa do Sem Olho. Está me acompanhando?
– Não – Slava disse.
– Não seja ingênuo, por favor – Lazar disse. – Estávamos fingindo ser policiais. Então chegamos à casa do Sem Olho e tiramos pequenos livros de endereços como se fossem identidades. "Estimados Cidadãos: estamos aqui sob as ordens do comandante da jurisdição para pedir que retire as queixas contra Misha Rudinsky e permita que as autoridades lidem com esses vândalos de nosso próprio modo. Prometemos vingar seu filho

de maneira apropriada, se seguir com a gente. Se for pelos canais oficiais, na prisão esse *kike* vai ter uma refeição direitinha todo dia. Se deixar com a gente, vamos garantir que ele nunca caminhe novamente. Um par a menos de pés judeus pisando no solo."

– Funcionou? – Slava disse.

– Não – ele disse amargamente. – Fecharam a porta na nossa cara.

– Oh.

– Acha que parei aí? Botei nosso advogado para levar o juiz do caso para nossa casa jantar. Eu tinha vinte e seis anos de idade nesse ponto, Slava, basicamente cinco minutos mais velho do que você. Estávamos brindando à saúde da terra mãe e tudo isso e, *vap*... passo para ele um envelope branco. Cinco das grandes. E meu pequeno Misha pegou três anos em vez de dez. E eu conseguia buscá-lo na prisão uma vez por mês e o levava para almoçar em casa e cortar o cabelo.

Slava assentiu educadamente. De repente, com o crepúsculo sobre eles, os velhos de sua velha vizinhança estavam dispostos a falar sobre suas valorosas ações. Inicialmente, eles se seguraram para não incomodar as crianças com a verdade assustadora sobre a vida. Mas agora, na última curva, estavam desabafando freneticamente, como ladrões se livrando do ouro, perseguidos pelo único cobrador do qual não se escapa. Finalmente, eles haviam encontrado algo mais assustador do que a ideia de perturbar o sono de seus filhos.

Lazar Timofeyevich fechou os olhos, tão lenta e pesadamente que Slava podia imaginar que as pálpebras nunca mais se abririam. Quando ele as levantou, disse:

– Você acha que estou dizendo tudo isso para me exibir uma última vez? Pois estou te dizendo isso para que você possa

entender a diferença entre os seus e os que não são seus. Quem é seu melhor amigo?
— Desculpe?
— Tem um melhor amigo?
Slava pensou sobre isso. A única resposta que veio era Arianna.
— Não — ele disse.
— Eu tinha dez melhores amigos em casa. Garotos que cortariam a garganta de alguém por mim. Todos judeus. Cada um deles judeu. Agora, quem quer que seja seu amigo mais próximo, o que ele faria por você?
— Não sei — Slava disse. — Não tenho... tantos amigos.
— Aquela menina — Lazar disse, apontando para a escada — vai ficar atrás de você como um tanque, Slava. E você precisa disso, com sua cabeça nas nuvens. Ela pode não saber quem foi Sakharov, mas conhece a vida, lealdade. Se você for pego fazendo o que tem feito? Ela assumiria a culpa por você. É o que quero dizer com ser um dos seus. Você me dê o nome de um americano que faria isso por você, e eu termino essa conversa. Nós trouxemos vocês para cá, mas isso significa que de repente somos americanos? Você pega de uma caixa de cerejas no mercado sem olhar? Não, você escolhe as boas. Só porque estamos aqui, temos de viver a mil quilômetros de distância e ligar uma vez por semana para dizer *hai-hava-yoo*? Arrume um bom trabalho, compre uma casa grande... mas você não precisa de nada além disso desse lugar.
— Então devemos ser estrangeiros aqui? Não foi suficiente para você ser estrangeiro lá, agora está escolhendo ser aqui? Existem classificações psiquiátricas para esse tipo de comportamento.
— Vamos nos tornar americanos, Slava, não se preocupe — Lazar disse. — Seus filhos vão ser quase americanos, e os filhos

deles vão assistir aos comerciais de xampu sem entender o que poderia ser diferente. Tem de acontecer no seu próprio tempo. Não dá para correr com os fatos.

– A vida é longa – Slava disse.

– A vida não é longa – Lazar corrigiu. – No front, aos vinte e cinco já se era um cidadão sênior. Lyuba estava embalando crianças aos vinte e cinco, muito bom para ela, mas aos vinte e cinco eu estava comandando um pelotão do Exército Vermelho. É isso que tenho de dar o braço a torcer aos medievais da porta ao lado. Eles têm cinco, seis, sete filhos. Nós somos tão pequenos, Slava. Estamos sempre sob risco de desaparecer por causa de uma coisa ou outra.

– Alguém perguntou a Vera o que ela quer? – Slava disse.

– Tem de falar nessa orelha – Lazar Timofeyevich repetiu impacientemente.

– Está disposto a dar sua neta para alguém que recebe metade do salário dela?

– O quê? – Lazar resmungou. Slava se perguntou se a deficiência auditiva havia sido inventada como estratégia quando necessário. Havia causado menos interferência no jantar.

– Não tem importância – Slava suspirou. – Preciso ir, Lazar Timofeyevich. Longa viagem de volta.

O velho deu de ombros, cansado demais para continuar. Ele se levantou melancolicamente e se arrastou até um armário num canto. De lá tirou um envelope branco selado, grosso, e o jogou na mesa na frente de Slava. Então se abaixou de volta na cadeira.

– Faça bom proveito – ele disse.

– Que é isso?

– Seu cachê. Duzentos e cinquenta.

– Obrigado. Não preciso de cachê.

– Seu avô disse para não dar para você, mas é você que merece.

Slava sentiu calor nas bochechas.

– Lazar Timofeyevich, você devia ter esperado até eles chegarem – Lyuba o repreendeu. Garik estava ao lado dela, duas crianças ouvindo atrás da porta.

– Esperar até quem chegar? – Slava perguntou.

– Quem, quem – Lazar disse, uma velha coruja.

A campainha tocou, um leve tique-taque que ecoou nos corredores azulejados por uma eternidade. Eles ficaram grudados em seus lugares. Aos anciões, ocorreu que Slava não tinha ideia do que estava acontecendo. Por que fora excluído daquilo? Bem, ele mantinha sua distância agora, eles tinham ouvido. Crianças desgraçadas, Deus perdoe a língua delas: você dá e dá, e elas cospem no seu rosto. Por que eles *estavam* tão decididos a juntar Vera e Slava? Era a única razão pela qual eles diriam que sim quando os Gelman pediram para vir. Não era culpa do garoto que os pais – o avô – era um pentelho de nariz em pé. Mas o quê, a maçã cai longe da árvore? O moleque era estranho também – de sua própria maneira, mas estranho mesmo assim. Tudo isso passou pela mente dos velhos Rudinsky.

– Devem ser eles – Garik disse.

– Quem? – Slava repetiu, um leve tom histérico em sua voz. Ele sabia a resposta, mas rezava para estar errado.

– Eles, eles – Lazar disse impaciente.

Lyuba desapareceu no corredor. Slava pulou de sua cadeira, Lazar atrás dele numa velocidade menor. Quando Lyuba abriu a porta, os três estavam agrupados no corredor atrás dela, com expressões dolorosas: Garik, porque não sabia o que esperar desse encontro – de certa forma, ele se sentia responsável por esse estranhamento, porque sua necessidade do capital da limusine havia dado início àquilo, apesar de, pelo mesmo motivo, também se sentir discriminado e despreparado para se reconciliar, apesar de, claro, estar fazendo aquilo pelas crianças; Lazar, porque estava a meio caminho do outro mundo e, portanto, compreendia, como só sua neta, a imbecilidade de tais estranhamentos; e Slava, porque estava estupefato, primeiro por seu avô andar cobrando pelas cartas, segundo porque, bem provavelmente, havia Gelman do outro lado daquela porta. Sobre suas cabeças, os pés de Vera pressionaram a escada acarpetada. Ainda estava usando seus sapatos desgraçadamente excitantes, o salto agulha perfurando o carpete macio.

A porta se abriu para revelar, de fato, dois Gelman – pai, filha – e um Shtuts. O avô de Slava usava uma *guayabera* branca e uma expressão de desdém. Sua filha vestia uma túnica florida. Seu marido estava arrumado numa camisa de mangas curtas. Traziam chocolates, champanhe barato, o peso do mundo.

– De Nova Jersey, eles nos agraciaram com sua presença – Lyuba disse. Estava investindo num tom jocoso, mas as palavras vieram como reprovação.

– Por que os está segurando aí fora? – Garik disse. – Está desperdiçando ar-condicionado. Entre, gente, entre.

– É o Slava – sua mãe disse, tão surpresa em vê-lo quanto os Rudinsky.

– Ele já está desse lado da porta – Lyuba disse marotamente.

A pessoa em questão examinou o avô com um olhar fulminante.

– Estou tão feliz que esteja aqui – gritou Vera, e correu os degraus restantes até o corredor. Ela começou a aliviar os Gelman de suas sacolas e pegou sapatos de casa do armário. Juntos no saguão, os Gelman obedientemente começaram a tirar seus calçados.

– Já limpei a mesa do jantar, só tenho de colocar a louça – Lyuba disse.

As narinas do avô se dilataram. Ele estava sempre sendo convidado para café e bolo após um jantar para o qual ele *não* fora convidado.

Estarrecido, Slava buscou os olhos de Vera, mas ela o evitou.

– Por que não sentamos na sala? – ela anunciou, e correu para a cozinha para juntar provisões. Slava a seguiu, apesar de só poder espiar.

Suas mãos estavam no fundo de um armário. Ela parou de revirá-lo e olhou para ele.

– Vai me ajudar ou não?

– Está brincando, certo?

Os adultos passaram em grupo pela porta da cozinha a caminho da sala de estar. Lyuba estava prestes a entrar, mas Vera fez sinal para ela se afastar.

– A boa porcelana – Lyuba sussurrou da porta e piscou para Slava, com cumplicidade.

– Por que não deixamos que eles mesmos se entendam? – ele disse a Vera.

– Porque são crianças, só por isso – Vera disse.

– Estou indo – ele falou.

– Não está indo. Me ajude. – A expressão dela se suavizou. – Por favor.

– Ele está cobrando das pessoas – Slava exclamou. – Pelas minhas costas.

– Tenho certeza de que é por você.

– Não quero o dinheiro! – Slava gritou.

– Qual é o problema aqui? – eles gritaram da sala.

Vera e Slava pararam para ouvir. A discussão deles dera aos adultos um assunto para conversa. Alguém até riu.

– Viu? – Vera disse a ele entredentes.

As crianças apareceram na sala carregando duas bandejas de pratos com bordas douradas e xícaras de chá. Num silêncio empertigado, os adultos estavam encaixados no sofá e poltronas, coxas contra coxas. O surgimento das crianças deu a eles assunto.

– O que há à venda hoje? – alguém perguntou.

– Quanto custa o chá? – um segundo acrescentou.

– Exatamente como nos velhos tempos – alguém anunciou, porque não era nada como nos velhos tempos.

– Hoje temos um especial – Vera disse brincando. – Tudo à vontade no V e S Alimenti. Lanches e chá gratuitos.

– Viva – a mãe de Slava disse hesitante.

Slava queria atacar todos eles. Depois de acomodar sua bandeja, ele revirou o bolso do jeans e tirou dele um envelope branco. Pisando nos pés de Garik, esfregou-o no rosto do avô. A conversa parou. O avô levantou o olhar para ele, com um ar temeroso e zombeteiro.

– Acho que isso é para você – Slava disse. O envelope branco permanecia entre eles como um sol venenoso. Ancorava uma galáxia de russos gordos.

– Podemos pular a conversa de trabalho só desta vez, por favor? – Vera interrompeu. Agarrou o envelope das mãos de Slava, dobrou ao meio e enfiou como mãezona dentro do decote. – Parece que vou tirar umas comprinhas disso tudo. – Todos riram.

– Que bom que quiseram vir – Lyuba anunciou quando todos se sentaram.

– *Nós* quisemos vir? – o avô disse.

– Vera disse... – a mãe de Slava começou.

– Ah, que diferença faz! – Vera gritou. – Você, eu, eu, você... estamos juntos. Estamos juntos pela primeira vez em quase vinte anos.

– Bem, todos vocês parecem iguais – Garik disse, e novamente riram.

– Em que porra nos metemos – Lazar disse, sem muita alegria na voz. Ele queria dizer na América.

– Sabe que algumas pessoas simplesmente ficaram na Itália – a mãe de Slava disse. Ela puxou a túnica.

– Se eu fizesse de novo, ficaria na Itália – Garik disse. – Lembra desses dois? – Ele apontou para Vera e Slava. – Estariam falando italiano agora.

– Mas estamos indo bem – Lyuba retrucou. – Já quase quitamos a hipoteca desta casa.

– Eles têm um Nissan Altima *e* um Ford Taurus – o avô anunciou, apontando para a filha e o marido.

– Eu prefiro os japoneses – Garik fungou. – Entendo desse assunto.

– Bem, é claro, você fica num táxi o dia todo.

– É preciso habilidade – Garik lembrou ao velho.

– Wafers? – Vera ofereceu. – Há biscoitos e bolachas. E que tal sorvete?

Enquanto os adultos conversavam, Slava contava. Ele havia escrito vinte e duas cartas. Vinte e dois vezes duzentos e cinquenta dava cinco mil e quinhentos. Um terço dos túmulos. Ou haveria uma escala? Quinhentos para alguns, duzentos e cinquenta para outros. O avô diria: "Lazar, eu cobro quinhentos. Mas deixe meu garoto pegar sua cria de bunda de pera que fazemos por duzentos e cinquenta. Só me faça um favor, não deixe ele saber. Ele é sensível."

Não. Era Vera que havia feito o suborno. Ligou para o avô como uma igual: venha, faça as pazes, e compraremos uma carta. Slava foi uma marionete no meio. Ela sabia que Slava não lhe negaria algo – ele era tão óbvio, um cachorro de língua de fora? –, e com ele limpando o caminho, eles viriam. Ela dava quantas voltas quisesse nele. Em público, na casa de Stas e Lara, ela era sua sombra. Em particular, ela conseguia o que quer que fosse. Era durona como o avô – mais durona. Era por isso que ele gostava dela: via um espírito irmão. Slava estava escrevendo as cartas, claro, mas o garoto era amalucado. Slava imaginou Vera fazendo o avô baixar o preço, o velho encantado com a iniciativa dela. Porém, ele não queria ser condescendente, e a fez trabalhar por isso. Eles foram e voltaram: duzentos. Trezentos. Duzentos e cinquenta.

Slava inspecionou Vera com um espanto desdenhoso. Ela sentiu os olhos dele e se virou para encará-lo. Então tirou o envelope branco do decote e empurrou-o para ele com os olhos de uma mãe. Ele o pegou.

Quando ele voltou à conversa, berravam como bêbados. E de fato estavam. Vera rapidamente reconheceu seu erro – que biscoitos? Precisavam de conhaque. Sacaram o maior bem dos Rudinsky, uma garrafa de Rémy Martin VSOP que alguém dera de presente havia muito tempo. (O avô lembrou-lhes que fora ele quem dera a garrafa de presente.) Copinhos foram esvaziados, pedaços de limão chupados, copinhos esvaziados novamente. Galante, Garik pediu que bebessem em memória da avó de Slava. O barulho diminuiu e olharam pesarosamente para o cristal em suas mãos.

– É um belo cristal – o avô disse.

Então, beberam. Finalmente Slava pediu licença. Ficaram chateados. Ele disse que tinha uma carta a escrever. Então as águas se abriram como para um rei.

12

Assim que deixou o lar dos Rudinsky, Slava foi acossado por um desejo urgente de fugir – para Manhattan, para Arianna. Durante o mês anterior, ele havia retrocedido em direção a Bensonhurst e Midwood cada passo que deu na direção oposta dois anos antes. Havia acontecido sem que ele notasse. Você não percebe exatamente quando o dia se torna noite, mas nota a noite.

Ele caminhou para o metrô. O sol se punha, bulbos fluorescentes acendiam emitindo um brilho azul-pálido sobre as peras e alfaces nos armazéns. As mulheres de grandes peitos que supervisionaram o empório de roupas em liquidação que tomava a 86th St. circulavam pelas sedutoras araras da calçada, e uma avó que vendia *lepeshki* numa mesa de armar na Bay 22th St. cantarolava para si mesma, enquanto empilhava caixas de plástico num carrinho de compras.

Slava dera os primeiros passos em direção à estação quando o viu. Não tinha como não notar Israel Abramson – aspirante literário, anticlerical, assunto da segunda carta de Slava – cruzando a 86th St. No clima de trinta e dois graus, em seu uniforme do Exército Vermelho, desbotado, mas limpo, algumas medalhas balançando suavemente em cadência com seu avanço oscilante, de juntas duras.

Israel tomava a calçada da forma como tomou a Carcóvia durante a guerra: pé esquerdo, ombro direito, pé direito, ombro esquerdo. Caminhava pela via mais movimentada de Bensonhurst – seis faixas, considerando as artérias laterais onde carros paravam em fila dupla – como se puxando a si mesmo por um campo vazio. Um ônibus buzinou, bagunçando seu cabelo; ele nem levantou o olhar. O coração de Slava deslizou de seu peito. Saiu atrás de Israel, mas de longe. Não queria que ele morresse, mas não queria envergonhá-lo também.

Cruzando a 86th, Slava quase foi atingido de lado, o próprio rapaz olhando de cara feia pelas janelas de um porta-aviões disfarçado de SUV.

– Olhaí, porra! – gritou um rosto alerta com olhos esfumaçados quando o carro passou. – Te mato, rá! – Como americanos recém-chegados, os pais haviam dirigido Cutlasses marrom-cocô e Buicks azul-ferrugem, mas agora conseguiam comprar bons carros para as crianças.

Israel se arrastava pela avenida Benson, dali para a Bath, então Cropsey. Estavam quase no oceano antes de ele virar. Quando finalmente parou, estavam diante de um prédio de pedra, identificado com uma placa modesta na frente: Templo Beth-El. Israel olhou com infelicidade para a montanha de degraus que levavam às pesadas portas de madeira. Ele se inclinou no corrimão de ferro que subia pela lateral da porta, esfregou a testa com um lenço e começou a subir. Com a mão esquerda agarrando o corrimão, o pé direito arremeteu para o próximo degrau, arrastando o ombro direito junto. Então a metade esquerda dele. Parava a cada dois degraus, respirando pesado.

Cinco minutos depois – talvez mais, Slava estava hipnotizado –, os dedos trêmulos de Israel acenavam para a porta, tentando achar a maçaneta. Ele puxou, quase caindo, e desapareceu dentro. Slava emergiu do abrigo de um abeto degradado pelo calor e seguiu, pegando dois degraus por vez. No meio do caminho, parou. Parecia insensível subir voando depois do que aquilo custara ao velho.

Shabbat shalom. Dentro, Israel acenando pelas fileiras enquanto se arrastava em direção a uma pequena mesa onde queimavam velas memoriais. Um homem com um quipá, que permanecia de pé com a firmeza de alguém que pertencia ao local, observava Israel com um sorriso educado, vários outros fiéis cochichando entre si num canto.

– *Shabbat shalom* – Israel disse. – *Shabbat shalom*. – Mas era apenas noite de quinta.

Uma poeira nadava na última luz filtrada pelas janelas dos vitrais do nível da varanda. Os painéis corriam pelo comprimento das quatro paredes, como uma arquibancada. O teto era uma cúpula ascendente. Slava sempre achou que era essa a aparência das igrejas. Nunca havia estado dentro de uma sinagoga.

Israel se arrastou até a mesa com as velas e se virou para encarar o rabino. O rabino assentiu, abriu uma cômoda, e tirou dela um pano branco franjado, tomado de faixas azuis. Ele caminhou até Israel, abriu o pano com a precisão de um soldado desdobrando uma bandeira, e o colocou gentilmente sobre a cabeça c os ombros de Israel. Quando o rabino se afastou, Israel se dirigiu à mesa.

– *Esto ser por minh'esposa* – ele rugiu num misto de inglês e iídiche.

A chama da vela em sua mão encontrou o pavio de outra. Então ele murmurou algo que Slava estava distante demais para ouvir. Israel permaneceu por um minuto ou dois, a cabeça abaixada sobre as velas, as pontas de seu pano franjado ameaçando deslizar para as chamas.

Quando terminou, ele retirou o pano dos ombros e começou a juntar as pontas habilmente. O rabino permaneceu a seu lado; estava claro que ele havia tentado intervir antes, sem resultado. Trêmulo, Israel trouxe as pontas superiores a seu peito, como se abraçasse alguém. Juntando duas pontas com a mão esquerda, correu a direita pelas bordas do pano, então juntou as duas outras pontas. Seus dedos tremiam. Segurando as pontas unidas com ambas as mãos, ele virou o pano em noventa graus, e o trouxe novamente ao peito. Repetiu o modo de dobrar até que o pano era um simples quadrado azul e branco, pouco maior do que a palma da mão, como as bandeiras que são descidas com os mortos. Ele o colocou gentilmente na mão do rabino, beijou-o na bochecha e começou sua jornada em direção à porta, puxando-a com toda a sua força.

O rabino teve de chamar Slava uma segunda vez. Ele havia se escondido num canto, de onde fingia fazer um estudo cuidadoso das colunas e vitrais.

– Sim – Slava disse. – Desculpe, sim.

O rabino sorriu.

– Perguntei o que o trouxe aqui? Primeira vez numa sinagoga?

– Vi o interior uma vez, da porta – Slava disse. – Em Viena.

– A sinagoga de Viena? – o rabino disse. Ele tinha uma leve barba cuidadosamente aparada.

– Não sei – Slava disse.

– Grande? – Ele abriu as mãos.

Slava assentiu. A sociedade de auxílio, que não deixava os Gelman em paz, havia organizado uma viagem de ônibus a uma sinagoga.

– Antes da guerra em Viena – o rabino disse –, apenas igrejas podiam permanecer de pé livremente. Então, quando construíram aquela sinagoga, tiveram de conectá-la a um prédio residencial. E, portanto, eles também tiveram de fazê-la parecida, quero dizer, esteticamente. Então, em 1938, quando os nazistas estavam arrasando com as propriedades dos judeus, eles pularam essa. Acharam que era um prédio normal de apartamentos. Não é uma história e tanto?

Slava assentiu, tentando pensar numa forma de se livrar. Seu alvo estava desaparecendo na noite.

– Conhece aquele homem? – o rabino disse, indicando a porta.

Slava deu de ombros.

– Vem toda semana. Tentei mostrar a ele – ele apontou para a cômoda que mantinha o pano franjado –, mas ele gosta de fazer de seu próprio modo. Ele já viu mais do que eu jamais verei, então o deixo em paz. Arrumo um livro para ele de tempos em tempos ou algum pão ázimo. Fizemos o *bar mitzvá* do filho dele aqui. Na tenra idade de trinta e dois anos!

– Yuri? – Slava disse.

– Então você o conhece – o rabino emendou.

Merda.

– Sou o neto – Slava deixou escapar. De um buraco para outro mais fundo. Nunca um órgão que trabalhou muito, seu coração acelerou no peito.

– Não entendo – o rabino disse.

– Dois casamentos? – Slava disse inventando.

– Não fazia ideia – o rabino disse, erguendo as sobrancelhas. – Mas posso ver a semelhança, claro. Por que estava se escondendo?

– Você entende – Slava disse. – Nós nos preocupamos. Atravessar a rua, coisas assim. Mas ele é orgulhoso. Não quero envergonhá-lo.

– Sou o rabino Bachman – ele disse, se aproximando e estendendo a mão. – Eu deveria ter me apresentado desde o começo. Maravilhoso conhecer alguém que conhece Israel. Eu adoraria vê-lo aqui com seu avô qualquer dia. Talvez até... – ele ergueu as mãos para indicar que um homem só poderia desejar até um ponto – um culto?
– O que ele estava murmurando depois de falar sobre sua esposa? – Slava disse.
– Não tenho certeza – Bachman riu. – Ele tem uma língua própria. Suponho que bênçãos. Para seus filhos e netos. Para você!
– Ele riu novamente. – Para o filho. – O rabino mexeu os pés. – Sei que eles se desentenderam. Israel nem veio para o *bar mitzvá*. Mas é bem-vindo aqui, não importa o quê; não vejo o sentido de afastar as pessoas. Ei, aposto que você fala russo.

Slava assentiu cautelosamente.

– Tenho uma ideia – Bachman disse. – Um *minian* russo. Uma cerimônia em russo uma vez por semana. Com comentários. Faço em inglês, alguém como você faz em russo. E traz o público, obviamente. Colocamos um pouco de hebraico também. É algo por que você pode se interessar? Falar com algumas pessoas? Talvez começar com seu avô? A vizinhança mudou muito na última década.

Slava considerou a possibilidade de começar com seu avô. Aquele dia na sinagoga de Viena, ele – o avô real – havia agarrado a mão de Slava e se afastado do grupo, que havia sido obrigado a esperar de pé pelo fim da cerimônia por seu guia, um israelense de jaqueta de couro. O interior de Slava se retorceu preocupado. A mãe e o pai não estavam na turnê, felizmente eles não tiveram de ir. Eram só o avô e Slava, e estavam quebrando as regras.

Segurando sua mão, o avô encostou um ouvido à porta da sinagoga, do outro lado dela um grupo rezava. "Uoo-uoo-uoo", o avô imitou e deu de ombros. Então escorregou a mão pela maçaneta, tão grande quanto um torso, e cuidadosamente enfiou o nariz na abertura. Slava espiou de trás de sua calça, que tinha cheiro de lã e naftalina. Dentro, numa sala tão ornamentada quanto um palácio turco, os homens se arremetiam epilepticamente, zumbindo como uma colmeia.

O avô olhou para Slava.

– Uoo-uoo-uoo – ele repetiu, e girou o dedo na têmpora. Loucos. – Garoto – ele disse com uma formalidade que fez o interior de Slava se revirar novamente. – Chega disso, já vimos tudo de que precisávamos. Hora de um sorvete. O de baunilha eles amarram como uma salsicha.

– Mas não temos permissão de sair – Slava cochichou.

– Nós, Slavik – o avô se abaixou, colocando a ponta do dedo no nariz dele –, podemos fazer o que quisermos.

Slava repensou a proposta de Bachman. Não, rabino, não serei capaz de providenciar um *minian* para os avós, verdadeiros ou falsos. Seus filhos, talvez. Seus netos, possivelmente. Mas isso – velas, mestiçar-se – era o mais próximo que os avós poderiam vir. Um pouco de preliminares, um *forshpeis*. Slava estava tomado de um desejo de ouvir a voz do avô, o verdadeiro avô, como se, como a avó, ele fosse morrer, e Slava não seria mais capaz.

– Vou falar com ele sobre o *minian* – Slava disse. – Preciso ir agora.

– Gostaria de vê-lo aqui novamente – o rabino disse.

Slava sorriu educadamente e se virou para partir. Na metade do caminho para a porta, ele olhou de volta.

– Me diga – ele disse. – Quando termina o luto após uma morte?

– A *shivá*? – Bachman disse. – Não há nada mais. O judaísmo não estimula prolongar o luto. Você vive um luto intenso, por assim dizer, mas depois deixa aquilo ir embora. Acende uma vela no *yahrzeit*, mas ao mesmo tempo você retoma a vida. Por que pergunta?

– Você deveria não pensar na pessoa?

– Claro que pode pensar na pessoa. Pode pensar na pessoa sempre que quiser. Apenas os rituais terminam.

Slava refletiu sobre isso. Parecia certo. Ele agradeceu ao rabino e seguiu novamente para a porta, seus passos ecoando na fria pedra da igreja.

Quando Slava empurrou a porta, descobriu esperando por ele, curvado sobre o corrimão da escada e iluminado por trás pelo sol como um deus artrítico, Israel Abramson. Estava rosado como um bebê.

– *Privet, mal'chik* – Israel disse. "Olá, garoto." – Você levou um tempo aí. O que estava discutindo, a alma do homem? Achei que queria caminhar junto, me ajudar a descer essa maldita escada. Eles constroem escadas como se estivessem no céu.

Slava piscou, ajustando os olhos à penumbra do interior. Talvez Slava o estivesse imaginando.

Então o rabino Bachman abriu a porta da sinagoga e emergiu na luz do sol.

– *Com' esssiá, Ravvin?* – Israel gritou, varrendo o ar com a mão.

Slava sentiu o suor em suas costas.

– Israel – o rabino reconheceu.

Slava estava prestes a falar quando Israel apontou para ele e falou primeiro. Slava fechou os olhos como se para se proteger do golpe. Mas o que Israel gritou foi:

– Neto!

Você, mundo, sempre cria novos mistérios.

O rabino Bachman sorriu.

– Eu sei! Conversamos. Ele vai me ajudar com um projeto. Talvez. – O rabino falou no volume extra com o qual os americanos falam com aqueles que não falam inglês.

Slava se virou para Israel.

– Ele disse... – ele começou em russo.

– *Boa, muito boa!* – Israel respondeu com a indiferença de imigrante soviético à compreensão como um objetivo primário do diálogo. – *Até maisss, Ravvin*! – Ele torceu seus dedos tortos.

O rabino Bachman retornou para dentro, e Israel enfiou o braço no de Slava. – Viu isso, *mal'chik*? – Ele apontou para as medalhas em seu uniforme. – Reconhecimento, 44 a 45. Eu te vi desde a 86th. Grande coisa é você... mal consegue atravessar a rua. Meu coração estava nos meus pés, olhando para você lá atrás. Vamos nessa.

– Por que disse a ele que eu era seu neto? – Slava perguntou.

– O quê, ficou com vergonha?

– Não – Slava disse. – Não.

– Então por que estamos falando sobre isso? Vamos embora.

Slava desceu os degraus no ritmo de Israel. De perto, era pior. Cada passo custava muito a ele. Em casa, ele havia parecido robusto, quase atlético em sua calça de ginástica, mas o braço que se apoiava em Slava agora era flácido como massa de pão, a mão esquerda tremendo numa eterna hesitação. À frente deles, o disco descendente do sol espalhava um cansado brilho alaranjado.

– Vamos dar uma descansada – Slava disse quando chegaram ao final da escada. – Vamos nos sentar.

– Não se pode sentar no concreto, vai pegar um resfriado – Israel disse.

– Está fazendo quarenta graus – Slava disse. – Sente-se e descanse.

— Se eu me sentar aqui, nunca mais vou levantar — ele disse.
— Olhe como é baixo até o chão.
— Pode se encostar no corrimão? Vou me sentar.
— O que você é, um aposentado? Vamos nessa.
— Só um minuto — Slava disse.

Ele se certificou de que Israel estava preso ao corrimão e se abaixou. O degrau estava a centímetros da calçada. Era simplesmente fazer o ritual de se sentar num lugar baixo em homenagem aos falecidos que importava, ou você também deveria sentir algo? Slava esperou, mas não sentiu nada. As pessoas que cobriam espelhos, se sentavam em banquinhos baixos, acendiam velas, como vinham a sentir o que sentiam? Você tem de nascer com isso? Qual é o truque?

Houve um terrível rugido próximo a ele. Israel havia se acomodado num degrau acima.

— Se estamos descansando, estamos descansando — ele disse.
— Não te incomoda ir lá? — Slava disse.

Israel assoou o nariz, um polegar em cada narina.

— Onde mais eu iria se eu quisesse cantar uma música para minha esposa? A mesquita da 86th? Masjid Shmashid? Não, sou judeu. Não vou lá, acha que isso vai fazê-lo voltar? Eu pego o que posso.

— Seja mais seletivo — Slava disse amargamente.

— Acho que sim — Israel disse. — Só que eu não escolhi que meu filho se tornaria fanático e fugiria para Israel. Da mesma forma, eu preferiria que ele estivesse feliz sem mim do que infeliz comigo. Acha que ele pode ter feito isso porque estava infeliz? Infeliz comigo e minha esposa?

Slava se virou para olhar para Israel. O rosto do velho estava contraído com o pensamento. Slava acenou para ele, afastando a ideia.

– Eles têm estudos sobre esse tipo de coisa – ele mentiu. – Quero dizer, ateus que vêm e se convertem. São outros fatores. Não é a família. Vocês não eram a família dele na União Soviética?
– Talvez seja algo neste lugar – ele disse fracamente. Parecia à beira das lágrimas.
– Talvez – Slava concordou.
Israel balançou a cabeça, a testa enrugada. Slava retirou o envelope branco do bolso de seu jeans. Tocado por muitas mãos, estava ficando manchado. Ele o estendeu a Israel.
– O que é isso?
– Houve um equívoco – Slava disse. – Não sei quanto foi, mas duzentos e cinquenta para começar.
– Foi duzentos e cinquenta.
– Então estamos quites.
– Mas como você recebe pelo trabalho?
– Já está pago. – Slava se levantou e enfiou o envelope no bolso de Israel. – Vamos embora. Tenho uma longa noite pela frente.
– Mas você vai nos dar nossos contos de fraude e infortúnio mesmo assim?
– Com certeza – Slava disse.
– E o que acontece quando tudo terminar? – Israel disse. – O prazo final é semana que vem. O que você faz naquela sua revista, afinal?
– Se algum jornal pequeno em algum canto comete um erro, nós fazemos uma piada em cima disso.
– Tínhamos isso na Rússia também. A capital gosta de rir das províncias. Faz se sentir como a capital.
Slava deu de ombros. Aquele trabalho parecia tão remoto. Após submeter as entradas fabricadas para "The Hoot", Slava voltara a itens encontrados de verdade, apesar de em grande parte ter sido porque ele alcançara uma onda de sorte, por uma

semana ou duas, e os erros o estavam encontrando. Mas a fonte secara novamente, e nas últimas duas semanas havia enfiado algumas invenções. Não importava. O baluarte heroico de Slava com o declínio nacional de jornais de cidadezinhas por meio da invenção do Rinkelrinck (Ark.) *Gazette* não havia sido notada nem em Arkansas nem na *Century*.

– Eu ia esquentar uma sopa para nós – Israel disse. – De lata, mas excelente.

Slava viu Israel subir no armário onde os presentes da sinagoga se juntavam, tirar uma lata de sopa grande demais para um – o que lhe faltava em variedade humana, Israel compensava com sopas: gengibre com cenoura, feijão-preto, dez vegetais – e tomá-la sozinho sob a luz que caía fora de sua janela na altura do solo.

– Da próxima vez – Slava prometeu.

– Você falou isso da última vez – Israel disse, assumindo uma expressão dolorosa. Slava sentiu uma familiar onda de culpa. Israel levantou as sobrancelhas. – Rá! Relaxa, estou brincando. Que lerdinho é você. – Ele bateu no ombro de Slava. – Escute, qual é sua atitude em relação a presentes?

– Presentes?

– Presentes. Bons momentos, risada, uma longa mesa, uma garrafa ou três. Você é difícil.

– Quando quero um bom momento, eu te ligo para ouvir um elogio.

– Autopiedade não é lisonjeiro para ninguém. Quero que você pegue esse dinheiro de volta. E tenha um bom momento.

– Quantos meses leva para você juntar essa quantia? – Slava disse.

– Esse é o uso que me deixaria mais satisfeito.

Por uma terceira vez naquela noite, a mão de Slava se fechou ao redor daquele amaldiçoado envelope.

13

Slava se arrastou para casa como se pesasse uma tonelada. No metrô, tentou anotar ideias para a carta de Lazar, mas não tinha nenhuma. O velho estava certo – o que havia acontecido com ele (trabalhos forçados, infantaria, Stalingrado, audição) era inútil. Além disso, Slava estava sem ideias. Todos os itens que Slava havia rascunhado em seu caderninho a partir dos livros de história haviam sido riscados.

~~Eliyahu Mishkin, chefe do Judenrat = não, Epstein já fez.~~

~~45 Judeus amarrados juntos e ordenados a serem enterrados vivos por 30 prisioneiros russos. Os russos recusaram. Todos os 75 mortos.~~

~~Último punhado de judeus sobreviventes quando o Exército Vermelho libera.~~

~~Himmer enojado por testemunhar o fuzilamento de 100 judeus. Bach Zelewski diz que foi "só uma centena". Isso tem de ser feito com mais eficiência – mais *humanamente*, Himmler diz. Pelos alemães, mas também pelos judeus. (!) Gás venenoso veio disso... Mas isso não serve, como um prisioneiro *saberia* disso?~~

A rispidez da última entrada trouxe um gosto nauseante em sua garganta. Ele era um monstro, os detalhes da morte meramente instrumentos de uma história, atiçando uma vocação que ele não tinha talento para praticar de outra forma? No entanto, esses detalhes formavam boas histórias – histórias que ficavam com ele dias após tê-las escrito, e renderiam dinheiro a sofredores. O que era ríspido então? Quando ele abandonou sua avó – isso foi ríspido. Quando ele concordou em parar numa reverência genérica e não questionar mais sobre ela – isso foi ríspido. Talvez alguém só se dê conta de sua rispidez quando for tarde demais para fazer qualquer coisa: a pouco conhecida Quarta Lei do Movimento de Isaac Newton, Relativa às Manobras da Alma.

O que era mais ríspido, reverenciar alguém como santo equivocadamente, ou conhecer os pecados de alguém tão a fundo? E, se você não tem como saber, então invente. Slava não havia planejado que sua avó visse Shulamit sufocar seu bebê. (Ela não havia olhado, havia? Ele não respondeu.) A avó era feroz, todo mundo dizia, e ele estava tentando torná-la feroz, mas então ela se contorceu para além do seu controle e começou a olhar Shulamit no porão. (Isso significava que a avó teria sufocado seu próprio filho?) Se você queria escrever uma boa história, os fatos *tinham* de se tornar instrumentos da história. Não se pode escrever sem ser ríspido com os fatos.

Slava notou um ciclista encarando-o de vários assentos de distância. Na verdade, estava olhando para ele já havia um tempinho, Slava notou atrasado. Logo que Slava olhou de volta, o ciclista se voltou para o telefone. Quando ele havia entrado? Na mesma parada de Slava, de repente ele tinha certeza disso. Novamente, seu coração começou a acelerar: *"Rapaz de vinte e cinco anos sofre ataque cardíaco no trem da linha D. Numa idade em que outros estão embalando crianças e comandando pelotões sob Stalingrado, ele sucumbe de ansiedade ao ser perseguido por um crime.* 'Ele borrou a calça sem motivo, aquele lá', Yevgeny Gelman, um filósofo, disse de um banquinho baixo."

Eles irromperam na estação da 55th St. Slava acompanhava o ciclista com um dos olhos. O trem levou uma eternidade para parar. Finalmente as portas se abriram. Slava esperou, o coração na boca. Espere, espere, espere. O condutor começou a anunciar a próxima parada. Espere. As portas soaram, assinalando que estavam prestes a fechar. Agora! Slava avançou de seu assento até a plataforma, as portas fechando-se atrás dele, sem dar tempo de o ciclista persegui-lo.

Slava, um calouro, não resistiu a voltar-se para se gabar de seu perseguidor quando o trem se afastou, mas o ciclista roía as unhas com ar ausente.

Slava se sentou na plataforma, sozinho, a cabeça nas mãos. Pegou o celular, ligou para a mãe, ainda nos Rudinsky – agora ela e tia Lyuba eram grandes amigas, agora elas iriam pela noite adentro – e pediu para falar com o avô.

– Estão fazendo as pazes? – Slava disse.

– Pedintes.

– Entre na cozinha, por favor – Slava disse. Esperou até suas instruções serem atendidas. – Há quanto tempo está cobrando?

– É tudo para você.

– Não quero.

– Acalme-se. Vão conseguir dez mil euros, o que são quinhentos de custo?

– Então você deu um desconto a Lazar? Duzentos e cinquenta.

– Boa vontade.

– Não quero mais fazer isso – Slava disse.

– Está quase no fim. O prazo é semana que vem.

– Não é o dinheiro.

– Agora não quer fazer? Você gostava bastante cinco minutos atrás. Quando diz que vai fazer algo, tem de fazer até o fim. É o que um homem faz. Então, qual é, não vai fazer a de Lazar?

– Devolva o dinheiro dele.

– Não vou devolver o dinheiro dele.

– Essas pessoas *odeiam* você. Porque você faz... *isso*.

– Quem me odeia? Eles me invejam. Queriam poder fazer isso.

– Não é verdade.

– Quem diz a verdade.

– É a verdade.

– Como foi com Vera?

– Eles a vestiram como uma boneca para mim.

– Então, ela se cuida. O que ela faz, *piar*, o que é isso?

– Não sei como explicar – Slava disse. – É como publicidade. O comercial de xampu com a mulher cujo cabelo está como se ela tivesse levado um choque? E logo depois ela está girando um guarda-chuva?

– Vera vende xampu?

– Não. Não sei. É só um exemplo.

– Tem uma boa menina aí, Slavik.

– Ela quer reunir vocês... é tudo o que ela quer. Está obcecada.

– Meu coração dói, Lazar está tão doente. Seu avô é uma rocha comparado a esses caras.

– Você está em pedaços toda vez que eu ligo.

– Sou um homem frágil e minha esposa acabou de falecer, o que você quer. Sabe pelo que passei?

– Olha, sabe alguma coisa sobre como a avó saiu do gueto? Como ela conseguiu, como tudo terminou?

— Queria poder dizer algo — o avô respondeu. — Já te disse tudo.

Essa conversa havia se tornado um ritual noturno, um *minian* de dois, leituras do livreto sobre Sofia Gelman, nascida Dreitser. Geralmente ocorria da mesma forma — ele já havia contado tudo a Slava —, mas Slava ligava mesmo assim. Às vezes um detalhe flutuava pela escuridão de seu cérebro, e às vezes Slava ligava só para se certificar de que ele ainda estava respirando.

— Eu queria ter feito ela me contar — Slava lamentou.

— Foi por você amá-la que você não fez — o avô disse.

Por favor, descreva com o máximo de detalhes possível onde o Sujeito estava durante os anos de 1939 a 1945.

Lazar Rudinsky

Logo após o começo da guerra, formou-se uma rede clandestina no gueto de Minsk. Organizávamos contatos entre os *partisans*, enviados de fora do gueto, e trabalhadores do gueto, que podiam carregar rádios, iodo, cintos de munição. Eu trabalhava numa loja de ferramentas, onde ajudava no que se pode chamar de efetivo antagonista. Misturávamos areia no lubrificante que eles usavam para limpar as armas. Todos tentávamos fazer alguma coisa. Sapateiros enfiavam pregos nas botas. Na oficina de reparos automotivos, moíam poeira abrasiva no óleo do motor; derretia as beiradas quando eles davam partida em seus Volkswagens.

Havia uma menina da vizinhança chamada Ada — está morta agora, que Deus a tenha — que eu podia ver de tempos em tempos, enquanto as filas de trabalho marchavam de volta ao gueto. Ela estava numa unidade pegando lenha para o prédio que os alemães usavam como quartel-general. O coração se apertava ao ver essas meninas: nossas meninas, além de algumas que foram trazidas da Áustria e da Alemanha. (Eles as chamavam de "meninas de Hamburgo", mesmo que fossem de todo canto.) Os policiais bielorrussos as faziam andar pela rua enquanto o povo da cidade zombava e jogava frutas podres nas calçadas. Nem todo mundo – as pessoas choravam, também, vendo essas garotas judias serem levadas para o trabalho forçado como cavalos.

Ada fez sinal para mim uma vez: isso foi em março de 1943. Nós nos conhecíamos de vista da vizinhança, mas ela não circulava com gente do meu tipo. Eu era muito como "um filho do jardim de outro povo", como costumávamos dizer. Talvez tenha sido isso que a fez se voltar para mim buscando ajuda.

Nos quartéis-generais, havia um alemão, um tal de Hauptmann Weidt. Trabalhava no corpo de serviço do intendente. Weidt havia se apaixonado por uma das meninas de Hamburgo. Ilse. Eu a havia visto, também. Ela não devia ter mais de dezoito anos. Deus havia tocado essa menina – ela era radiante. Weidt tinha quase o triplo da idade dela. Uma tarde, Ada me contou, Ilse e ela estavam empurrando um carrinho de mão, quando Weidt as enfiou por uma porta e as trancou num armário. Logo, elas ouviram berros e aquele *tchium-tchium-tchium* de que você nunca esquece. Estavam fuzilando as meninas no pátio. Eles as fizeram tirar as roupas e atiraram nelas, uma após a outra.

Weidt não tinha sentimentos especiais por Ada, mas Ilse, cujos pais haviam sido enterrados vivos, era quase muda, então Ada, que sabia um pouquinho de alemão, que afinal é similar ao nosso iídiche, tornou-se uma espécie de intermediária. Eram as duas que ele chamava quando era hora de pegar cupons de almoço para a unidade de trabalho. Enquanto Ada se engasgava com uma tigela de sopa com pedaços de carne que Weidt havia pedido do refeitório como se fosse para si mesmo, ele e Ilse conversavam baixinho, sua língua, a única coisa que eles compartilhavam. Finalmente Weidt decidiu que queria levar Ilse para fora. Seu posto era baixo demais para ele fazer algo. A única forma era contrabandeá-la para os *partisans*.

"O que eu devo fazer?", Ada cochichou para mim. "Ele está encarregado de todo o equipamento. Ele pode arrumar um caminhão de serviço para vinte e cinco pessoas."

"Como você sabe que não é um truque?", perguntei.

"Não sei", ela disse. "A forma como ele olha para ela? No outro dia, ele me perguntou por que os judeus estavam sendo mortos. Eu quase tive um ataque. Eu que deveria perguntar a ele, a besta quadrada! Ele disse que os oficiais alemães costumavam flertar com garotas judias durante a Primeira Guerra Mundial, e agora ele tinha de me fazer catar lenha."

Alguns dias antes, os alemães haviam acabado com o orfanato do gueto. Kube, o *generalkommissar* da Bielorrússia, fizera uma visita especial. Jogou balas para as crianças enquanto eram despejadas vivas num buraco e cobertas com areia. Era difícil argumentar pela permanência. Nos dias que se seguiram, fiz contato com uma unidade *partisan* parcialmente judaica em Rusakovichi. A reação foi controversa, mas o comandante nos ordenou ir em frente. Weidt se recusou a rearranjar tantos, mas Ada foi dura. Ela disse vinte e cinco ou nenhum. Finalmente, ele cedeu. Ele também iria.

Fui falar com meu pai, mas ele se recusou a partir sem Zeyde, e os *partisans* não aceitariam um velho adoentado.

Zeyde xingou meu pai da cama, mas meu pai não queria discutir. Meu pai foi um barqueiro antes da guerra; ele entregava cofres em carroças. Isso foi antes dos elevadores – ele transportava os cofres para o terceiro e quarto andares nas costas. O homem morreu sem uma ficha na clínica médica. Então não se discutia muito com ele. Ele disse que eu iria, e eles seguiriam logo depois. Afinal, eles haviam chegado até lá. Era só uma questão de tempo até Minsk ser libertada. Naquela época, já havíamos ouvido sobre Moscou, Stalingrado – parecia uma coisa razoável de se dizer. Você acreditava quando ele falava.

A cobertura para a unidade de caminhões era uma requisição para carregar cimento numa estação ferroviária, nas cercanias da cidade. Os *partisans* disseram que estariam esperando em uma das três vilas não muito longe da estação. O motorista era um soldado alemão comum. Ele não tinha ideia dos planos de Weidt, mas acho que nos beneficiamos do fanatismo alemão pelo protocolo. Quando passamos pela estação ferroviária, ele não disse uma palavra.

Após horas dirigindo de uma vila a outra, demos com uma unidade de frente em Rusakovichi, pela qual havíamos passado duas vezes. Os *partisans* cometeram um erro; acharam que o motorista era Weidt e se aproximaram sem se precaver. O soldado teve tempo de fazer vários disparos, matando um *partisan* e ferindo outro. Weidt enfiou uma bala no crânio do soldado antes de qualquer dos *partisans* terem tempo de atirar de volta.

Dormimos o sono dos livres pela primeira vez desde julho de 1941, sem acreditar realmente – Ada e eu, com Ilse apertada entre nós como uma criança, numa minúscula *zemlyanka* coberta com folhas de bétula. Levaram Weidt ao comandante.

Acordamos com gritos, achando que tudo havia acabado cedo demais, mas acontece que um dos *partisans* havia perdido a calma e estava socando Weidt. Fora seu irmão que havia sido morto antes na confusão com o motorista. Weidt tinha as mãos presas; o comandante esperou um tempo antes de intervir.

 Weidt havia partido quando acordamos. Uma garota da vigília noturna nos disse que ele havia sido levado aos quartéis-generais dos *partisans* para a área; ele havia implorado para dizer adeus a Ilse. Nunca mais soubemos dele. O gueto de Minsk foi liquidado um mês depois. Meu pai escolhera uma situação tão terrível para estar errado pela primeira vez na vida. Quando o comandante fez o anúncio, eu me sentei na grama e não consegui ficar de pé. Então, quando ninguém estava olhando, peguei uma corda e saí andando até estar fora de vista numa clareira com árvores altas. Estava testando os galhos quanto à firmeza quando Ada apareceu. Ela havia me seguido. Chorei em sua blusa até ficar encharcada. Era uma camisa áspera, feita com um saco que outrora levou batatas, e sua pele estava irritada por isso. Mas ela conseguiu me deter.

 Um mês depois, ordenaram que me juntasse a uma unidade móvel de combate e não vi Ada novamente até depois da guerra, de volta ao bairro. Ela manteve sua distância, como nos velhos tempos, e nunca mencionou o dia na clareira. Uma noite, cerca de seis meses depois que a guerra terminou, houve um baile num pequeno clube em Shornaya. Havia uma cratera de bomba numa das paredes; eles não tiveram tempo de arrumar. Três quartos de Minsk estavam no chão. Podia se sentir o ar frio através do muro de tempos em tempos. Eu estava com meus amigos, Ada com os dela, mas a certa altura ela veio.

"Lazar, ajude", ela disse. "Tem um capitão lá que fica me pedindo para dançar. Diz que quer me acompanhar até em casa. Estou assustada."

"E eu sou algum bandido?", perguntei. Ela afastou o olhar ressentida. "Tudo bem", continuei. "Eu te ajudo com o capitão, você sai comigo."

Ela recusou, então voltei para meus amigos, deixando-a lá sozinha.

Ela se aproximou.

"Tudo bem", ela disse. "Eu saio."

O capitão e eu nos conhecíamos da vizinhança. Ele vivia perto de Tatar Gardens. Era preciso ir com calma com capitães do Exército, mas eu era alguma coisa também. Sou macaco velho agora, mas, na época, faíscas saíam de meus pés quando eu andava – podia se acender um cigarro se quisesse. Eu era conhecido na vizinhança. Enfim, fui até ele, coloquei meu braço ao redor dele e disse:

"Capitão, queria apenas lhe agradecer."

"Pelo quê?", ele disse. Estava nervoso, dava para ver.

"Por não deixar minha garota sozinha", e apontei para Ada.

Ele ficou da cor de uma beterraba.

"Eu não fazia ideia. Perdoe-me, Lazar. Você é um sujeito de sorte."

Acompanhei Ada até em casa naquela noite. No nosso primeiro encontro, ela se sentou a cerca de um quilômetro de mim. Mas concordou com um segundo encontro. Houve um momento de persuasão depois disso; não nos casamos antes de dois anos.

Pulam-se quarenta anos. Estamos prestes a imigrar para os Estados Unidos. Estava vendo televisão quando ouvi Ada gritar meu nome. No jornal, havia um anúncio de uma Ilse Shusterman procurando colegas internos do gueto de Minsk. Ada voou para Krasnodar para encontrá-la. Exceto por um bando de rugas, Ilse era a mesma bela garota, casada com um cientista, já avó, falando russo fluentemente. Antes de partir, Ada perguntou se ela soubera algo a respeito de Weidt. Ilse disse que ouvira dos *partisans* que ele havia sido mandado para um campo alemão de prisioneiros de guerra. Morrera lá, por motivos não explicados.

Ilse chegara a sentir alguma coisa por Weidt? Ada não ousou perguntar, e Ilse não se prontificou a dizer. Eu duvido. Mas é a eles que Ada e eu devemos os cinquenta e sete anos que tivemos juntos.

Oitenta mil judeus viveram no gueto de Minsk, quase todos foram mortos. Depois da guerra, colocaram uma lápide num dos fossos; dizia de fato que judeus morreram aqui, em vez de "patriotas soviéticos", que é o que é dito em quase todo lugar – isso quando colocam uma placa, para começar. Após a guerra, o governo continuou dizendo que iria derrubar a lápide e encher o fosso.

O *generalkommissar* Kube também não viveu para ver o fim da guerra. Sua empregada, que fazia parte da resistência, colocou uma bomba sob sua cama, armada para explodir no meio da noite. (Com o que aquele homem sonhava?) Tiveram de raspar seus miolos do teto. Lamento que tenha sido uma morte instantânea.

Lazar queria que Slava se apaixonasse por sua neta, então Slava deu a ele uma história de amor. O resto ele inventou, seguindo um detalhe até que lhe desse o próximo. Ele havia começado mais cuidadosamente com as cartas – listas de detalhes, esboços, arcos narrativos. Sempre soube que tipo de informação viria em seguida. Entretanto, as histórias saíam melhores se ele não soubesse de tudo de antemão. Na vida real, uma coisa podia ter acontecido, mas na carta? Podia ou não. O plano de Weidt era um truque para tirar do gueto internos que estavam causando problemas para a administração? Iria ele deslizar para fora das cordas no meio da noite, bateria até a morte no *partisan* que o vigiava e fugiria com Ilse? Ele era antes um nazista dedicado ou um nazista que havia se apaixonado? Era preciso escrever isso para descobrir.

Nas cartas de solicitação, os alienados anciões de Midwood, nascidos em Minsk, passaram um tempo juntos de uma forma que se recusaram a fazer na vida real. A avó e o avô se apaixonaram na história de Lazar; outra pessoa ficou com a má audição de Lazar. Porém, outras coisas se perderam, borraram, tornaram-se falsas. Mãe, pai e Zeyde foram mortos quando o gueto foi liquidado. Foi isso o que aconteceu com a família da avó, ele tinha certeza, mesmo se o fato coroava a história de Lazar. Mas o pai dele havia mesmo sido um barqueiro? E o avô não havia exigido um encontro em troca de ajudar a avó a se libertar do capitão insinuante, havia? Por que Slava escrevera de forma diferente, então? Isso era o que a história havia pedido. O preço era, no final, que Slava não sabia o que nisso era verdade, o que era inventado.

Ele se assustou com o toque do telefone. Da última vez que havia tocado tão tarde, fora para anunciar a viagem da avó para Maimônides. Tocou várias vezes antes de ele atender.

– Sr. Gelmonn? – chegou nasalmente do outro lado. – Falo com Vyacheslav Gelman? Slava Gelman? Sam Gelman?

— Quem? — Slava disse. Ninguém usava seu nome completo. Sam Gelman? Ele havia usado aquele nome por um ano no colégio.

— Ví-iá-chês-láv Gelman — o nariz continuou a sondar. — Nome incrível e incomum. O número está certo?

— Sim, sou eu — Slava disse. Tentou tirar a fadiga dos olhos.

— Quem está falando?

— Meu nome é Otto Barber. Da Conferência sobre Danos Materiais contra a Alemanha.

O sangue de Slava congelou.

— Sr. Gelman?

— Sim?

— Sua ajuda nos seria muito útil.

— Não entendo — Slava disse.

— Sr. Gelman, nos veio um relato — Otto Barber prosseguiu conspirador. — Em relação a algumas cartas que chegaram para a restituição. Então esperava poder falar com o senhor.

Slava caminhou até o *futon* e se forçou a deitar, como se para reforçar a descontração.

— Não entendo — ele repetiu.

— Explicarei tudo, naturalmente — Otto Barber disse.

— Como chegou até mim? — Slava disse, ganhando tempo. Ele não iria mais escrever! Era o fumante que larga o cigarro um dia antes de descobrir que tem câncer.

— Páginas Brancas? Páginas Amarelas? É um número listado, desculpe.

Era?

— Está ligando muito tarde — Slava disse, então se perguntou se estava se entregando, defensivo demais. Ele nunca havia pensado no telefone. Na rua, ele se virava toda vez que estava no Brooklyn. Tolice – eles iriam pular sobre ele com sirenes? Nunca é o que você pensa.

– Isso é uma absoluta falta de educação, concordo – Otto disse. – Tem de me perdoar, por favor. Sou como o rato na roda aqui... reunião número um, reunião número dois... Temos reuniões para planejar reuniões. É bem inacreditável, de fato: são dez da noite, e eu já jantei? Não! – Ele riu.

Slava não respondeu.

– Sr. Gelman, as cartas são falsas! – Otto prosseguiu. – Pode acreditar nisso? Sabe alguma coisa sobre isso, por favor?

– Por que eu saberia algo sobre isso? – Slava insistiu.

– Que pena! – Otto exclamou, e riu novamente. – Eu havia cruzado os dedos, estou te dizendo! Sr. Gelman, gostaria de encontrar o senhor para discutir esse assunto. O que puder nos contar será muito valioso.

– O que posso contar a vocês? – Slava disse.

– Eu não sonharia em solicitar que viesse nos visitar aqui na Conferência... apesar de ser um belo prédio, e o café é de graça, sim! Mas quem sabe você e eu pudéssemos tomar algo mais forte juntos? Se aceitar, eu pago! Você está me fazendo um favor, sr. Gelman, então posso ir até você.

– Não sei o que posso te dizer – Slava repetiu. – Não tenho nada a ver com isso.

– A ver com isso? – Otto gritou. – Ai, meu Deus, que piada. Você é um piadista como eu, sr. Gelman. Juntos vamos nos dar bem. Não, sr. Gelman... *a ver com isso?* O quê, *você* escreveu as cartas falsas? Rá rá rá. Não, sr. Gelman, quero sua... consultoria. Você é um americano completo. Vive no Upper East Side, trabalha na revista *Century*... apesar de eu achar isso bem entediante, desculpe-me, nosso segredo!, e ainda consegue entender o pensamento do povo russo. Por que alguém faz isso, *como* alguém faz isso. Porque não sou treinado para esse tipo de... sondagem. Aprendi essa palavra recentemente. Eu estou, bem francamente... como se diz... acima das minhas capacidades.

A mente de Slava ficou a mil. Se ele rejeitasse a proposta de Otto, isso iria aumentar a suspeita. Mas por quê? Slava tinha todo o direito de não se querer envolver. Ele havia decidido se separar de sua vizinhança, então esse era exatamente o tipo de complicação da qual queria ficar longe. Porém, Otto sabia um assustador número de coisas sobre ele – como? Não, Slava tinha de concordar com uma reunião. Sob o disfarce de dar conselhos, ele poderia extrair o que o alemão sabia. Além disso, ele precisava queimar cada pedaço de evidência impressa, pegar os faxes da casa do avô, deletar seus arquivos do computador...

Finalmente havia acontecido. Mesmo que, em todas essas semanas, tenha simultaneamente temido e afastado a possibilidade – por que ele tinha de ser pego? não tinha –, Slava não se sentiu surpreso com as notícias do outro lado da linha. Era um tipo de alívio: havia finalmente acontecido, o pior tinha chegado, e agora ele podia lidar com isso. Ele precisava começar encontrando Otto. Certamente não iria permitir que Otto o visitasse em casa; não, ele não era tão fácil assim. Mas pareceria estranho Slava se oferecer para ir à Conferência – um favor excessivo. Ótimo, eles se encontrariam num bar. Slava tomaria uma cerveja, e Otto iria continuar bebendo até começar a ficar descuidado com as palavras. Esse era o jeito.

– Quando quer se encontrar? – Slava disse. – Eu posso amanhã.

– Amanhã? – Otto diz. – Graças a Deus é sexta, estou certo? Não, aproveite o final de semana, sr. Gelman. Não estamos resolvendo um assassinato aqui. Isso pode esperar... é essa a expressão? Segunda está bom para você? Noite de segunda. Termino aqui às seis da tarde, mesmo se tentarem me acorrentar. É a hora que sai da *Century*, não é?

Como ele *sabia* essas coisas? Slava se censurou por ser tão ansioso.

– Sete? – ele disse fracamente. Ainda estaria claro, de certa forma parecia mais seguro. Slava deu a Otto o nome de um bar na vizinhança. Se o cara queria conselho, sim, ele podia vir até Slava. O pub não era uma espelunca nem era da moda; era invisível, da forma que Slava queria.

– Isso é tão conveniente – Otto exclamou. – Eu moro na vizinhança! A área de Yorkville tem uma história alemã fantástica. Estou quase em casa! – Ele mencionou uma padaria que preparava *strudel* e um açougueiro que vendia *wurst* desde os anos 1920. – Eu não diria, se concordarmos em ser honestos, que o Upper East Side é uma vizinhança para alguém que pensa. É a Flórida de Nova York, não? Os recém-formados das faculdades, eles bebem até ficarem cegos, e todo mundo está lentamente esperando morrer, mesmo que tenham quarenta anos de idade! Se a pequena conexão alemã não estivesse presente, eu não moraria lá.

Slava ainda estava processando a notícia de que ele e Otto viviam na mesma vizinhança. Otto o havia visto na rua? Comeram no mesmo restaurante? Otto o vigiou de um bar? Slava nunca havia pensado em olhar ao redor em Manhattan, só no Brooklyn. *Eles eram vizinhos.*

– *Akh*, sr. Gelman, você tem mesmo de me perdoar. São dez da noite e estou enchendo seus ouvidos com *nonsense*. Ainda falaremos sobre tudo, sobre guerra, e talvez um pouco sobre escrever, quando nos encontrarmos. Estou ansioso por isso! Perdoe-me por ter ligado tão tarde?

Ele queria mesmo uma resposta. Slava se ouviu perdoando o alemão. O alemão irrompeu numa nova série de exclamações. Só então ele disse adeus a Slava.

14

SÁBADO, 26 DE AGOSTO DE 2006

Slava passou a maior parte da noite escavando os lençóis do seu lado da cama, grato pela forma desfalecida com que Arianna dormia. Finalmente ele se levantou, cedo demais para a luz, mesmo no verão, e se sentou à mesa da cozinha com sua cobertura prateada, as mãos entrelaçadas – uma pessoa culpada. Ele tentou raciocinar a respeito de suas opções, embora, irrequieto na cama, ele não pudesse pensar em nada além de se sentar na frente de Otto, sua conversa se escrevendo em sua mente como uma carta falsa, agora, na mesa, sua cabeça estava cheia de um vazio teimoso. Ele riu, emburrado. E o que a avó diria sobre essa reviravolta? Ela era cúmplice dos subterfúgios do avô, e, se era, uma cúmplice ávida ou envergonhada? Slava não conseguia imaginar a avó envergonhada, nem em pecado. E, ainda assim, ela era uma pessoa correta. Tão correta que ele não conseguia imaginá-la amando mais o avô do que a própria correção. Mas era correta apenas em relação aos entes queridos. Slava juntou as mãos em agonia, os olhos queimando com a fadiga que tornava o pensamento claro impossível. Ele escrevera cartas sobre sua avó ao longo de semanas, mas, em momentos como esse, ele sentia como se mal a conhecesse, como um território que ficava maior quanto mais você andava por ele. Acontecia o mesmo em relação a Arianna, ele notou amargamente. Pior: a avó só se tornava mais desconhecida; Arianna se tornava menos familiar.

Ele conferiu a luz pela janela da cozinha, mas pouco se podia ver através dela, já que dava para um daqueles poéticos muros de tijolinhos para os quais tantas janelas de Nova York davam. O relógio marcava cinco e quinze. Slava voltou ao quarto e pegou o celular do bolso do jeans. Arianna permaneceu alheia, mas o gato abriu um olho cinza de notificação. Slava ficou imóvel, então caçoou de si mesmo – sua culpa era tal que ele estava prestes a responder a um animal. Anunciando sua indiferença para o monte de pelos pretos, ele avançou para fora do quarto.

Engoliu em seco quando o telefone tocou. Ela estaria acordada, tinha de estar na farmácia às seis e meia, mas ninguém ligava sem motivo às cinco da manhã, e de fato, quando a mãe pegou o telefone, sua voz estava frenética de medo. Agora restava apenas um velho Gelman a respeito de quem más notícias poderiam chegar num horário ingrato – por que os velhos morriam apenas de noite? – e, apesar de ela ter falado com o avô de noite (ele havia reclamado das molas da cama, seriam essas as últimas palavras dele para ela? Que inútil e absurdo), seu filho agora estava em contato com a velha vizinhança mais do que ela. Ele poderia saber antes.

– Está tudo bem, tudo bem – ele assegurou.

– O que foi? – ela disse, a voz desistindo do medo, mas não da confusão. Ninguém estava morto, mas seu filho não iria ligar apenas por ligar. Ela tinha de entrar em termos íntimos com essa nova compreensão em sua vida, como uma doença.

Querida mãe: sua mãe era uma mentirosa, uma trapaceira? Ela fechava os olhos enquanto o avô puxava carros, contrabandeava ouro, vendia casacos de pele no mercado negro? Ou ela era a conspiradora por trás dele, sua agente, sua Bonnie? A correção dela se estendia apenas às pessoas que ela amava? O que ela me diria para fazer agora?

Em vez disso, ele disse:

– O verão está acabando.

– Slava? O que foi?

– Você se lembra de Mariela? – ele disse.

– A garota espanhola?

Slava e Mariela namoraram por um ano e meio durante a faculdade e desistiram – sabedoria incomum, gente tão jovem – quando começaram a esperar mais do que aquilo poderia render. Mas, por vários meses, eles foram inseparáveis, a filha de católicos colombianos e o filho de judeus soviéticos transando numa sala vazia no Met.

– Eu contei à avó sobre ela – ele disse. – Ela já estava doente.

– Mariela? Você a viu?

– Sabe o que a avó disse? Ela escutou atentamente, então disse: "Ela sabe cozinhar?"

A mãe bufou.

– Eu disse que não. Você se lembra da Mariela... ela não tinha uma panela de macarrão. A avó pensou sobre isso e disse: "Que lorpa."

Sua mãe riu, a voz menos cautelosa.

– Tem ido ao túmulo? – Slava perguntou.

– Todo final de semana – ela disse.

– Talvez você devesse dar um tempo da farmácia – ele disse.

– Não, não – ela disse. – Desse jeito, minha mente fica ocupada. Trabalhando na farmácia você tem a impressão de que não há gente saudável no mundo. A condição normal não é a saúde, mas a doença. Faz você se sentir melhor, de certa forma. Eu costumava perguntar a Deus por que apenas ela ficava doente, mas então você se sente culpado com isso. E eu ainda pergunto a Deus, só que uma pergunta diferente. Se tantos estão doentes, por que ela teve de morrer? E eu me sinto terrível, uma pessoa hedionda. Mas sinto saudades de minha mãe.

— Como eu sinto também — ele disse.
— Você não consegue dormir — ela disse.
— Não consigo dormir — ele confirmou. — Ela teria aceitado? O que estou fazendo?
— Ela te amava tanto.
— Mas o que estou perguntando.
— Ela amava todos nós. Não há nada que você pudesse fazer que ela não aceitaria.
— Esse é só um pensamento legal. Quando ela me encontrou com a Lena Lasciva, me puxou pelas orelhas, ainda consigo sentir.
— Não sei o que você quer que eu diga, filho... estávamos tendo uma boa conversa.

Ele se desculpou e se entregou ao silêncio.

— Está ficando claro — ele finalmente disse. — Está ficando claro aí?
— Sim — ela disse. — Você sabe que o calor me deixa louca, mas penso no outono e começo a chorar. É um crime uma pessoa morrer na primavera, porque tudo está apenas começando, e é um crime uma pessoa morrer no outono, porque tudo está terminando, e uma pessoa não pode morrer no verão porque é o verão. Só se deveria morrer no inverno. Apenas no inverno. Espero que eu morra no inverno.
— Então o solo está gelado e você provavelmente tem de pagar mais aos coveiros. — Eles riram dessa piada sobre a frugalidade, a frugalidade de todos os imigrantes.
— Você precisa ir — ele disse. — Vai se atrasar.
— Então, vou me atrasar — ela disse.

– Estamos prestando um serviço, não estamos? Você os mantém com as prescrições, você os mantém vivos, e eu os mantenho com fundos.

– É bom estar do mesmo lado que você – ela disse. – Porém, tenho inveja. Eles conseguem te ver todo dia. Você nos ignora. Quero dizer, seu pai e eu.

– Você é jovem demais para se qualificar – ele tentou fazer uma piada.

Ela riu educadamente.

– Não, é verdade, os avós são aqueles com as histórias. Sempre pensamos que o certo era não contar tudo a você. Talvez seus filhos venham nos procurar um dia.

– Diga alô a ela quando for ao cemitério – ele disse.

– Você se lembrou de seu russo tão rápido – ela disse. – Hoje você fala melhor do que antigamente. Não deveria visitá-la, também?

– Eu a visito do meu modo – ele disse.

Mesmo que eles, cada um por seu próprio motivo, não desejassem terminar a conversa, haviam chegado ao final do que podiam dizer em paz, e disseram adeus.

Ele voltou à cama, deslizando suavemente, para não atiçar o gato, apesar do desentendimento entre eles mais cedo. Escutou obedientemente a respiração fácil de Arianna, desejando estar nas boas graças de alguém. Ela dormia alheia, os lábios entreabertos, o rosto, um camafeu oval. Ele descobriu um íntimo paradoxo: ele havia olhado para ela a cada dia por mais de um mês, mas não registrara a cor de seus olhos. No entanto, agora que seus olhos estavam fechados, ele não tinha dúvidas de que eram cinza, um cinza brilhante, apesar de parecerem mais escuros por causa dos cílios grossos, motivo pelo qual, se alguém perguntasse a Slava de que cor eram, ele teria dito pretos, quase pretos.

Antes de começarem a se ver regularmente, os olhos dela eram tomados de uma diversão debochada, o que o irritava – ela caçoava dele, o nariz sempre enfiado no trabalho. Tardiamente, ele entendia que aquele sorrisinho era uma expressão de autoproteção, porque logo dava lugar a uma tenra empolgação, até admiração. E, periodicamente, a uma certa preocupação, a uma intenção fútil de contenção – os dois estavam indo rápido demais. Era diferente, agora. Quando as pálpebras sardentas de Arianna, com a marca de nascença, se abrissem do sono, elas olhariam para Slava com dúvida e medo. Ele queria que ela continuasse dormindo, como num conto de fadas. Em meio a esses pensamentos, finalmente ele caiu no sono.

A festa em homenagem à revista Century *acontecia na casa da primeira menina que Slava Gelman havia beijado nos Estados Unidos. Elizabeth Lechter tinha acabado de retirar seu aparelho fixo, e seus dentes brilhavam numa fileira branca perfeita que se podia ver do outro lado da sala. No entanto, Elizabeth não estava em nenhum lugar à vista – era como se a* Century *tivesse concordado em fazer a festa nos Lechter, lá longe na Nova Jersey suburbana, somente se os Lechter se fizessem ausentes. Isso era um alívio para Slava, porque seus olhos estavam em Arianna, flutuando ao redor da sala num apertadinho vestido vermelho, com mangas, que terminava no meio de suas coxas, e ele não queria fazer Elizabeth se sentir mal.*

Beau, por algum motivo, usava uma capa malva com pontinhos brancos. Avi Liss bebericava sozinho um gim-tônica. Peter Devicki estava perseguindo a namorada de Charlie Headey ao redor do sofá de couro branco dos Lechter, a namorada de Headey berrando e suas bebidas se derramando no couro, para culpa e consternação de Slava. Beau mandou Peter parar, e Peter saiu para se aconselhar com seu chefe. Charlie Headey tentou conversar com a namorada, mas ela acenou mandando-o embora; havia uma piscininha de criança no meio da sala de estar dos Lechter e foi onde ela decidiu descansar. Arianna observou-a com um sorriso, balançando a cabeça do outro lado da sala.

Um painel foi montado sobre a lareira dos Lechter. Mostrava o artigo vencedor na recente competição de Beau Reasons para uma história sobre as aventuras de um explorador urbano. Sobre o artigo, numa inconfundível fonte da Century, o subtítulo dizia: Peter Devicki. Slava se esforçou para visualizar a história de seu posto do outro lado da sala, mas não conseguia.

Depois de terminar de se aconselhar com Beau, Peter desapareceu da sala. Quando voltou, trazia um pilot preto na mão. – Que cozinha grande – ele disse.

– Aos Lechter! – Beau gritou.

– Aos Lechter! – o sr. Grayson respondeu.

– Aos Lechter! – a namorada de Charlie Headey berrou. O resto da sala os seguiu.

Enquanto a equipe da Century celebrava a família Lechter de Ridgewood, Nova Jersey, Peter Devicki foi até o painel onde estava o artigo de Slava, destampou a caneta e traçou uma linha grossa pelo subtítulo. Sobre ela, escreveu: Slava Gelman. Novamente a sala irrompeu em comemorações.

– A Peter Devicki! – as pessoas gritaram.

– Aos Lechter!

– Aos Lechter e a Peter Devicki!

Até Avi Liss levantou-se de seu lugar, projetando o copo à frente, o sofá branco dos Lechter agora já coberto com as cores de meia dúzia de bebidas.

Slava permanecia sentado, sem se mexer. Não podia se levantar, mesmo precisando. Observava Arianna, que não estava brindando com o resto do grupo, caminhar até o painel e estudá-lo como uma pintura. Então ela se virou e caminhou em direção a Peter, que estava encostado numa parede coberta com papel de tijolinhos, para simular uma parede de tijolos aparentes da cidade. Ela colocou a mão no antebraço dele, baixou o olhar e começou a cochichar no pescoço dele.

Uma sensação terrível dominou o peito de Slava. Ele tinha de intervir, mas não conseguia se mover. Ele estava lá? Estava lá. Uma pessoa o notou. Seu avô o notou. Ele estava num canto do outro lado da sala, como um garoto de escola que havia sido repreendido. Slava sentiu uma pontada de irritação – o velho iria dizer algo para envergonhá-lo.

Seu avô estava molhado, da cabeça aos pés. Usava roupas, suas roupas de sempre, calça de veludo e um suéter de lã, mesmo sendo verão, mas estava encharcado e tremendo, os dentes batendo, ouro batendo em ouro. Dentro da calça, era como se não houvesse carne cobrindo os ossos dos joelhos – o joelho esquerdo chacoalhava contra o direito. As mãos que emergiram do suéter, no entanto, estavam totalmente cobertas de carne. Uma sobre a outra, cobriam suas bolas, enquanto ele gritava de medo.

Slava acordou com um sobressalto, batendo a cabeça na prateleira sobre a cama de Arianna. De quem foi a ideia de colocar uma prateleira justamente sobre o lugar em que se dorme? Seu uso, qualquer que fosse, não era superado pela inutilidade de bater a cabeça imediatamente ao acordar, como Slava havia esperado desde sua primeira noite com Arianna – a expectativa assombrava seu sono, e, quando não estava sonhando com Peter Devicki, sonhava que batia a cabeça na prateleira, apenas para acordar e perceber que não, ainda não. Finalmente, aconteceu, e a dor torpe, junto com o fatigado reconhecimento de algo que esperava acontecer havia algum tempo, espalhou-se atrás de sua cabeça enquanto Arianna se remexia no sono.

Ela dormia como uma pedra. A guerra podia explodir na West End Avenue. Não que ele pudesse dizer uma palavra sobre a prateleira. Ela mantinha seus livros lá, ou seu copo d'água noturno.

— Não se preocupa que um copo d'água vá parar na sua cara no meio da noite? — ele perguntou uma manhã.

— Está esperando um terremoto? — ela respondeu, e ele foi levado a se dissolver em duplos sentidos sobre terremotos na cama.

Quando fizeram sexo depois, ele empregou uma energia a mais porque queria que o maldito copo caísse e *mostrasse* a ela, mas não caiu. Na segunda vez que ele mencionou a prateleira, não teve mais graça. Na terceira, ela simplesmente fingiu não ter ouvido.

Agora ela se virou para ele e colocou a perna quente sobre as coxas dele. Essa temperatura corporal subia a níveis perigosos de noite, uma febre que diminuía apenas com o amanhecer, Slava massageando a ponta dos dedos repentinamente azuis dela, até que retomassem a cor. Por esse motivo, ela não tinha ar-condicionado, apenas ventiladores, presos a um teto descascado e mofado por correntes gastas. Slava passava a noite esperando ter a cabeça esmagada por itens da prateleira, e as pernas, pelo ventilador dançando sobre eles. Essa era a razão de seu sonho idiota! Ele dormia num estado de constante ansiedade.

Ela se remexeu.

— Posso *ouvir* você bravo no meu sono. O que foi?

Ele olhou para ela.

– Acabei de bater a cabeça na prateleira.

Ela revirou os olhos.

– Slava, pelo amor de Deus, vamos tirar a prateleira. Você será um cara prestativo e vai tirar a prateleira.

– Preciso de um café – ele disse só para dizer algo.

– Faz uma xícara para mim? – ela disse, tentando soar gentil, e virou-se para olhar o outro lado do quarto.

Ele cruzou os braços sobre o peito e encostou a cabeça cuidadosamente contra a pérfida prateleira, uma oferta de paz.

– Você teve um pesadelo? – ela perguntou do outro lado da cama, seus lábios no travesseiro.

– Já pensou no que você faria – ele disse –, se alguém dissesse... Você tem dois filhos e alguém diz: "Escolha qual deles vive."

– Cruzes, Slava. – Ela se sentou e olhou de volta para ele. – Não – ela disse seca. – Posso responder depois de tomarmos café?

Ela jogou as cobertas de lado e se levantou. Ele a viu caminhar em direção ao banheiro, as mangas da blusa de malha enroladas até o ombro. A certa altura, ela começou a usar calcinha e blusa de malha na cama em vez do nada costumeiro. Ele se perguntava agora se era um pequeno gesto de distância. Mesmo assim, Arianna Bock de calcinha e blusa era melhor do que muitas meninas peladas. Ele afastou a coberta e a seguiu para o banheiro. Sem querer perder a ação, o gato avançou atrás deles.

Ela estava de pé, as mãos apoiadas no canto da pia. Sempre que ficava assim parada, descansava um pé contra o tornozelo do outro, fazendo um triângulo com as pernas. Às vezes, enquanto lavava pratos tarde da noite, ele se sentava à mesa da cozinha atrás dela e traçava a curva de seus tornozelos quando se encontram na ponta do triângulo, um círculo infinito.

Ele veio por trás dela e deslizou o braço por entre os seus, vinte dedos contornando a borda externa da pia, a ponta dos dela ainda assustados e azuis, os dele escuros e grossos.

– Nem sei o que estamos discutindo na metade do tempo – ela disse. Ela se virou dentro dos braços dele, encarando-o. – Penso nisso o dia inteiro. Não é nisso que quero pensar o dia inteiro. Quero ficar calma. – O sono havia sumido dos olhos dela, e ela também o olhava com o fatigado reconhecimento de algo que se esperava acontecer havia algum tempo. – Estou assustada – ela disse. Deixou os braços dele e se afundou no chão, correndo os braços pelas pernas. Ela desapareceu contra o azulejo, branco como o das estações de metrô.

Ele deslizou ao lado dela e segurou seus dedos, esfregando o sono azul para longe. O gato estacionou no canto da pia para escutar de cima.

– Se você se senta no azulejo frio – ele disse, tentando ser casual –, não vai ter filhos. É o que as esposas dizem em suas lendas.

– Gosto quando você me conta essas coisas – ela disse. – Nunca fala sobre isso.

– Cavalheiros têm muito a temer também, o avô diz.

– Que conversa sexy – ela suspirou. – Como ele está? Com tudo isso?

– Ele está melhor do que diz – Slava disse. – É abençoado. Nunca presta atenção o suficiente a nada para que isso chegue a atingi-lo.

– Não diga isso.

– É a verdade – ele falou ressentido.

O peso de seu segredo o pressionava todo, um peso idiota, torpe, sem centro nem pontas. Ele tinha de suportar só mais um pouquinho – o prazo final da solicitação era dali a poucos dias, então estaria livre, e eles voltariam um para o outro da forma como foi na primeira noite. Slava não queria pensar sobre a outra possibilidade: que o desconforto repentino deles não tinha nada a ver com seu segredo. Que era simplesmente eles, que o brilho introdutório de sua conexão fora uma fraude, agora dando lugar a um pálido fato: eram estrangeiros um ao outro. Mesmo no meio de uma discussão, queriam arrancar a roupa um do outro, mas aquele pensamento deprimente lhe mostrava que não era o suficiente, necessariamente.

Ele pensou em Otto, a primeira lembrança do dia entre centenas a vir, um sonho desprazeroso que não era um sonho. Slava absorvia um pouquinho do martírio das vítimas do destino espalhadas ao redor de South Brooklyn – claro que ele tinha de ser pego. Na *Century*, ele podia inventar municípios inteiros e jornais sem levantar bandeiras. Aqui, não. Alguns se livram até mesmo de assassinato. Ele... ele pagava.

A lista de cartas que faltavam ser escritas antes do prazo final queimava no bolso de seu jeans no quarto, como se contivesse o número de outras mulheres e não de gente de oitenta anos. Ele havia lido que um grupo de sobreviventes estava fazendo lobby para pressionar o parlamento alemão a revisar os termos da restituição para incluir uma parte mais ampla de evacuados e, pela primeira vez, soldados do Exército Vermelho. Ele queria que terminasse e não queria que terminasse.

– Sua cabeça está doendo? – ela disse. – Da prateleira?

– Ah. Não. Não, ela pode ficar ali. Sério.

– Não, vamos nos livrar dela. Já estava aqui...

– Não, não.

Eles pararam de falar ao mesmo tempo.

– Algo está estranho – ela disse com um sorriso formal no rosto.

– Algo – ele assentiu.

Ele estendeu os braços. Lenta, receosamente, ela se abaixou em direção a eles. O gato saltou do balcão, as patas atingindo os azulejos com um som surdo, e se juntou a eles. Slava nunca teve animais, mas gostava do gato. Nos momentos em que ele e Arianna não sabiam como ser calorosos um com o outro, podiam ser calorosos com o animal. Ele não se importava. Aninhava-se entre eles, um pacote de carne simples, tolo, eufórico, e abria um grande bocejo. Os dois humanos faziam então piada sobre quão tola a briga deles foi.

– Tudo bem – ela disse. – Vamos fazer algo. A não ser que você vá trabalhar.

– Estou tirando o dia de folga – ele anunciou.

Ela emitiu um som de descrença.

– Vá com calma – ele disse.

– Vamos caminhar – ela disse.

– Está quase quarenta graus lá fora.

– Então essa é nossa primeira pista – ela disse. – Queremos ar-condicionado.

– Está fresco aqui – ele disse, olhando para a cama.

Ela sorriu.

– Mais tarde. Vamos nos vestir.

Ele pensou em fazer o que ela fizera naquele dia, várias semanas antes, quando ele teve de ir à biblioteca. Peça cinco minutinhos, tire as roupas dela, e empurre-a para a cama. Ela mostrara a ele que podiam se impor um sobre o outro dessa forma; o outro iria se impor em outra vez. Amor não era igualdade, mas equilíbrio. Na viagem de ônibus de volta para seu lado do município, ele se sentiu usado, porém mais próximo dela. Mas ele não conseguia se imaginar fazendo a mesma coisa agora. O triste corolário da regra dela era que esse tipo de desequilíbrio era possível apenas quando o intervalo era frequente. Havia sido nas primeiras semanas deles, mas menos quanto mais tempo eles passavam juntos, triste ironia. Ele se levantou e se vestiu.

A cidade, que parecera suave e complacente quando caminharam do Bar Kabul para o Straight Shooters na primeira noite juntos, agora parecia excessiva e colérica. O termômetro afixado à entrada do prédio de Arianna dava trinta e oito graus. O calor, no entanto, havia esvaziado as ruas, dando a elas a sensação de um final de semana prolongado, que sempre criava para Slava a ilusão de que a cidade era brevemente dele.

– Para onde? – ele perguntou, esfregando sua testa em demonstração.

Caminharam em direção ao Museu de História Natural. Quando os Bock de Brentwood começaram a visitar Nova York com a pequena Arianna, essa sempre foi a primeira parada; o Águia gostava de águias. (Sandra Bock, sem se deixar seduzir pela vida selvagem, esperou num café.) A praça do museu estava vazia, salvo por uma revoada de pombos – esses sobreviveriam ao apocalipse. Dentro, no escuro sacerdotal, na luz reservada para antílopes atordoados em meio a um salto, crianças de excursão, misturadas com grupos de turistas japoneses e alemães, famílias individuais pairando entre eles com a liberdade dos sem afiliações. Arianna usava sandálias, uma camisa de marinheiro decotada com mangas curtas e bermuda preta com botões dourados que terminavam bem abaixo da barra de sua bunda. Homens conseguiam, na penumbra, inspecionar esse gênero empolgante, mas ainda mais as mulheres, lembrando a Slava a insistência do tio Pasha de que contava mais quando as mulheres olhavam. Slava pensou em Pasha com uma alegria gasta.

Arianna, treinada pelas calçadas da cidade, traçou uma rota através da multidão, olhando para trás de vez em quando para se certificar de que Slava estava lá. Ele a seguiu como uma criança do jardim de infância. Ela parava de tempos em tempos para dizer algo sobre o íbex, o lince, os coiotes que uivavam nos morros de Los Angeles. Todos os animais pareciam os mesmos para Slava: chifres, peles, grandes olhos vigilantes. Ele escutava com uma sensação rançosa. Para ele, Arianna era sinônimo da cidade, mas ela também conhecia tudo isso. Adorava isso nela; trazia surpresa à sua vida. Mas, para todo lugar que eles iam, ela relatava algo. E se ele tivesse passado a juventude marchando pelo Museu de História Natural em vez de decifrar cartas e viajar no dicionário em sua mesa forrada de madeira? Seria tão esperto quanto ela? Ou era algo intrínseco a ela?

Parados diante de um *display*, ele a abraçou por trás, seu colo familiar contra seu antebraço. Ela parou de falar e se recostou no peito dele. Ela havia alisado o cabelo; ele inalou a secura queimada, defumada. Levantou as pontas com os dedos e beijou o pescoço dela.

– Quero ir embora – ele se ouviu dizendo.

– Quer ir para casa? – ela disse.

– Gostaria de te mostrar um lugar agora.

Ele disse isso antes de estar certo do destino, mas a sensação era clara.

Ela assentiu enfaticamente.

– Mas vamos ficar assim por mais um minutinho.

Lá fora, o ar úmido atacou imediatamente, e ele esticou a mão para um táxi. Ela notou o luxo – eles sempre pegavam o metrô. Ele corou, envergonhado. Minhas faturas de cartão de crédito não vão para o Águia, ele queria dizer, mas segurou a língua. A observadora Arianna também notava que eles haviam passado todas as noites do mês anterior no apartamento dela? Não, esse desequilíbrio passou sem ser notado. Mas ele *preferia* o apartamento dela. Estava perdidamente envolvido. Ele segurou a porta enquanto ela entrava no táxi.

– Para onde está me levando? – ela perguntou.

– Seguindo o momento – ele disse, olhando para o pescoço marrom do taxista. Ele pegou a mão dela.

Seguiram em silêncio. O Upper West Side se transformou em Midtown, depois Chelsea, West Village, Battery Park – constrangido, ele esbanjou pelo túnel – e Brooklyn.

– Para onde estamos indo? – ela riu.

– Não ama estar no escuro? – ele disse o menos rígido que pôde, apesar de soar rígido da mesma forma. Agora tinham de se manter de mãos dadas para fingir que não estavam bravos um com o outro. Slava olhou para fora pela janela. A rua lentamente se revelava familiar – ele a conhecia apenas em relação ao metrô, então reconheceu-a com atraso. Ele havia sido assaltado aqui. O avô e a avó moravam perto nessa época, antes de encontrarem o melhor apartamento subsidiado em Midwood. O assaltante era eslavo – não um judeu, mas, ainda assim, um dos deles. Tinha manchas roxas de insônia sob os olhos e uma longa faca sob a camiseta – comicamente longa, com um cabo dourado, como um sabre de circo. Graciosamente, ele explicou: sua família tinha acabado de gastar as economias numa fiança, e ele precisava de dinheiro para um advogado.

Slava estava com Igor Kraz, o garoto que se tornaria proctologista. Ele havia ensinado Slava a dar chutes de caratê corretamente e a se masturbar com um travesseiro, então era útil tê-lo por perto. Ele estava cravejado de diamantes. Slava não tinha nada mais do que um bracelete de prata e um colar, mas ele queria mesmo se livrar deles, como se fossem insetos. As joias não tinham nada a ver com eles; estavam apenas exibindo o progresso da família nos Estados Unidos. O avô ficou chateado por Slava não concordar com nada mais luxuoso do que prata.

– Mas podemos fazer melhor – ele disse repetidas vezes. – Por que ele usa ouro e você apenas prata? O que, somos menores?

Quando o assaltante pediu as joias, eles entregaram. O jovem proctologista havia esquecido todos os seus chutes de caratê. E quando o ladrão perguntou o endereço deles, para evitar que eles dessem queixa, disseram a verdade. Ele deve ter notado as carinhas de anjo que pegou pelo colarinho naquele dia, porque então disse aos meninos para estarem na mesma esquina uma hora depois com mil dólares. Quando telefonaram para os pais, a primeira coisa que disseram era que precisavam de mil dólares.

Eles eram os filhos de seus pais e avós. Faziam o que mandavam, fossem pais ou assaltantes, como haviam aprendido. Obediência às normas – apenas diga quais são as regras – era tão molecularmente satisfatório como uma ameixa gelada num dia quente. Quando ele era pequeno, essa satisfação tocava a mesma parte de Slava que queimava quando bebia um chá quente demais. Então como ele se tornara um embusteiro? Teriam as fraudes do avô encontrado caminho nele, apesar dos grandes esforços dos Gelman em criar uma pessoa obediente? Não se pode deter o sangue, ele vai para onde quer? Talvez os Gelman, mais velhos e mais sábios, entendessem isso, e haviam tentado mantê-lo por perto, para protegê-lo. Essa parte dele – sua alma devida e corrupta – aparecia apenas quando ele escapava do alcance deles. Ele queria muito perguntar isso a Arianna, porque sabia que ela apresentaria algo em que ele não havia pensado, que o faria refletir sobre aquilo de maneira diferente. Mas não conseguiu. Ele gemeu, e ela apertou sua mão.

O táxi parou na Brighton 6th St. Ela abriu a carteira, mas ele cobriu a mão dela e pagou. Açoitado pela brisa marinha, o ar era menos denso ali, o sol exaurido pelo castigo que havia sido imposto durante a tarde. Eles ficaram olhando para a Brighton Beach Avenue, Arianna esperando por um sinal de Slava. Ele observava as almas condenadas passando por eles, as pernas tortas e cheias de varizes, os papos nadando em gordura, barrigas penduradas sobre as pernas como fruta madura demais. (Teria Otto ido até lá, para ver em primeira mão com o que ele lidava em seus arquivos, ou ele preferia manter distância?) Sim, eles não eram fáceis de se ter por perto. As sacolas de compras recheadas de tomates em promoção, os corpos trôpegos, alheios aos semáforos, o empório miserável que tinha de contrabandear peles e DVDs e manicures para espremer dessa pedra chamada vida algum maldito dólar. E esses eram os honestos. Depois de cinquenta anos em terreno soviético, eles haviam chegado ali para serem currados por mais um tempo, antes de se mandarem para um jazigo no Cemitério Lincoln, até isso impossível de se adquirir sem alguma manobra financeira. Eles não podiam nem votar.

– Você está sempre perguntando – Slava disse. – Aqui está. Aqui estão eles.

– Mostre para mim – ela disse.

Eles caminharam sem plano, acontecimentos de muito tempo voltando à memória de Slava. Nessa loja, o avô havia conseguido um casaco de pele para a mãe de Slava sem pagar um dólar. O dono, um homem cuja existência dependia de espremer cada centavo do vison nas mãos do avô, acabou por lhe implorar que o levasse de graça, apesar de Slava não se lembrar do motivo exato ou, mais provavelmente, ser jovem demais para compreender as tramoias, apesar de crescido o suficiente para entender que casacos de pele não eram de graça. Lá de baixo, ele observou o avô com espanto. Esse era o avô. Arianna reiterou seu desejo de conhecê-lo. As pessoas sempre queriam conhecer o avô quando se falava sobre ele, Slava disse. Elas se animavam.

Aqui estavam os uzbeques, aqui os tadjiques, aqui os georgianos, aqui os moldávios. Aqui você podia ter uma manicure *e* uma pedicure por dez dólares. (Isso faz as sobrancelhas de Arianna se levantarem de espanto.) Estavam olhando para uma fileira de mulheres idênticas de cabelo platinado trabalhando nas cadeiras de um salão de beleza quando Slava congelou. Sem pensar, ele havia trazido Arianna a uma vizinhança onde meia dúzia de lares havia se beneficiado de suas cartas forjadas. Que amador. Seu coraçãozinho fora ferido – ele queria mostrar a ela algo que só ele sabia, e simplesmente cedeu ao impulso. O avô havia passado adiante sua alma fraudulenta? Slava era um dedinho na mão do avô, nada mais.

– O que foi? – Arianna disse.

– Bem, eu só queria te mostrar – ele disse rapidamente. – Já podemos ir. – Ele se xingou uma segunda vez; estava recuando tão desajeitadamente quanto havia se aproximado.

– O quê? – ela disse. – Acabamos de chegar. Quero beber um chá quente, à moda uzbeque. Me leve, por favor.

Enquanto andavam no calçadão de tábuas, ele tentava mapear as casas que precisavam de uma boa desviada, e meio que escutava Arianna tagarelar sobre os arredores. Onde ele via desespero e demolição, ela via outro show do grande circo étnico de Nova York. Enquanto passavam por Key Food, ele achou ter visto a velha Anna Kots bambolear com um carrinho de compras, mas era uma sósia. Na *chaikhana*, ele sugeriu firmemente uma mesa nos fundos, longe das janelas. Era mais fresco perto das janelas, Arianna disse. Elas estavam abertas, o mar cintilando com uma luz azul aquecida pela ampla praia.

– Achei que você queria ficar quente, como os uzbeques – ele disse, e ela obedeceu.

– O que *houve*? – ela perguntou quando eles se sentaram.

– Nada, nada – ele disse.

– É estranho para você estar aqui?

Ele foi salvo pela chegada de uma garçonete num chapéu de lã típico uzbeque. Um fone saía de sua orelha.

– Você é do FBI? – ele brincou com ela em russo.

Ela riu – era assim que os empregados se comunicavam com a cozinha. Arianna esperou pela tradução, mas ela não veio. Em vez disso, foi convidada a escolher seu chá. Percebendo que Slava estava acompanhado de uma americana, a garçonete se tornou formal. Quando voltou, colocou a bandeja sobre a mesa e mostrou cada item:

– Esse é o chá-verde, por favor – *kuk-choi*. Essas são as colheres, por favor. – Ela segurou dois chapéus de lã: sim ou não? Slava disse não, Arianna disse sim. A garçonete deixou escapar um sorriso e disse em inglês: – Eu saio, vocês decidem.

– Por que seu avô sabe como os uzbeques bebem chá? – Arianna disse quando a garçonete se afastou.

– Foi para onde ele fugiu durante a guerra – Slava disse cautelosamente.

– Estão falando sobre expandir a elegibilidade – ela disse. – Está no jornal. Finalmente, ele poderia se qualificar.

– Vamos torcer – Slava disse com o dobro de cautela.

– Não posso imaginar como é lá.

– Ele estava na idade do serviço militar; ele se mijava na rua para que os recrutadores pensassem que era retardado.

– Você sempre fala dele.

– Você perguntou sobre ele.

– Quero dizer, você nunca fala de seus pais. E eu só falo dos meus pais.

– Tenho até o sobrenome do meu avô em vez do de meu pai – Slava disse. – Eles tomam as decisões, creio eu. Eu gostaria de conhecer o Águia.

– Sandra também tem seu charme.

– Quero dizer que gosto mais da forma como você se sente em relação a ele.

Ela olhou em direção à água.

– Sabe que em sete anos em Nova York eu não vi o oceano.

– Que diferença ele teria do outro?

– Sempre que leio *O estrangeiro*, quando ele mata o árabe na praia, é assim que imagino. A água de tão azul torna-se preta. E o sol é tão forte que tudo parece alvejado.

– Já leu mais de uma vez?

– Eu releio livros o tempo todo. Especialmente se fizeram você ler na escola. É como uma vara de medida. Isso é o que pensei aos dezessete, isso é o que eu penso agora. Eu amava *Cem anos de solidão*, deixando de lado toda aquela merda chauvinista. Mas não consegui terminar no ano passado. A mulher come terra, o sangue do coronel escorre da guerra de volta para a casa onde ele nasceu... tão melodramático. Sou eu agora, não o livro; vou tentar novamente daqui a alguns anos. Acho que os livros deveriam ser traduzidos uma vez a cada geração. Tenho edições de *O estrangeiro* de 1948 e 1982, inglesas, e uma americana de 1988. São todas diferentes. – Ela bebericou o chá, segurando o *piala* de baixo com ambas as mãos. – García Márquez foi criado pelos avós. É assim que penso de você.

Ele riu.

– Você está viajando. Está nervosa?

Ela sorriu.

– Talvez.

Ele estendeu uma das mãos. Arianna colocou a palma da sua sobre ela. Estava quente por causa do fundo da xícara de chá.

– O avô estava contando a verdade? – Slava disse. – Você é menos quente porque é tão quente quanto o clima?

– Não sei. Vamos lá fora conferir.

Por milagre, o oceano estava agudamente fresco, apesar de estar sob o ataque do sol por dois meses. Ficaria bom para nadar até outubro, um convidado bem-vindo a ficar por mais tempo. Arianna berrou quando a água atingiu os dedos dos pés. O borrifo tempestuoso subiu por suas pernas. Ele havia esquecido tudo sobre o campo minado de revelações que era a vizinhança. Momentaneamente, ele se sentiu isento de responsabilidade.

– Tem cheiro de peixe – ela disse.

– Não, peixe é que tem cheiro disso – ele retrucou. Eles riram. Ela chutou a espuma na direção dele. Ele encheu a boca de água do mar e não parou de persegui-la até esguichar toda a água nas costas dela.

Adormeceram na areia, a camiseta enrolada como travesseiro para ele e seu peito como travesseiro para ela. Ao adormecer, ele sentia o cheiro de maresia no rosto dela. Seu último pensamento antes de apagar foi: ele era o melhor e o pior de si quando estava com ela.

O sol havia escapulido quando ele acordou. Arianna ainda dormia, então ele não ousou se mover. A gema desfalecente do sol traçava um ataque final de rosa, violeta e dourado, um pôr do sol melhor do que o quente dia suado merecia. Ele se lembrou de ler em um dos seus jornais que pôr do sol de cartão-postal era na verdade causado por excesso de poluição. Assim como cinzas humanas podem lhe dar lindos tomates de mais de dois quilos. Assim como Yevgeny Gelman, Israel Abramson e Lazar

Rudinsky, cem anos depois, lhe dariam Arianna Bock. Tudo no meio disso era uma perda, um descarte.

Quando ela acordou, eles vagaram de volta para a beira do mar, as camadas marulhantes do Atlântico só para eles, exceto por um casal se pegando ao lado do posto de salva-vidas. A noite estava adquirindo um brilho roxo de hematoma. Um poste solitário de luz os chamava de volta ao calçadão. A areia sob eles havia esfriado rapidamente, mas, se você afundasse os pés, ainda estava quente embaixo dela.

– Você nasceu lá – ela disse e apontou para a escuridão.

– O oceano no escuro me deixa apavorado – ele disse.

– A mim também – ela disse.

Ela pegou a mão dele, e eles foram na ponta dos pés até a água fria e escura. Slava estivera olhando o rio do canto de sua vizinhança ao longo de anos, mas esse era seu primeiro passo dentro da água que delimitava Nova York por todos os lados. Pensando bem, era demarcada pela água da mesma forma que Veneza ou Amsterdã, mas aqui essa fronteira natural havia sido reduzida a um coadjuvante. Você não pensava em Nova York como uma cidade de água. E se o nível da água subisse, como os cientistas continuavam dizendo de tempos em tempos? O que iria primeiro? O que seria carregado para longe e o que se ergueria em seu lugar? O pensamento de uma cidade diferente, uma cidade da qual ele fizesse parte, o deixava empolgado e lhe dava a ousadia de avançar mais fundo no oceano impenetrável.

15

SEGUNDA-FEIRA, 28 DE AGOSTO DE 2006

Na segunda, o *Times* publicou uma história sobre um processo contra o governo alemão aberto por um grupo autodenominado Advogados por Justiça Histórica. Os querelantes, representados por um procurador australiano com o nome certamente inventado de Howard Settledecker, tinham feito um "apelo ao fundo de restituição do Holocausto Alemão para que revisassem os requerimentos de elegibilidade, a fim de incluir aqueles da Frente Oriental que nunca foram encarcerados num gueto ou num campo de concentração mas, mesmo assim, haviam sofrido devido à invasão alemã".

Beau usava suspensórios sobre uma camisa rosa. Os vincos da manga eram capazes de cortar. Seus olhos brilhavam do fim de semana de descanso, esportes e outras diversões. Ele cumprimentou todo mundo e deslizou o polegar sob os suspensórios.

– Sobre a edição de outono esta sexta – ele disse. – Podemos ter um fechamento antecipado. Gruber ainda vai enviar texto. Mas temos de fechar na sexta. É viável para todos?

Todos assentiram.

– Há uma história no *Times* hoje sobre reparações do Holocausto – Beau continuou. – Alguém leu? Sabem como eu me sinto a respeito de o *Times* nos vencer, então devemos ignorá-lo. Mas, só por precaução, há uma coletiva de imprensa esta tarde no Museu do Patrimônio Judaico. Howard Settledecker! Você está nessa. Sr. Grayson, quando foi publicado o perfil que eu fiz?

– Vou verificar, sr. Reasons – o sr. Grayson disse. – Mil novecentos e noventa e sete, creio eu.

– Quem quer? – Beau disse. – Quero dois.

Aquela mão familiar se ergueu, o punho de um blazer escorregando até o cotovelo.

– Peter – Beau disse. – Excelente. Quem mais?

Nenhuma resposta emergiu das baias. A mente de Slava estava flutuando com Otto, tentando imaginar os ângulos.

– Que tal uma revanche? – Beau disse. – Sr. Gelman, podemos ter essa honra? Vamos ver o que nosso pequeno laboratório conquistou.

Slava levantou o olhar, espantado. Sentiu Arianna nas suas têmporas novamente. Não conseguia entender o que ela estava tentando telegrafar. Faça? Não faça?

– Sr. Gelman? – Beau disse. – Devo implorar para que você aceite fazer uma matéria para a *Century*? – O grupo se remexeu, nervoso.

Slava não respondeu.

– Vou tomar isso como um sim – Beau disse.

– Quer ir junto para o centro? – Peter perguntou. – Dividir um táxi?

Eles zumbiram para o andar de baixo no elevador panorâmico. Lá fora, Peter avançou em direção ao meio-fio e esticou a mão.

– Há um sistema – ele explicou quando entraram no táxi. – Você tem de encontrar o maior prédio na rua e caminhar até antes dele. A maior parte das pessoas não pensa nisso. Ficam apenas na frente de seus prédios e esperam.

– O prédio com mais gente também não tem a maior quantidade de táxis esvaziando? – Slava disse.

Peter coçou os fios que brotavam de seu queixo e admitiu que Slava tinha um bom argumento.

Continuaram em silêncio. Não haviam conversado desde a competição. Não haviam falado muito antes também, mas agora a distância provocava uma má sensação. Na 34th St., Peter se virou para Slava.

– Podemos melhorar o clima? – ele estendeu-lhe a mão.

Slava assentiu e a apertou. Apesar de quase translúcido, Peter tinha um aperto firme e seco.

– Valeu – Peter disse. – Fico feliz.

– Me diga o que é preciso – Slava disse.

Peter o olhou intrigado.

– Eles publicam tudo o que você dá a eles.

Peter jogou a cabeça para trás, lisonjeado e exasperado.

– Cerca de uma entre as dez coisas que dou a eles.

– O que é preciso?

– Que diferença faz? Você não gosta mesmo do que eu escrevo.

Confrontado com a verdade, Slava não disse nada.

– Há um estilo – Peter disse. – Não é seu estilo.

– Quero que seja meu estilo – Slava disse.

– Não quer – Peter rebateu. – Do contrário, seria.

Apesar do clima sufocante, a coletiva de imprensa estava acontecendo do lado de fora. Slava não entendia por que Settledecker estava deixando passar a oportunidade de ser fotografado dentro, ao lado de vagões-gaiola e pilhas de sapatos, anunciados pelas faixas que tomavam a entrada para o museu. Slava havia passado os olhos pela história do *Times* antes de sair com Peter: o australiano Settledecker (era dono de um quarto de algum território esparsamente assentado no interior do país), "a desavergonhada mente por trás de campanhas de publicidade controversas que conseguiu impor resoluções à Organização das Nações Unidas, recuperar obras de arte pilhadas e provocar demissões em universidades". Ressentido, Slava se recusara a ler com atenção o artigo de Beau.

Num amplo palco cinza, Settledecker balançava os longos braços e coçava a barba. Usava um terno mal ajustado. Dava para ver os tornozelos dele quando gesticulava com mais intensidade.

– Que que há com o terno? – Peter disse. – Ele está parecendo um alfaiate de *shtetl*. – Pronunciou *"shtetl"* cuidadosamente, como se tivesse aprendido a palavra naquela manhã, na *Enciclopédia da História Judaica* na biblioteca de verificadores de fatos.

Peter tinha instintos; estava certo sem saber. O colete, a camisa listrada por baixo, a barba meticulosamente descuidada de sempre: Settledecker estava sutilmente encarnando a imagem de um judeu pobre.

Havia três fileiras de cadeiras pretas dobráveis na lateral do palco, tomadas de aposentadas ostentando coques bufantes em meio ao vento sufocante do Hudson. Pelos paletós baratos protegendo-os dos ataques clandestinos da brisa, pelos dentes de ouro reluzindo no sol forte, pelos rostos deslumbrados – ficava claro. *Nashi*. Todos russos.

Slava fez mais uma observação em seu bloco de notas com espanto: por baixo dos paletós, usavam uniformes de prisão. Uniformes listrados de prisão. Podiam ser de uma loja de Halloween. Números foram bordados nos peitos, estrelas amarelas presas abaixo deles. Alguns dos mais velhos, preocupados com a perda de impacto das estrelas escondidas pelo paletó, tinham soltado as estrelas de seis pontas de velcro e estavam tentando fixá-las nos casacos.

Beliscavam: pacotes de biscoitos, sanduíches de pão com queijo, iogurte. Atrás das cadeiras, uma longa mesa coberta de toalha branca tinha travessas de sanduíches e garrafas d'água para o repasto pós-coito. Os que estavam sentados viravam-se periodicamente para se certificar de que ninguém estava fazendo avanços desautorizados à comida. Na borda do prado, senhores bronzeados vindos da Flórida a passeio paravam para registar seus contemporâneos menos bem conservados em suas câmeras.

– Por que eles deixam essa gente no calor? – Slava disse para Peter.

– Acha que poderiam organizar esse arranjo lá dentro? – Peter disse, a caneta movendo-se fluidamente no bloquinho de notas. – Vou dar uma volta. – Ele acenou com a cabeça em direção às cadeiras.

Duas mulheres jovens estavam tentando prender uma grande faixa que dizia "Memória" em uma cerca atrás do palco. Ficava batendo ao vento. Settledecker berrava para elas da plataforma, cachos de seu cabelo saltando e se recolhendo. Por fim ele desistiu e começou a coreografar uma equipe de gravação que desdobrava os suportes de câmera. Ele gritou para um assistente colocar um peso sobre as torres de guardanapos nas mesas do bufê.

Peter estava curvado sobre um aposentado com cara de tartaruga.

– Olhe esse *kikele* – o velho gritava, apontando seu boné de marinheiro para Settledecker. – Ai, ai, ai. É de se admirar até onde um judeu pode ir neste país.

Peter olhou para Slava e deu um sorriso idiota, apontando a caneta para o Cara de Tartaruga. Os Devicki, nobres da Polônia, tinham partilhado um javali russo e lenha, mas não se preocupavam com o linguajar. Peter estava se esforçando dos cantos mal-iluminados de salões do cérebro havia muito não visitados, onde uma avó ou um avô outrora usavam palavras que compartilhavam mais do que eles não compartilhavam com o russo. De que região da Polônia tinham vindo os ancestrais de Peter? Slava teria de perguntar a ele. Minsk havia sido a fronteira ocidental da União Soviética até 1939; as vilas a oeste dela eram território polonês. Não fosse por transliteração e história, ele e Peter podiam ser compatriotas. Peter podia ser o irmão eslavo de Slava.

Slava estava prestes a se aproximar para ajudar quando uma das assistentes de Settledecker apareceu diante deles. Ela se ajoelhou na frente do velho, sua camisa preta quente só de se olhar. Settledecker parecia se cercar apenas de mulheres. Peter disse algo à menina, então olhou de volta a Slava, fazendo sinal com o polegar.

Finalmente, tudo estava pronto – os mais velhos se sentaram, as assistentes se alinharam atrás de Settledecker, os câmeras olhando para os visores. Settledecker coçou a barba e se aproximou do microfone, a modesta pança balançando. Cuidadosamente, ele deu um tapinha na cabeça, como se fosse o primeiro microfone de sua vida.

– Senhoras e senhores – ele disse. Virou o rosto para fileiras de cadeiras dobráveis. – Sobreviventes – ele assentiu. Voltou o olhar para a câmera e olhou à frente, sem falar. De repente, houve silêncio demais. Settledecker tossiu. Então se virou de volta para as cadeiras dobráveis. Os aposentados estavam imóveis. Settledecker revirou os olhos e, meio se virando, sussurrou algo para alguém atrás dele. Uma das assistentes desceu os degraus do palco e cochichou no ouvido da mulher da cadeira do canto da primeira fileira. *Oi-oi-oi*. A mulher bateu na própria testa e puxou a jaqueta de náilon da mulher ao lado dela.

– *Poshli, Roza, my idyom!* – "Vamos, Roza, vamos em frente."

A primeira fileira seguiu com disciplina. Então a segunda, esperando pacientemente até que a primeira tivesse saído. Settledecker assentia do palco. A mulher da frente, com a mão da assistente conduzindo-a gentilmente, começou a montar a plataforma. Roza e o resto as seguiram. Fantasmas, eles iam passando em fila por Settledecker enquanto ele falava.

– Senhoras e senho... – Settledecker recomeçou, mas o clangor de um rebocador ressoou do Hudson. Ele abriu as mãos para o céu. – Vamos começar, é claro, apenas quando for a vontade de Deus. – Uma leve risada da grama. – Senhoras e senhores – ele disse. Ele se virou novamente. – Sobreviventes. – Apontou para as câmeras. – E eu os chamo de sobreviventes. Porque eles são. Vou propor uma questão a vocês. Qualquer um de vocês. O senhor. – Ele escolheu um cameraman. – Imagine que seu país... nosso país... é invadido. Imagine nossos conquistadores... e não se engane, nós fomos conquistados... nossos conquistadores não têm um afeto especial pelos americanos, mas são dos nova-iorquinos que eles realmente não gostam. Ah, eles *realmente* os odeiam. Difícil imaginar, hein? – Outra salva de risadas. – O resto da nação é mais ou menos autônomo, mas os nova-iorquinos, eles os conduzem para campos de concentração. – Settledecker levantou a mão e começou a contar nos dedos. – Fome. Doenças. Extermínio. Câmaras de gás. Sabem aonde estou indo. Senhor, de onde é?

O cameraman para quem Settledecker apontava tirou o rosto do visor.

– Do Bronx – gritou para o palco.

– Bronx! – Settledecker repetiu. Os prisioneiros fizeram fila atrás dele, uma dor profissional no rosto, os corpos cansados e caídos. Eles não sabiam o que estava sendo dito. Alguém lhes disse que fazer isso podia render algum dinheiro para eles. Em suas cabeças, estavam sendo feitos cálculos sobre o que esses euros podiam comprar. Um carro novo para o afilhado. E uma licença para aluguel de limusines. O suficiente para ajudar as crianças a darem entrada numa casa juntos, porque os filhos de todos os outros já tinham um lar. Eles rastejariam pelo palco se fosse necessário.

– O Bronx é um campo de concentração, meu amigo – Settledecker seguiu. – Sua família... tem uma família, senhor?

– Dois moleques – o cameraman gritou. Havia um tom entediado em sua voz.

– Dois moleques – Settledecker repetiu. – E uma esposa que os trouxe ao mundo, presumo? – Ele parou novamente por uma leve risada. – Bem eles estão no Campo Bronx. Mas... última pergunta, senhor, prometo... seu nome?

– Joseph Rumana – o cameraman disse. – Júnior. Quer saber o que eles vão comer no jantar?

Os outros câmeras riram. Settledeker sorriu tolerante no microfone.

– *Obrigado*, senhor.

O cameraman apontou um dedo para Settledecker e puxou o gatilho. Era um infiltrado.

– Os Rumana estão cercados. Mas o sr. Rumana, marido e pai amoroso, encontra uma forma de sua família escapar, deixando-o sozinho no campo. Sua esposa e filhos passam os quatro anos seguintes vagando pelo país, vivendo de restos, protegendo-se de ataques, sofrendo o pior tipo de humilhação, porque agora há gente em Utah e no Texas que diz: "Deixe que eles fiquem com Nova York. Daí vão nos deixar em paz." A guerra é tão longa que os meninos do sr. Rumana atingem a idade para entrar no Exército americano. Lutam nas trincheiras. A sra. Rumana trabalha em turnos de vinte horas numa fábrica, produzindo munição.

"É assim por anos, senhoras e senhores – Settledecker prosseguiu. – *Anos*. Quando terminou, havia oito milhões em Nova York. Agora são dois. Imagine essa cidade com dois milhões de pessoas. Eu sei, eu sei... espaço para andar. Mas falo sério. Milagrosamente, o sr. Rumana sobreviveu. Pesa um terço do que costumava pesar, está doente com coisas que a medicina ainda está por descrever, viu coisas que nenhum de nós pode imaginar. Mas está vivo. Por décadas, o sr. Rumana precisa se manifestar contra o governo alemão para ter um valor atribuído a seu sofrimento. Isso pode ser medido em números? Não somos nós que temos que responder."

Settledecker apontou o dedo indicador para o céu. Estava aquecido agora, agitado.

– Mas existe algo que temos *sim* de contestar: a restituição alemã cobre apenas o sr. Rumana. Isso mesmo. Tudo o que sua esposa e filhos passaram, porque Nova York foi invadida pelos alemães, e não veem um centavo. Sessenta anos depois! A sra. Rumana tem oitenta e sete anos de idade! Esses são os últimos dias dela na terra. Ela tem gota, artrite, glaucoma. De dia após dia trabalhando no escuro, montando cápsulas de artilharia. Mas, não! O generoso governo alemão não cobre ninguém que não foi, vou citar para vocês os documentos oficiais, "encarcerado em campos de concentração, guetos ou batalhões de trabalhos forçados". Que vergonha, senhoras e senhores! – Settledecker estava intempestivo, suas bochechas tremendo. – Que vergonha! – ele berrou, e por um momento era fácil imaginar que não havia encenação em seu discurso. Ele piscou várias vezes, suas palavras ecoando. A fila de sobreviventes terminara de passar por ele. Estavam reunidos do outro lado do palco, incertos do que fazer.

— Mas por que apelar para a ficção? — Settledecker disse baixinho, agora transmitindo um apelo atormentado. — Por que não ouvimos os fatos dos próprios sobreviventes? Então vocês decidem por vocês mesmos. Não vão mais ter notícias minhas. Decidam por vocês mesmos. Decidam se querem fazer uma petição a seus congressistas, a seu senador. A escolha está em suas mãos. Ninguém mais pode ajudar esse povo, apenas a sua palavra. Mas quem vai levantar a voz quando eles vierem me pegar? Sim, por favor.

Settledecker, com os olhos em chamas, virou-se para o grupo de senhores e apontou para a mulher que estava na primeira cadeira na fila do canto. A mulher era uma almôndega, filas concêntricas de banha do rosto até a cintura. Mas suas unhas eram semicírculos perfeitos, e grossos brincos âmbar penduravam-se de suas orelhas. Ela balançou a cabeça fracamente.

— Sim, sim — Settledecker confirmou, acenando com a cabeça. — Agora, por favor.

Ele abaixou o microfone. A almôndega deu de ombros e se separou do público. Ofegante, ela subiu a escada, Settledecker levantando-a pelo cotovelo. O vento havia roubado várias mechas da bruma dourada do cabelo dela. Elas flutuavam ao redor de seu rosto como ondas, tão leves no sol que era fácil imaginar como ela era quando jovem. Em 1941, para essa mulher, como para a avó, o mundo deve ter parecido como a versão final dele mesmo. Nada poderia fazer as vidas que elas levavam parecer obsoletas. Após a guerra, a avó fingiria concordar com a vizinhança: o avô era inadequado, um vândalo. Mas ela não tinha mais pais ou avós, e na sua mente o avô era como uma rocha contra a qual mesmo as piores coisas quebrariam.

O avô havia contado isso a Slava ou Slava havia inventado?

O pai de Slava, quando veio paquerar sua mãe, também era inadequado, só que pelos motivos opostos. Ele era tímido e se escondia atrás da esposa. A mãe fingia concordar com os pais que ele era inadequado, mas em sua mente ele era um descanso dos despotismos do avô-pedra.

Qual era o lugar de Slava nessa sequência? A mulher com quem ele queria casar teria de mentir para seus pais sobre o tipo de pessoa que ele era? No padrão histórico, ele deveria repetir o avô, uma rocha.

No palco, a mulher, ao contrário de Settledecker, uma genuína novata tecnológica, inclinou-se tanto que seus lábios tocaram o microfone.

– Desculpe, por favor – ela disse. – Eu falo não inglês.

Ela olhou para Settledecker. O rosto dele era um ricto de exasperação e raiva. Ele se virou e piscou para a plateia. Finalmente encontrou quem precisava. Começou a estalar os dedos.

A jovem mulher que tinha salvado Devicki com o Cara de Tartaruga começou a pedir licença pela plateia. Slava podia vê-la de perfil, a maquiagem reluzindo ao sol. De lado, ela parecia com uma boneca pintada, sua bunda em forma de pera balançando numa saia apertada. Ela subiu a escada e se virou para encarar a plateia. Agora Slava podia vê-la por inteiro.

– Olá, todos – ela disse. – Meu nome é Vera. Vou traduzir. – Então ela se virou para a mulher mais velha e cochichou em russo: – Fale.

Os anciões encheram seus saquinhos de compras com enroladinhos de peru cortados ao meio na diagonal. Trabalhavam com uma exatidão marcial, palavras raramente circulando entre eles. Sima, syuda. Dai sumku. Net, te bez myasa. (Sima, aqui. Me dê a sacola.

Não, não se preocupe, esses não têm carne.) Então o marido levantou as pedras, mantendo os guardanapos no lugar, a esposa abriu dois guardanapos, o marido depositou o sanduíche entre eles. Aqueles sem esposas trabalhavam com amigos, vizinhos, novos parceiros.

– Então esta é uma prestação de contas Rússia–Estados Unidos? – Slava falou quando Vera terminou com uma fileira de entrevistadores ao lado de Settledecker.

– Isso – ela assentiu. – Achei que você talvez viesse para este.

– Por que não disse nada? – Slava perguntou.

– Não é grande coisa – ela disse. – Não é como o que você está fazendo.

Ele se virou e contou as equipes de televisão. Ela deu de ombros.

– Está tão quente. Por que está tudo aqui fora?

– Nós tentamos. O museu não gostou do truque dos prisioneiros. Queriam uma associação, sim, mas disseram que só do lado de fora. Fazer no gramado foi o acordo. Em off, tá?

– Você tem de dizer isso antes – Slava tentou fazer piada.

– Você é o profissional – ela deu de ombros.

– Isso foi ideia sua, não dele, não foi? – disse Slava.

Ela assentiu.

– Você é boa – Slava disse.

– Está surpreso? – Ela puxou a blusa incômoda. Era áspera demais para esse tempo, mas marcava lindamente seu peito; provavelmente Settledecker a fez usar. Por dez minutos depois da cerimônia, as câmeras entrevistaram Vera enquanto Settledecker espumava ao lado do balcão. Apesar de ele querer atenção, sabia que estava conseguindo o que queria com ela na frente das câmeras.

– Slava, por que está fazendo isso?

Slava afastou o olhar.

– Não sei mais. Mesmo.

– Então talvez você não saiba de tudo – ela disse. – Sua cabeça pode ser um melão algumas vezes. Muito suco, mas muita água. Sabe, podia ter me perguntado em casa o que eram os cadernos com fantasias de Halloween. Mas não ficou interessado. Você gosta de nos colocar para baixo. Não me importo, Slava, para sua informação. Mas então? Eles são velhos, Slava. Estão numa situação que não compreendem.

– E o que você quer?

– Quero que eles tenham conforto.

– Você, você – ele disse irritado. – Não eles.

– Não sei o que você quer que eu diga.

Slava afastou o olhar. A mulher que chamava por Sima mais cedo gritou para saber se Sima havia encontrado o bolo. Sima respondeu que sim, Fanechka, obrigado.

O vento havia recebido uma suspensão temporária do calor e, somado a uma sombra que encontraram, estava de fato prazeroso. Podia-se imaginar o mundo esfriando.

– Eu ganho metade do que você ganha – ele disse. – E quero me afastar de tudo isso. Por que seus pais iriam querer a gente junto?

– Para alguém que quer ir embora, você passa muito tempo no bairro.

– É temporário.

– Tem certeza? – ela perguntou. Observou as equipes de filmagem se recolhendo. – Você era diferente. Eles acham que é uma fase.

– E você concorda com eles.

– Você ainda é um de nós, Slava. Você estranho ainda é melhor do que um americano. Eles podem te entender.

– Sabe o que eu acho? – ele perguntou. – Você não quer isso. Eles querem isso.

Ela levantou a mão até a bochecha dele.

– Você fala e fala – ela disse. – Você torna tudo tão complicado. Te vejo amanhã.

– O que tem amanhã?

– No seu avô? Todo mundo está se juntando. As solicitações são para o dia seguinte.

– Sei para quando são as solicitações. Ninguém me disse.

– Sugeriram isso na nossa casa semana passada. Seu avô não te contou? Acho que ele tem um pouco de medo de te ligar. Mas não tem como você não ser convidado. Você é o autor.

– Meu avô convidou gente para a casa dele? – Slava perguntou. Ela devia estar fazendo alguma confusão.

– É uma boa ideia. Mais uma desculpa para passarmos um tempo juntos. Nossos velhos são solitários.

Seu avô iria receber os Kartznelson, os Kogan, os Rubinshtein? Cujas graves desconsiderações ele havia carregado com um orgulho velado todos esses anos? Mas, seis semanas atrás, um alô noturno de um investigador da Conferência sobre Danos Materiais teria parecido pouco provável.

Slava olhou além de Vera para Peter, esgueirando-se entre os senhores, traços de iídiche-inglês se elevando no ar. Slava não iria se importar de tentar encontrar um artigo para a *Century*. Peter pegaria apenas o filé da história, mas ele escreveria sobre o que de fato aconteceu: as exigências dos sobreviventes, suas citações. Era melhor para esses velhos terem Peter Devicki fazendo o artigo. O dele era bem mais provável de ser impresso.

Ele se virou para Vera. Claro que ele estaria lá.

16

Otto Barber tinha o cabelo selvagem e bagunçado de um professor, as mechas grisalhas voando levemente na frente de um ventilador que zumbia do alto do bar. Ao redor de Otto, jovens mergulhavam em jarros de um litro de cerveja, mas o alemão havia pedido da maneira europeia, um terço de litro. Levantando o copo, ele mal molhava os lábios. Olhando da porta, Slava recordou-se de uma caminhada que dera com seu pai na Itália. Depois de várias voltas sem propósito, eles pararam, Slava sem saber por quê, à janela de um café como centenas de outros. Esse tinha apenas um único freguês, alinhado ao bar com tampo de cobre. Era hora do almoço; ele usava seu uniforme de carteiro. Pediu um suco – o pai de Slava, com visão inferior e italiano inferior, perguntou-lhe de que tipo era, e Slava orgulhosamente disse, lendo o rótulo, pera, *grusha*. O barman tirou a garrafa gorducha da geladeira, seguida de um copo baixo de uma prateleira. Depositou um pequeno guardanapo quadrado no bar, nele o copo vazio. Então virou a garrafa de suco no copo. Os dois homens continuaram a falar enquanto o barman servia. Ele serviu por um minuto. As gotas finais deslizaram do pescoço da garrafa com uma lentidão torturante. Finalmente a garrafa estava vazia, o copo cheio até a borda. Os dois homens falaram por outro minuto até o carteiro chegar ao copo, como se sua sede não fosse urgente. Depois que ele deu um gole, o suco mal tocando seus lábios, o barman desapareceu, o bar só do carteiro. Ele desdobrou o jornal, e tanto Slava quanto seu pai acharam que podiam ouvir os estalos de seus vincos antes de aterrissar próximo ao suco. O pai de Slava baixou o olhar para seu filho e sorriu de uma forma resignada, fatal.

– Sr. Gelman! – Slava ouviu através do ruído do bar. Otto movimentava-se em direção a ele como um náufrago.

– Bem, é você – ele disse orgulhosamente ao chegar a Slava.

– Pode me chamar de Slava.

– Minha assistente diz que é um nome com grande significado – disse Otto. Apertou a mão de Slava e até fez uma pequena reverência. – Ela também é uma imigrante soviética – ele se apressou em explicar. – Lyudmila. Por favor, sr. Gelman... Slava, me desculpe... não vamos ficar aqui como convidados. – Ele estendeu o braço em direção aos fundos do bar, onde o *bartender* colocara um descanso sobre o copo de Otto.

– Qual é o seu veneno? – Otto perguntou enquanto se abaixava na cadeira. – É assim que se fala? Como prometido, eu pago.

Slava olhou para o *bartender*, mas ele estava cuidando da espuma de uma Boddington e não tinha interesse em sua conversa. Para não prolongar a questão, Slava pediu a Boddington, mas, em seu nervosismo, acertou-a com o cotovelo para dentro do bar. Quando levantou o olhar em desculpas, o *bartender* apenas deu de ombros.

– Vou praticar a Boddie perfeita até o final dos tempos. Mas você vai ter de pagar de novo.

– *Eu* pago – Otto gritou.

O *bartender*, limpando a cerveja com uma toalha encardida, olhou para a estranha dupla diante dele. Otto acenou para que se afastasse.

– Sr. Gelman, vou lhe contar uma história – ele disse. – Uma vez, meu pai e eu nos encontramos para um chá. Eu tinha acabado a faculdade, estava lutando para encontrar uma direção para minha vida. É um problema para todos os homens aos vinte e dois anos, mas no nosso país, com um pai como o meu... você entende. Ele era um cara sério, um homem severo, mas no sentido mais positivo, e ele acreditava que o valor de seguir por aí sem um objetivo era, bem, zero. Melhor apertar o mesmo parafuso seguidamente na fábrica de motores, não que ele fosse um grande admirador dessas coisas, do que vagar pelas ruas e beber café e pensar sobre... o quê?

"Seja como for, nos encontramos para um chá. Eu usava tênis amarelos de corrida! Ah, eram os anos 70, e eu me imagino como uma pessoa aventureira, mas que tolice encontrar seu pai para uma discussão sobre sua direção na vida com calçados amarelos de corrida!"

Otto bateu no bar, divertido com sua inexperiência.

– De qualquer modo, eu estava muito nervoso. A garçonete trouxe o chá em dois bules bem bonitinhos e o que eu fiz? Derrubei o bule todo no meu colo. Em todo meu tênis amarelo, em todo meu jeans, então parecia que... me desculpe... que eu tinha ido ao banheiro. – Otto soluçou da cerveja e pediu desculpas.

"Achei que meu pai estava gastando toda sua energia para não balançar a cabeça. Pedi desculpas e fui ao banheiro para me limpar. E nesse meio-tempo a garçonete trouxe um novo bule de chá... de graça, eu gostaria de acrescentar, sr. *bartender*, rá rá! Não, estou brincando, tudo bem. E o que aconteceu então, sr. Gelman? Pode adivinhar?" Os olhos de Otto reluziram de expectativa.

– Você derrubou o chá todo de novo – Slava disse pesarosamente.

– Correto! – Otto gritou. – A mais pura e triste verdade. Vê só? Você é um contador de histórias. Sabe como termina. Mas também não termina assim! – Ele balançou o dedo. – Meu pai se levantou da mesa, e pensei: Ele está indo embora, ultrajado. Eu podia ver a garçonete rindo por trás do bar. Mas ele me pegou pelos ombros. E disse: *"Ich bin fertig aber dir gehört die Welt. Sei dir selbst treu."* – Otto se iluminou para Slava como se falassem a mesma língua. Finalmente, ele desistiu e traduziu: – "Sou um homem acabado, você tem o mundo. Sê verdadeiro a ti mesmo." Eram citações literárias. Se eu acho que meu pai leu uma única página de literatura em sua vida? Não! – Otto afastou o olhar e recitou: – "Sou um homem acabado... Mas você é uma questão bem diferente. Deus preparou uma vida para você... Torne-se um sol e todos vão te ver. O sol deve ser o sol antes de tudo."

Ele se virou de volta para Slava. Com espanto, percebeu que Otto estava esperando uma avaliação de sua performance. Slava murmurou um elogio. Otto assentiu discretamente.

– Sr. Gelman, minha posição é... como se diz – Otto fez o movimento de punhos algemados –, mas aos sessenta e cinco, você está livre. Com uma bela pensão do Estado. Não vou dizer isso nem para minha esposa, mas vou dizer a você: há um livro dentro de mim. Talvez haja até um conselho que você possa me dar. Não é a maior tarefa de todas? Organizar esses pensamentos correndo dentro de nós, para parar o rio do tempo apenas um segundo? – Ele balançou a cabeça tragicamente.

– Não tenho muito como ajudar, se não faço ideia do que está acontecendo – Slava disse, tentando soar casual quando proferia a frase que havia praticado tantas vezes. O que ele queria realmente saber era por que ele estava sentado lá, se não era o acusado, e como Otto sabia tanto sobre ele, o que, no entanto não podia perguntar. Recomendou-se paciência.

– Patético – Otto disse, balançando a cabeça. – Eu preferiria conversar com você sobre vida e os livros que podemos escrever do que... Será que é porque eu estou nervoso? Estou lhe dizendo, isso não é exatamente o que eu faço todos os dias. – Ele levantou as mãos. – Isso – ele moveu o dedo entre eles – não é a descrição do meu trabalho. Quer ver a descrição do meu trabalho? Diz: "Tédio, tédio, tédio. Papel, papel, papel." – Ele riu. – Então, quando isso chegou à minha mesa, confesso a você, fiquei bem empolgado. Espero que entenda que não estou fazendo pouco do assunto. Só é empolgante às vezes sair de si mesmo e bancar o Sherlock Holmes.

– E o que você faz? – Slava disse. Da outra mesa, um coro de comemorações marcou a virada de um litro inteiro de uma vez só.

– Eu? – A expressão de Otto ficou séria e triste. – Eu tento fazer com que o dinheiro chegue mais rápido aos velhos. Às vezes, esse papel se perde nos canais, ou o escritório está em férias, e, sem um bom motivo, um velho judeu russo aqui nos Estados Unidos está esperando pelo dinheiro e pensando o pior dos alemães... de novo. Então, resumidamente... – Otto se interrompeu. Ele tinha um rosto largo, bondoso, quase quadrado, as mandíbulas pressionando para fora da pele, acadêmico nos finos óculos de coruja empoleirados sobre o topo de um amplo nariz de ex-boxeador. Em área, superava um nariz judeu, mas na forma era não semita. Narizes judeus se ampliam verticalmente, enquanto narizes arianos se espalham para os lados.

– Aqui está a complicação, sr. Gelman – Otto disse quase pedindo desculpas. – A Alemanha é um país democrático. Às vezes até demais. Mas é tudo uma reação a... ao que foi. Independentemente disso, é um país democrático, com alguns membros do parlamento posicionados contra essa lei. Não porque sejam antissemitas, sr. Gelman, não se apresse nas conclusões.

Simplesmente dizem que por causa de todos os documentos destruídos pelos soldados nazistas, e todos os documentos que as autoridades russas nunca vão compartilhar, é impossível ter provas. Então o programa de restituição, ele quase pede por uma fraude. Há uma forma de dar reparações, mas não é essa.
– E qual é? – Slava disse.
Otto abriu as mãos.
– Não sei, sr. Gelman. Não estou no mecanismo de criação de leis. Mas eu gostaria de fazer minha parte para evitar que *Herr* Schuler de Niedersachsen diga: "Eu avisei."
– E isso…
– Isso significa "Eu avisei", sim – Otto assentiu. – Porque tenho esse relatório. Minha obrigação profissional é investigar o relatório. Se não der em nada, não tenho escolha a não ser fazer uma declaração a *Herr* Schuler, que comanda o comitê no parlamento. Então *Herr* Schuler dará uma entrevista coletiva na frente do Reichstag e não haverá como dizer qual será o resultado. Provavelmente você pode dizer *kaput* para essa nova proposta de elegibilidade expandida, é isso. Isso sem mencionar algumas consequências legais para a pessoa culpada. Mas se eu puder encontrar os resultados *sozinho* – Otto cutucou o próprio peito –, bem, não poderia ser mais simples. Nós cuidamos disso. "Gestão interna" é a expressão. Nunca aconteceu. Se a pessoa que está fazendo isso recusar os falsos, ele pode salvar os que são reais. Ou ela, ou ela – ele se apressou em acrescentar. – Nesses tempos, devemos ser politicamente corretos também sobre as identidades de criminosos, rá rá. – Ele se debruçou, um hálito de cobre. – Mas quer saber, sr. Gelman? Eu não me importo com quem está fazendo isso. *Herr* Schuler é uma mula rígida. E o que *Herr* Schuler não sabe não vai matar *Herr* Schuler em seu sono.
Slava riu.

– Então você vai cometer sua própria fraude para evitar a fraude original.

– Fraude? – Otto saltou para trás. – Quem disse que a questão original é fraude?

A cara de Slava caiu.

– Achei que você tinha dito... – Sentiu o rosto corar.

– Rá! – Otto caiu na risada e deu um tapa no bar. – Te peguei! Estou pegando no seu pé, rá rá! – Enterrou o rosto nos braços. – Sinto muito, sr. Gelman – ele disse, reemergindo. – Sou mesmo nada profissional. Essa coisa de investigar é empolgante demais às vezes. Não, você está certo... é apenas um pequeno pecado pelo bem de uma justiça maior, isso mesmo.

– Por que não pode pagar? Apenas pague a todos eles. E daí se forem falsos? E se mil deles são falsos? E se você pagar a cada pessoa que queira elegibilidade expandida agora, aos soldados, aos evacuados. E se você pagar a cada um deles? Não iria quebrar a Alemanha e ainda não seria o suficiente. Nunca será suficiente.

Otto olhou para ele em reprovação, como se ele fosse uma criança petulante.

– Sr. Gelman, sabe quem foi meu pai? Foi um soldado na Wehrmacht. E minha mãe foi enfermeira para soldados feridos. Mas não é por isso que estou sentado aqui. Não acredito que a acumulação é um pecado. A guerra terminou seis anos antes de eu nascer. Não vou negar nada sobre meu pai... nem o que ele fez durante a guerra, mas também não o pai maravilhoso que foi. Mas aqueles soldados do Exército Vermelho não estupraram uma mulher após a outra em Berlim? – Ele levantou a mão. – Sr. Gelman, não podemos continuar com isso para sempre. É por isso que existe uma lei. Se eu nasci seis anos depois da guerra, você não era nem um brilho nos olhos de seus pais. Mesmo seus pais ainda não existiam. O sofrimento de seus avós não pertence a você mais do que eu pertenço aos crimes do meu pai. – Ele levantou ambas as mãos. – Sei o que vai dizer depois disso: "Meus pais quase não existiram por causa de gente como seu pai." Eu sei. O ditado foi bastante utilizado. Vamos além do ditado. Vamos trazer isso para a terra. Entendo que não pode haver justiça. Então tudo o que pode haver é a lei. Isso é sobre gente que merece ajuda. Vamos ajudá-los, então.

– Mas o que você quer de mim? – disse Slava.

– Quero entender o que leva alguém a fazer isso, sr. Gelman. Você acabou de discutir a questão moral. Todos merecem, e mais. Tudo bem. É o fator decisivo ou há outros?

– Por que não? – disse Slava.

– Bem – Otto levantou as mãos. – Não sei. É atraente demais de certa forma. Muito fácil. O defensor da moral.

– Você não é um defensor da moral? – Slava perguntou.

– Ah! – Otto acenou com a mão. – Que tipo de defensor eu sou? Um burocrata. Estou me certificando de que não haja interrupções, que todos os papéis vão para onde precisam ir. Sim, é minha pequena contribuição, mas moralidade é uma palavra grande. Uma palavra em letra maiúscula. Não sou um defensor da moral.

– As cartas… é a mesma coisa – Slava disse. – Um pecado menor para uma justiça maior.

– Não sei – Otto disse. – Talvez. Você sabe, o motivo não importa, apenas encontrar as falsas. Estou simplesmente curioso quanto ao motivo. Começo a olhar isso e… Bem, é mais interessante do que "coloque esse papel aqui, coloque esse papel ali". Começo a pensar.

– Como descobriu? – Slava perguntou, na ponta dos pés.

– Alguém ligou para a Conferência.

– Quem? – Slava disse indiferente.

— Você sabe que não posso dizer. Eles dizem: "Cartas estão sendo forjadas." Quais cartas, eles não dizem. "Quem está forjando?" Essa parte eles também não dizem. "Por que está ligando?" "Porque faço justiça." Nessa parte, eu não acredito. Provavelmente estão dando troco em alguém por alguma coisa. Mas isso significa que o que estão dizendo é mentira? Não sei. O que acha?

Slava deu de ombros.

— Não sei – ele disse cautelosamente. – Preciso saber mais. – Ele se endireitou e prosseguiu: – Além do mais, por que eu? Tenho certeza de que há gente que estuda isso.

— E você pode chegar a elas num minuto! – Otto exclamou. – Na Alemanha, para falar com um indivíduo desses, eu teria de fazer um pedido ao reitor acadêmico, esperar uma semana, então outro formulário. Aqui? O número direto do cavalheiro está em seu website. "Andrew Morton falando." Pode imaginar?

O coração de Slava parou. Otto o olhou como um lobo, as bochechas famintas.

— E o que ele... ele contou... – Slava empacou. Sua pele queimava.

— Então era meu dia sorte, creio eu – Otto diz. – Porque este cavalheiro diz que acabou de receber um telefonema sobre o mesmo assunto de um escritor da revista *Century*, chamado... um segundo. – Otto revirou freneticamente seus bolsos, tirando deles um *post-it* amassado. – Peter Devitsky.

— Devicki – Slava corrigiu, seu rosto arrasado.

— Seu colega na *Century* – Otto afirmou.

— Ele não é um escritor – Slava disse.

— Mas é um escritor, sr. Gelman. Eu procurei por ele na internet e encontrei vários artigos. Curtos, mas assinados por ele.

– Acha que ele tem algo a ver com isso? – Slava perguntou, tentando manter a voz firme.

– Não – Otto disse, balançando a cabeça resoluto.

Slava não estava pronto para ter Devicki indiciado por fraude, mas ficou decepcionado em quão rapidamente Otto desistiu da possibilidade.

– Vamos pensar juntos nisso – Otto disse. – Devicki é um nome polonês. Por que ele estaria forjando cartas para russos? Não conseguem nem falar uns com os outros.

– Os idiomas são parecidos – Slava disse debilmente.

– Algo me diz que você e o sr. Devicki não são grandes amigos – Otto riu, examinando o rosto desabado de Slava. – Não, sr. Gelman, tem outra coisa. Uma olhada nos artigos online do sr. Devicki e é imediatamente óbvio... não é ele. Ele não é esse tipo de contador de história.

– Por que não? – Slava resmungou.

– Porque não. – Otto olhou para Slava com censura. – Eu vou lhe mostrar por que não. – Ele abriu a fivela dourada de sua maleta e pegou uma pasta bege. De lá, começou a sacar cartas que Slava havia escrito. Otto havia marcado certas palavras e frases com círculos vermelhos gordos e asteriscos. Falou os nomes enquanto batia com as solicitações na madeira empenada do bar: – Shlomberg! Feinberg! Shpungin! Abramson! – Levantando os olhos para Slava: – Gelman.

– Às vezes há essa manobra – Otto disse. – Sério, tiro meu chapéu para o autor. Meu chapéu fica praticamente no chão com isso. A frase começa com uma expressão formal, então, bum! De repente é algo muito... não sei a palavra. *Umgangssprachlich*. Adoro essa manobra. Torna a frase tão... Faz você esquecer que está lendo uma história.

Slava estava mudo, curvado em sua cadeira.

– Coloquial, penso eu – Otto disse. – *Umgangssprachlich* é "coloquial". Em todo caso, não é o estilo do sr. Devicki.
– Então é o estilo de quem? – Slava disse, com a boca seca. Os olhos de Otto brilharam de espanto.
– É o estilo de quem? – ele repetiu. – Rá! Você é um piadista, sr. Gelman. Ora, é seu estilo!
Slava reuniu cada pedacinho de dissimulação de dentro de si e conseguiu rir na cara de Otto.
– Eles não poderiam me pagar para fazer isso – ele disse.
– Foi esperto, sr. Gelman, dizer Peter Devicki – Otto continuou. – Levou um tempo para eu entender que não era Peter, que era uma distração. Então fui ao fluxograma dos departamentos da *Century* e então quem está na Equipe Júnior e faz o perfil. Aquele jovem, Avi Liss… acho que não é a pessoa mais suspeita do mundo. – Os olhos de Otto se iluminam. – Sabe como fiz isso, sr. Gelman? Liguei para a revista e disse: "Sou do Departamento Federal de Imprensa." Aprendi isso com as cartas, sr. Gelman: é preciso incluir um detalhe específico, como a cor. Você teria acreditado na minha história sobre o chá, se eu não tivesse dito tênis *amarelos*? De qualquer modo, eu disse que precisava do fluxograma para nosso número anual. Não sei por que eles me mandaram para essa pessoa do departamento de layout, o que é layout?, mas ele pode, por favor, salvar meu dia e me enviar o fluxograma por fax? Quero dizer, era mesmo bem fácil. – Otto balançou a cabeça novamente, como se lembrando de uma grande proeza da guerra. Ele se virou para Slava, acertando-o com o joelho de tão empolgado. – Quer saber, sr. Gelman? Fiquei viciado! Foi um barato. Você põe o fone de lado e diz: "Quero mais!" Quero olhar para alguém nos olhos e declarar uma completa mentira e fazer com que a pessoa assinta com grande sentimento porque ele pensa que acabei de dizer a verdade. Que poder!

É um poder divino, sr. Gelman. É sublime. É perigoso! O autor dessas cartas, sr. Gelman? Eu me *torno* ele pela duração de uma ligação! – Ele se inclinou em direção a Slava em conspiração. – Além disso, acredito que Andrew Morton está dormindo com sua secretária.

– Você entendeu errado – Slava sussurrou em seu copo. Estava com o estômago embrulhado.

– Seu pobre lábio está tremendo – Otto observou.

Slava levou o dedo aos lábios, mas estavam parados.

– Está errado – ele repetiu. – Do contrário, por que não chamou a polícia?

– A polícia? – Otto riu. – Estamos num episódio de televisão? A polícia. Talvez eu deva chamar os advogados, também. Não, sr. Gelman, não quero falar sobre o lado legal. Os advogados podem falar do lado jurídico. Os jornais podem falar sobre o lado jurídico. Vamos falar sobre o lado humano.

– Por que não pode apenas deixar todos se qualificarem? – Slava disse.

– Porque tenho consciência da minha posição, sr. Gelman. E também certo orgulho como um investigador iniciante! Agora, preciso saber. Preciso da satisfação de ter a presa em minha boca. Você me envenenou com essa fome. Sou sua criação!

– Então apenas tire todos – Slava disse. – Cada um deles com sua... sua... *umgang*...

– É uma linguagem insana, concordo. Não, sr. Gelman. Apesar de eu estar bebendo da xícara do poder de Deus, não descambei para a ilegalidade. Não posso tirar *todos* eles; e se alguns forem reais? Tudo o que tenho são minhas conclusões. Isso não é uma ditadura, preciso de provas. Ou provas, ou uma confissão.

– E não tem provas.

– Depende do que quer dizer com provas – Otto disse. – A pistola não está mais fumegante, mas tenho o suficiente para ligar para *Herr* Schuler.

– A não ser que tenha uma confissão.

– A não ser que tenha uma confissão. Daí posso cuidar do assunto sozinho. – Otto bebericou de seu copo. Permanecia pela metade. Ele observou o jogo de beisebol na televisão sobre o bar. – Só quero entender o que faz um interbases – ele disse. – Os bases, eu entendo. Os rebatedores, eu entendo. *Bunt*, designado, substituto... tudo bem. Mas o interbases?

– Por que essa charada? – Slava disse. – Por que não ligar simplesmente e dizer "É você"?

– Acha que não funcionou? – Otto disse, um pouco magoado. – Lembre-se, sou um novato. Mas se eu dissesse no telefone "Ah-rá! É você!", ou que precisávamos nos encontrar imediatamente, eu teria me privado de uma oportunidade. Puxa, estou entregando todos os meus segredos de amador.

"Não, sr. Gelman. Se eu tivesse reais evidências contra você, claro que eu atacaria. Não tinha evidências a não ser um relato verbal anônimo e minha sondagem, então deve ser uma questão de consciência. Melhor permitir que uma consciência culpada continue vagando para aumentar o peso da sua culpa! A não ser que você fosse um monstro, um *psicopata*, nesse caso não faria diferença. – Ele esquadrinhou Slava de forma faceira. – Você não é um psicopata, é sr. Gelman?

"Além disso, peço que você lembre que fui bem vago sobre a questão da evidência, bem vago. Se eu digo sim, há evidência, não há maneira dessa forma ou de outra – com suas mãos grandes, Otto simulou um peixe tentando fugir de uma armadilha –, porque você iria deixar de se preocupar, pelo bem ou pelo mal. Porque está feito. Eles dizem que em Sebastopol as pessoas estavam com um medo terrível de que o inimigo fosse atacar abertamente e tomar a cidade de pronto. Mas, quando viram que o inimigo preferia um cerco regular, ficaram maravilhados! A coisa iria se arrastar por dois meses, pelo menos, e eles podiam relaxar!"

Otto bebericou filosoficamente a cerveja.

– Você não sabe disso, mas, em geral, sou um estudioso de campanhas militares, sr. Gelman... é meu grande interesse íntimo. Visitar os arredores do Brooklyn Heights: você está onde George Washington esteve! Há história debaixo de seus pés! A cidade de Nova York é uma guerra, uma guerra constante! Em Berlim, verdade e justiça são com as classes mais baixas, mas aqui em Nova York são com dinheiro e poder. E todos os jovens, em vez de fazer rabiscos, usar drogas e riscar os carros de gente rica, estão buscando este poder e este dinheiro, rá rá! Eles querem derrotar o povo com poder e dinheiro, mas apenas para tomar suas posições! Querem comer suas costeletas de cordeiro! É guerra por outros métodos. Não há rebelião. O que é uma autêntica rebelião, não acha?

Slava não falou nada.

Otto se inclinou para trás em seu banquinho.

– É falta de educação elogiar a si mesmo, sr. Gelman, mas, pela forma como seu lábio continua a tremer, acho que tive o efeito que queria.

Desta vez, Slava evitou levar a mão à boca.

Otto suspirou.

– Que terrível para alguém de talento e com uma vida promissora trabalhar na escuridão. Bem, os sujeitos dessas cartas o conhecem, mas nós dois sabemos que não é a mesma coisa. Você *queria* ser pego, sr. Gelman. Diga a verdade. As mesmas manobras, os detalhes? – Ele procurou na pasta bege. – Olhe:

todo mundo é de Minsk! Vigília noturna aqui, vigília noturna ali. Um balseiro aqui, um balseiro ali. A guerra aconteceu apenas no gueto de Minsk?

Slava o ignorou.

Otto deu de ombros e encarou o bar novamente.

– Entendo a vontade de me mandar pro inferno, sr. Gelman. Encaminho suas cartas para *Herr* Schuler, ele dá uma entrevista coletiva, há um vazamento, uma citação do *Die Zeit*, depois o *International Herald Tribune*, o *New York Times*... Uma audiência de milhões de pessoas. Só que ninguém sabe quem é o autor. E o que vou lhe oferecer em troca? Uma audiência de um? Não são os leitores do *Die Zeit*, mas não é uma audiência de zero. Uma pessoa já é alguma coisa. E, ao contrário de *Herr* Schuler, vou saber quem é o autor. Vou saber que é você. E comigo, aceito sua palavra, os falsos serão recusados, mas os verdadeiros serão aceitos. Com *Herr* Schuler, tudo está sob suspeita, *tudo*. Estou certo de que você entende o peso disso tudo, sr. Gelman. Me diga as que forjou, e você salva aquelas que são reais. Não me conte, e você manda todos para a guilhotina.

Slava continuou olhando sem expressão. Ele não podia avaliar o que sairia de sua boca se falasse. Ele tinha de esperar até ele terminar. Ir embora, pensar, *pensar*.

– Sr. Gelman? – Otto disse.

– Entendo – Slava rosnou.

Otto deslizou o envelope de volta em sua pasta, e deslizou de seu banco.

– Eles têm menos tempo do que você, sr. Gelman. Você deve priorizá-los. – Colocou a mão suave no ombro de Slava. – Estarei esperando por você.

17

TERÇA-FEIRA, 29 DE AGOSTO DE 2006

A terra é da cor de chocolate, tão úmida e molhada que até parece que se pode espalhar no pão. Corre em tudo – café, roupas íntimas, cartas. Slava está escrevendo uma carta. Em iídiche. Suas mãos identificam curvas e blocos sinuosos, as letras arqueando e raspando. O comandante do batalhão está na trincheira, também, fumando um Belomor, o filtro esmagado entre seus dedos, e rindo diante da carta.

– Você deve aos fascistas, judeuzinho. Se não estivéssemos distraídos, teríamos chutado seu rabo por ter escrito cartas como essas. – Ele chuta um pouco de terra em direção a Slava, mas sem vontade, com um desprezo amistoso. – Então é como dizem – ele diz. – Os judeuzinhos e os fascistas estão em conluio. – Ele ri novamente, melancolicamente desta vez, perde o sorriso, cospe.

A vários metros da trincheira, há uma mesa simples de madeira com duas cadeiras de costas altas colocadas irregularmente num monte de terra-chocolate preta. A mesa foi talhada de bétula bielorrussa, que se ergue uniformemente por todos os lados. As cadeiras – de palha com assentos acolchoados presos nas costas por laços perfeitos – são as primeiras que os Gelman tiveram nos Estados Unidos, recolhidas de alguma sarjeta numa noite de sorte.

A cada minuto, mais ou menos, a mesa e as cadeiras tremem de uma erupção distante. Tio Aaron – irmão do avô, o virgem não beijado cujos dedos o avô caçou com uma faca de açougueiro para desqualificá-lo do alistamento – está sentado em uma das cadeiras, os braços cruzados, olhando para um monte de peixe pingando óleo numa cópia amarelada do Komsomol'skaia Pravda, *as palavras correndo juntas*. Sua jaqueta está desabotoada. Um tufo de pelo no peito emerge de um colarinho aberto.

O avô está sentado do outro lado da mesa, apontando, irritado, com sua mão direita. Está tentando explicar algo. Sua mão esquerda está fechada ao redor do pescoço, como se ele estivesse ferido ou tentando se proteger.

Aaron fica bravo. Seus braços se abrem, como para dizer: Bem, o que você quer de mim? Como posso mudar isso? O avô bate na mesa. Outra explosão abafada. Aaron cruza os braços e olha para a mesa.

– Vi gob ikh ikent visn funderuf? – *ele diz em iídiche*. – "Como eu poderia saber?"

Há outra explosão, mais perto desta vez; lança montes de terra na mesa. Slava acena da trincheira, tentando chamar a atenção deles, mas estão ocupados discutindo. Ele tenta escalá-la, mas a terra está molhada demais e esfarela em suas mãos. O chocolate mancha seus dedos. O comandante do batalhão ri novamente e bate o punho no chão. É uma explosão atrás da outra agora. O peixe escorregou para o chão e está nadando no mar de chocolate. Slava grita tão forte que sua garganta se aperta, a mão levantando-se para protegê-la.

Finalmente a mesa é atirada para o lado. Aaron ainda está com os braços no peito, mas tanto ele quanto o avô estão *olhando arrependidos para a terra flutuando abaixo deles. Então Aaron olha para Slava.*

Ele é burlesco, ou quase: um rosto atarracado com uma testa ampla, o nariz como uma jovem batata sob amplos e iluminados olhos prateados. O cabelo se ergue numa onda sobre a testa, o rosto borrado com graxa de sua Degtyaryov. É um rosto gasto, mas ainda jovem por baixo, o garoto não beijado, e se ilumina quando vê Slava.

Eles encaram um ao outro, preparando-se para algo. Então o rosto de Aaron se levanta, como se ele não tivesse encontrado nada das coisas que estivesse buscando dizer. E está começando a se inclinar para a frente quando o próximo estrondo ocorre.

Uma chuva de terra úmida. Como sedimentos num córrego, carrega o chapéu pontudo de um soldado, cartas em iídiche, dentes de ouro.

Slava despertou na nova cama do avô, já escuro lá fora, apenas um tubo de luz aos pés da porta: os Katznelson, os Aronson, todos aqueles que aceitaram o convite do avô para vir e *kibitz* enquanto suas solicitações recebiam os toques finais de seus ajudantes, os filhos e netos. As solicitações tinham de ser postadas para a Conferência sobre Danos na manhã seguinte. Os candidatos não iriam esperar para descobrir se o governo alemão expandiria a elegibilidade para que pudessem se inscrever legalmente.

Caminhando do trem à casa do avô, Slava mantivera-se na sombra, olhando para trás de vez em quando, como se Otto Barber estivesse bufando em algum canto atrás dele. Então ele se moveu para o centro da calçada. Ele podia estar indo para a casa do avô por motivos perfeitamente inocentes. Além disso, ele já havia sido pego. Estava livre.

Pouco a pouco, o quarto revelou sua forma na escuridão: a nova cama do avô; o armário onde algumas coisas da avó ainda se penduravam; a pilha de toalhas de papel, lava-pés e enxaguante bucal que o avô adquiriu em algum arranjo desconhecido com a farmácia.

Slava levantou-se pesadamente e empurrou a porta do banheiro, as vozes se erguendo. Quanto tempo ele dormira? Viera direto do trabalho. Cruzou a soleira e, de repente, mãos gorduchas, cheias de joias, estavam na sua testa, notando sua palidez.

– *On prosto ustavshi, skol'ko zhe on pishet, predstav'te! Otpustite ego, zhenshchiny!* – "Ele está simplesmente cansado, imagine o quanto ele escreveu; deixe-o ir, mulheres!" O avô observou, desconfortável, a mão esquerda cobrindo-lhe o colo, assim como em seu sonho. Ele havia se acostumado a mantê-la ali ultimamente.

Fora ideia do avô: todo mundo que não havia enviado as solicitações, num lugar só, na noite anterior à data final. Todo mundo ficou surpreso que o avô propusesse isso. Berta fez uma excursão épica às compras, enquanto a mãe de Slava ligava para todo mundo na lista das pessoas para quem ele que havia escrito cartas. Ninguém queria ser desqualificado porque esqueceu a cópia da certidão de nascimento. Por isso, disputas e desentendimentos podiam ser deixados de lado por uma noite, insultos temporariamente esquecidos, amizades mortas brevemente revividas.

A filha empreendedora de alguém fez uma lista, presa à geladeira com fita adesiva (ela havia prendido à parede, mas temendo marcas à pintura do pai de Slava, Berta a moveu discretamente):

Preencheu o Formulário 88-J? _____

Fez cópia de seu green card/certificado de cidadania/cartão permanente de estrangeiro/passaporte? _____

Incluiu duas testemunhas? _____

Da lista de convidados que a mãe de Slava preparou, a jovem copiou os últimos nomes de todos os estrangeiros permanentes, formando uma tabela. Antes de sair, cada um tinha de conferir todos os itens. Ao lado da lista, havia um banquinho: clipes de papel, um grampeador, pastas, canetas. Era uma sala de guerra.

Slava observou, sem ser notado, da soleira da sala, garfos raspando contra pratos e wafers sendo mergulhados em chá: Anna Shpungin (Chisinau/Bay Ridge), Feyga Shlomberg (Riga/Sheepshead Bay); Borukh Feinberg (Gomel/Borough Park). Slava havia escrito cartas para eles todos: os insultados e os feridos, monstruosidades de um lugar que o sangue deles nunca mais conheceria.

Eles estavam lá desde a tarde, a equipe de grampeamento e arquivamento chegando aos poucos, as profissões das gerações mais jovens determinando a ordem de aparição: os terapeutas físicos, depois os farmacêuticos, seguidos dos assessores de imprensa e contadores e, por fim, advogados e médicos. Já havia passado das nove. Ainda estavam esperando pelos banqueiros de investimento.

Quem havia ligado para Otto Barber? Fora Lyuba Rudinsky, incapaz de deixar seu rancor de lado diante de uma punição final pelos altos escalões dos Gelman? Era alguém que Slava havia negligenciado, irritado por ficar sem o que todo mundo estava ganhando? Eles haviam chegado a uma negociação moral eles mesmos; diriam que alguém estava forjando, mas não diriam quem. Ou talvez Otto tivesse mentido sobre a sondagem da *Century*, e Slava realmente fora apontado por quem ligou. Mas por quê? Slava se deteve. Quando você começa a inventar coisas, tudo está aberto para dúvidas.

Slava cruzou para a sala de estar e a conversa parou. Uma voz masculina disse:

– *A vot nash pisatel'!* – "E aqui está nosso escritor."

Começaram a aplaudir, todo mundo, os velhos e os jovens, o som alto o bastante para chegar a alcançar os mexicanos do andar de baixo, e alguém – Garik, o pai de Vera, a formação completa dos Rudinsky havia vindo – até enfiou dois dedos na boca e assobiou, o que fez todo mundo rir. Vera riu também. Ela olhos nos olhos de Slava e sorriu. Ele sorriu de volta. Vê-la depois da noite com Otto era consolador num nível erótico, uma surpresa.

Logo outros chegaram, e com sua aparição a força do momento desapareceu. Slava continuava observando a porta à espera de Israel – se ele podia cambalear até a sinagoga, poderia cambalear até aqui –, mas não havia sinal dele. Alguém chegou com um bebê choroso. A cabecinha balançava e se erguia, balançava e se erguia, como um bêbado. Que costumes essa pessoinha seguiria? Essa pequena língua iria se retrair do *kvass*, o narizinho minúsculo indiferente ao cheiro de manteiga e cebolas numa cozinha de linóleo? Em algum quintal úmido de verão, os dedos agora crescidos envolvendo uma lata de cerveja quente, iria essa cabeça zumbir para calcular, em prol de alguma americana de pele clara, que porção de si se devia ao solo cor de chocolate de outro lugar? Quando, alguns anos mais tarde, sua bisavó, por quem seu tio Slava outrora forjara uma carta, falecesse, o certificado de renovação dos fundos do Holocausto ultrapassando por um mês a data de sua morte, iria ele traçar as curvas incertas do nome dela em inglês como se fosse dele próprio a mão dela? Ou faria o que manda a lei?

Quando ninguém estava olhando, Slava levou para o banheiro uma caixa de fósforos e a folha de caderno com o nome de todos para quem ele havia escrito cartas. Não havia sentido: Otto descobriu o que queria saber, e além. O papel queimou rapidamente, os cantos se enrolando em sua mão, então Slava teve de jogar na pia e começar novamente. Isso seria mais difícil com a lista afixada na geladeira; a mãe de Slava queria emoldurá-la. Ela estava lá fora agora, ela e Lyuba Rudinsky se agarrando uma à outra como irmãs separadas.

Slava saiu do banheiro. Na beira do sofá bege, um homem mais velho, que ele não conhecia, dava um sermão em um garoto de olhos esbugalhados numa camiseta da FUBU. O garoto não parecia entender muito bem russo, mas escutava, assentindo educadamente. Ao lado deles, uma das netas guiava a avó pelas letras da camiseta do garoto, numa lição de inglês improvisada. "Fu-bu", a avó encurtou a língua. Queria mesmo aprender.

– E ele diz: "Vou ser escritor!" – Slava ouviu o avô dizer para a mulher ao lado dele no sofazinho. Ela assentiu, receosa; conhecia a conversa. – O que acha disso? Ele estava tendo ofertas de... Ei, Slavchik! – O avô gritou. Acenou para Slava. Quando ele se aproximou, o avô enrolou sua mão livre ao redor do antebraço dele como se fosse um copo d'água.

– Que é essa nova afetação? – Slava perguntou, indicando a outra mão do avô, que envolvia sua clavícula.

– Nada, nada – o avô disse, largando-a de lado. Ele se virou de volta para a mulher. – Essa universidade, aquela universidade, um banco, um senador – ele continuou a mentir. – Todos o queriam. Seis dígitos. Mas Slavik disse: "Não é para mim. Todo mundo pode se tornar um desses financistas. Quero ser escritor. Quero te ajudar, avô." Então dissemos: "Faremos tudo." Regina Alekseevna, não tenho de explicar, tenho? "O que você precisar, vamos ajudar."

Regina Alekseevna assentiu obedientemente.

O avô levantou o olhar para Slava.

– Quem queria que você trabalhasse para ele, Slavik? Quem era aquele senador?

– Schumer – Slava inventou. – O senador de Nova York.

– Não era um Kennedy? – o avô disse decepcionado.

– Não era um Kennedy – Slava disse, abrindo os braços em desculpas.

– Bem, enfim – o avô disse. – Esse Shuma queria que eles escrevessem um livro juntos, veja só.

Enquanto o avô continuava falando, Slava correu sua mão livre pelo cabelo dele. Parecia diferente do que Slava esperava, áspero e seco em vez de sedoso e sem idade. A lembrança disso estava uma década atrás, Slava percebeu.

Slava sabia por que o avô mantinha uma das mãos no pescoço; um talismã. Contra irritações não definidas na garganta, contra doença, contra morte. Slava queria investigar, voltar ao colo das calças do avô, à testa do avô, para que pudesse manter o ábaco mental quente enquanto o avô fazia seus cálculos: Não, não é tarde demais para ele se tornar um homem de negócios, nada tarde...

Na manhã seguinte à morte da avó, Berta encontrara o avô na cama, cercado de um fosso de cadeiras, as costas viradas para ele.

– Não, não, não – Berta exclamou, correndo para a cama. – Não pode, não pode. – Ele não sabia como elas haviam chegado lá.

Talvez o avô tivesse começado a cobrir o pescoço bem antes de a avó morrer, só que Slava não estava por perto para notar. Talvez, enquanto Slava estava longe, o avô envelheceu, a mente mentirosa sua única saúde. Se puder inventar, ainda deve estar vivo. O avô *está*. O que o avô contaria a Otto Barber?

Slava sabia. O avô daria de ombros. Expressaria o desejo mais profundo de ajudar. Infelizmente, ele não tinha informações para oferecer, mas ofereceria logo que tivesse algo, naturalmente. O avô iria deixar as cartas irem para *Herr* Schuler, que fossem soterrados por elas. E a avó, ao lado, olharia de forma aprovadora. De que outro modo poderia ser? Se ela quisesse que o avô parasse, ela o teria feito parar. Slava não sabia muitas coisas sobre ela, mas conhecia sua força. E ela não parou o avô. Por que teria parado? Para um amigo ela não mentiria, mas para a lei ela não contaria a verdade. (Que lei? Onde estava a lei quando o gueto de Minsk foi "liquidado" junto com sua mãe, seu pai, seu avô?) Para uma pessoa como a avó, não havia lei, mas o que encontramos um no outro. E o avô era o homem que ela havia encontrado. Slava vivia num país diferente. Uma mentira significava algo diferente aqui, mesmo que fosse mais fácil de criar, graças à insistência americana em imaginar o melhor sobre o próximo. Não era nada difícil mentir aqui, Slava havia descoberto com certo arrependimento, como se desvalorizasse suas duplicidades comparadas às do avô. O novo país de Slava pedia menos de sua ingenuidade do que a União Soviética havia pedido de seu avô. Não seria preciso nada para Slava enganar Otto Barber.

Slava deu um tapinha no cabelo não mais sedoso do avô e beijou sua testa, o gesto bondoso permitindo que o avô, nos cálculos de seu afeto demonstrado a Regina Alekseevna, soltasse o braço de Slava. E se Slava, o ingênuo Slava – seu avô lhe daria voltas até o último dos seus dias –, tinha ressalvas quanto aos amigos do avô? E se o avô *quisesse* tê-los em sua vida, mas não conseguia, porque havia mentido sobre sua idade durante a guerra para adiar o alistamento? Ele contou longas histórias sobre precisar considerar os registros oficiais em Moscou ou Minsk, mas eram os Katznelson, Kogan e Rubinshtein que ele tinha de continuar enganando, para convencê-los de que ele simplesmente era jovem demais para o alistamento em 1943, o ano que foi "abatido" por inteiro: o ano em que Dodik Katznelson perdeu um irmão, Grisha Kogan perdeu três irmãos, e Nina Rubinshtein primos o suficiente para encher uma vila, como enchiam antes da guerra. Os Katznelson, Kogan e Rubinshtein eram as testemunhas das quais o avô não podia escapar, muito depois de ter desaparecido da União Soviética. Ele os odiava por isso. Era esse o motivo pelo qual ninguém aparecia em seu lar. Ele não queria ninguém lá, tropeçando acidentalmente na verdade.

Ele não podia explicar isso dessa forma para Slava, então inventou os insultos deles, a distância deles. Continuou inventando e inventando, incapaz de parar, até que terminou sozinho, sem amigos, sem o neto. Sobrevivera à guerra ao preço de se flagelar pelo resto da vida com a mentira que tornou isso possível. Vera havia salvado o avô para com os Rudinsky. Ela o havia enganado quando ninguém mais podia, lhe permitiu reconciliação sem a necessidade de um reconhecimento. Slava o havia salvado para com o resto.

Estava perto da meia-noite quando os convidados começaram a partir. Houve longos beijos, abraços dentro de decotes úmidos, promessas insinceras de se falarem com frequência dali para frente.

Slava observou Vera ajudar o avô Lazar a colocar o paletó. Os olhos de Lazar estavam vazios. Ele tremia enquanto Vera o levava pelo corredor, um galho balançando ao vento. Quando chegou a Slava na fila de cumprimentos de despedida – mãe, pai, Berta substituindo a avó, avô, Slava –, Lazar levantou a mão trêmula e pegou a de Slava, puxando-a gentilmente. Mais perto, mais perto, ele gesticulou. Slava colocou o ouvido perto da boca coberta de saliva de Lazar, pensando que ele queria dizer algo, mas Lazar apenas virou o rosto até estar na bochecha de Slava e o beijou ali, os lábios achatados e secos. Não deixaram qualquer traço, exceto na imaginação de Slava.

– Aqui – Lazar disse. – Aqui. – Levantou a mão direita, retorcida e trêmula, e enfiou um pedaço de pano na mão de Slava. Um retângulo de tecido branco, do tipo que os judeus do gueto de Minsk precisavam usar por baixo de suas estrelas brancas, com um endereço. Dizia: "54 Krymskaya." E por baixo: "Rudinsky."
– Minha bisavó – Vera disse, inclinando-se para ser ouvida.
– A mãe do avô.

Slava podia sentir o perfume dela: jasmim e mel. Ela falou com ele em russo, para que Lazar pudesse entender. O inglês dela era simples, sem cor, às vezes até incorreto, mas seu russo – pelo menos aos ouvidos de Slava, porque ela o dominava bem melhor do que ele – era elegante como um palácio. Ela se sentiu fiscalizada por ele; por um momento fugaz, os dois se sentiram invisíveis no lugar mais lotado do apartamento.

– Isso aqui é um corredor, não uma danceteria! – alguém mais atrás na fila disse, entre brincando e sério.

– Por que não deixa os jovens falarem, vaca! – Lazar disse com um vigor impressionante. Então, para si mesmo: – Se perdesse um pouco de peso, você não teria problema em passar.

Vera e Slava riram.

– Ele quer ter tudo, só isso – Vera disse.

– Você tem de ir? – Slava deixou escapar.

Ela pensou na resposta, mas não muito tempo.

– Há um bar perto de onde eu moro – ela disse. Deu a ele o nome. – Vou esperar por você lá.

O bar tinha sofás vermelhos de bordel e múltiplos televisores em canais de esportes. Eles eram os únicos lá; a bartender, uma jovem usando um top verde-oliva e faixas de couro nos dois pulsos, folheava uma revista.

— No que estava pensando? — Vera perguntou. Ela estava sentada numa cadeira de costas altas, a coluna arqueada, a barra da saia subindo ao joelho.

— Alguém para quem escrevi uma carta. Ele não estava lá esta noite.

— Você passa muito tempo com velhos agora — disse ela.

— Você disse que eles são solitários.

— Vamos trazê-lo de volta ao tempo dos jovens. Vamos dançar.

— Aqui? — ele disse. Um som desprezível vinha dos alto-falantes.

— Espere — ela disse. Ela se levantou e caminhou até a *bartender*. Um momento depois, a música mudou.

— Achei que ela quisesse fechar — Slava disse quando Vera voltou.

— Só é preciso um pouco de charme.

— Você tem efeito sobre homens e mulheres.

— Pare de falar, Slava. Venha.

A música era lenta. Tinha algo de triste. Os braços de Slava deslizaram habilmente numa fenda no final das costas de Vera. A *bartender* levantou os olhos, piscou para Slava e voltou à sua revista. Não era o tipo de bar onde as pessoas dançavam.

— Você se lembra — Vera disse — de quando enfiou a cara na vitrine em Viena?

Slava tentou se lembrar, mas tudo o que conseguia resgatar de Viena era a sinagoga, paralelepípedos, o avô. Todos os outros espaços no projetor de slides estavam vazios.

— Estávamos só passeando. Você parou porque viu umas panelas numa vitrine. Eram lindas, com desenhos na lateral em cores vivas. Você começou a caminhar em direção a elas, acho que porque você queria tocá-las. Então, *bam!* — A palma da Vera encontrou suavemente a testa de Slava. — A vitrine estava tão limpa que você não percebeu que havia uma vitrine ali.

Ambos riram. Slava queria se lembrar. Gostava de ser a pessoa que dava a ela essa alegria toda.

Ela se encostou ao peito de Slava.

— Você é tão sério, agora — ela disse, tão baixo que talvez não quisesse que ele escutasse.

— Não é verdade.

— Prove que não é — ela disse olhando para ele.

Ele a afastou, e a rodopiou em seus braços, a saia fazendo um acordeão no ar. Ela gritou. A *bartender* olhou e sorriu novamente.

Caminharam para o apartamento de Vera. Os postes estalavam e zumbiam, brincando um com o outro na noite fria. Era praticamente setembro. Slava nunca andara por aquele bairro numa hora tão tardia voltando para casa, apenas saindo. No último mês ele havia passado mais noites aqui do que nos últimos dois anos, mas sempre partira muito mais cedo.

Slava se lembrava claramente de apenas uma coisa sobre Viena, da tarde em que ele havia espiado dentro da sinagoga por trás da perna da calça do avô, os austríacos passando por eles. Como eles podiam passar tão indiferentes, Slava pensou, se outrora haviam desejado exterminar todas as pessoas lá dentro? Slava sentiu vergonha pelos fiéis. Ele não queria olhar para eles porque o teria conectado à dizimação deles. Foi quando o avô os fez desaparecer soltando a porta, um dedo na têmpora para dizer que estavam loucos. Todos os nós no estômago de Slava se desfizeram.

Os Gelman conseguiram deixar a União Soviética apenas porque todos os lados concordaram em fingir que estavam indo para Israel. O governo soviético não iria liberar cidadãos soviéticos diretamente para os Estados Unidos. Mas iria liberar seus judeus para Israel, "reunificação de família" sendo menos humilhante para a URSS como motivo dos refugiados para a emigração do que o descontentamento com o socialismo. Se não havia família em Israel, como geralmente não havia, era inventada. Escrivãos surgiam para fornecer a gente como os Gelman uma tia Chaya em Haifa e um primo Mumik em Ashdod. Os Chaya e Mumik inventados preenchiam declarações na mão do escrivão pedindo que o governo soviético liberasse seus parentes. O serviço de visto soviético discretamente concordava.

Países intermediários – Áustria, Itália – facilitavam o fingimento; depois de toda a mentira, os refugiados não poderiam simplesmente voar do Sheremetyevo para o JFK. Então os Gelman pegaram o longo, lento trem para Viena, um mês depois, outro, para Itália, vários meses depois um avião para Nova York. A cada etapa, todo mudo havia mentido sobre tudo, para que a única verdade no centro de tudo – que pessoas violentadas podiam fugir do país que as violentavam – pudesse ser dita.

O avô já era um mentiroso – esse tipo de mentiroso – quando girou o dedo na têmpora naquela tarde em Viena, e Slava era jovem o bastante para entender tais mentiras como uma forma melhor de verdade. Foi só depois de chegarem aos Estados Unidos que a verdade começou a significar exatamente o que era dito, e não algo mais. A matemática havia mudado na América. Aqui se podia pagar por uma televisão de trinta e duas polegadas com o salário de um porteiro, como Bart, na recepção, sempre encontrava uma forma de lembrar. Aqui era possível bancar uma vida decente.

※ ※ ※

Se você estiver numa das avenidas do fim do alfabeto em South Brooklyn – avenida U, avenida Z –, com certeza irá passar em frente a uma loja de móveis. De propriedade de russos, mentalidade europeia. Collezione Eleganza, La Moda, e, para assegurar aos interessados que mentalidade europeia significa preços europeus, Armazém de Liquidações de Mobiliário Europeu. Dentro você encontrará sofás de couro com apoios para os braço largos o suficiente para servirem como pufes, em tons enganosos de bege e ocre. Encontrará mesas laqueadas com pés palito e safiras falsas incrustadas; pinturas em todas as cores, menos as primárias; e curvas, curvas por todo lado.

As estantes de Vera tinham curvas. Seus abajures tinham curvas. Sua geladeira teria curvas se o fabricante assim quisesse. A varanda, onde a excursão pelo apartamento de Vera terminava, estava coberta com grama sintética e mais mobília de couro.

– Não estraga quando chove? – Slava perguntou enquanto observavam as casas vizinhas, o varal ocasional quebrando o alcatrão queimado dos telhados. Os pisos térreos eram para vidas sujas, escurecidas, baratas. Era silencioso e fresco aqui nas nuvens.

– Cubro com plástico toda manhã antes de ir trabalhar – ela disse.

– Mas se você sair para algum lugar?

– Não vou para lugar nenhum.

De seu intimidante freezer, Vera tirou uma garrafa de vodca coberta de gelo. Os cristais reluziam como diamantes, e o líquido escorria grosso, um mel transparente.

Eles brindaram, viraram num gole e mastigaram morangos congelados, enquanto escutavam o silêncio. Slava ficou na janela escura. Do outro lado, o Brooklyn emitia os sons do sono. O começo da manhã e a noite, aquelas eram as horas favoritas dele, antes de tudo começar e depois de terminar.

– Não sei dizer – ele disse –, se isso é real ou se é porque você e eu cortamos vegetais de papel colorido juntos na Itália. Porque você se lembra de coisas sobre mim que nem eu me lembro. Porque quando digo "avô", você pensa na mesma coisa que eu penso.

– Significa que é real – ela disse do lado.

– Cortamos vegetais de papel colorido e fizemos nossos pais pagarem em dinheiro de verdade. Seu avô com o brechó na Itália. Minhas cartas, sua entrevista coletiva. Tudo o que fazemos é mentir. Alemães fazem Volvos, pelo menos. Nós mentimos.

– Volvos são feitos na Suécia – ela disse e pediu que ele se juntasse a ela no sofá.

Ele continuou a olhar pela janela.

– Eles sabem sobre as cartas – ele disse finalmente. – Para onde as solicitações vão.

– O que isso significa? – ela perguntou, sua voz severa. – Olhe para mim, por favor.

– Alguém dedurou – ele disse, se virando.

Ela estava forçando a vista contra a luz, tentando ver esse novo estado das coisas. Relaxou os ombros.

– Um dos nossos fez isso? – ela perguntou. Sua preocupação era convincente. Era uma especialidade? Estava representando, acobertando a mãe? Ele odiou a si mesmo por pensar isso, mas não era razoável? Ele a havia visto em ação.

Slava se sentou ao lado dela. Sentiu o cheiro de vodca em sua língua, misturado ao de morangos. Cada parte dela tinha um cheiro diferente, como seções numa loja de departamentos.

– Não sei – Slava disse.

– Mais alguém sabe?

Slava balançou a cabeça.

– Então... – Ela projetou a cabeça para frente, enquanto tentava entender.

– Se eu disser a eles quais falsifiquei, vão eliminar esses sem fazer alarde. Como se nunca tivessem existido. Isso eles podem fazer.

– E se você não contar a eles?

– Eles não terão escolha a não ser fazer uma declaração pública. Dar início a uma investigação oficial.

Vera expirou lentamente e se deixou cair para trás.

– Se eu negar tudo – Slava disse –, é o fim do plano de Settledecker também. Se eles tiverem de ir a público, não têm como alguém aprovar uma *expansão* dos requerimentos de elegibilidade.

Ela se aprumou no sofá.

– Slava. – Sua mão apertou o braço dele. Estava sóbria, conspiratória, no controle da situação. Lazar Timofeyevich estava certo sobre sua neta. – Você precisa dizer que não tem ideia do que eles estão falando. Sei como funciona. Não vão dar uma entrevista coletiva. Sem chance. Eles só vão fazer uma investigação particular eles mesmos. Estão dizendo isso para te deixar culpado. É... como se chama? Com as cartas?

– Blefe.

– Isso. Se não puderem fazer você confessar, não vão arriscar uma entrevista coletiva. Pense nisso. Se não tiver Conferência sobre Danos, não tem trabalho para eles, não tem salário. Nunca vão entrar nessa. Vão enterrar isso. Você começa a dizer sim para tudo, e você é culpado... não vai ter fim. Não seja um *desbravador*. Não seja inocente.

Ela estudou o rosto de Slava para ver o que ele pensava, demorando-se nele como uma mãe. Uma veia surgiu na têmpora dela, firme e sem ondas, um vale azul. Slava conhecia cada curva ali.

– Vai ficar tudo bem – ela disse. – Prometo a você. Vou fazer ficar. – Sua mão se ergueu à bochecha dele, e brincou com a barba por fazer. As mãos dele responderam a ela: seu rosto, seu pescoço, seus ombros. Ela usava uma blusa de seda com gola em vê, azul-escura, exceto por faixas pretas na barra das mangas. As pontas dos ombros de Vera eram redondas como seu rosto, grossas e sólidas. Enquanto ela serpenteava para fora da saia, restou uma grosseira meia-calça soviética, depois nada. Em três anos na *Century*, Slava se espantou maliciosamente, ele não tinha feito nenhum avanço, mas agora recebia esse prêmio poucas semanas após reencontrar Vera. Ela era como o idioma que compartilhavam: ele não havia feito nada para merecer isso, mas era dele. Ele se ressentia por ela aceitá-lo tão facilmente. Mas era essa a recompensa que ele poderia esperar. Se Slava desistisse de suas misteriosas objeções, era isto que o esperava, dizia o colapso negro entre as pernas de Vera.

As mãos dele pararam.

– O que foi? – ela disse.

– Não posso – ele respondeu. – Sinto muito. – Ele olhou para ela.

Os olhos dela ficaram assustados e perplexos. Então veio um olhar de aversão e nojo, como se ele tivesse fracassado num dever masculino. Ele deu um sorriso macabro, sem sentido.

– Você é um pobre coitado, Slava – finalmente ela disse. – Um perdedor. Espero que encontre o que está procurando.

– Vera... – Ele tentou segurar os braços dela, mas ela se esquivou. – Você não quer isso.

– Então você está me fazendo um favor – ela expeliu.

Ele começou a falar, mas ela ergueu a mão.

– Vá embora, por favor.

Ele tentou juntar suas coisas, mas tudo era lento, a nudez deles soando grotesca. Ele sentia os olhos dela. Por fim, ela se ocupou com o telefone, o constrangimento como uma terceira pessoa.

Lá fora estava quente e abafado, comparado ao gelo do ar-condicionado de Vera. Slava considerou ligar para Vova, o Boxeador, a expressão de espanto que Vova faria ao ser chamado para o endereço que ele conhecia tão bem, mas Vera iria corrigir o registro da próxima vez que visse Vova, de todo modo. Não, Slava queria ficar longe disso.

Ele fez sinal para um táxi qualquer. West End e 90th St. em Manhattan? O motorista não podia acreditar naquele tipo de corrida a essa hora da noite. Enquanto passavam pelas ruas taciturnas, Slava pensou em Israel – a voz áspera, a garganta seca, tossindo, as sobrancelhas pulando e ondulando. Em seu avô. Onde estavam vocês, homens velhos, quando suas orientações eram necessárias? Mas eram três da manhã, as ruas estavam vazias. Não havia resposta.

Agora o porteiro noturno de Arianna já conhecia o rosto de Slava, e mesmo que ele não o tivesse visto por vários dias, sua saudação da Bratislava o levava a dar a Slava o benefício da dúvida, o inauspicioso destino dos tchecoslovacos sob a opressão soviética apesar de tudo. O que o deixou numa saia-justa agora, porque eram malditas três da manhã, e a camaradagem de Slavic encontrava seus limites às margens do decoro ocidental.

– Ligue para ela, ligue para ela – Slava disse, lendo o rosto dele.

O bratislavo pausou um vídeo pessoal com um jeito exibido.

– É tarde – ele observou.

— Ela está me esperando — Slava mentiu.

O eslovaco olhou para Slava com asco. Slava mentiu novamente, ignorando isso: um voo noturno, uma aterrissagem atrasada, uma troca de telefonemas com Arianna por volta da meia-noite, ela iria para a cama mas deixaria o jantar coberto com filme plástico. Foi o filme plástico o detalhe específico que o pegou. Otto estava certo sobre você ter de mencionar que os tênis eram amarelos. Se você disser que há elefantes voando do lado de fora, ninguém vai acreditar. Mas se disser que há seis elefantes voando, é uma história diferente.

O bratislavo fez as contas. Claro, ele preferia que Slava subisse do que ser responsável por acordar a locatária. Slava percebeu que precisava pressionar um pouco mais.

— Qual é seu nome?

— Bujnak — o eslovaco disse. — Vladimir Bujnak. Pode me chamar de Vlado.

Slava estendeu sua mão e disse o nome.

— Sinto muito — ele disse, olhando para a escada que estava prestes a subir. — Sinto muito.

Slava permaneceu diante da porta de Arianna por um longo tempo. Então ficou ali outro longo tempo depois de tocar a campainha. Teve de tocar várias vezes.

Finalmente, ela respondeu com uma voz preocupada. Slava disse quem era, dando um tom de desculpas. Ele sabia que o bratislavo estava escutando da escada. Ela abriu a porta usando uma camiseta que Slava havia deixado.

— Por onde você andou? — ela perguntou, a voz cheia de sono. Slava apenas sorriu silenciosamente. Suspeita e medo tomaram o rosto dela. Ele tentou encontrar os olhos dela e não se entregar às lágrimas. O gato se remexeu do sono, caminhou curiosamente aos pés dela, cético e alerta.

– Venha para a cama – ela disse. Deixou a porta aberta e voltou para o corredor, segurando a cabeça. Slava ouviu armários se abrirem, o tilintar de copos, o gorgolejar de álcool numa tacinha.

Slava caminhou atrás dela, o gato observando o arco de suas pernas. Antes que pudesse fechar a porta, o animal avançou pelo corredor, e Slava teve de se virar para pegá-lo, as patas traseiras pendendo perdidas no ar, desdém em seu focinho.

– Vodca? – ela perguntou.

– Todo mundo está bebendo vodca esta noite – ele disse.

– Ah, é? Quem é todo mundo? – O gato esfregou a cabeça no tornozelo de Slava.

– Antes da guerra, havia um garoto chamado Pavlik Morozov. Ele levava o comunismo realmente a sério. Seu pai falsificava alguns tipos de documentos. Então Pavlik entregou seu pai. Pode imaginar? Adivinhe o que aconteceu em seguida.

Ela balançou a cabeça de um jeito cansado.

– Não faço ideia, Slava.

– Eles mataram o moleque. A família o matou.

– Por que está me contando isso? – Ela se serviu de outra dose, menor desta vez.

– Porque posso me imaginar como a pessoa que está falsificando. Mas também posso me imaginar como a pessoa que entrega o falsificador. Como é possível?

– Não sei, Slava. Não sei do que está falando. E não estou interessada em descobrir agora. Podemos ir pra cama?

– Seu nome era Vera. Que também estava bebendo vodca esta noite.

Arianna o examinou, impotente. Ela se afundou numa das cadeiras da cozinha, cansada demais para encaixar as pernas sob a mesa. Cobriu o rosto com a mão e gemeu. Então abriu fendas entre os dedos.

– Imaginei que fosse algo assim. – Ela riu de um modo desagradável. – Então pensei: não. Que clichê.

– Não aconteceu nada. Essa é a verdade.

– Ah, é? – ela disse, ainda de cara feia.

– Não é onde eu estava todas as noites.

– Ah, é? – ela repetiu. – Então onde você estava?

Ele respondeu com honestidade. Contou tudo a ela. A ligação de sua mãe, e o velório, e o jantar do velório, e o que o avô pediu, e Beau, e Vera, e Otto, e o resto, as palavras fluindo sem a menor ordem. Àquela hora da madrugada, ele não podia contar uma boa história.

Ela se perdeu na narrativa de qualquer jeito, porque, francamente, era inacreditável. Ela se esqueceu de tirar os dedos do rosto, e se sentou escutando dessa forma, engaiolada contra ele. Quando ele terminou, ela disse:

– Estou de fato desejando que você apenas estivesse trepando com outra pessoa. – Seus dedos finalmente deixaram o rosto, e ela soltou uma risada histérica. – Trabalha na surdina, esse aí! – Ela ia beber novamente, mas o copo estava vazio. – Estou cansada demais para isso – ela disse e cobriu o rosto novamente.

Quando abriu os olhos, ele estava no chão da cozinha, perto das pernas dela.

– Me desculpe – ele disse.

– Por que está se desculpando para mim? – ela perguntou, evasiva.

– Para você, para você – ele disse. Tentou deslizar para um abraço dela.

– Não – ela disse, levantando os cotovelos para longe dele. Ele recuou, mas permaneceu sentado no chão, como um bêbado. Eles ficaram sentados, sem falar, o relógio tiquetaqueando para eles na parede.

— Estou contando quantas vezes você teve de mentir no último mês — ela disse afinal. — Você deve ser melhor do que qualquer um que já conheci. E já conheci uns mentirosos de muito talento.

— Não menti sobre isso. — Ele apontou dele para ela.

— De certa forma, sei que é verdade. Notável. Eles fazem estudos sobre pessoas que não encaram os fatos.

Ele se levantou e descansou as mãos na mesa. Esperou até ela estar olhando para ele.

— Você é diferente de qualquer pessoa que já conheci — ele disse. — Sei que você sente o mesmo. Mas, na maior parte do tempo, não estamos felizes um com o outro. E não pelo que acabei de te contar. — Enquanto dizia isso, ele sabia que era persuasivo porque não estava sendo servil. Também era a verdade.

Ela não respondeu.

— Eu gostaria de tentar — ele disse. — Gostaria de ser o tipo de pessoa que ama alguém como você.

— Apenas seja a pessoa que me ama — ela disse. Em retrospecto, pensaria ele, ela estava simplesmente o corrigindo. Naquele momento, porém, suas palavras soavam como um perdão relutante.

Ele se abaixou novamente no chão. Dessa vez, ela o deixou descansar a cabeça em sua coxa.

— O que que eu faço com você? — ela perguntou, os dedos no cabelo dele.

— Preciso contar a verdade — ele disse, olhando para ela.

Ela segurou o rosto dele entre suas mãos.

— Precisa contar a verdade — ela disse.

18

QUARTA-FEIRA, 30 DE AGOSTO DE 2006

Dois dias antes do fechamento da primeira edição de outono, a Equipe Júnior crepitava com uma antecipação pré-férias, muito similar aos Gelman lavando janelas e encerando pisos na véspera de Ano-Novo em Minsk. Essa edição iria incluir a história italiana que Arianna estava checando; uma coletânea de acessórios para a volta às aulas; um artigo sobre looks de outono; o artigo de Peter sobre a coletiva de imprensa; um artigo sobre beisebol do honrado homem de suéter que estivera fazendo artigos sobre beisebol na *Century* por quase todo o século; e comentários de Beau sobre a chegada do outono.

Uma pintura especialmente encomendada iria estar na capa: uma dama de nariz arrebitado com um rabo de cavalo desafiando a metafísica ao portar a edição em questão, as folhas ficando amarelas do lado de fora de seu carro, a rua à frente se estendendo ostensivamente. A obra era de Serge, um dos vários artistas de um nome só usados pela revista. Serge era incapaz de pintar a não ser que estivesse totalmente nu, uma descoberta desconcertante feita pela revista no ano anterior, durante um evento "veja a reprodução de artistas de capas famosas" para interação com os leitores.

Tendo deixado a "The Hoot" da semana (66.67% verídica) na mesa de Paul Shank, Slava sentiu uma leveza pouco familiar. As últimas cartas de requisição haviam sido seladas e enviadas naquela manhã, de diferentes correios, por emissários especiais (Berta, que havia enxergado a questão com mais gravidade do que todos os judeus juntos, coordenou os envios). Slava sentiu como se estivessem mandando soldados para um massacre; ele havia contado apenas a Arianna sobre Otto – apesar de que sabe-se lá a quem Vera havia contado agora, fosse por vingança ou preocupação. Ele se levantou sobre a divisória e observou Arianna, até que ela o notasse.

– Dê o fora antes que arranjem um novo trabalho pra você – ela disse.

Ele assentiu.

– Você vai logo, não vai? – Ela falava de Otto.

Ele prometeu. Esticou-se sobre a divisória e correu o nó dos dedos pelas têmporas dela. Arianna se endureceu, mas depois se acalmou nas mãos dele.

Manhattan é o trono imperial a partir do qual várias linhas de metrô seguem em direção ao Brooklyn, como uma esquadra. A esquadra soviética é cor de gema: D, N, R, F, B, Q, em direção a Bensonhurst, Bath Beach, Midwood, Gerritsen Beach, Mill Basin. O resto – 2 vermelha, 5 verde, azuis flertando com o Queens, marrons fazendo seu caminho excretor por Williamsburg e Bushwick – são os trens de outros países.

Os últimos dias de agosto: o domingo do verão. O final de semana do Dia do Trabalho era a única coisa dividindo as pessoas de toda a enfiada de promoções de outono, estilos e compras. Pelo último punhado de dias, a boca do comércio americano – plataformas de metrô, as laterais de ônibus, pontos de ônibus, o rádio – ainda cochicha docemente sobre churrascos, piscinas, passeios de final de semana e últimas chances.

A porta de Israel estava trancada. Ninguém respondeu à campainha ou às batidas de Slava. Ele pensou em deixar um bilhete, mas então o portão no nível da rua rangeu ao ser aberto, para revelar uma velha num vestido informal. Slava a chamou em russo e perguntou sobre o vizinho de baixo. Seus olhos azuis gelados radiaram um estranhamento vazio.

– Abramson? – Slava experimentou. – Mora no apartamento do porão. Baixinho. Sobrancelhas grandes. – Ele mexeu as dele.

– Quando me mudei para essa vizinhança, há cinquenta anos – a mulher disse num inglês pesado –, havia muitos imigrantes aqui. Poloneses, como eu. Alemães, irlandeses, italianos, húngaros, croatas, o que quiser. Nunca nos ocorreu que deveríamos falar nossa própria língua para o outro na rua.

Slava empalideceu. Estava prestes a se repetir em inglês, quando ela acenou para interrompê-lo.

– Sr. Abramowitz está no hospital – ela disse. – Eles o levaram no fim de semana. Não sei quão sério é, mas tive de ligar para a família.

– No hospital? Por quê? – Slava perguntou, como se alguém escolhesse ir para esses lugares.

– Não sei – ela disse. – Ele mesmo chamou uma ambulância. Eles o encontraram no chão. Os médicos me deram um bilhete.

Enraizado no lugar, Slava apropriou-se dessa nova informação. O pensamento que passou por sua mente era: estou prestes a perder mais um.

– Ele foi um fumante inveterado quando jovem, sabe – a mulher disse. – Eu o peguei fumando nos degraus aqui uma vez. Disse que ele não devia. Tive medo de que ele pensasse que eu estava dizendo simplesmente para ele não fumar na escada. Mas ele entendeu. Voltou com um pedaço de papel quadriculado. Acho que ele teve que pedir a alguém para escrever aquilo para ele. Dizia: "A vida é a morte se você não tem um cigarro de vez em quando." Demos boas risadas por isso.

– Teve de ligar para a família? – Slava disse. – Em Israel?

– Ah, sim. Levou um tempo para eu descobrir os códigos.

Um sopro de vento passou pelo abeto sobre eles. Em meio ao calor que restava, de vez em quando se podia vislumbrar o outono rondando.

– Sabe que hospital? – Slava disse.

– Maimonides – ela disse. – A rua toda ficou iluminada com sirenes.

– Ele te deve algo pela ligação? – ele disse esperançoso.

– Ah, não – ela disse. – O filho atendeu a cobrar.

Slava estava numa parte do Brooklyn onde táxis amarelos não circulavam, mas tinha o cartão de Vova infiltrado em sua carteira. Ligou errado várias vezes. Parou e respirou fundo. A calma que ele teve o prazer de descobrir dentro de si mesmo naquela manhã, uma prontidão silenciosa para seu encontro com Otto – presente de Arianna –, havia sumido. Finalmente chamou.

– Preciso ir ao hospital, Vova – Slava gritou no telefone quando o boxeador atendeu.

Vova falou com uma solenidade que acalmou Slava. Como motorista de táxi nos pontos ao sul do Brooklyn, onde eles morriam a todo momento, todos os dias, Vova não estranhava chamadas desse tipo.

– Estarei aí em dez minutos – ele disse. E esteve.

Enquanto o sedã envelhecido grunhia sobre as ruas esburacadas, a mente de Slava fixa na compleição de Israel, que parecia uma cebola, horizontal numa maca de hospital. *Ele* não havia sido avisado, Slava pensou com uma pontada. Mas por que deveria ter sido? Quem era ele para Israel? Eles se encontraram duas vezes, uma por acidente. Ele era o autor da carta; não era um membro da família. Não era necessário. Mas iria mesmo assim.

– Ei, escute – Vova disse. – Sinto muito em mencionar isso agora, mas já que você está aqui.

– Claro – Slava disse com indiferença.

– É o seguinte. Já ouviu falar de Nova Orleans? Onde fica essa porra?

– Em algum lugar do Sul – Slava disse.

– Certo... bem, eles tiveram esse estranhamento com a atmosfera ano passado. Ficou sabendo disso?

– Estou impressionado que você tenha ficado sabendo disso. Vova o observou pelo retrovisor.

– Você subestima seu sangue, *chuvak*.

– Então?

– Então, tem um lance lá. Um lance quente, se você me entende. – Vova esperou para saber se deveria continuar. Continuou mesmo assim. – Todos esses lares arrasados depois das tempestades. E, se um deles é seu, você pode conseguir dinheiro. Muito.

– E aí? – Slava perguntou.

– Então, há sessenta mil lares. E alguns deles estão sendo marcados para conseguir o filé do governo, e alguns não. Porque os proprietários morreram, fugiram, o que seja. Então há essa *reivindicação* que você pode preencher, há algum tipo de processo, não sei os detalhes, esse não é meu território. É por isso que estou falando com você. Mas dizem que não é difícil, para aquelas casas abandonadas, transferir a propriedade para você. E se qualificar para a indenização.

– E qual é seu território? – Slava perguntou.

– Meu território é armar isso – Vova disse. – Não a papelada.

– E se você aplicasse essa energia em um negócio legal? – Slava disse.

Vova consultou o retrovisor.

– Devo me arrepender de ter te contado isso? Não me faça me arrepender. Você nem me deu a chance de soltar os detalhes. Você recebe uma parcela, obviamente. Disseram cinco por cento, mas vou aumentar para dez por cento para você, porque, sem você, não pode acontecer, e eu sei isso. Algumas pessoas subestimam a parte da papelada, eu não. E você pode ir lá, se quiser, voo pago. Examina tudo, sente o sabor. Eles têm moças africanas lá para fazer sua cueca melar. Já experimentou com uma menina negra alguma vez?

– Não – Slava disse.

– É uma brincadeira diferente do que com... – Ele apontou para fora do carro para indicar Vera.

– Por que está falando comigo sobre isso? – Slava perguntou.

– Você escreve as cartas, não escreve? Você é o cara da papelada.

– Ninguém sabe manter uma porra de segredo? – Slava disse.

Vova começou a rir.

– Você sabe como somos.

– Como somos, Vova?

– Vivemos no mundo real. Vai pensar nisso, não vai?

– Não vou fazer – Slava disse. – Desculpe, não é nada pessoal. Mas seu segredo está seguro. Se o meu estiver com você.

Vova refletiu.

– Entendo. Bem, admiro uma conversa direta. – Ele se virou de volta à direção. Seguiram em silêncio, cada um ruminando a resposta de Slava. Então Vova disse, em tom de reconciliação:

– Conheço uma boa floricultura ao lado do hospital. Estaremos lá em cinco minutos. – E estavam.

Do meio-fio, Vova estendeu a mão pelo lado do motorista.

– Sem ressentimentos – ele disse. – A oferta era um sinal de respeito. Desejo saúde para a pessoa lá dentro.

Slava apertou a mão de Vova à altura da força deste, que agia como se sua energia fosse ser transferida para a pessoa em questão.

No vestíbulo do hospital Maimonides, Slava estava com o buquê de cravos: branco, rosa, vermelho. A avó gostara de cravos, e, quando Slava pensava em doença, pensava nela. Agora pareciam insignificantes, as cabeças rufadas balançando em ramos fracos, femininos demais para o saco de couro do quarto 317. No dia em que a avó morreu, o sol queimava com uma fúria infernal, como se tivesse superaquecido. Agora, no entanto, o tempo parecia como em um daqueles comerciais da *Century* que Avi Liss quase teve de arrancar fora: o sol suave; uma longa e estreita mesa de madeira com toalha branca; as crianças louras brincando na brisa; um repasto faraônico numa mesa infinita. O sol santificado fora do hospital brilhava numa fileira infinita de floriculturas, padarias e açougues *kosher*, metidos em antigo concreto artesanal. O Brooklyn onde os judeus soviéticos viviam era tão feio quanto as fileiras de prédios que eles haviam deixado na União Soviética. Talvez fosse esse o motivo pelo qual eles viviam aqui.

No monitor do quarto 317, um cometa verde pontudo cortava a superfície ressonante de uma noite escura. Pontudo era bom. Israel dormia, seu rosto uma uva-passa gigante relaxando e se contraindo a cada respiração, um riacho feliz de saliva escorrendo pelo queixo. Bastaria um Gógol aberto em seu peito e ele pareceria estar cochilando em casa. Slava o visualizou lambendo o dedo, virando as páginas, e se tombando depois de um ataque cardíaco. Mas não aconteceu assim. Israel havia escrito um bilhete com instruções. Essa parte não fazia sentido.

Slava voltou para o corredor. O Maimonides parecia vazio como se pertencesse só a eles, como se toda a doença no mundo fosse deles. Estava agradavelmente decrépito: tinta descascada num canto do teto, e o balcão atrás do qual as enfermeiras trabalhavam, gasto e corroído.

– Pode me dizer o que aconteceu? – Slava correu atrás de uma enfermeira. – Abramson. Quarto 317. – Ele apontou.

– Abramson? – ela perguntou. Sua voz continha mil cigarros, apesar de os dentes reluzirem brancos. Ela correu o dedo por uma tabela. – Ah, querido, ele vai ficar bem. O sangue está normal, está tudo bem. *Heartbreak hotel.*

Slava olhou sem entender.

– Solidão. – A enfermeira sorriu. – Velho e solitário. Vemos o tempo todo. Setenta, setenta e cinco anos, família distante. A companhia de seguros deveria vir com um código. Me deixe ir, querido. Na verdade, preciso trocar o soro dele.

Slava voltou ao quarto. O sol brilhava luminoso através da ampla janela. Parecia especialmente estranho estar doente durante um tempo assim. Um dos olhos de Israel se abriu, como um mergulhador emergindo das profundezas.

– Ai, merda – ele disse e o fechou. Abriu novamente. – De onde você veio? – Ele tossiu.

– Está ou não está doente de verdade? – Slava perguntou.

– Eu? Estou cansado pra caralho – Israel disse e fechou os olhos novamente. Então os abriu.

– Hollywood chora pelo *meu* avô? – Slava disse.

– Eles disseram alguma coisa sobre... – Israel começou.

– Yuri? Está vindo – Slava disse. Ele não fazia ideia, mas Israel não precisava saber disso.

– Poderia muito bem ser o próprio Messias – Israel suspirou.
– Boa atuação – Slava disse.
Israel levantou o olhar para Slava.
– Estou a sua mercê – ele disse.
– Não se preocupe, seu segredo está em segurança.
– Sinto muito, Slava – Israel disse. Uma lágrima rolou de seu olho, então parou no lugar, como se estivesse cansada demais para seguir, assim como seu dono. – Sim, invejo seu avô, mas não porque ele tem uma acompanhante doméstica vinte e quatro horas. É porque você está no bairro ao lado.
– Então irá com Yuri para Israel – Slava disse.
– Se ele me levar – Israel retrucou. – Vou morrer na terra natal dos judeus. Não é tão ruim.
– Onde preferiria morrer? – Slava perguntou.
– Em Minsk. Não quero inglês na minha lápide e não quero hebraico na minha lápide. Em russo: "Iosif Abramson. Data de nascimento, data de morte. O chá estava amargo e ele culpou a existência." – Ele irrompeu numa risada áspera.
– Está brincando com o destino, Israel.
– Já tive o suficiente – Israel disse. – Apenas me deixe olhar meu filho mais uma vez. Ele está vindo, não está?
– Tenho certeza de que está – Slava pegou a mão do velho, seca e inflamada. – Você não precisa ir, sabe. Vou aparecer para a sopa.
– Você já tem um avô – Israel disse.
Slava segurou aquela mão velha entre as suas. Eles olharam pela janela para o sol lunático.
– Vai fazer o que eu digo? – perguntou ao velho.
Israel ergueu uma sobrancelha.
– Tipo o quê?
– Apenas faça o que eu digo agora. Levante-se e vista-se.

– Não estou entendendo.

– "Estamos seguindo você agora, Gógol": quem disse isso? É o problema com todos vocês: não falam com convicção. Você usa palavras bonitas, mas não valem porcaria nenhuma. Vamos.

– Mas meu filho vai vir.

– Acha que Israel está a duas horas de distância? Vamos estar de volta bem antes disso.

– Para onde vai me levar?

– Confie em mim.

– E se a enfermeira descobrir?

– Então, quando é com você, você chora. Mostre que você tem colhões, Israel. Mostre que você não se esconde atrás dos jovens com suas palavras bonitas.

Enquanto Israel mijava, Slava deu um telefonema.

– Voltar? – Vova disse do outro lado. – Posso estar aí em dez minutos. – Vova estava sempre a dez minutos de distância. Mas Slava precisava que ele trocasse de carro. – Fala sério? – Vova disse. Isso seria um extra.

– Eu sei, apenas faça – Slava disse, impaciente.

– Não reconsiderou nosso acerto, não é? – Vova perguntou. – Poderia ser quinze por cento, se quiser.

Depois que Israel terminou, Slava o puxou de volta à cama. O velho fingia seu deslindamento, mas não era um novato. Nas mãos de Slava, Israel se rendeu, tímido quando Slava removeu seu avental azul. Esses velhos haviam fodido por toda Minsk, dois milhões de pessoas, mas permaneciam recatados como crianças.

Israel foi deixado numa cueca samba-canção xadrez, a barriga branca, que havia parecido tão estimável enquanto escondida, alojada parcamente sob o elástico da cueca. A pele da barriga era macia como a de um recém-nascido. Enquanto Slava retirava as roupas de Israel do armário, o velho cruzou os pés como um garoto e espiou com perplexidade para suas unhas quadradas.

Primeiro Slava colocou a calça, uma perna de cada vez, Israel bancando o incapaz. Então uma camisa de baixo, os braços de Israel como fatias grossas de um salmão velho e pálido lutando para passar pelas aberturas. Uma camisa de mangas curtas de verão se seguiu, então um par de meias brancas e tênis branco.

– Aí está – Slava disse, observando sua obra. – Pronto para o primeiro dia de aula. Vamos.

Eles espiaram pela porta, como dois ladrões. Apenas uma enfermeira no posto.

– Espere por mim – Slava disse.

Ele caminhou até a enfermeira e começou a perguntar sobre a capela, localizada no lado oposto do caminho que Israel precisava seguir até o elevador. Quando a enfermeira, dando seu melhor sorriso, olhou para aquele lado, Slava acenou com a mão por trás das costas, e Israel bamboleou em direção aos elevadores, no canto do posto das enfermeiras. Quando Slava se juntou a ele um momento depois, Israel fez sinal com o polegar.

– Nada mau – ele disse. – Para onde está me levando?

Era preciso dar crédito a Vova. Dez minutos, como ele disse, mais cinco para trocar seu sedã por uma limusine. Ele até encontrou um quepe de motorista em algum lugar, aquele ator.

– Que porra é essa? – Israel se deteve, observando o veículo: preto, lustroso, opulento, belo.

– Você disse que queria ver Manhattan – Slava disse. – Se está se mudando para Israel, essa é sua chance.

Enquanto Slava enfiava Israel no banco de trás, Vova correu pelo quarteirão até a loja de bebidas (flores, padarias, bebidas – esses estabelecimentos tomavam o quarteirão onde o Maimonides estava localizado, provando que certas alegações sobre a eficiência do mercado americano não eram exagero), voltando com um Asti Spumante que um verdadeiro cidadão soviético preferia ao melhor champanhe.

Eles contemplaram tudo, Slava vendo a maior parte pela primeira vez ele mesmo, apesar de que, graças a Arianna, agora ele podia imaginar como um levava ao outro. A Estátua da Liberdade, o Edifício Chrysler, o Empire State, a Times Square, o Rockefeller Center, a Catedral de St. Patrick, o Central Park. Nos semáforos, Slava fazia Israel erguer a cabeça pelo teto solar. Ao redor deles, a Quinta Avenida formigava alheia, sublime e grotesca.

– As mulheres! – o velho gritou. – Olhe as mulheres!

Slava ergueu a garrafa de Asti Spumante, e ele e Israel beberam às mulheres da Quinta Avenida, os turistas parando para tirar fotos deles espiando pelo teto solar, apesar de os nativos continuarem a marchar, oficialmente intocados.

Seguiram para o norte até o Riverside Park, Slava pedindo a Vova para passar pela estátua do presidente americano Ulysses S. Grant. Slava contou ao velho sobre ele. Israel escutou como um garotinho de escola.

– Quero sair – ele disse. – Quero sentir sob meus pés.

Enquanto Vova morgava, eles seguiram de braços dados pela grama do Riverside Park, o espumante nas mãos de Slava. Eles se sentaram num banco e beberam direto da garrafa como dois mendigos.

– Então, é isso aí – Israel disse.

– É isso aí – Slava repetiu.

– Está cheio de folhas.

– Como espinafre.

Eles gargalharam como crianças.

– Foi nisso que você gastou os duzentos e cinquenta, não foi? – Israel disse.

– Limusines russas custam menos do que as americanas. Ainda sobrou muito.

Os gritos e a vadiagem deles atraíram os olhares de um guarda na calçada, do outro lado do gramado. Consumo de álcool em local público chamava mais atenção da lei do que escaladores freelance de patrimônio municipal. Slava jogou a garrafa vazia de espumante nos arbustos, enquanto levavam suas pernas de volta ao carro.

A enfermeira da mesa se levantou em chamas quando avistou os dois, ainda rindo, saindo dos elevadores do terceiro andar do Maimonides. Ela começou a gritar, tirando Israel das mãos de Slava. Israel deu um tapinha no braço que emergia do uniforme dela.

– Bacana – ele disse em inglês. – Bela dama.

Ele e o falso neto riram novamente, mas Slava o soltou. A enfermeira conduziu Israel de volta ao 317, seguidos por Slava.

– Eu devia mandar te prender – ela sussurrou para o jovem enquanto colocava Israel na cama.

– Só preciso de mais um minuto – Slava pediu.

– Se algo acontecer com ele, não somos mais responsáveis – ela disse brava, ao sair.

– Já aconteceu – Slava retrucou.

Ele se postou ao lado da cama do hospital.

– Precisa de um livro?

– Vim preparado – Israel disse, fazendo um gesto com a cabeça em direção ao armário. – Chegue mais perto.

Slava se inclinou em direção ao rosto de Israel. Tinha cheiro de porão, cogumelos, terra. A mão de Israel se fechou na de

Slava, e, levantando a cabeça, o velho colocou um par de lábios azuis na testa dele.

– Você não enviou a tempo, enviou? – Slava perguntou.

– Tive um pequeno ataque cardíaco, mas não tive morte cerebral.

Slava sorriu.

– Vá nessa, meu filho – Israel falou.

19

QUINTA-FEIRA, 31 DE AGOSTO DE 2006

O quartel-general da Conferência sobre Danos Materiais contra a Alemanha em Nova York era vizinho dos escritórios das iniciativas e fundações econômicas alemãs, como se estes não pudessem seguir devidamente em seus negócios sem um lembrete do que seus ancestrais haviam causado. Onde esse homem grisalho, com um crachá no pescoço balançando sobre sua gravata-borboleta, esteve? O que ele fez? Ou não fez?

A mulher na recepção, com as maçãs do rosto tão salpicadas quanto projetadas e um coque de cabelo preto preso com um pregador cravejado de zircônias, estava cochichando com alguém em russo ao telefone. Lyudmila, a placa com o nome deixava claro. Tinha cheiro de roupas recém-tiradas do armário. Ao avistar Slava, ela estendeu um dedo com unha feita em direção a uma cadeira de couro vermelho, sem interromper a conversa. Slava tentou reunir seus pensamentos, mas eles se recusavam a se aquietar, e ele simplesmente ficou olhando para o carpete cor de aveia.

Dez minutos depois, ele ainda não havia sido chamado. Aparentemente, no que dizia respeito a Otto, Slava podia ter se levantado e ido embora como bem entendesse. Quando ele questionou Lyudmila, ela o lembrou de que "ele vai recebê-lo muito em breve, por favor", e indicou mais uma vez a poltrona de couro vermelho, na qual Slava se afundou, desesperançoso.

Quando Slava foi finalmente conduzido ao escritório de Otto, o homenzarrão se apressou em apertar a mão de Slava e se desculpar pela espera.

– Está tudo de cabeça para baixo por causa da reforma – ele disse, triturando a mão de Slava.

Slava olhou ao redor, sem propósito. Não havia notado nada de errado no corredor.

– Não, não é importante, não é importante. – Otto acenou para ele entrar. Ele sorriu para a recepcionista, como se fosse uma conquista ter um personagem como Slava em seu escritório. – Obrigado, Lyudmila. – Ele se virou de volta para Slava. – Café, gostaria, ou chá?

– Café – Slava disse fracamente, e Lyudmila assentiu com elaborada competência.

Os motivos vagamente clássicos inscritos no forro de madeira do escritório de Otto Barber davam-lhe uma autoridade conservadora que era detratada pelos mesmos carpete cor de aveia e sofazinhos da recepção. Parecia que a recepcionista tinha feito ela também uma viagem aos empórios de móveis na parte baixa do Brooklyn. Um triunvirato de bandeiras em miniatura – Alemanha, Israel e Estados Unidos – decorava a mesa de Otto.

Se tinham russos, por que Slava havia recebido o alemão?, ele se perguntava. Havia a Conferência feito uma pesquisa e determinado que um dos seus era menos propenso a causar impacto? A "rejeição prévia da comunidade ao suspeito" teria sido sublinhada no relatório? "O sr. Gelman mantém uma atitude adversa em relação a pessoas de sua comunidade. Pode ser mais produtivo apresentá-lo a alguém de um cenário neutro ou não familiar." Ele poderia ter escrito para eles.

Tendo deixado Slava numa poltrona de couro do outro lado da mesa, Otto se afundou em sua própria e apontou para o painel do ar-condicionado atrás de si.

– Está frio demais para você? Sou uma pessoa ártica por dentro.

Slava balançou a cabeça fracamente.

– Sr. Gelman, não posso esconder minha empolgação em vê-lo. Mas você, ao que parece, poderia estar mais empolgado em me ver! – Otto abafou o riso.

– Não estava preocupado com que eu fugisse? – Slava disse, tentando um ar de desafio.

– Muito engraçado! – Otto disse. – É muito engraçado que pense assim. Não, eu sabia que você não fugiria.

– Por que é engraçado? Estava tão certo assim?

– Bem, talvez por você ser inocente! – Ele riu. – Não parece estar considerando de fato essa possibilidade!

Slava baixou a cabeça.

– Você tem sua prova – disse.

– Errado! Você tem a prova. Você tem todo o poder. Então, se eu disser: "Venha aqui amanhã", será patético! *Eu* não tenho o poder de levá-lo a fazer isso. Você precisa vir quando *você* quiser vir.

A testa de Slava estava úmida de suor, mas ele não ousava reconhecer isso limpando-a.

– Até aí, li que um bom investigador começa de longe. *Desorientação* é a palavra. Então, ele salta como uma pantera! – Otto saltou de sua cadeira. – Assim, talvez eu te pegue! Com o peixe. Como você diz.

– A isca – Slava disse morosamente.

– Sim – Otto disse, voltando para a cadeira.

Lyudmila entrou com uma bandeja trazendo utensílios para apenas um café. A minúscula colher tilintava na xícara de porcelana em suas mãos. Ela desapareceu tão rápido quanto chegou. Otto esfregou o espaço entre as sobrancelhas.

– Você trouxe a porcelana com você? – Slava perguntou, se endireitando no assento. Ele tossiu, autodepreciativo, e tentou focar.

Otto levantou o olhar.

– Perdão?

Slava apontou para a xícara.

– É alemã?

– Não. Não sei, para ser honesto. Posso descobrir – Otto disse, inclinando-se para o interfone.

– Tínhamos um conjunto de porcelana alemã quando vivíamos na União Soviética – Slava disse. – Meu avô colecionava porcelana. Esse conjunto da Alemanha era seu xodó. Azul-cobalto com borda dourada. Ele teve de deixar a maior parte para trás porque havia um limite de quanto poderíamos levar conosco, mas não havia dúvida de que esse conjunto viria. Minha avó enrolou em jornal. O pacote era a metade do tamanho de uma pessoa. Nós o arrastamos por toda a Europa.

– Hmmm – Otto assentiu.

– Quando finalmente chegamos ao JFK, relaxamos – Slava disse. – Meu tio nos encontrou no aeroporto. Todo mundo chorava e se abraçava. Ele queria nos mostrar que já era um homem grande, que podia cuidar das coisas. Então pegou a mala e jogou no carrinho. Nós todos congelamos. Todos pensamos a mesma coisa.

– Não – Otto disse. – Elas quebraram.

– Apenas uma. Quando chegamos à casa do meu tio, minha mãe e minha avó foram para o quarto verificar. Só uma xícara quebrada, o resto estava inteiro.

– Bem, isso é que é sorte. Mas, veja, a manufatura na Alemanha é soberba. Quem dera meu pai pudesse me ouvir agora. Ele queria que eu buscasse uma posição no setor privado, em vez de no governo.

Slava não respondeu. Era desprazeroso pensar no pai de Otto como um pai, também.

– Então, sr. Gelman, você veio correndo quase no dia seguinte – Otto disse. – Dois dias depois. Por que isso? A culpa estava puxando os pelos do seu nariz?

Deve ter sido uma expressão alemã.

– Queria ajudar – Slava disse sem convicção.

– Sim, estamos falando sobre algo muito importante. – Otto se levantou da cadeira e caminhou para a janela. O céu estava carregado novamente: o fim do verão não era confiável. – Me conte agora, sr. Gelman – Otto disse gravemente. – Me conte tudo.

Slava escutou as buzinas abafadas surgindo da rua.

– O que você acha que eu devia fazer depois disso, sr. Barber? Otto se virou.

– Está deixando a revista, sr. Gelman? Acho que você pode fazer qualquer coisa. Isso está abaixo da sua capacidade. Talvez devesse ir para um lugar diferente. Nova York não me parece o seu lugar ideal.

– Eu gostaria de conhecer Lubbock, no Texas.

– Isso certamente iria funcionar. É diferente de Nova York, pode se dizer.

– Você conhece?

– Tenho certeza de que você também não esteve na Estátua da Liberdade. Visitantes têm um interesse diferente das pessoas que vivem num país. Passei duas semanas no Texas visitando locais da Guerra Mexicano-Americana. Não mexa com o Texas, rá rá. Mas Lubbock, Texas... não é bem o Shangri-lá, sr. Gelman, se é isso o que está esperando.

– Estão instalando bicicletas públicas – Slava disse desolado. Olhou para o café, arrependendo-se de gerar um repentino levante de camaradagem entre eles. Ele teve de levar a conversa de volta a seu assunto original. – Vou te contar tudo, sr. Barber. Mas, primeiro, quero te dar uma última chance de fazer a coisa certa.

Otto sorriu combativamente.

– E o que seria isso, sr. Gelman?

– Pagar a todos eles – Slava disse. – Porque você é responsável. Ou porque pode. O destino te colocou na posição de sorte de fazer o que é justo.

– Você chamaria isso de posição de sorte? – Otto disse. – Não chamo de posição de sorte. Não desejo essa posição para ninguém. Sr. Gelman, por favor, me diga que você está notando que estou lidando com tudo isso de maneira diferente daquela que meus superiores provavelmente desejariam. – Ele balançou a cabeça. – Posso lhe perguntar uma coisa? Como é ficar lá sentado escrevendo a carta e pensando: não, esse detalhe não é pavoroso o bastante. Tenho de encontrar algo mais pavoroso. "Pavoroso" é a palavra certa?

– Não é difícil achar detalhes pavorosos – Slava disse.

– Mas você precisa escolher. Esse é pavoroso da forma certa, esse não é. Não te dá arrepios?

– Não – Slava mentiu. – Um arrepio é o que foi feito com eles.

– Você é um curador do sofrimento.

– E você é o abastecedor. Quem é melhor? Você me deu muito com que trabalhar. Você pensa naquele tempo como um museu, uma aberração da história, mas pessoas passam por isso o tempo todo. Seus turcos passam por isso. Os negros passam por isso. Judeus passam por isso em todo lugar, exceto Israel e Estados Unidos, de certa forma. As coisas melhoraram, não há mais linchamento, e não quebram seus joelhos por ser um *kike* no Exército Vermelho. Mas continua, mesmo assim, em algum lugar.

– Não use essa palavra, por favor.

— É sensível, Otto? É um negócio e tanto para escolher se for sensível. Meu avô diz *"kike"* o tempo todo. "Morra entre *kikes*, mas viva entre russos", ele diz. Já ouviu essa? Ele gosta de mostrar à sua acompanhante doméstica que ele não é exclusivista. Isso a deixa desconfortável, assim como a você. Não, Otto. Esse homem perdeu sua família, perdeu um membro, perdeu a audição, perdeu a sanidade, mas ele não é qualificado porque foi um soldado. Esse outro esteve num gueto e escapou... essa pessoa é qualificada. Quem é o curador?

— Mas não é estranho pegar essa memória e usar para obter lucro?

Slava riu.

— Um homem de posses as adquire Deus sabe lá como, e então faz um sermão para o homem sem posses sobre honra. Não é estranho matar diligentemente e depois comemorar diligentemente? Esse lucro é para gente velha, patética, que não entende nada além de dólares.

— Estou decepcionado por não ter feito você mudar de ideia.

— Mudei de ideia. Por você ou não, mudei.

— Quero dizer, quando disse que algo melhor esperava por você.

— Não precisa me dizer quem ligou, Otto. Apenas me diga se foi um de nós.

Otto considerou essa nova negociação.

— Então você me conta? – ele perguntou.

— Então eu te conto tudo.

— Sim – Otto disse.

— Novo, velho?

— Sr. Gelman...

— Vou chutar velho.

— Ótimo – Otto disse.

Eles processaram essa nova informação sem comentários. Então Slava disse:

– Quer que eu te diga como funciona?

– Muito – Otto disse. – Quero deixar isso para trás tanto quanto você, sr. Gelman.

– Não quero deixar isso para trás – Slava mentiu. – Eu estava só começando quando você apareceu.

– Está insinuando que vai continuar?

– Isso é uma sondagem, não é?

Franzindo as sobrancelhas, Otto tirou um cartão da gaveta e escreveu algo. A caneta não colaborava, e ele a jogou no lixo com irritação, fazendo com que batesse na lateral do cesto.

– Você estava tão animado da última vez que o vi – Slava disse. – Estava rindo, como se realmente fôssemos apenas dois amigos conversando num bar.

– Tem muitos amigos, sr. Gelman?

Slava pressionou os lábios. Em sua mente, ele contou Arianna, Israel, o avô.

– Sim – ele disse. – Média de idade de cem anos.

– Eu gostaria de lembrá-lo, sr. Gelman – Otto disse. – Isso poderia ter acontecido de maneira bem diferente. Estou tentando ser sensível. Estou tentando ajudar.

– Eu sei. – Slava baixou a cabeça. – Por isso eu vou te contar tudo. – Ele se endireitou na cadeira, derrota em seu rosto. – Não sei o que lhe contaram – ele disse, tão suavemente que Otto teve de se mover mais próximo para ouvir. Os olhos do alemão úmidos de ansiedade pela revelação. Slava procurou parecer confiante, apesar da completa derrota. – Mas vou supor. – Ele tentou olhar para Otto, fracassando de propósito. – Lyudmila contou a você tudo sobre esses velhos? Eles vivem de inveja. Você estava certo... quem ligou estava descontando por alguma coisa. Não havia o suficiente nem das coisas mais básicas onde eles moravam. Se você fosse judeu, tinha ainda menos. Mas sempre havia um cara que tinha mais. Porque ele conhecia as pessoas certas para subornar. Então ele podia pegar seu presunto nos fundos da loja, um bom corte antes de o resto ser exposto, metade dele estragado. Você entende aonde quero chegar?

– Estou ouvindo com grande interesse – Otto disse.

– Bem, esse era meu avô – Slava disse. – O cara com mais. O cara com porcelana da Alemanha. Sabe o que significa ter porcelana da Alemanha? Alemanha Ocidental, não Alemanha Oriental. Porcelana da Alemanha Oriental teria quebrado antes de terminarmos de empacotar. Mas ele não sabia ficar quieto. Ele era o mais falastrão do mundo. Ainda é. Não consegue evitar. Deixa todo mundo com raiva.

– Então, o que está dizendo? – Otto franziu a testa.

– Gosto mais quando podemos conversar com seriedade – Slava disse. – Parece uma piada para você, saltar por aí, bancar o investigador, mas estamos falando de pessoas que eu amo. Estamos falando de pessoas que sofreram, sr. Barber. Gente que toma sopa enlatada seis vezes por semana, e um dia recebe alguma coisa da sinagoga. Mesmo que sejam mentirosos, merecem respeito.

O rosto de Otto caiu.

– Sr. Gelman, está esmagando meu coração saber que isso foi recebido dessa forma. Deve me perdoar...

– Eu forjei – Slava o interrompeu. – Isso está correto. É um alívio dizer. Mas seus detalhes estão errados. – Ele apontou com a cabeça para a pilha de solicitações na mesa. Ele havia forjado cada uma delas. Ele podia recitar pedaços de cor. – Eu só forjei uma. A do meu avô. Ele estava no Uzbequistão, não na floresta. Na manhã seguinte, ele ligou para todo mundo. Vítimas verdadeiras, gente que foi ao gueto, à floresta, aos campos. Disse a eles que eu tinha feito a dele e mais outras dez, então eles iam ficar para trás. Pode imaginar o trabalho, eu tentando convencer essa gente, que não acredita em nada, de que ele estava mentindo. Telefonema após telefonema, a manhã toda. Cá entre nós, eu tinha uma mulher na minha cama, e uma nada mau, e nem a notei indo embora, tão ocupado que eu estava lidando com isso. Eles não me deixariam em paz. Então, fiz um acordo. Mesmo que suas histórias fossem reais, eu não faria. Mas eu os ensinaria a escrever. É por isso que tem frases similares, as manobras. Sabe o que dizem sobre os russos, sr. Barber? Eles não criam nada, mas copiam melhor do que qualquer um. O sushi que você come em Moscou é melhor do que o sushi de Tóquio. Eles seguem cada regra. Eles seguem a regra ao pé da letra.

Otto o encarou, sem demonstrar emoção.

– Recusei toda essa gente porque a lei, como você disse, é a lei. Mas se quer saber a verdade, queria não ter recusado. Sua lei é uma poça d'água perto do que eles passaram. Por causa do seu país. Por sua causa, Otto... porque *você* é tudo o que restou a *eles*. Eu não fiz, no final. Contudo, não pude dizer não ao meu avô. *Família*, espero que você entenda.

Otto se inclinou sobre a mesa e olhou Slava com uma expressão admirada e divertida. Escutavam o ruído da rua doze pisos abaixo. O café reluzia preto na xícara de porcelana, uma penumbra oleosa sobre a superfície. Por fim, Otto expirou fundo e exclamou.

– Posso entender isso muito bem, sr. Gelman – ele disse. – Não muda o que tenho de fazer. A solicitação de seu avô será negada.

Slava assentiu.

Otto cruzou os braços. Uma expressão estranha, desdém misturado a júbilo, tomava seus olhos.

– Obrigado pela honestidade – ele disse.
– Não foi fácil – Slava disse.
Otto sorriu pesarosamente.
– Aprendi muito com você, sr. Gelman, está livre.

Em sua mesa de jantar, de volta à posição encolhida de hábito, as asas retraídas e dobradas, o avô contava pílulas: Ramipril azul-claro, Meclizine branco, Clopidogrel rosa. Cada grupo correspondia a um envelope recheado de prescrições. O avô deslizou várias pílulas de uma pilha para outra, anotou num pedaço rasgado de papel, lambeu o dedo.

Slava fora diretamente do escritório de Otto. Era mais fácil estar ali, na frente do avô, do que longe. Uma breve chuva havia caído, então se estabeleceu uma noite fria, o ar carregado da iminente decomposição das folhas. Na cozinha, Berta fatiava e picava, preservava e conservava para o longo inverno à frente.

– O que é tudo isso? – Slava perguntou ao avô.

Ele terminou de anotar um número.

– É preciso saber como fazer dinheiro – o avô respondeu sem levantar o olhar.

– Como? – Slava provocou. Se você o provocasse, se dissesse "Não, é impossível, ninguém pode fazer isso", conseguia arrancar dele a resposta que quisesse.

– Como – ele bufou. Então, em seu inglês *forshpeis*, ele disse: – Eu não roubar, tá?

– Então você sabia inglês o tempo todo – Slava disse. – Podia ter escrito sua própria carta.

O avô pegou uma caixa de chá para a próstata e começou a exibir seu inglês.

– Sem *azúcar*. Sem *glutêm*. – Ele forçou a vista. – Sem *con-zer-van-tes*. Que é isso?

– Sem química.

– Hmmm. – Ele baixou a caixa, cético.

Berta apareceu na porta da cozinha, um prato com uma pilha de frutas, o outro com doces.

– Hora do lanche, rapazes. Fortifiquem-se.

– Você é um anjo, Bertochka – o avô disse. Para Slava: – Ela é um anjo.

– A comida é o caminho para o coração de um homem – Berta afirmou, rindo.

– Nós notamos, Slavchik, que você tem vindo com mais frequência. – O avô deu uma piscada, e ele e Berta riram. Slava se aproximou, pegando um doce em forma de triângulo.

– Desculpe pela interrupção, rapazes, estou voltando à cozinha.

– Alguém teve um encontro com Vera Rudinsky – o avô disse sem firulas. Piscou novamente.

Slava riu, porque não havia mais nada a fazer.

– Bom lugar? – o avô perguntou.

Se Slava dissesse sim, o avô ficaria com inveja. Se dissesse não, o avô iria rebaixá-la. Slava não disse nada.

– Então, como foi? – o avô piscou.

– Não é da sua conta – Slava disse amavelmente. – Nada aconteceu.

– Foi para o apartamento dela e nada aconteceu?

– Sim. Nada aconteceu. Conversamos, e eu fui embora.

A cara do avô caiu.

– Slavik – ele sussurrou, os dentes de ouro reluzindo na cara fechada. – Me diga que não é verdade.

— É verdade — Slava disse.

O rosto do avô se escureceu.

— Slava, pelo amor de Deus. Você foi para a casa de uma menina e nada aconteceu?

Slava não disse nada, apenas esperou. Deixe vir.

— Não acredito. Me diga a verdade. Você... — Ele bateu o punho na mão. — Você fez, certo? Como um homem?

Slava viu a dor no rosto do avô por um longo momento.

— Fiz — ele mentiu. — Como um homem.

— Ah, garoto! — o avô berrou. Ele gritou para Berta na cozinha: — Cuidado com esse aí, meninas! Ele não é desses bichas! — Ele se virou para olhar Slava em triunfo, mas o neto não podia aguentar olhar para ele e afastou os olhos com frieza. A expressão triunfante do avô se transformou gradualmente em remorso. Ele nunca entenderia seu neto. Com um dedo grosso, começou a empurrar migalhas invisíveis na toalha encerada.

Finalmente, Slava se ergueu, os pés da cadeira fazendo um ruído alto no parquê. O avô parecia um garoto arrependido por ter cometido outro erro. Ele havia visto Slava três vezes em um mês, três vezes mais do que no ano anterior, e agora sua boca afastaria Slava novamente. Afastaria o neto por motivos que ele jamais entenderia, mas afastaria da mesma forma, isso ele sabia.

Mas não. Slava caminhou para o lado do avô na mesa e colocou o braço em torno de sua cabeça. O avô buscou e apertou a mão de Slava.

— Te amo — o avô balbuciou em inglês, em meio às lágrimas na garganta.

Te amo. Eu não roubar.

✳ ✳ ✳

O *bratislavo da portaria de Arianna* ficou aliviado em ver Slava nas primeiras horas da noite. Ele sorriu, os molares tortos à mostra.

– Ótimo! – ele rugiu, apontando para fora.

– Fica frio! – Slava forçou um sorriso e se arrastou para a escada. Alguém estava assando alguma coisa: a escadaria estava repleta de manteiga, açúcar e calor. Mais uma vez ele ficou se remoendo na frente da porta. Mais uma vez escutou o ruído do outro lado como um intruso. Ele fora até lá apenas pelo perdão? Não era isso que ele queria. Ele queria contar a verdade, ao menos para uma pessoa.

Podia ouvir a música erguendo-se eletronicamente do computador dela, sua voz acompanhando ocasionalmente. De vez em quando, ela se dirigia ao gato. Finalmente, ele bateu. Ela abriu a porta e baixou e levantou os olhos rapidamente – fazia isso quando estava nervosa. Normalmente ela não denunciava o que estava sentindo, então ele tinha que decifrar sozinho. Entendeu errado muitas vezes, mas muitas vezes certo, o que fazia sentido, considerando que eles se conheciam tão superficialmente. Seis semanas antes, ela era uma sombra voluptuosa do outro lado do muro.

– É daqui – ele disse, farejando.

– Cozinho quando fico ansiosa – ela disse. – Quer entrar?

Ele entrou e a abraçou. Sentiu o gosto dos ingredientes na língua dela: bolo de limão. Novamente os olhos dela desceram e subiram. Quando isso aconteceu, o rosto dela adquiriu uma ruga desprazerosa ao redor dos lábios, como se ela se ressentisse por ele deixá-la desconfortável: se ele entendeu o que ela queria saber, devia ter apenas contado.

– Não fiz – ele disse.

Ela recuou.

– O que quer dizer?

– Ou fiz, mas não exatamente. – Ele colocou o topo da cabeça no braço dela. Ela o afastou e levantou o rosto dele, cara a cara com o dela. Ela chamou o nome dele. Era uma pergunta.

O gato ofereceu seus serviços distrativos, estacionando as patas da frente do lado do joelho direito do Slava e olhando em expectativa, a única coisa que o gato sabia fazer. Slava apropriou-se da retirada e seguiu para o sofá. Lá, ele contou a ela o que dissera a Otto Barber.

Ele esperava a solidariedade dela, mas nada apareceu em seu rosto.

– Não foi o que conversamos – ela disse friamente.

Ele esfregou os olhos.

– Slava, você prometeu. Jurou. Você mesmo disse. Nós concordamos.

– Não tem nada a ver com você.

– Mas você me meteu nisso. Podia ter me deixado de fora, mas veio aqui, me arrastou para isso. Você sabia? Já sabia o que iria fazer quando me prometeu?

– Se eu continuasse mentindo, você teria se sentido ainda mais traída. Mas só por ter te contado, eu te meti nisso?

– Está certo, Slava, toda essa situação é tão injusta com você. Você tenta fazer a coisa certa, mas o mundo não nota.

Ele grunhiu.

– Você sabia o que iria fazer quando me prometeu que contaria a verdade? – ela perguntou. – Apenas me diga isso. Veio aqui só para dividir o fardo?

– Não. Acho que não. Eu... – Slava sentiu uma grande infelicidade crescendo dentro dele. – Eu estou tentando ser honesto.

– Não importa – ela disse desanimada. – Seja lá quando foi que você decidiu, não me procurou. Não me contou.

– Acho que eu não sabia até entrar no escritório dele – ele disse. – Estou te contando agora. Arianna, por favor.

– Ah, sei – ela choramingou e cobriu o rosto.

Ela cruzou as pernas e olhou para fora enquanto os dentes trabalhavam pelo canto das unhas. Ele nunca a havia visto fazer isso. Na janela, uma velha árvore balançava hesitantemente num vento fraco. Um pássaro do tamanho de um dedo, iridescente com a plumagem esmeralda, escorregou num galho, sem se encabular por sua magreza ao colocar o bulbo da cabeça num ângulo magnífico. O galho balançou um pouco em resposta. Diferentes das janelas de Slava, que davam para um pátio, as de Arianna encaravam a cidade. Ele se sentia mais tranquilo, porém solitário, em sua casa.

– Por favor, vá – ela pediu. – Não sou forte o suficiente para insistir nisso.

– Arianna – ele sussurrou. – Não.

– Adoro quando você chama meu nome. Você faz isso raramente. Você chamou uma vez durante o sexo... Eu notei que foi porque você estava tão distante que esqueceu que eu estava lá. Adorei isso.

Ele estava no chão ao lado dela novamente.

– Arianna, acabou. Não vê?

O rosto dela estremeceu, e ela passou um dedo sob o olho.

– *Você* não vê? Você não me levou com você para aquele quarto. Concordamos que você me contaria a verdade. Mas você não contou. No último momento, você mudou de ideia. Me deixou na porta, só cuidou de si. Mas como mais poderia ser? Você estava respondendo a alguém há tempo. Ah, por que essas coisas são impossíveis de se ver de antemão? Você não está nisso agora, Slava. E não quero você assim. Por favor, vá.

Ele secou por dentro. Cambaleou, tentando ficar de pé. Havia se acostumado com ela entender que ele não sabia o que fazer quando ela se retinha. Ele raspava o nome dela, tudo o que ele podia dizer.

– Não posso fazer isso agora – ela disse. – Amanhã conversamos... na próxima semana. Por favor, vá. Seja bonzinho comigo e vá.

– Você não é tão inocente – ele disse. – Por que ficou tão criteriosa? Você não se importa com as regras.

– Não? Eu me importo com as regras, Slava. As regras que temos um com o outro, eu me importo.

Ele se sentiu confuso. Como poderia saber que *essa* regra, para ela, era a indissolúvel? Havia tantas outras que não importavam. Ele podia seguir as instruções – ele iria, agora, iria –, mas não sem recebê-las em primeiro lugar! Mais uma vez, ele se sentiu na presença de informações que apenas ele não entendia. Todo mundo estava levemente envergonhado por ele não entender.

– Sabe, Slava – ela disse sem olhar para ele –, quando isso começou e discordamos o tempo todo, eu gostei. Prefiro discordar de alguém que é interessante. Também porque essas discordâncias se parecem com um verniz; por baixo, somos todos iguais. Mas eu estava errada, Slava. Somos bem diferentes, no fundo.

– Mas quero ser como você.

– Mas não estou procurando um aluno. E você não está procurando uma professora. – Ela suspirou pesadamente e caminhou até a cômoda. Quando voltou, segurava uma cópia da *Century*. – Feliz liberdade – ela disse.

Era o número de todos aqueles anos atrás, o primeiro número da *Century* que ele havia visto, na biblioteca Hunter.

– Eu roubei – ela disse. – Do arquivo. – Ela riu cruelmente.

Ele não queria – se pegasse, estava concordando com aquilo. Mas não ousava desobedecer. Seu coração coagulou com a sensação manchada das velhas páginas amareladas.

– "Agora ela abre as asas e voa para longe" – ela disse amargamente.

Ele chamou o nome dela outra vez, mas ela o olhou com uma expressão de tal modo desamparada e enlouquecida que ele entendeu que o amável seria partir. Segurando a revista, ele o fez.

20

SÁBADO, 14 DE OUTUBRO DE 2006

O que os livros sagrados dizem sobre prestar homenagem ao falecido no Sabá? É uma forma de trabalho, proibido no dia sagrado, ou um tipo de descanso? Não há Arianna para perguntar. Slava pode não querer as respostas, mas ele vai procurá-las mesmo assim. Ele tinha de se preparar para ensinar àqueles que vinham depois dele.

Da plataforma do trem, as fileiras de lápides pareciam crianças reunidas para um encontro. De perto, os túmulos dos judeus americanos são diferentes daqueles dos russos, como duas irmãs cujos pais coçam a cabeça, se perguntando como as crianças saíram tão diferentes. Os túmulos americanos são pedras enormes, dizendo: "Fisher n. 1877, m. 1956." Os dos russos são menores, mas ornamentados: ombros recortados, rosas subindo pelos painéis, coroas com várias pontas, e nas próprias pedras, por baixo dos sóis se pondo em menorás que a família do morto nunca acendeu enquanto ele estava vivo, inscrições:

"Sentimos sua falta, querido, como a terra sente falta da chuva."

"Palavras têm pouco espaço, mas pensamentos voam livres."

"Um redemoinho maligno passou sobre a terra e o levou para aquele outro mundo."

"Filhinho, por que nos deixou tão cedo?"

O Seurat do necrotério, que gravou o rosto desse último destinatário num estilo pontilhista, recriou até seu incipiente bigode. Dezoito anos. Acidente de carro. Ele é a xícara e o pires que quebraram ao chegar, o resto do conjunto tendo de seguir incompleto. É uma bênção morrer na ordem natural.

Você pode ver os aniversários pelos montes de flores. O cemitério espalhou avisos sobre água parada e a febre do Nilo, então as flores são em sua maioria de plástico, um raro ato de obediência cívica. Elas duram mais e requerem menos cuidados, também.

Podem se ver os novos túmulos pelos buquês, envolvidos em celofane, para proteger da chuva, encaixados em montes de terra recém-revirada. Uma família judaico-soviética tende a não esperar um ano antes de desvelar uma lápide, como o costume judaico dita, mas também não se ergue uma imediatamente, como se faria na União Soviética. Isso gera um compromisso turvo entre mundos cuja lógica é clara apenas para seus membros: um mês ou dois.

O descendente desconhecido de Slava, da lata de cerveja e da língua sem sotaque, quanto tempo iria esperar? Há uma crença hassídica de que três gerações de ancestrais falecidos mantêm vigília sobre os recém-casados sob um chupá. Slava queria uma inversão desse ensinamento – três gerações de descendentes não nascidos mantêm vigília de debaixo dos túmulos. Enquanto avança para a Alameda das Tulipas, Fila A, em direção ao jazigo da avó, sem flores, mas com um caderno em mãos, eles esperam por ele ao lado da lápide.

Como vou explicar a vocês como vivíamos, aqui e lá? Lá, nossas noites passadas em alguma sala de estar – porque não havia realmente nenhum lugar a ir –, temerosas, mas seguras, inseguras, mas alegres, guardadas, mas abertas? E aqui, os papéis toalha reutilizados, as caixas de manuais de instrução guardadas para alguma futura perda de direção, as notas fiscais organizadas dando conta de cada indulgência? Mas vocês precisam saber essas coisas, porque vocês vão me substituir como eu os estou substituindo.

Ao longe, um cortador de grama gemeu nas mãos de um coveiro. Por trás do ruído se podia ouvir – afinal – o trem correndo seus dedos pelas costelas dos trilhos. Atravessa a calçada até os seus pés.

O par de túmulos na frente de Slava se separa apenas à meia altura. Gelman, o plinto diz. O do avô está vazio; o da avó tem um poema. O rosto dela está gravado no mesmo estilo pontilhista; o Seurat local deve ter um monopólio. A lápide do avô é preta, a da avó, no tom de um castanho falhado como um cavalo baio. A coroa da lápide dele se ergue levemente sobre a dela, um ombro.

A turfa está regular em ambos os lados do terreno, pedaços de grama recém-cortada prendendo-se às protuberâncias da pedra. Os vigias devem tê-la aparado depois que o avô e Berta visitaram pela última vez; o avô não iria permitir que os pedaços permanecessem, Berta iria catá-los com suas unhas de madrepérola.

Slava se senta no caminho pavimentado que corre pelos túmulos e faz sua saudação à avó. Decide que ela não precisa de papo furado. Vão conversar de uma forma diferente. Ele gostaria de conhecê-la novamente, descartar seus encontros recentes. Como? Ele abre seu caderno. Uma página em branco olha para ele, em dúvida. Muita dúvida de si mesmo. Ele toca uma caneta no papel, a afasta, traz de volta. Sua imaginação indigna de confiança cochicha para ele, o som de uma nova traição. Ele escuta, espera, escuta, leva a caneta novamente ao papel.

P: *Eu te traí inventando todas essas coisas?*
R: *Como? Está sendo tolo.*
P: *Gostaria que fosse sincera comigo.*
R: *Não, não gostaria.*
P: *Estou aqui para conversar com você. Não há outro motivo.*
R: *Então por que está com o caderno?*
P: *É como eu entendo as coisas. Você viverá nele.*
R: *Eu vivo em seu coração.*
P: *O coração não é confiável, um caderno é para sempre.*
R: *Não é esse o motivo. Mas não importa. Escreva, escreva.*
P: *Quando você escapou do gueto, sabia que nunca mais veria seus pais?*
R: *Não. A mente não nos prepara para a morte.*
P: *Teve medo de ir para a floresta? Você só tinha quinze anos. Penso em mim com quinze.*
R: *Eu era uma menina da cidade, claro que tive medo. Mas não me lembro de ter medo. Você está tão aterrorizada que não sente... nada. Você segue porque há algo em movimento dentro de você, não sabe o quê. Então outro dia, por minutos, minutos inteiros de uma vez, parece que tudo é normal, absolutamente normal – você está velho, e as coisas são apenas como são...*
P: *O que devo dizer de você? Para o avô ou a mãe.*
R: *Ele não pode viver sem sua admiração. E ela – ligue para ela de novo, sem motivo.*
P: *Posso te trazer alguma coisa?*
R: *É assim que costumávamos falar quando ligávamos de uma viagem: "Podemos trazer alguma coisa?" Não – você está aqui, do que mais eu preciso?*

Não é ela, porque ela nunca falou assim. Mas ela não está mais por perto para responder por si mesma. Então, vai ter de viver na forma adulterada em que podemos imaginá-la. Ele não pode se desnudar da imaginação. Se ela vai viver, vai viver como Slava+avó, uma pessoa, finalmente.

– Garoto! Garoto! – uma mulher berra enquanto avança pelo caminho, um punho suplicante no ar. Já está vestida para o inverno: um casaco pesado, uma boina na cabeça. – Garoto – ela repete quando se aproxima, sem fôlego. – Como pode se sentar na calçada assim? Vai pegar um resfriado, e então? O que seu... – Ela força a vista no túmulo, considera os anos de nascimento e morte. – O que sua avó iria achar? Me responda.

Slava sorri e se levanta.

– Obrigado – ele diz.

– O tempo está mudando. É sempre o momento vulnerável. Cuide-se. Deus o abençoe por cuidar de sua avó.

Depois que ela desaparece num beco, Slava se volta ao terreno, apesar de não se sentar no chão; afinal, ele prometeu. Ele se abaixa na grama, na parte não usada do avô, ao lado da avó. A calçada já tem o frio do outono, mas a grama ainda está alheia e morna, como se o verão nunca fosse terminar. Ele pensa em Arianna, a grama queimada de Bryant Park por baixo deles, sua cabeça na coxa dela, o saxofone soando do outro lado do parque, a normalidade que esconde o milagroso.

O mundo acima é infinito e azul. Slava corre os dedos pelo lado do jazigo da avó, a grama curta e espinhenta, como o rosto do avô depois de um dia sem se barbear. Sua pele branda e enrugada era tão inadequada para proteger o corpo frágil debaixo dela que a última vez que ela teve forças suficientes para sair, os filhos de outra família – cada um do tamanho de um armário, cada um animado em vê-la sair para uma festa – a abraçaram tão ardentemente que lhe quebraram duas costelas.

Os cravos de plástico que preenchem o vaso da avó são firmes demais para balançar no vento leve, mas, por trás deles, um fino ramo verde com um capacete espacial de tufos brancos balança na terra. Era o costume de cada prado fora de Minsk; você puxava o ramo e soprava o tufo como uma vela. Slava pode invocar o nome da flor apenas em russo, e momentos antes de ele soprar sobre o que resta de sua avó, ele sabe – um fato, ele o criou – que nunca vai buscar a tradução em inglês. Os filetes brancos pousam como neve no verão. *Oduvanchik*.

AGRADECIMENTOS

Meu primeiro obrigado vai para minha avó. Ela realmente é melhor do que todos nós.

Então para meu avô. Um amigo meu uma vez disse: "Você é mais esperto do que ele, é mais esclarecido do que ele. Mas nós dois cabemos dentro da bola esquerda dele." Difícil negar.

Para meus pais, por me amarem tanto e não desistir.

Para Polina Shostak, uma mulher de força singular, e a família Shostak/Golod – os únicos que permanecem.

Para Alana Newhouse, por me inspirar tanto. Para Annabelle, pela oxitocina. Para os Liguori de Rhode Island, minha segunda família, e especialmente para a memória de Antoinette Parise, que adorava Robert Frost.

Para os amigos que leram rascunhos, falaram de negócios e me ajudaram, especialmente Rob Liguori, Nicole DiBella, Vance Serchuk, Amy Bonnaffons, Chad Benson, Luke Mogelson, Kseniya Melnik, Julian Rubinstein, Ellen Sussman, Meredith Maran, Jacob Soll, Joshua Cohen, Tom Bissell, Ben Holmes, Dan Kaufman, Jilan Kamal e Justin Vogt, Joshua Yaffa e Kate Greenberg, Will Clift, Andrew Meredith, Rebecca Howell, Louis Venosta, Vica Miller, Joseph DiGiacomo, Michelle Ishay e Michael Cohen, LuLing Osofsky, Jules Lewis, Anne Gordon e Andrew Garland, Teddy Wayne, Arthur Phillips. Agradecimentos especiais a Susan

Wise Bauer, que engloba várias categorias e é uma das pessoas mais brilhantes, generosas e interessantes que eu conheço.

Aos professores Lawrence Weschler, Brian Morton, David Lipsky e, especialmente, a Darin Strauss e Jonathan Lethem, dois dos maiores professores (e humanos) que conheci. Não são apenas professores, mas mentores, uma ocupação bem rara hoje em dia. Conheci essas pessoas por causa do meu programa de MFA da NYU, comandado pela incomparável Deborah Landau, que redefine a noção de patrono. A essa lista acrescente Joyce Carol Oates, que me ensinou primeiro e sempre se lembrou de mim; Star Lawrence, que foi a primeira a me dar uma chance; William Zinsser, que me dá mais sem estar presente do que a maioria que está; Vera Fried, a Pink Dynamo; e o grande Jim Harrison, que me fez querer escrever.

Às residências e organizações que tão generosamente me deram tempo e espaço, e sustento em tantas definições: Norton Island Residency Program, no Maine; o Fine Arts Work Center, em Provincetown (com agradecimentos especiais a Salvatore Scibona por sua visão e encorajamento); a Fundação de Artes La Napoule, na França; Mesa Refuge, em Point Reyes Station; a New York Foundation for the Arts; a Albee Foundation, em Montauk; Wildacres Retreat, na Carolina do Norte; o Blue Mountain Center, nos Adirondacks; a Brush Creek Art Foundation, em Wyoming; o Djerassi Resident Artists Program, na Califórnia do Norte. É difícil mensurar o valor que essas pessoas e instituições dão aos artistas.

A Henry Dunow. Dizem que o agente certo é como um casamento certo – difícil de imaginar até que aconteça de fato, então parece que sempre esteve escrito. Obrigado, Henry. Você é tão bom no que faz, e tem tanta classe fazendo isso. Agradeço também a Betsy Lerner e Yishai Seidman.

A Terry Karten por um raro tipo de patrocínio; por ter fé, sabedoria, visão e um toque impecável. Você me deu uma bênção incrível, e a forma como conduz é um modelo e uma inspiração.

Obrigado também a Elena Lappin, que foi mais do que generosa e uma incisiva defensora deste livro.

Por fim, aos feridos que sobreviveram às degradações de uma vida na União Soviética. Apesar de todos os defeitos, eles são, também, sobreviventes.

NOTA DO AUTOR

A linha que separa fato e ficção, invenção e roubo, é tão tênue quanto a que separa verdade e justiça. A cultura que adotei sabe disso na prática, mas esquece na teoria – somos transgressores em particular e puritanos quando pegos, em si um saboroso autoengano. Isso afeta a literatura tanto quanto a política ou a hipoteca. Às vezes, lutamos para nos lembrarmos de que a ficção frequentemente é não ficção desviada por artifícios, e não ficção é inevitavelmente uma reinvenção do que de fato aconteceu. (Estou roubando essas palavras de mim mesmo, de uma resenha de livro que escrevi.) Há conexões, claro, mas estão mais distantes do que pensamos. Vida é pecado, e arte é roubo. Deixe que a registrada neste romance sirva de lembrete disso, assim como de tributo aos autores que disseram algo significativo para mim.

34 A frase "Toda manhã, os soviéticos se cobriam de linho soviético e latiam como vira-latas no ar suave do outono tirreno: '*Russo producto! Russo producto!*'" apareceu anteriormente num artigo que escrevi, "Paid in Persimmons", na revista *Departures* (outubro de 2007).

69 "Ele estudou o traiçoeiro estilingue formado pelas clavículas de Arianna" é roubado com gratidão de Kseniya Melnik. Uma versão diferente da expressão aparece no conto "Kruchina", de *Snow in*

May: Stories (Henry Holt, 2014): "Masha olhou para o pescoço fino de Katya saindo do colarinho de sua camisola, o garfo de sua clavícula em forma de estilingue e o ombro marcado, as sardas salpicadas como pólen, exatamente como sua mãe."

134 "Agosto,/você é [apenas] uma alucinação erótica" é do poema "Heat", de Denis Johnson, em *The Incognito Lounge and Other Poems* (Carnegie Mellon University Press, 1994).

187 "a neblina lilás/paira sobre nossas cabeças" é de "Don't Rush, Conductor", uma música pop russa de Vladimir Markin.

199 "Viagens caras para lugar nenhum" é o título de um conto de Tom Bissell, em *God Lives in St. Petersburg and Other Stories* (Pantheon, 2005).

202 A expressão "meia de fumaça" vem do conto "Islands" na antologia de Aleksandar Hemon, *The Question of Bruno* (Nan A. Talese/Doubleday, 2000).

251 A terceira narrativa falsa do Holocausto é a versão de uma história que ficou amplamente conhecida após a guerra. Fiquei sabendo disso, além de outros detalhes valiosos, pelo livro de David Guy (*Innocence in Hell: The Life, Struggle, and Death of the Minsk Ghetto*, tradução de Nina Genn, ed. do autor, Nova York, 2004).

267 "[Seus olhos] eram cinza, um cinza brilhante, apesar de parecerem mais escuros por causa dos cílios grossos." Uma variação de *Anna Karenina* (Leon Tolstói, *Anna Kariênina*, tradução de Richard Pevear e Larissa Volokhonsky, Penguin Classics, 2004). A frase original diz: "Seus olhos verdes brilhantes, que pareciam escuros por causa de seus cílios grossos, descansavam amáveis e atentos no rosto dele."

303 "Sou um homem acabado (...) O sol deve ser o sol antes de tudo" é de *Crime e castigo*, de Fiódor Dostoiévski, traduzido por Larissa Volokhonsky e Richard Pevear (Vintage, 2012).

303 "Sê verdadeiro a ti mesmo" é uma variação do poema de Louis Simpson "The Cradle Trap" em *At the End of the Open Road: Poems* (Wesleyan University Press, 1963). O original diz: "Be true, be true/ To your own strange kind."

312 "Melhor permitir que uma consciência culpada continue vagando para aumentar o peso da sua culpa": *Crime e castigo*, de Dostoiévski.

312 "Eles dizem que em Sebastopol as pessoas estavam com um medo terrível de que o inimigo fosse atacar abertamente e tomar a cidade de pronto. Mas, quando viram que o inimigo preferia um cerco regular, ficaram maravilhados! A coisa iria se arrastar por dois meses, pelo menos, e eles podiam relaxar!": Ibid.

332 As palavras em itálico em "Era isto que o esperava, dizia o *colapso negro* entre as pernas de Vera" são de *Native Speaker*, de Chang-Rae Lee (Riverhead, 1996).

334 "Se você disser que há elefantes voando do lado de fora, ninguém vai acreditar. Mas se disser que há seis elefantes voando, é uma história diferente" é uma variação de Gabriel García Márquez. "A arte da ficção, nº 69, Gabriel García Márquez", entrevistado por Peter H. Stone, em *The Paris Review*, nº 82 (inverno de 1981). Não há indicação de quem traduziu a entrevista. O original diz: "Por exemplo, se disser que há elefantes voando no céu, as pessoas não vão acreditar em você. Mas se disser que há quatrocentos e vinte e cinco elefantes voando no céu, as pessoas provavelmente vão acreditar."

346 "O chá estava amargo e ele culpou a existência" é uma variação de Bernard Malamud, *The Fixer* (Farrar, Straus and Giroux, 2004). Na frase original – "Isso tinha gosto amargo e ele culpou a existência" – o *isso* refere-se a chá.

352 "Slava podia ter se levantado e ido embora como bem entendesse": Dostoiévski, *Crime e castigo*.

354 "Li que um bom investigador começa de longe. (...) Então, ele salta como uma pantera!": Ibid.

369 "Agora ela abre as asas e voa para longe" é do poema de Mary Oliver "The Summer Day", em *New and Selected Poems* (Beacon Press, 1992).

Este livro foi impresso na Intergraf Ind. Gráfica Eireli.
Rua André Rosa Coppini, 90 – São Bernardo do Campo – SP
para a Editora Rocco Ltda.